똥물 도시

코 리 아 　 환 타 지

똥물 도시

초판 1쇄 발행 2017년 3월 17일

지은이 　 　황창섭 　**펴낸이** 　황창섭
편집 　 　 　김지해 　**삽화** 　 　황창섭
디자인 　 　이동헌

펴낸곳 도서출판 황율
출판신고 2016년 11월 4일(제386-2016-000081호)

주소 경기도 부천시 소사로 168
전화 032-208-7523
팩스 070-7301-7524
email goldfire1111@gmail.com

ⓒ 황창섭 2017
ISBN 979-11-960385-1-9 04810
　 　 　 979-11-960385-0-2 (set)

코리아 환타지

똥물 도시

1

황창섭 저

차례

제2부
인간 영욕의 한계

제3부
해가 기울면 어둠이 내린다

끝맺음 말

머 리 말

....

　현재 우리가 살고 있는 지구는 「지구 온난화」라는 큰 중병으로 인하여 여러 가지 고통을 당하고 있습니다. 그 고통 중 하나는 북극과 남극에 쌓여 있는 빙하가 녹아 해수면이 점점 높아지고 있다는 것입니다. 그 문제를 두고 나는 만약 빙하가 녹아서 해수면이 높아지는 사태를 막으려면 빙하가 녹아서 흘러내린 물의 양만큼 그물을 다른 곳에 담아 두면 될 것 아닌가 하는 생각을 해보았습니다. 그렇다면 그 많은 양의 물을 어디에다 담아두면 될까요? 저 먼 우주로 보내 버릴까요? 그건 너무 어려운 일이지요. 그렇다면 어떤 큰 그릇에 담아 두어야 한다는 이야기인데 어디가 좋을까요? 바로 사막이지요. 바로 아프리카에 있는 넓고 황량한 사막에 「카스피 해」보다 더 넓은 바닷물 호수를 만드는 것이에요. 언뜻 생각하면 불가능해 보이기도 하고 얼토당토않은 허무맹랑한 이야기 같지만 조금만 깊게 생각해 보면 충분히 가능성이 있는 이야기입니다. 우선 모래라는 것은 물과 섞여 있을 때면 샌드 펌프로 빨아들일 수가 있습니다. 따라서 인공 바닷물 호수를 만들고자 하는 어느 한곳만 댐을 쌓아두고 물 펌프로 바닷물을 빨아올려 작은 인공 바닷물 호수를 먼저 만들어 이곳에 샌드 펌프를 설치하여 그곳 모래와 물을 빨아들여 넓은 모래 둑을 쌓아가면 의외로 적은 비용으로 사막 한가운데 아주 큰 인공 바닷물 호수를 만들 수 있을 것입니다. 그런데 왜 하필이면 아프리카의 사막일까요? 다들 알다시피 아프리카의 사막지대에는 비가 거의 오지 않습니다. 대서양에서 만들어진 비구름이 아프리카로 다가오면 아프리카 사막 지대에서 내뿜는 열기 때문에 비구름이 아프리카에 도달하지 못하고 다른 곳으로 가버리기 때문이지요. 그래서 막상 비가 와야 될 아프리카 사막에는 비가 오지 않고 대신 다른 지역에서는 폭우가 쏟아져 버리는 흔히 말하는 엘니뇨 현상이 일어나 버리기 때문이지요. 그리고 사막의 모래가 바람에 날려 초원을 덮어버리니 사막은 점점 더 넓어지

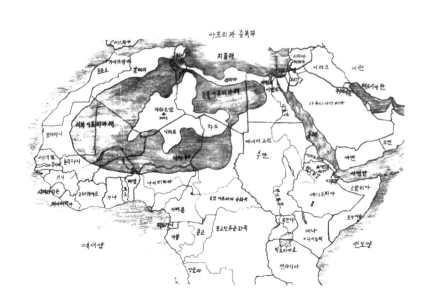

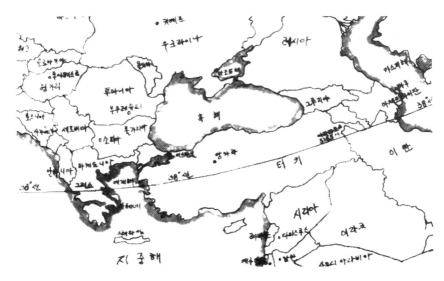

고 있는 것입니다. 그런데 만약 방금 이야기했듯이 아프리카 사막 지역이 카스피 해보다 더 큰 호수로 변한다면 어떤 결과가 일어날까요. 아마도 아프리카는 풍부한 강수량과 따뜻한 기후로 인해 곧 사막이 밀림으로 변화하게 될 것입니다. 사실 이 지구상에는 우리가 잘 알고 있는 이스라엘의 사해라던가 볼리비아의 우유니 호수 등 염분이 아주 높은 호수가 많이 있습니다. 그리고 그런 해수 호를 필요로 하는 곳이 지구상에는 아주 많이 있습니다. 예를 들어 미국의 데스밸리, 황사의 근원지인 중국 몽골의 고비 사막 호주 남부의 그레이트빅토리아 사막 등을 꼽을 수가 있겠지요. 그런데 왜 뜬금없이 책머리에 이런 해괴한 이야기부터 먼저 시작할까요? 그것은 바로 여러분 자녀들의 방벽에 되도록이면 큼직한 세계지도 한 장을 붙여 놓으라고 말씀드리고 싶어서입니다. 자라나는 아이들, 청소년들이 세계지도를 보고 있는 동안만큼은 무한한 상상력의 세계로 빠져들기 때문입니다. 그리고 벽에 붙어 있는 큼직한 세계지도 앞에 온 가족이 함께 모여 생소한 나라, 혹은 생소한 도시를 누가 빨리 찾나 내기도 해보고 미시시피 강의 원줄기는 어디서 시작이 되고 있나? 황하강과 양자강의 사이가 가장 가까운 곳은 어디일까? 적도를 따라 지구를 한 바퀴 빙 돌아가면 어떤 나라 어떤 강 어떤 도시와 만날 수 있을까? 만약 우리나라 남북이 통일이 된다면 목포에서 출발한 기차가 유럽의 어디까지 갈 수 있을까? 등등의 과제를 가지고 세계지도를 바라보고 있을 때면 여러분의 자녀들은 무한한 상상의 세계로 들어갈 수 있을 것입니다. 이 소설의 첫 시작도 바로 세계지도에서부터 시작이 되었습니다. 내가 고등학교 1학년 때인가 하는 어느 날 세계지도를 가만히 보고 있던 중 성경에서 말하는 노아의 방주가 마지막 안착한 곳이 지금의 터키 아라라트 산이고 그 아라라트 산맥이 희한하게도 우리나라 삼팔선과 일치하고 있는 것을 발견하고서 그때부터 언젠가는 이런 사실을 주제로 소설을 써보아야겠다고 마음을 먹은 후 줄곧 그 꿈을 품고 있다가 지금 비록 환갑 진갑이 지난 늦은 나이지만 결국 이렇게 한 권의 장편 소설이 탄생될 수 있었던 것입니다. 제가 이 책을 통하여 독자 여러분께 꼭 드리고 싶은 이야기는 우리나라는 좁은 면적에 너무나 많은 인구가 살아가고 있는 인구 밀도가 아주 높은 나라입니다. 이런 현실 속에서 우리가 살아날 수 있는 곳은 저 망망한 바다 건너 세계로 세계로 뻗어 나가는 방법이 최선의 방법일 것이며 그 시작점이 바로 세계지도임을 다시 한 번 강조하는 바입니다.

이 소설은 우리 민족의 '통일'을 주제로 한 판타지아적인 소설입니다. 그리고 우리 민족이 왜 하루 빨리 통일을 해야 하는지 어떻게 통일을 해야 하는지 통일 후 우리의 정책은 어떠해야 하는지 등등의 줄거리를 다루고 있습니다. 저는 우리 민족이 하루빨리 통일이 이루어지기를 기원하는 마음으로 이 소설을 썼습니다. 부디 하루빨리 그날이 오기를 기원합니다. 감사합니다.

2017. 3.

저자 황창섭 올림

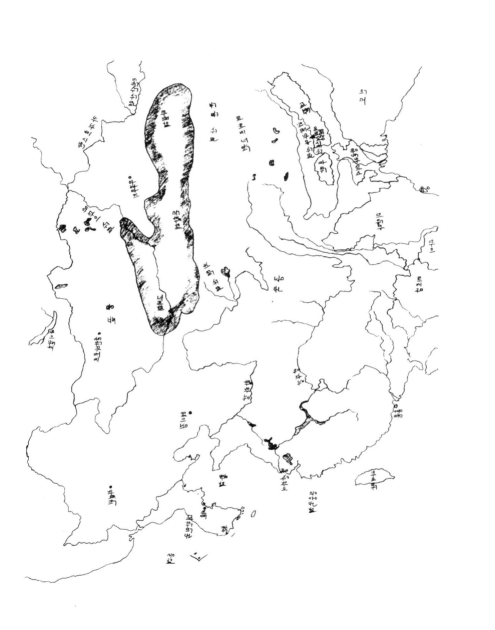

제1부
천지가 처음 창조되던 날

군 사 재 판
·············

정두한 사형·이등병 강등·전 재산 몰수·땅·땅·땅!
노태후 사형·이등병 강등·전 재산 몰수·땅·땅·땅!
전효용 사형·이등병 강등·전 재산 몰수·땅·땅·땅!
장제동 사형·이등병 강등·전 재산 몰수·땅·땅·땅!

그리고 얼마 후 하나회 회원 666명 중 국가 전복 및 내란 음모의 주동자 30여 명의 사형이 집행되었다.

똥 물 도 시
·············

이상한 냄새가 코를 찔렀다. 온 도시가 시궁창 냄새로 가득했고 하수도에서는 폐수가 계속 역류하고 있었다. 큰 거리에도 작은 거리에도 뒷골목에도 폐수가 점점 차오르기 시작 하였다. 그런데 가만히 보니 폐수나 오수만 있는 것이 아니라 누런 똥 덩어리도 함께 둥둥 떠다니고 있었다. 둥둥 떠다니는 누른 똥 덩어리에서 뿜어 대는 악취는 그나마 열대야 때문에 잠 못 들어 하는 시민들을 더욱 고통스럽게 만들고 있었다.

　그때 온 도시가 갑자기 캄캄해졌다. 일순간 온 도시가 불빛 하나 없는 깜깜한 도시로 변해 버렸다.

흡 혈 귀

…………

　둥그런 보름달이 온 세상을 환하게 밝혀주고 있는 무더운 여름 어느 날 밤. 서울 중심가에 있는 한 소방서의 벽시계가 막 열시를 조금 넘겨 가리키고 있을 무렵, 갑자기 고요한 정적을 깨며 전화 벨소리가 요란스럽게 울렸다. 본능적으로 한 소방관이 재빠르게 수화기를 들었다. 순간 수화기에서 다급한 여자의 목소리가 들려 왔다.

　"사람이 죽어가고 있어요. 빨리 좀 도와주세요! 빨리요!"

　당직 소방관은 즉각적으로 심상치 않은 사태가 발생했음을 짐작했으나 침착한 목소리로 말했다.

　"자, 흥분하지 마시고 차분히, 정신을 차리고 말씀해 주세요. 우선 그곳 위치가 어딥니까?"

　"예, 000빌라 00동 5층 옥상이에요. 빨리 와서 좀 도와주세요!"

　다시금 소방관이 물었다.

　"환자가 어떻게 아프세요?"

　"아프기는요! 사람이 죽어가고 있다니깐요. 빨리 와서 좀 도와주세요. 빨리요!"

　그리고 전화는 끊겼다.

즉각 비상벨이 울렸고 대기 중이
던 구급 요원들이 119 구급차를 타
고 찢어지는 듯한 사이렌 소리를 내
뿜으며 출동을 하였다. 차가 현장에
도착하자 한 구급 요원이 쏜살같이
뛰어나와 옥상으로 올라가는 계단
으로 뛰어올라갔다. 일단 인공호흡
만이라도 시키기 위해서였다. 조금
후 또 다른 구급 요원이 환자 이송

〈흡혈귀〉

용 간이침대를 메고 그 뒤를 따라 올라갔다. 먼저 뛰어오른 구급 요원이 옥
상으로 통하는 문을 열고 올라서니 저쪽 옥상 끝 모퉁이에 하얀 소복을 입
은 한 여인의 뒷모습이 보였다. 좀 더 가까이 가서 살펴보니 여인의 긴 머
리카락은 몹시 헝클어져 있었고, 그녀의 거친 숨소리는 구급 요원을 오싹
하게 만들었다. 바짝 다가가서 무슨 일이냐고 물어보는 순간 여인이 '획'하
며 돌아서서 핏기 어린 눈으로 노려보았다. 여인의 입에서는 붉은 피가 뚝
뚝 떨어지고 있었고, 옥상 바닥에는 또 다른 한 여인이 숨을 헐떡이며 반듯
이 누워 있는데 그 여인의 입술과 목에도 역시 붉은 피가 흥건히 젖어 있었
다. 그 광경을 보는 순간, 구급 요원은 너무 놀란 나머지 그 자리에 쓰러져
버렸다. 한편, 간이침대를 메고 힘겹게 5층 옥상으로 오른 두 번째 구급 요
원도 옥상에 올라서는 순간 아연실색을 하고 말았다. 하얀 소복의 머리카
락을 길게 늘어뜨린 흡혈귀가 먼저 올라간 동료 구급 요원을 바닥에 눕혀
놓고는 그의 입에서 피를 빨아먹고 있는 것이 아닌가. 그리고 그 옆에는 다
른 한 여인이 입과 목에 피투성이가 된 채 숨을 헐떡이며 누워 있고…… 순
간 두 번째 구급 요원의 머릿속에는 불현듯이 영화에서나 볼 수 있는 드라

쿨라나 몬스터, 흡혈귀 등의 모습이 떠올랐다. 하얀 소복의 흡혈귀가 두 번째 구급 요원을 향하여 '휙' 돌아보는데 길게 늘어뜨린 머리카락 속으로 흡혈귀의 핏빛 눈이 날카롭게 쏘아보고 있었고, 입술에서는 핏방울이 뚝뚝 떨어지고 있었다. 그 모습을 보는 순간 두 번째 구급 요원은 자신도 누워 있는 여인이나 먼저 온 동료 구급 요원처럼 될지도 모른다는 생각이 들어 '걸음아 나 살려라' 하고 급히 도망을 치며 생각하였다. '이 일은 119가 해결할 수 있는 일이 아니구나, 빨리 경찰에 연락을 해야지.' 그는 급히 무전기로 본부에 이 사실을 알렸다. 잠시 후 비상 사이렌 소리와 함께 서너 대의 경찰차가 황급히 도착하더니 열댓 명의 경찰관이 황급하게 내려 옥상으로 우르르 올라갔다. 그들의 얼굴은 몹시 굳어 있었고 모두들 권총을 굳게 잡고 있었다. 때 아닌 밤중에 소방서 구급차와 여러 대의 경찰차가 울려 대는 비상 사이렌 소리에 주민들이 잠옷 바람으로 우르르 모여들었고, 어떤 이는 무슨 일인가 싶어 창밖으로 고개를 내밀며 바라보는 순간 '탕! 탕! 탕!' 하고 옥상에서 몇 발의 총성이 울렸다. 그러자 구경나왔던 주민들은 기겁을 하고는 각자 집 안으로 들어가 버렸다. 그리고 또다시 몇 발의 총성이 울려 퍼졌다.

2006년 3월 11일 땅굴 재판

·············

　서기 2003년 3월, 경기도 연천군 백학면 구미리의 한 야산 중턱에서 마을 주민 이창근 씨는 이상한 소리를 들었다. 그 소리는 자기가 딛고 서 있는 땅속에서 들려오고 있었다. 귀를 땅에 대고 들어보니 무슨 폭탄이 터지는 소리와 함께 총소리 같기도 하고 혹은 굴착기가 땅을 팔 때 내는 에어해머의 기계 소리 같은 것이 들려오는 것이었다. 처음에는 자기가 혹시 잘못 들지나 않았을까하는 의구심도 있었으나 이후 계속되는 소리를 확인한 그는 불현 듯 '땅굴'이라는 생각이 뇌리를 스쳤다. 그리고 그는 곧 바로 그 사실을 군부대에 신고하였다.

신고를 접수한 국방부는 곧바로 땅굴 전문가와 지질학 전문가를 동원하여 이창근 씨가 지적한 일대를 샅샅이 조사하기 시작하였다. (참고로 국방부는 남침용 땅굴 최초 발견자에게는 1억 원 이상의 포상금을 지급하도록 하는 내부 규정을 운영해오고 있음)

얼마 후, 국방부는 '땅굴 전문가와 지질학 전문가 및 최신 장비를 동원하여 연천군 백학면 구미리 일대를 철저히 조사하였으나 북한이 남침용 땅굴을 파고 있다는 어떤 근거를 발견하지 못하고 단지 자연 동굴만 몇 개 존재하고 있다'라고 발표를 하였다. 그리고 이창근 씨에게 포상금을 지급하지 않았다. 그러자 이에 불복한 이창근 씨는 땅굴 진상 규명 연대를 구성하고 곧바로 법원에 정식 소송을 제기 하였다.

이후 꼭 3년 만인 2006년 3월 11일 서울중앙지법 민사 92 단독 곽상현 판사는, '2003년 경기도 연천군 백학면 구미리 일대에서 땅굴을 발견했는데 포상금을 주지 않은 것은 부당하다.'며, '국가는 땅을 절개(切開)하여 의혹을 해소하라.'는 조정안을 양측에 제시하였다. 또한 '국방부는 원고 이창근 씨가 지켜보는 가운데 인공 동굴인지 자연 동굴인지 확인하라'라고 주문했다. 이 조정안에 대해 국방부 측이 2주 내에 이의를 제기하지 않을 경우 이번 조정안은 확정이 되는 것이었다. 또한 불복할 경우 정식 소송을 거쳐 판결하게 되어 사법부의 최종 판단이 늦춰질 수도 있다. 그러나 국방부 측에서는 '자연 동굴이 확실한 만큼 이의를 제기할 방침'이라고 밝혔다.

곽 판사는 조정안에 대해 '연천군 일대 동굴이 진짜 북한의 남침용 땅굴이라면 국가 안보에 심각한 위협이 될 수 있다. 따라서 의혹을 불식시키려면 땅을 파서 실체를 확인하는 것 외에 다른 방법이 없다. 물론 절개 공사비가 1억5천만 원 정도 예상이 되고, 동굴 일대가 군사 보호 지역이어서 민간인이 땅을 파는 게 사실상 불가능하기 때문에 국방부에서 절개 공사를 통하여 확인하여야 한다.'라고 발표하였다.

땅굴 논란은 SBS TV에서도 방영이 되었다. 바로 이창근 씨가 '북한이 파놓은 남침용 땅굴이 연천군 일대에 있다'라고 제보하면서 이 사건이 본격적으로 부각되기 시작하였다. SBS 측은 '휴전선 남쪽 12km에 위치한 연천군 백학면 지하 39m 지점에 북한이 판 것으로 추정되는 땅굴이 발견되었다.'라고 보도했다. 당시 한나라당은 '정부가 만약 땅굴의 존재를 알고도 은폐했다면 국민에게 큰 죄악을 저지른 것'이라고 주장했다. 이에 따라 국방부는 곧 군 땅굴 전문 요원 등으로 구성된 20여 명의 조사단을 현장에 보내 조사를 벌인 뒤 '인공 땅굴이라는 어떤 흔적도 없다.'라고 해명을 하였다. 그러나 땅굴 진상 규명 시민 연대는 '김대중 정부와 현 정부(참여 정부)가 북한과의 관계가 악화되는 것을 걱정해 땅굴 존재를 숨겨왔다.'며 땅굴 진상 규명 운동을 벌였던 것이다.

그러면 과연 이 사태의 진실은 무엇일까? 이창근 씨가 거짓신고를 한 것일까? 아니면 국방부의 조사가 미흡하였을까? 혹은 국방부가 진실을 은폐한 것일까?

조선민주주의 인민공화국

....

2011년 9월 9일, 평양 만경대 기념관에서는 조선민주주의 인민공화국 창립 제63주년 기념행사가 거행되고 있었다. 단상에는 노동당 간부, 국방 위원회 위원, 최고 인민 회의 위원, 내각의 고위직 간부 대부분이 자리하고 있었으며, 특히 호위사령부의 간부와 인민 무력성 산하의 총참모부장, 보위사령부장, 총정치국장, 간부국장, 후방총국 국장 등 군 고위 간부들이 대거 참석하고 있었다. 행사장 참석 인원 역시 인민들 중에 선발된 자들을 비롯하여 노동당원, 노동자, 노동적위대원, 학생, 붉은 청년근위대원 등등이 참석하고 있었다.

또한 단상 좌우 옆에는 조선인민 군악대와 조선인민 공훈합창단, 조선인민군 협주단이 자리하여 기념행사에 필요한 역할을 담당하고 있었다. 기념행사는 별 이상 없이 차분하게 진행되어 가고 있었다. 그러나 대부분의 사람들이 그러하듯이 이번 행사에 과연 김정일 국방위원장이 참석할지, 하지 않을지 궁금해 하고 있었다. 왜냐하면 김정일 위원장의 건강이 아주 좋지 않다는 소문이 무수히 떠돌고 있었기 때문이었다.

이윽고 주위가 일순간 쥐 죽은 듯이 조용해지고 약간 초췌하면서도 긴장된 듯한 표정의 김정일 위원장이 군중 앞에 모습을 드러내었다. 연단에서도 연하에서도 박수 소리와 함께 '김정일 장군님 만세!'라는 외침이 끝없이, 끝없이 이어져 갔다.

멈출 것 같지 않던 함성이 잠잠해질 무렵 김정일 위원장은 조용히 마이크 앞에 입을 갖다 대었다. 순간 식장 안은 무언가 모를 긴장감이 엄습해 오는 것 같았다. 사실 여느 행사에서 김정일은 군중들에게 손을 흔들며 특유의 무표정한 모습으로 박수 몇 번 치는 것으로 끝났는데 오늘은 그렇지 않았던 것이었다. 오랜만에 군중 앞에 모습을 드러내는 것만으로도 대단한 일이었는데 연설을 하고자 마이크 앞에 서는 자체가 모두에게 충분히 긴장감을 갖게 하였던 것이다. 김정일 역시 무척이나 긴장된 표정으로 천천히 입을 열기 시작하였다. 순식간에 식장 안은 얼음장보다 더 차갑고 정적만 감도는 엄숙한 분위기가 되었다.

'친애하는 조선민주주의 인민공화국 인민 여러분!' 지금으로부터 63년 전 바로 오늘 이 시간에 우리의 위대한 수령님이셨던 김일성 장군님은 일본군의 침략을 물리치고 이 땅 위에 우리 조선민주주의 인민공화국을 탄생시켰습니다. 저 악랄했던 일본군들의 침략에 항거하여 만주 벌판에서, 황량한 시베리아 광야에서 추위와 배고픔의 고통을 참고 이기며, 그들과 맞서 싸우시던 김일성 장군님께서는 드디어 일본의 침략군을 물리치시고 오직 인민들을 위한 공화국을 건립하였습니다. 그리고 어언 육십여 년이라는 세월이 흘렀습니다. 그동안 우리인민들은, 우리 노동자들은 우리 공화국을 강성 조국으로 건설하려고 무수한 땀으로 부단한 노력을 기울여 왔습니다. 그러나 지금 우리가 살고 있는 이 세계는 우리가 힘이 없고 우리가 우리 스스로를 지켜낼 능력이 없으면 언제라도 강대국으로부터 침략을 당할 수가 있으며, 따라서 우리를 지켜주고 보호해 줄 수 있는 나라는 그 어디에도 없습니다. 오직 우리 스스로만이 우리를 지켜주고 보호해 줄 수 있는 것입니다. 이제 우리 공화국은 우리 스스로를 지켜나갈 수 있는 막강한 군대가 있습니다. 충성스럽고도 자랑스러운 전사 여러분들이 있습니다. 이제 우리는 어떤 외침을 당하더라도 그들을 물리치고 격퇴할 수 있는 막강한 무기도 있습니다. 많은 인민들과 노동자, 과학자들의 노력으로 미사일도 만들었습니다. 인간이 만들어낸 무기 중 가장 공포스러운 핵폭탄도 순수한 우리의 기술로 만들었습니다. 아울러 자랑스러운 우리 인민군 전사들은 우리 조국이 어떤 침략을 당한다 할지라도 능히 물리치고 격퇴할 수 있는 막강한 능력을 보유하게 되었습니다. 오늘날 우리 공화국이 이렇게 강성 조국이 되기까지에는 우리 인민 여러분들의 노력과 희생이 밑바탕이 되었다는 것은 두말할 나위가 없는 사실입니다. 따라서 우리 공화국은 지금까지 이 공화국 건설을 위하여 희생하며 살아왔던 인민 여러분들이 좀 더 잘 살 수 있는…….'

계속하여 연설이 이어지는 순간 마이크가 꺼졌고 한창 연설을 하던 김정일 위원장이 약간 주춤하면서 좌우로 고개를 돌리는 순간, 몇 발의 총성이 울림과 동시에 김정일이 그 자리에 쓰러졌다. 그 때 군중 속에서 누군가가 한 손에 권총을 든 채 외쳐 대었다.

"우리의 영원하신 영웅 김일성 수령님을 살해한 자가 누구냐? 바로 저……."

그 순간 무수히 많은 총성과 함께 그 사내는 그 자리에서 쓰러져 버렸고, 연단 아래 있던 많은 무리가 연단 위로 우르르 몰려들었다. 그리고 계속하여 식장 안은 수많은 총소리와 함께 피비린내로 가득하였다.

그날 밤 온 세계는 평양에서 들려오는 이상하면서도 확실치 않은 소식으로 인하여 잔뜩 긴장하고 있었다. 밤늦게 백악관에서 이 소식을 보고받은 미국 대통령은 혼자 중얼거렸다.

"내가 지금 유령 나라 이야기를 들었나?"

1961년 4월 16일 동독 라이프치히

············

1961년 4월, 동독 라이프치히에서 일어난 어느 한 조선인의 슬픈 사연을 알고 있는가? 참으로 이해할 수 없는 일이다. 제2차 세계 대전을 일으킨 같은 전범국으로써 독일은 동서로 갈라진 분단국이 되었는데 같은 전범국인 일본은 왜 분단국이 되지 않았는가? 전쟁 중에 소련군이 일본에 들어가지 않아서인가? 그러나 분명히 쏘련도 1945년 8월 8일 일본에 대하여 선전포고를 하지 않았던가? 또한 1904년 러·일 전쟁으로 인하여 러시아의 함대가 서해안에서 일본 함대에게 참패를 당하고 일본에 대패함으로써 러시아 역시 중국 이상으로 일본에 대하여 적개심을 갖고 있지 않았던가? 더구나 일본은 러시아와 영원한 적국이었던 독일과는 연합 동맹을 맺은 나라가 아니었던가?

이런 저런 이유는 다 제쳐두고라도 더욱 이상한 것은 전쟁을 일으키지도 않았고, 오히려 일본 침략으로부터 막대한 피해와 고통을 당한 한반도 조선은 왜 남북으로 나누어진 분단국가가 되어 버렸는가? 소련이나 미국 때문인가? 아니면 이승만이나 김일성 때문인가? 결국 약소민족의 설움이란 말이던가? 모든 원인을 다 제쳐 두고 남북 분단으로 인하여 상처 입은 우리 한민족이 겪은 고통을 어찌 말로 다 표현할 수가 있단 말인가! 이 통탄의 한반도에 살고 있는 우리 한민족은 정녕 바보보다 못한 민족이란 말인가! 아! 이 아둔한 민족이여! 이 어리석은 민족이여! 삼팔선으로 인하여 우리 민족이 겪은 이 불행들을 어찌 말이나 글로써 다 표현할 수 있단 말인가! 6·25전쟁으로 인하여 민족과 민족이, 형제와 형제가, 아비와 아들이 서로 죽이고 죽이는 어처구니없는 참상이 이 지구상의 어디에 또 있단 말인가! 전쟁이 끝난 후에도 그나마 같은 남쪽에 살면서도 서로의 생사를 몰라 가슴팍에 손바닥보다 작은 사진 한 장을 붙이고 '누가 이 사람을 모르시나 요?'라고 울부짖으며 남편을 찾아, 아내를 찾아 잃어버린 아들, 딸을 찾아 미친 사람처럼 헤매고 다녔던 사람들의 심정은 어떠하였겠는가?

저 넓은 광장 바람벽에 헤어진 가족을 찾고자 누더기처럼 덕지덕지 붙어 있는 애타는 사연들을 우리는 똑똑히 보지 않았던가! 그나마 다행히 수십 년 만에 만난 사람은 반가움과 사무침에 부둥켜안으며 울었고 그러지 못 한 사람은 서러움과 안타까움에 발걸음을 돌리며 눈물짓지 않았던가! 이 제 전쟁이 끝난 지도 어언 오십 년 하고도 훨씬 더 세월이 흘렀건만 전쟁으 로 인한 이별의 아픔은 이 땅이 아닌 해외에서도 계속 되고 있다.

여러분은 동경 올림픽 때 일어난 금단이 사건을 알고 있는가? 레슬링 선 수 역도산이 왜 아무도 모르게 술잔을 기울이며 혼자 눈물짓고 있었는지

<베를린 장벽: 1990년 10월 동독과 서독이 통일된 후 분단의 상징이었던 베를린 장벽의 일부를 기념적으로 대한민국 수도 서울 중심부에 옮겨놓았다.>

그 사연을 아는가? 그리고 그 이별의 아픔은 지구 반대편에 있는 동독의 라이프치히에서도 계속되고 있었다.

그러니까 휴전 협정이 끝난 다음해인 1954년 9월, 북한에 살고 있는 아주 잘 생기고 명석한 청년 홍옥근 씨는 그의 명석함과 성실함으로 인하여 동독으로 유학을 보내는 특별 해외 유학단 100여 명 가운데 한 사람으로 선발되었다. 그리고 그의 슬픔은 그때부터 시작되었다. 그는 함께한 동료들과 1954년 9월 동독의 라이프치히에 도착하여 곧바로 그곳 예나 대학 화학부에 입학하게 되었다. 그리고 1년 후 자신보다 세 살 아래인 아름다운 독일 여인 레나테를 만나 서로 사랑하게 되었고, 1960년 4월, 그녀와 결혼까지 하게 되었다. 그리고 1년 후 레나테 홍은 아들 현철(독일 명 페터 홍)을 낳았고, 또한 둘째까지 임신하게 되었다. 그러나 북한 정부의 강제 소환령에 의하여 홍옥근은 임신 중인 사랑하는 아내와 두 살배기 아들을 남겨두고 1961년 4월 16일 혼자 북한으로 가는 열차에 몸을 실었다. 그리고 이후 그들은 영원히 만날 수 없는 슬픈 운명의 주인공이 되었다.

당시 독일은 제2차 세계 대전 후 동독과 서독으로 나누어진 분단국이었는데, 많은 동독인들이 철조망을 넘어 민주국가인 서독으로 탈출을 감행하였고, 이때 북한에서 동독으로 유학 온 유학생 몇 명이 서독으로 탈출을 하였는데 이를 계기로 북한 당국은 동독 유학생 전원을 소환하게 되었던 것이다. 홍옥근 역시 소환 명령을 받고 사랑하는 아내와 아들 남겨둔 채 눈물겨운 생이별을 해야 했다.

남·북 정상 회담

....

2000년 6월 13일 오전 10시 30분 평양, 이런 일이 가능한 것일까? 155마일 휴전선을 가운데 두고 양측에서 중무장을 한 이백여 만 명의 군인이 팽팽한 긴장감 속에 서로 총부리를 겨누고 있고, '앗차!' 하는 순간에 서로가 백만 발 이상의 포탄을 퍼부을 수 있고, 서로가 중요한 전략적 위치를 향하여 수천 발의 미사일이 당장이라도 목표를 향하여 날아갈 수 있고, 수천 대의 탱크와 수백 대의 최신예 전투기들이 명령만 떨어지면 언제라도 출격할 준비가 되어 있고, 각종 중·대형 군함들이 밤낮을 가리지 않고 검푸른 바다 위 어디론가를 이리저리 바삐 움직이고 있고, 어디에 숨어 있는지 알 수 없는 잠수함들까지도 깊은 바다 속에서 숨바꼭질을 하고 있는 냉엄하고도 엄연한 현실에서 상대방의 국가 원수가 적국의 심장부에 들어가서 적국 원수의 영접을 받으며 적국 의장대 사열을 받는 것이 가능한 일인가?

2000년 6월13일, 경상도 출신인 대한민국 대통령은 공군 1호기에 몸을 실었다. 서울 공항을 출발한 대통령 전용기는 맑게 갠 서해 상공에서 햇볕에 반짝이는 바다 물결의 눈부신 환영을 받으며 드디어 오전 10시30분 평양 순안 공항에 안착하였다. 그리고 전라도 출신인 북한 김정일 국방위원의 지극한 환대를 받으며 붉은 카펫을 따라 인민군 의장대와 군악대의 사열을 받았다. 그리고 두 정상은 승용차에 올라 숙소인 백화원 영빈관으로 향하였다.

이 날 두 정상이 타고 있던 승용차는 완벽한 자동차였다. 누가 폭파할 수도 없고, 엿들을 수도 없는. 그리고 신문기자도 TV카메라도 통역관도 없는, 물론 운전기사조차도 엿들을 수 없는, 완벽한 두 사람만의 시간과 장소였다. 그곳에서 약 1시간 동안 그들은 어떤 이야기를 나누었을까? 그리고 1시간 후 오전 11시45분 두 정상은 백화원 영빈관에 도착하였다.

창세기·천지가 처음 창조되던 날

············

태초에 하나님이 천지를 창조하시니라. (창세기 1장 1절) 땅이 혼돈하고 공허하며 흑암이 깊음 위에 있고 하나님의 신(神)은 수면에 운행하시니라. (2절) 하나님이 빛을 창조하시고 빛을 어둠과 나누사 빛을 낮이라 칭하시고 어둠을 밤이라 칭하시니 이는 첫째 날이니라. (5절) 하나님이 가라사대 물 가운데 궁창이 있어 물과 물로 나뉘게 하라 하시고 하나님이 궁창을 하늘이라 칭하시니 이는 둘째 날이라. (8절) 하나님이 가라사대 천하의 물이 한 곳으로 모이고 뭍이 드러나라 하시매 그대로 되니라. 하나님이 풀과 채소와 씨 가진 열매 맺는 나무를 만드시니 이는 셋째 날이라. (13절) 하나님이 가라사대 하늘의 궁창에 광명이 있어 주야를 나뉘게 하라 하시고 두 광명을 만들어 큰 광명으로 낮을 주관하게 하시고 작은 광명으로 밤을 주관하게 하시며 또 별들을 만드시니 이는

<노아의 방주>

넷째 날이니라. (19절) 하나님이 가라사대 물들은 생물을 번성케 하라. 땅 위 하늘의 궁창에는 새가 날으라 하시고 하나님이 큰 물고기와 물에서 번성하여 움직이는 모든 생물을 그 종류대로 날개 있는 모든 새를 창조하시니 하나님이 가라사대 우리의 형상을 따라 우리의 모양대로 우리가 사람을 만들고 그 바다의 물고기와 공중의 새와 육축과 온 땅과 땅에 기는 모든 것을 다스리게 하라 하시고 하나님이 자기 형상, 곧 하나님의 형상대로 사람을 창조하시되 남자와 여자를 창조하시고 하나님이 그들에게 복을 주시며 그들에게 이르시되 생육하고 번성하여 땅에 충만하라. 땅을 정복하라. 바다의 물고기와 공중의 새와 땅에 움직이는 모든 생물을 다스리라 하시니라. 이는 여섯째 날이니라. (창세기 1장 31절) 천지와 만물들이 다 이루니라. 하나님의 지으시던 일이 일곱째 날이 이를 때에 마치니 그 지으시던 일이 다하므로 일곱째 날에 안식하시니라. (창세기 2장 3절)

여호와 하나님이 동방의 에덴에 동산을 창설하시고 그 지으신 사람을 거기 두시고 여호와 하나님이 그 땅에서 보기에 아름답고 먹기에 좋은 나무가 나게 하시니 동산 가운데에는 생명나무와 선악을 알게 하는 나무도 있더라. 여호와 하나님이 그 사람에게 명하여 가라사대 동산 각종 나무의 실과는 내가 임의로 먹되 선악을 알게 하는 나무의 실과는 먹지 말라. 네가 먹는 날에는 정녕 죽으리라 하시니라. (창세기 2장 17절)

여호와의 지으신 들짐승 중에 뱀이 가장 간교하더라. 뱀이 여자에게 가로되 너희가 선악을 알 줄을 하나님이 아심이니라. 여자가 그 나무를 본즉 먹음직도 하고 봄직도 하고 지혜롭게 할 만큼 탐스럽기도 한 나무인지라 여자가 그 실과를 따먹고 자기와 함께 한 남편에게도 주매 그도 먹은지라 (창세기3장 6절). 여호와 하나님이 뱀에게 이르시되 네가 이렇게 하였으니 네가 모든 육축과 들의 모든 짐승보다 더욱 저주를 받아 배로 기어 다니고

종신토록 흙을 먹을지어다. (창세기 3장 14절)

또 여자에게 이르시되 내가 네게 잉태하는 고통을 더하리니 네가 수고하고 자식을 낳을 것이며, 너는 남편을 사모하고 남편은 너를 다스릴 것이니라 하시고 아담에게 이르시되 땅은 너로 인하여 저주를 받고 너는 종신토록 수고하여야 그 소산을 먹으리라. 땅이 네게 가시덤불과 엉겅퀴를 낼 것이라. 너의 먹을 것은 밭의 채소인 즉 네가 얼굴에 땀이 흘러야 식물을 먹고 필경 흙으로 돌아가리니 그 속에서 네가 취함을 입었음이라. 너는 흙이니 흙으로 돌아갈 것이니라 하시니라. (창세기 3장 19절)

이것은 아담의 계보를 적은 책이니라. 하나님이 사람을 창조하실 때에 하나님의 모양대로 지으시되 (창세기 5장 1절).

아담은 백삼십 세에 자기의 모양 곧 자기의 형상과 같은 아들을 낳아 이름을 셋이라 하였고. (창세기 5장 3절)

아담은 셋을 낳은 후 팔백 년을 지내며 자녀들을 낳았으며 (창세기 5장 4절). 그는 구백삼십 세를 살고 죽었더라 (창세기 5장 5절). 셋은 백오 세에 에노스를 낳았고 (창세기 5장 6절) 에노스를 낳은 후 팔백칠 년을 지내며 자녀들을 낳았으며 (창세기 5장 7절) 그는 구백십이 세를 살고 죽었더라 (창세기 5장 8절) 에노스는 구십 세에 게난을 낳았고 (창세기 5장 9절) 게난을 낳은 후 팔백십오 년을 지내며 자녀들을 낳았으며. (창세기 5장 10절) 그는 구백오 세를 살고 죽었더라. (창세기 5장11절)

게난은 칠십 세에 마할랄렐을 낳았고 (창세기5장 12절) 마할랄렐을 낳은 후 팔백사십 년을 지내며 자녀들을 낳았으며 (창세기 5장 13절) 그는 구백구십삼 세를 살고 죽었더라. (창세기 5장 14절) 마할랄렐은 육십오 세에 야렛을 낳았고 (창세기 5장 15절) 야렛을 낳은 후 팔백삼십 년을 지내며 자녀를 낳았으며 (창세기5장16절) 그는 팔백구십오 세를 살고 죽었더라. (창세기 5장 17절) 야렛은 백육십이 세에 에녹을 낳았고 (창세기5장 18절) 에녹을 낳은 후 팔백 년을 지내며 자녀들을 낳았으며 (창세기 5장 19절) 그는 구백육십이 세를 살고 죽었더라. (창세기 5장 20절)

에녹은 육십오 세에 므두셀라를 낳았고 (창세기 5장 21절) 므두셀라를 낳은 후 삼백 년을 하나님과 동행하며 자녀들을 낳았으며(창세기 5장 22절), 그는 삼백육십오 세를 살았더라(창세기 5장 23절). 에녹이 하나님과 동행하더니 하나님이 그를 데려가심으로 세상에 있지 아니하였더라. (창세기 5장 24절)

므두셀라는 백팔십칠 세에 라멕을 낳았고 (9창세기 5장 25절) 라멕을 낳은 후 칠백팔십이 년을 지내며 자녀를 낳았으며 (창세기 5장 26절) 그는 구백육십구 세를 살고 죽었더라. (창세기 5장 27절)

라멕은 팔백십이 세에 아들을 낳고 (창세기 5장 28절) 이름을 노아라 하여 이르되 여호와께서 땅을 저주하심으로 수고롭게 일하는 우리를 이 아들이 안위하리라 하였더라. (창세기 5장 29절) 라멕은 노아를 낳은 후 오백구십오 년을 지내며 자녀들을 낳았으며(창세기 5장 30절0 그는 칠백칠십칠 세를 살고 죽었더라. (창세기 5장 31절)

노아는 오백 세 된 후에 셈과 함과 야벳을 낳았더라. (창세기 5장 32절)

* 참고 창세기의 열두 지파 : 르우벤, 시므온, 유다, 단, 납달리, 갓, 아셀, 잇사갈, 스불론, 베냐민, 에브라임, 므낫세

요한계시록의 열두 지파 : 유다, 르우벤, 갓, 아셀, 납달리, 므낫세, 시므온, 레위, 잇사갈, 스불론, 요셉, 베냐민

* 창세기에 엄연히 존재하던 단족이 요한계시록에는 왜 사라져버렸을까? 과연 단족은 어디로 갔을까?

대홍수

…………

아담 후예들의 삶은 풍요로웠다. 하늘을 나는 새들 중 가장 크고 가장 아름답고 한번 태어나면 삼천 년을 산다는 불멸의 새(피닉스)는 그들이 살고 있는 맑고 깨끗한 계곡에 백 년마다 한 번씩 알들을 낳았고 하늘을 덮을 만큼 웅장하고 푸르른 백향목은 끝없이 넓게 펼쳐지고 있었다. 그런가 하면 백향목의 향긋한 진액은 땅속으로 남몰래 스며들어가 천년을 묵으면서 아름다운 보석으로 변했고, 그 보석에선 흑진주와 같은 버섯이 부끄러운 듯이 피어올랐다. 그리고 그 버섯의 씨앗은 불멸의 새(피닉스)가 낳은 알 속으로 살포시 들어가 백년을 지낸 후 그 알과 함께 새로운 생명으로 싹텄으니 그 모양은 마치 백향목 가지 위에 쌓인 새하얀 눈송이와도 같았더라.

그리고 아담의 후예들은 그것을 〈만나〉라고 불렀고 그들은 그 〈만나〉를 먹으며 풍요롭게 살아가고 있었다. 그들은 병마의 고통에 시달리지도 않았고 늙지도 않았으며 칠백 수까지 자식을 생산하였고, 팔백 수가 넘도록 사랑을 나누었으며 그들 대부분은 구백 수 넘게 살았더라.

그러나 그들은 점점 타락하여 갔으며 그들의 왕성한 정욕은 밤낮을 가릴 줄 몰랐고 드디어는 내 아내와 남의 아내를 구별할 줄 몰랐고, 내 남편과 남의 남편 가릴 것 없이 밤낮으로 음욕을 즐겼으며 남자가 남자와, 여자가 여자와 서로 음욕을 즐겼고 심지어는 인간과 동물이 서로 음욕 하는 가운데 행하는 그 악을 즐겼으니, 마침내 여호와 하나님의 분노를 사기에 충분하였더라.

여호와께서 사람의 죄악이 세상에 가득 찼고 그 마음의 모든 생각과 계획이 항상 악할 뿐임을 보시고 땅 위에 사람 지으셨음을 한탄하사 마음에

근심하시고 가라사대 나의 창조한 사람을 내가 쓸어버리되 사람으로부터 육축과 기는 것과 공중의 새까지도 그렇게 하리니 이는 내가 그것을 지었음을 한탄함이니라 하시니라(창세기 6장 7절).

　그리고 그 시대에 살고 있는 사람 중 가장 선한 의인 곧 노아와 그의 가족들만 방주 안으로 피신하게 하시고 온 세상을 홍수로 쓸어버리기로 작정하셨더라. 노아가 방주의 문을 닫기 전 하나님께서는 땅 위에 있는 모든 동물 한 쌍과 하늘에 나는 모든 새들 한 쌍을 방주 안으로 불러 모으시매 그러나 그 불멸의 새(피닉스)는 불러들이지를 않았더라. 이는 사람들이 지은 죄악에 대한 대가이더라. 노아 육백 세 되던 해 이월 십칠일이라.

　그 날에 큰 깊음의 샘들이 터지며 하늘의 창들이 열려 사십 주야를 비가 쏟아졌더라(창세기7장 12절). 온 땅은 큰 홍수로 덮였다. 산도 계곡도 울창하던 백향목 숲도 만나도 홍수에 휩쓸려 버렸고, 이 땅 위에 남은 것은 아무 것도 없이 오직 물만 보일 뿐이었다. 그 때 불멸의 새(피닉스) 한 쌍이 날아와 알 낳을 곳을 찾았으나 알 낳을 곳을 찾기는커녕 앉아 쉴 만한 곳도 찾을 수가 없었다. 그 새 한 쌍은 한참을 하늘에서 빙빙 헤매다 하는 수없이 해 뜨는 곳을 향하여 날아가기 시작하였다. 무작정 해 뜨는 곳을 향하여, 오직 해 뜨는 곳을 향하여 날아가기 시작하였다. (현재의 위치상으로 북위; 38도선을 따라 동쪽으로) 그리고 동쪽 끝 어디엔가 높은 산을 찾았다. 그 불멸의 새(피닉스)한 쌍은 이제 지칠 대로 지쳐 그 산등성이 위에 앉았다. 그리고 알 낳기 적당한 곳을 찾아 이리저리 헤매고 있었다. 그러나 그런 적당한 자리는 쉽게 찾을 수가 없었다. 이윽고 한참을 헤매던 그 새 한 쌍은 깊고 큰 동굴 하나를 찾아내고는 지친 몸을 이끌고 그 동굴 속으로 들어가 버렸다. 그리고 그 후로는 아무도 땅 위에서 그 새를 볼 수가 없었다.

　노아 육백일 년 정월 곧 그달 일일에 지면의 물이 걷힌지라. 노아가 방주

뚜껑을 제치고 본 즉, 지면에 물이 걷혔더니 이월 이십칠 일에 땅이 말랐더라(창세기 8장 14절). 하나님이 노아에게 말씀하여 가라사대 너는 네 아내와 네 아들들과 네 자부들로 더불어 방주에서 나오라 하니 노아가 그 아들들과 그 아내와 그 자부들과 함께 나왔고 땅 위의 동물 곧 모든 짐승과 모든 기는 것과 모든 새도 그 종류대로 방주에서 나왔으니 그곳이 곧 아라랏트 산이더라(창세기 8장 4절/지금의 터키 동북쪽 북위 38도 선상에서 산맥을 형성하고 있는 아라랏트 산, 해발5,165m).

하나님이 노아와 그 아들들에게 복을 주시며 그들에게 이르시되 생육하고 번성하여 땅에 충만 하라(창세기 9장 1절)하셨고 홍수 후에도 노아가 삼백오십 년을 더 지내었고 향년이 구백오십 세에 죽었더라(창세기 9장 29절). 방주에서 나온 노아의 아들들은 셈과 함과 야벳이며, 함은 가나안의 아비라.

노아의 이 세 아들로 좇아 백성이 온 땅에 퍼지니라(창세기 9장 19절). 이 세 아들은 하늘의 만나를 먹고 자란 마지막 세대더라. 이 아들들은 그들이 먹던 만나에 대하여 그들 자손에게 상세히 이야기하였고 그들 자손은 사방 각지로 흩어졌더라. 그리고 그 만나의 이야기는 노아의 후예들에 의하여 온 세상 사방으로 퍼져 길이길이 전설로 이어졌더라. 그리고 그 후예들 중 단족(檀族)이라고 불리던 한 무리는 무작정 해 뜨는 쪽으로 향하여 나아갔다.

홍 익 인 간

(弘益人間/기 원 전 2333년)

· · · · · · · · · · · ·

이 불멸의 새(피닉스)가 날아간 그곳에 단군(檀軍)이라고 불리던 한 성인

(聖人)이 홀연히 나타나 나라를 세웠으니 그 나라 이름은 조선(朝鮮)이라 하였다. 그리고 그 성인은 나라의 건국이념을 '홍익인간'이라고 하였다.

진 시 황 제
(秦始皇帝/기 원 전 236년, 진왕 정11년)
··············

<진시왕>

진왕(훗날 진시황제)이 선왕 장양왕(莊襄王)의 서거로 인하여 13세의 어린 나이로 태자 영정(瀛政)에서 진왕으로 즉위한 지도 어언 11년이 흘렀다. 그러나 진왕은 어린 나이에도 불구하고 주위를 둘러싸고 있는 여러 나라들과의 전쟁에서 매번 승리를 거두었다.

먼저 조나라의 중요 요새인 진양성을 탈취하였고(BC 246년), 위나라의 20성을 탈취하여 진동군을 설치하였으며(BC 242년), 초나라·조나라·위(魏)나라·한나라·위(韋)나라 이 다섯 나라가 연합하여 공격하는 것을 함곡관에서 보기 좋게 격파하는 쾌거도 이루어냈던 것이었다(BC 241년). 더구나 이 함곡관의 승리로 인하여 초나라는 수도를 수춘으로 옮겨야 하는 수모를 당하였으니(BC 241년), 이 함곡관의 승리야말로 진나라로써는 그 세력의 막강함을 온 천하에 알릴 수 있는 큰 승리였던 것이다. 그러나 여전히 진나라 주위에는 초·조·한·위(魏)·위(韋)·연·제등 소위 춘추전국 칠웅의 나라들이 항상 진나라를 위협하고 있었고, 그 외에 대(帶)나라와 이미 멸망한 동주의 잔존 세력도 호시탐탐 기회를 노리고 있었다. 그러나 그 중에 가장 위협적인 존재는 역시 한(韓)나라였다. 이 한나라는 여전히 그 세력이 막강하여 한을 제외한 다른 나라들이 그들의 힘을 다 합쳐도 한나라를 당할 수 없을 정도의 큰 힘을 가지고 있는 나라였다. 그리고 그 한나라는 대륙의 한 중심에 위치하여 전략적으로도 무척 중요한 곳이었다. 즉 진나라로서는 그 한나라를 점령해야만 초나라·조나라·연나라 등을 침공할 수가 있었다.

그런 한(韓)나라가 진왕에게 사신을 보낸 것이었다. 그리고 진왕은 그 한나라 사신과 대면하게 된 것이다. 물론 그 자리에는 진나라의 정위(廷慰:승상이나 어사, 대부 등의 위치와 동열인 지위의 이름)인 이사(李斯)와 요가(姚賈)도 함께 배석하여 진왕을 알현하였다. 그러나 한 가지 놀라운 사실은 한나라에서 보내 온 사신이 다름 아닌 당대 최고의 학자요, 당시 최고의 법가(法家)요, 훗날 한비자(韓非子)라는 책으로 명성을 높인 당대 최고의 학자인 제자백가

의 한사람 한비(韓非)가 사신으로 왔던 것이었다. 따라서 진왕조차도 사신으로 온 한비를 경솔히 대할 수 없었던 인물이었다.

바로 그 한비가 입을 열었다.

"폐하! 저희 한나라 환혜왕께서는 더 이상 진나라와 다투기를 원치 않고 있사옵나이다. 오히려 폐하의 진나라와 저희 한나라가 힘을 합쳐 다른 나라들의 침입을 격퇴하고자 하는 것이 저희 왕의 뜻이옵니다. 저는 바로 저희 환혜왕이 이런 간절한 뜻을 폐하께 전하고자 폐하를 찾아뵙게 된 것입니다. 부디 저희 왕의 뜻을 받아주시옵기를 청원하는 바이오니 통촉하여 주시옵소서."

사신 한비의 말이 끝나자 진왕은 속으로 코웃음을 짓고 있었다. 그리고

는 사신 한비를 향하여 입을 열었다.

"그대 한나라 환혜왕의 뜻은 참으로 가상하나 그 뜻이 진심인지 아닌 지를 짐은 알 수가 없구료. 내 무슨 수로 그대 왕과 그대의 진심을 알 수가 있겠는가?"

그러자 곧장 사신 한비가 입을 열었다.

"당연히 폐하께서는 그런 의심이 들 것이옵니다. 그러나 폐하의 그 의심을 능히 사라지게 할 수 있는 가장 고귀한 예물을 소신이 준비하여 왔습니다. 받아주시옵소서!"

사신 한비가 입으로는 분명히 그렇게 말하였으나 한비의 손에는 아무것도 가진 것이 없었고 더구나 몸종 한 명, 호위병 한 명 없이 혼자 맨몸으로 온 한비가 진왕 앞에 내놓을 수 있는 것이라고는 아무것도 없어 보였다.

이를 의아하게 여긴 진왕이 한비에게 물었다.

"그래, 그대가 짐에게 주겠다고 하는 그 귀한 예물이 무엇이며 어디에 있는고?"

그러자 한비는 잠시 머뭇거리면서 입을 열었다.

"폐하! 아뢰옵기 황송하오나 제가 폐하께 드릴 예물은 너무나 고귀한 것인지라 주위 사람들을 잠시 피케 하여 주시옵소서. 오직 폐하 한 분만이 직접 보셔야 하는 예물이온지라……."

이 말은 들은 진왕은 잠시 무언가를 생각하는 듯하더니 이내 옆에 있던 이사와 요가에게 일렀다.

"다들 잠시 자리를 비켜주시오."

순간 이사와 요가가 동시에 섬   놀라는 표정을 지으며 진왕을 향하여 읊조렸다.

"폐하! 이 자를 어찌 믿을 수 있사옵나이까? 이 자가 흑심이라도 품고 폐하를 해하고자 할지 어찌 아옵니까? 이자를 믿지 마소서!"

이렇게 외쳤다. 그러자 진왕이 껄껄 웃으면서 이사를 보고 말하였다.

"이봐요, 이 정위. 한나라에서 온 이 사신은 세상이 다 아는 학자요, 이 시대 최고의 도선이요, 법가의 대가인 한비가 아니요. 이런 덕망 있는 문신이 감히 품속에 비수라도 품고 있을 것이라고 생각하시오?"

하고는 다시 한 번 껄껄껄 웃음을 지었다. 그제야 이사와 요가는 뭔가 미심적은 표정을 지으면서 못마땅한 모습으로 그 자리를 피하였다.

두 사람이 물러난 후 한비가 조용히 진왕을 향하여 입을 열었다.

"폐하! 제가 폐하께 드릴 예물이라는 것은 다름이 아니오라 바로 사람이 먹으면 불로장생할 수 있다는 불로초와 감로주이옵니다. 폐하께서도 아시다시피 우리 한나라에는 많은 도선사(道仙士)가 있습니다. 흔히들 신선이라고도 합니다. 우리 한나라에 신선이 많은 이유는 우선 대륙의 정기를 받아 흐르고 있는 장강이 있고, 그 장강의 뿌리가 되는 맑고 깊은 강들이 수없이 많이 있으며, 대장부의 호방함을 안고 있는 포양호가 있고, 이 거대한 호수와 강들을 끼고 있는 황산, 노산과 함께 신선들만 살고 있다는 무릉도원이 있어 가히 신선들이 거하기에는 천하제일의 땅인지라 우리 한나라에 신선들이 많이 있음은 조금도 이상할 것이 없사옵니다. 하온즉 한나라 땅에는 신선이라 불리는 자가 몇 명이나 되는지 알 길이 없고 그 신선들이 세수가 몇 수나 되는지 알고 있는 자가 없사오나 혹 누구는 이백 수라고 하기도 하고 혹 누구는 이미 삼백 수를 넘었다하는 자도 있다고 하옵니다."

누가 들어도 황당하고 믿어지지 않는 이 요상한 한비의 이야기를 진왕은 두 눈을 부릅뜨고 귀를 곤추세우고 침을 꿀꺽 삼키면서 온 신경을 집중하여 듣고 있었다. 사실 진왕은 늙는다는 것이 두려웠다. 병드는 것도 싫었다. 오래오래 이 땅에서 부귀영화를 누리며 살고 싶었다. 그리고 이 세상에서 해야 할 일도 너무나 많이 쌓여 있었다. 천하 통일도 이루어야 하고, 북방 오랑캐들의 침략을 막을 수 있는 큰 성도 쌓아야 하고, 천하 각지로 뻗어나갈 수 있는 도로도 건설하여야 하고, 대운하를 건설하여 문물 교역을 원활하게 하여야 하고…….

이런 모든 일들을 완성하려면 먼저 그 자신이 병들지 않아야 하고, 늙지도 않아야 하는 것이 기본이거늘 한갓 인간으로 태어나 가슴 속에 품은 뜻을 다 이루기 전에 어찌 눈을 감을 수 있으리오! 그러기 위해서는 불로장생할 수 있는 불로초나 전설에서 나오는 감로주 같은 것을 찾아야 하고, 그리고 이 세상 어디엔가는 그런 것이 있을 것 이라고 믿고 있었고, 그래서 불로장생이니 불로초니 하는 이야기만 나오면 진왕은 흥분이 되고 곧 그 불로장생할 수 있는 불로초나 감로주가 언젠가는 틀림없이 자기 손에 들어올 수 있으리라는 확신을 하고 있었다. 아울러 진왕은 불로장생에 대하여 광적인 집착력을 갖고 있었던 터였다.

그런데 지금 한나라 사신인 한비가 바로 그 불로장생을 할 수 있다는 전설 속의 불로초 이야기를 하고 있는 것이 아닌가! 한비가 누구인가? 온 천하가 다 알고 있는 학자요 법가(法家)의 대가 아닌가? 그리고 또 일국의 운명을 짊어지고 온 사신이 아닌가! 이런 자가 어찌 감히 상대국의 왕 앞에서 거짓말을 할 수가 있으랴! 진왕의 마음은 점점 더 흥분이 되어 갔다. 그리고 한비의 말은 계속 이어져 갔다.

"하오나 안타깝게도 그 신선들은 대부분 은둔자들인지라 아무나 쉽게 그들을 접할 수 없사오나 다행히 소신은 그들 중 몇몇을 직접 접할 수 있는 터라 그들과 자주 우주 만물의 근본을 논하고, 천둥과 번개의 근원을 이야기하고, 인간의 본질을 논하고, 하늘과 태양과 별들의 천리(天理)를 이야기할 수 있는 기회가 많이 있나이다. 그 와중에서 인간이 늙지도 않으며 병들

지도 않고 팔백 수가 되어도 여인을 품에 안을 수 있으며, 죽기는 하되 구백 세까지 살 수가 있는 그 전설 속의 불로초가 이 땅 어디엔가는 존재하고 있음을 알았고, 지금은 그 불로초가 어디에 있는지 확실히 알고 있는 자가 있는지라 폐하께서 원하시오면 그 자를 통하여 불로초를 구하심이 어떠한 지를 아뢰옵나니 깊이 통촉하여 주시기를 간구하옵니다."

진왕은 다시 한 번 침을 꿀꺽 삼키면서 한비에게 물었다.

"그래? 그럼 그 불로초가 있는 곳이 어디라 하던고?"

이에 한비가 대답하기를,

"저희 나라에 살고 있는 서시(徐市)라는 자의 말에 따르오면, 그 불로초가 있는 곳이 대륙의 동쪽 끝에서 바닷길로 삼 일간 밤낮으로 건넌 후 새 땅이 나오는 곳의 동쪽 끝이라고 하는데 그 땅의 북쪽 끝은 폐하의 진나라와 적대 관계에 있는 연나라와 연결이 되어 있고 동쪽, 남쪽, 서쪽은 바다로 둘러싸여 있어 태양이 솟아오른 후 그 태양이 대륙으로 오기 전에 꼭 그 땅을 먼저 거쳐야 하오매 그 땅의 이름이 조선이라 하옵니다. 따라서 태양의 정기를 맨 먼저 접하는 곳인지라 그곳의 풍광은 수려하기가 말로 나타낼 수 없고, 더욱이 그곳 중에도 가장 아름답고 장엄한 높은 산이 한 곳이 있는데 그 산의 풍광이 너무 아름다운지라, 누구나 그곳에 한번 들어가면 도무지 나오고 싶은 마음이 없어진다 하옵고, 그래서 그 산 안에는 많은 신선들이 살고 있으며 그 신선들은 바로 그 곳에서만 피어나는 불로초를 먹고 지낸다고 하옵니다."

진왕은 이제 한비의 그 말 속에 완전히 몰입되었기에 이미 그의 눈앞에는 신선들의 모습이 아른거렸고, 이미 자기도 그 신선들과 함께 거니는 것 같은 환상 속으로 빠져 버렸다.

"아니 그곳이 얼마나 아름답기에 그토록 신선들이 많이 있단 말인가? 그리고 그 불로초라는 것은 어떻게 생겼으며 감로주라는 것은 또 무엇인가? 좀 더 상세히 말해 보아라!"

한비의 말은 조금도 거침없이 이어졌다.

"그곳의 풍광을 말씀 드린다면 한나라 여산, 황산이 아름답다고 하나 그곳의 아름다움에는 반도 이르지 못하고 무릉도원이 신선들의 안주청이라고 하나 그곳은 오히려 이 땅에서는 볼 수 없는 완전한 천상의 세계라 하옵니다. 그 곳에는 일만 이천 개가 넘는 산봉우리가 있어 신선들이 구름을 타고 이 봉우리, 저 봉우리 넘나들고 있으며, 그 곳의 기기묘묘한 풍광은 사시사철 그 모습을 달리해 동기(冬期)에 본 사람의 말과 하기(夏期)에 본 사람과의 말이 다르고, 춘기(春期)에 본 사람의 말과 추기(秋期)에 보는 사람의 말이 마치 서로 다른 산을 보고 온 것 같은 말을 하고 있어 산은 똑같은 산이로되 그 이름이 네 개나 된다고 하옵니다. 또한 그 산속 깊은 곳에는 신선들만이 찾아갈 수 있는 깊은 동굴이 있는데 들어가는 곳은 비록 좁아한 사람이 들어가기에도 부족한 듯해 보이나 입구에서 십만 보만 들어가면 장강보다 큰 강이 흐르는 별천지가 있는데 그 주위는 온통 보석과 황금으로 꾸며져 있고, 그 큰 강 주위에 불로초라고 하는 것이 숲을 이루고 있다고 하옵니다. 그런데 그 동굴 속에는 봉황(鳳凰)이라는 황금빛의 큰 새가 있는데 그 봉황이 그 별천지를 다스리고 있으며, 그 봉황은 바로 불로초만 먹고 살기에 한 번 태어나면 삼천 년을 산다고 하옵나이다.

하오나 정작 더 중요한 것은 그 봉황은 백 년마다 한 번씩 동굴 깊은 곳에 알을 낳는데 불로초의 씨앗이 바로 봉황의 알 속으로 들어가서 새로운 영물(靈物)로 다시 잉태하여 자라는 즉 그것은 식물도 아니요, 동물도 아니옵고, 아래는 봉황 형상이요, 위에는 불로초라. 이것이야말로 영약 중의 영약이요. 아래 형상은 흑진주처럼 검은 보석과 같이 반짝이나 속살은 백설같이 희고 고와 보는 이로 하여금 절로 감탄이 나올 지경이고, 위의 형상은 마치 백향목 위에 쌓인 눈의 형상이라, 그 향내는 사향(麝香)이라. 그 향이 만보나 흘러가 그 별천지는 향으로 가득하여 그 냄새만으로도 백수는 더 향유할 수 있다고 하나이다. 바로 그것을 신선들은 숙면충(熟眠蟲)이라고도 하고 또 어떤 신선은 영마고(靈麽姑)라고도 하는데 대부분 신선들은 그것을 동충하초(冬蟲夏草)라 하나이다. 그리고 이 동충하초로 담근 술이 바로 감로주인데 이 술을 먹은 자 역시 동충하초를 먹은 자와 같아진다 하나이다."

한비의 말을 듣고 있던 진왕의 눈빛은 이미 붉게 타오르고 있었고, 그의 입술은 무언가를 향한 갈망으로 꼭 차 있었으며 두 주먹은 굳게 쥐어져 있었다. 잠시 침묵이 흐른 뒤 진왕은 천천히 단상 아래로 내려와 한비의 두 손을 움켜잡으면서 간곡히 말했다.

"이보게 한비! 한시도 지체 말고 어서 그 서시라는 자를 이곳으로 불러오게. 그리고 이 문제를 함께 다시 한 번 의논하도록 하세. 그리고 오늘 그대가 짐에게 한 이야기들은 절대로 다른 누구에게도 발설하지 마시게. 자! 어서 사람을 보내어 하루속히 서시라는 자를 이곳으로 모셔오도록 하게."

* 참고 : 전국 시대 (BC 402~ BC 221)의 제자백가(諸子百家): 묵자, 오자, 열자, 순자, 맹자, 노자, 장자, 전병, 신도, 상앙, 신불해, 한비자, 공손룡, 송형, 손빈, 추연

이 사 (李斯)와 한 비 (韓非)

....

　진왕의 명에 의하여 밖으로 나간 정위 이사는 그의 심복인 요가와 함께 불편한 심기를 안고 객 문 밖 의자에 앉아 진왕과 한비의 이야기가 끝나기만을 기다리고 있었다. 그러나 한참이 지났음에도 불구하고 진왕과 한비의 이야기는 끝이 없는 듯 보였다. 진왕과의 독대 시간이 길다는 것은 그만큼 중요한 이야기를 하고 있다는 것이 아닌가. 이사는 내심 불편한 심기를 안고 기다리고 있을 수밖에 없었다.

　그러면 진나라 정위의 벼슬을 하고 있는 이사(李斯)라는 이 사람은 누구이며, 지금 진나라 왕과 독대를 하고 있는 한비라는 사람과 이사와는 어떤 관계인가? 일찍이 이사는 초나라의 상채(上蔡 : 지금 하남성의 상채)출신으로 어린 시절 지방 향리에서 문서를 담당하는 하급 관리였다. 그는 명석하기도 하였지만 야심 또한 커서 관직을 과감히 버리고 당시 최고의 유학자인 순자(荀子 : BC298~235/전국시대의 사상가, 조나라 사람, 초난릉현의 현령을 지냄, 성악설의 제창자, 저서 순자가 있음)의 문하에 들어가 사사하였다.

　바로 이 때 같은 문하생인 한비를 만났으며 이후로 십여 년 간을 순자의 문하생으로 함께 하였다. 그러나 십여 년 동안 모든 면에 있어서 한비는 항상 이사 자신보다 앞서 있었고 인품·인격 면으로도 월등히 나은 고로 다른 사제들도 이사보다는 항상 한비를 더 존경하고 그를 따랐다. 때문에 이사로서는 한비에게 정(情)보다는 원(怨)이 많았고, 친근감 보다는 열등감이 더 많이 쌓여 있었다. 결국 이사는 순자의 문하를 떠나 혈혈단신으로 진나라에 들어와 온갖 역경을 헤치고 여불위(呂不韋 : BC?~235/위나라 복양 즉 지금의 하남성 복양 사람으로 진시왕의 실제 아버지. 진시왕의 아버지는 흔히 장양왕으로 불리는 선왕 자초이지만 사실 진시왕을 출산한 여인은 여불위의 애첩 조희(趙姬)로서 자초의 아내가 되기 석 달 전에 이미 여불위에 의해 훗날 진시황제가 된 영정을 잉태하고 있었고 자초의 아내가 된 후 열 달 만에 영정을 출산하였다. 결국 진시왕의 친아버지는 선왕이신 장양왕 자초가 아니라 여불위였고, 진시왕인 영정은 잉태 후 십삼 개월 만에 출산이 되었으니 진시왕은 그 태생부터가 다른 사람과는 특이하다고 할 수가 있다)의 수하에 들어가 그의 신임을 얻은 후에는 드디어 진시왕으로부터도 신임을 얻어 마침내 승상과도 어깨를 견줄 만한 정위의 자리에까지 이르게 된 것이었다. 이제 이러한 과거의 인연을 갖고 있는 이사와 한비는 근 이십여 년 만에 진나라 왕궁에서 다시 만나게 되었던 것이었다.

진왕과 한비의 독대 시간이 길어지면서 이사의 마음은 점점 더 불안해지기 시작하였다. '도대체 무슨 이야기를 하길래 이렇게 시간이 오래 걸리는 것일까? 한비는 무슨 꿍꿍이와 속셈을 가지고 한나라 사신의 몸으로 이 나라에 들어왔을까? 한비가 준비하였다고 하는 그 예물이라는 것은 도대체 무엇일까?'

한참 혼란스러운 생각으로 깊은 상념에 빠져 있을 때 환관으로부터 접견실로 들어오라는 명을 받았다. 진왕의 표정은 몹시 흥분된 상태였고 한비는 무표정한 채로 단 아래 서 있었다. 진왕이 약간 엄숙한 표정으로 입을 열었다.

"이 정위, 여기 온 한나라 사신인 한비 공자는 당분간 우리 진나라에 머물 것이오. 그동안 이 정위와 함께 여러 가지 나라 안팎의 문제들을 서로 토의하고 의논도 해보시오."

그러면서 진왕은 환관에게 명하였다.

"환관은 들어라. 그대는 한나라 사신이 궁에 머무른 동안 조금도 불편함이 없도록 하라."

이 때 정위 이사가 진왕께 아뢰었다.

"폐하, 아뢰옵기 황공하오나 여기 한나라 사신으로 온 한비는 소신과는 순자 문하에서 십여 년 간을 함께 한 동문으로서의 인연이 있사오니 오늘밤만은 이 자를 저의 사가로 모시고 싶습니다. 비록 저의 사가가 누추하오나 귀빈을 모시는데 부족함이 없도록 성의를 다할 것이오며 또한 호형호제로서 오랜만에 서로 회포도 나눌 겸 우의를 다지고자 하오니 허락하여 주시옵소서."

이에 진왕이 한비를 쳐다보며 말하였다.

"오호! 두 사람 사이에 그런 연이 있는고? 그러면 한비 그대의 뜻은 어떠한고?"

이에 한비가 대답했다.

"정위 이사의 말이 일리가 있는 듯하옵니다. 소신 또한 오랜만에 옛 동문배와 함께 어우르고자 하는 뜻이 있사오니 그리 하도록 허락하여 주시옵소서."

그리고 이사와 한비는 나란히 정위 이사의 사가로 향하였다. 그러나 정위 이사의 머릿속에는 끊임없는 생각으로 가득 차 있었다.

'도대체 진왕과 한비와의 사이에 무슨 이야기가 오고 갔단 말인가? 그리고 진왕에게 바쳤다는 고귀한 예물이란 무엇이며, 그것은 어디에 있단 말인가?

축 객 령 과 간 축 객 서
··········

참으로 말하건대, 이 몸 이사가 오늘날 이 낯선 땅 진나라에서 정위라는 벼슬을 하기까지 얼마나 많은 고통과 시련이 있었던가! 타국 사람으로서

진이라는 나라에 혈혈단신으로 들어와 온갖 역경을 헤치며 오늘 이 자리에 앉지 않았던가!

　바로 지난해 만 하더라도 축객령(逐客令 / 진나라 정왕 10년 (BC 237년)에 진왕은 진나라 왕족들과 대신들의 간청으로 타국 출신으로 진나라에서 벼슬을 하고 있는 자는 모두 추방한다는 영(令)을 발표하였고, 이사 역시 추방의 1차 대상 인물이 되었던 것이었다. 그러나 사실은 이사의 승승장구를 지켜보던 왕족과 대신들이 이사를 추방하고자 진왕에게 진언한 것으로 축객령 자체가 이사를 노린 것이었다)의 반포로 인하여 이 몸 이사도 진으로부터 추방을 당해야 하는 위기에 처하지 않았던가!

　다행히 이 몸이 간축객서(諫逐客書 / 타국 출신 인사 축출에 대한 간언 즉 축객령에 대한 상소문으로써 이사가 친히 작성하여 진왕에게 올린 글이 바로 그 유명한 간축객서이며 그 내용은 〈옛날 목공(穆公)은 융(戎)의 유여(由余)완(宛)의 백리해(百理奚), 송(宋)의 건숙(蹇叔), 진(晉)의 비표(丕豹)와 공손지(公孫支)를 맞아들여 서융(西戎)의 패자(覇者)가 되었고 효공(孝公)은 상앙(上仰)을 중용하여 지금 진(晉)나라의 영토가 천리 길이나 되는 강대국으로 번영했으며 혜완은 장의(張儀)의 연횡책(連橫策)을 써서 6국의 합종(合縱)을 해체시켜 진나라에 복종하게 했습니다. 또 소양왕(昭養王)은 범휴를 중용해 원교근공책(遠交近攻策)으로 진나라의 제업(帝業)을 이룩했습니다. 만약 이 네 사람을 타국인이라 하여 중용하지 않았다면 오늘과 같이 강대한 진(秦)나라는 없었을 것입니다. 태산은 한 줌의 흙이라도 양보하지 않았기에 그만큼 클수 있고 바다는 작은 물줄기도 들어오는 것을 거절하지 않았기에 깊을 수 있으며(泰山不讓土壤 故能成其大 河海不擇細流 故能就其深) 임금은 한 사람의 백성이라도 물리치지 않아야 그 덕을 밝힐 수 있습니다. 그런데 지금 들어온 인재를 물리치고 외객을 추방하려는 것은 원수에게 군사를 더하여 주고, 그들에게 큰 곳간을 내어주며, 안으로는 인재 부족함을 당할 것이고, 밖으로는 원한을 크게 할 것이니 어떻게 나라가 편하기를 바라며 천하를 통일하는 위업을 이룰 수 있겠습니까?) 이사의 이 상소로 그의 존재를 새롭게 인식한 진왕은 축객령을 철회하고 오히려 그를 정위(政尉)로 임명하였다. 어쨌건 절대 절명의 위기를 최선의 기회로 바꾸는 이사의 처세 능력이야말로 참으로 칭찬받을 만한 능력이었다. 참으로 말하건대 아 몸이 이 간축객서로 간언하여 타국인 출신자들의 추방을 이 한 몸으로 다 막아내지 않았던가! 그런데 이제 이 몸과는 늘 경쟁하던 한비라는 자가 느닷없이 나타나 진왕의 마음을 사로잡고 있으니 이 일을 어찌해야 하는고? 이 몸이 목숨을 걸고 길을 닦아 놓으니 한비가 비단을 깔고 그 길로 가고 있구나. 내 기어이 그자의 숨은 속셈을 밝혀내고 그자의 약점을 찾아내어 기필코 그의 숨길을 끊어 놓으리라!

<이사李斯>

이사는 마음속으로 이렇게 굳게 다짐하였으나 한비로부터는 그 어떤 누설도 들을 수가 없었다.

깊고 깊은 밤, 진왕과 이사는 왕 침소 옆 내방(內房)에서 아주 중요한 논의를 하고 있었다. 진왕이 깊게 생각해본즉 한비의 말이 흥미롭고 구미가 당기기에는 충분하였으나, 그러나 뭔가 미심쩍은 것이 있다고 생각한 진왕은 결국 그가 가장 믿고 신임하는 이사에게 모든 사실을 말하고 그 대책을 이사와 단둘이 의논하게 되었다. 진왕의 이야기는 계속 이어져갔다.

"여보게 이 정위, 지금까지 내가 한 이야기가 바로 한비와 나눈 얘기들일세. 이 정위는 이 일을 어떻게 생각하고 있는가? 또 한비가 우리 진나라에 사신으로 들어온 진정한 이유가 무엇이라고 생각하나? 과연 한비 그자의 말대로 우리 진나라와 한나라가 서로 화친하도록 하는 것이 그의 목적이란 말인가? 어디 이 정위의 생각을 한번 이야기 해보게나."

진왕의 말을 들은 이사는 한참을 무엇인가 곰곰이 생각하는 것 같더니 이윽고 조용히 입을 열었다.

"폐하, 소신으로서는 아직까지 한비라는 자가 우리 진나라 사신으로 온 목적이 무엇인지 확실히 모르겠사오나 한 가지 확실한 것은 그의 말대로 단지 우리 진나라와 한나라의 화친 때문인 것만은 아닌 듯싶사옵니다. 분명히 화친 이외의 어떤 다른 목적을 가지고 온 것은 확실하온데 그 다른 목적이 무엇인지는 아직 알 수가 없사옵니다. 또 한 가지 그 불로초라는 것에 대하여 말씀을 드린다면 지금까지 소신도 소위 도선이니, 도사니, 신선이니 하는 사람을 몇 명 대면한 적이 있고, 또 그 진원지가 어디인지 확실치는 않으나 이 세상 어딘가에는 불로초라는 것이 분명히 있다는 소문을 자주 들은 바가 있습니다. 물론 그중에는 참인 것도 있고, 거짓도 많이 있겠사오나 제가 느끼는 바로는 그 많은 소문 중 한 가지 공통된 점은 그 불로초가 있다고 하는 곳이 동쪽 땅 끝, 즉 해가 제일 먼저 뜨는 곳 어디라고 하는 것과 그곳이 천하 절경이고 도인들이 많이 기거하고 있다는 사실이 그들의 한결같은 공통된 이야기임을 미루어 보아 한비의 그 말이 전혀 거짓이라고 볼 수는 없는 듯하옵니다. 따라서 소신의 생각으로는 일단 출중한 사람 몇 명을 선발하여 서시라는 자와 함께 비밀리에 탐색 대를 보내 보는 것이 좋을 듯하옵니다. 단 한비에게는 만약 서시(徐市)가 불로초를 찾아내지 못하고 실패를 하였을 경우에는 그 책임을 어떻게 감당할 것인지를 필히 확답을 들어보아야 할 것이라고 생각 하옵니다.”

이사의 이런 대답에 진왕은 크게 만족하며 이사에게 다시 입을 열었다.

“역시 짐이 믿을 사람은 이 정위 밖에 없구료. 이보시게 이 정위, 이제 이 정위가 이 일을 책임지고 진행하시오. 사람을 선발하는 일에서부터 세부 계획까지 이 정위가 책임을 지고 처음부터 끝까지 잘 마무리하도록 하시오. 그리고 이 일이 끝날 때까지는 한비를 사신으로서 잘 대접하도록 하시오.”

진왕의 이 말을 듣고 정위 이사는 회심의 미소를 지으며 마음속으로 이렇게 되뇌었다.

'한비 그대여, 그대는 이제 내 손바닥 안으로 들어왔구나!'

이사는 즉시 세부 계획을 작성하기 시작하였다. 그러나 불행스럽게도 진(秦)나라는 대륙의 제일 서쪽에 위치하고 있었음으로 진(秦)의 수도인 함양을 출발하여 대륙 동쪽 끝 해안으로 나가 다시 바다를 건너 조선이라는 땅에서 불로초를 찾아 그것을 다시 수도 함양으로 가지고 온다는 것은 참으로 어려운 일인 듯 보였다. 우선 진나라의 북동쪽으로는 위·조·연나라가 있고 중앙 동쪽으로는 한나라·제나라가 버티고 있었으며 남동쪽으로는 거대한 초나라가 있었으니 그 모든 나라들의 장막을 헤치고 간다는 것이 가장 어려운 문제였던 것이었다. 그러나 이사는 이 어려움을 극복하기 위해 고심에 고심을 다한 끝에 정말 그럴듯한 방안을 생각해내게 되었다. 그것은 바로 원정대를 두 개로 만들어서 첫 원정대는 목표 지점을 조선과 같은 방향에, 그리고 같은 바다 건너에 있는 왜(倭)나라로 출발하는 것이었다.

그 첫 번째 원정대는 '우선 진나라 왕이 중한 병환을 입어 거동을 못하고 있음으로 치료 약초를 구하고자 왜(倭)나라로 간다.'는 소문을 전국 각지에 퍼뜨리고 그 원정대의 인원은 나이가 이제 막 열 살이 넘은 삼천 명의 소년

소녀들로 구성하여 상대국으로 하여금 그 원정대가 전투력이 전혀 없는, 다시 말해 순수하게 오직 약초를 구하러가는 것임을 만방에 알려 상대국 병사들로 하여금 두 번째로 보낼 진짜 불로초를 찾으러 조선으로 가는 원정대를 보호하기 위한 연막 책략이었다 (성동격서 : 聲東擊西).

그런데 첫 번째 원정길은 청강(淸江 : 혹은 장강 즉 양쯔강)을 따라가야 하는데 그 청강 줄기가 바로 한(韓)나라의 중심부로 흐르고 있었던 것이었다. 이사는 이 점을 은근히 걱정하고 있었던 것이다. 그래서 이사는 그 첫 번째 원정대를 이끄는 총지휘관의 이름을 서시(徐市)로 바꾸었던 것이다. 그리고 기록에는 혼돈을 피하기 위하여 서불(徐市)로 기록을 하였고, 또 다른 기록에는 서복(徐福)으로 기록되기도 하였던 것이었다(참고 : 市 = 저자 시(5획), 巿 = 슬포(앞치마)불 자임(4획)).

이사의 이 모든 세부 원정 계획을 들은 진시왕은 몹시 흡족하여 즉시 모든 것을 이사의 계획대로 실행에 옮기도록 명하였다. 그리고 연막전술로 출발한 1차 원정대가 출발한 얼마 후, 그러니까 기원전 235년 진왕 정12년 어느 날, 진왕 어전에는 한나라 사신인 한비와 그가 데려온 도선(道仙) 서시(徐市), 그리고 정위 이사가 손수 추천하여 선발한 노생(盧生), 후생(後生)이 이사와 함께 진왕 앞에 진지하고도 긴장된 표정으로 서 있었다. 진왕은 천천히 그리고 엄숙하게 입을 열었다.

"그대, 서시는 들어라. 이제 동방으로 갈 채비는 다 갖추어졌도다. 짐은 그대가 참 도인(道人)으로서 탁월한 영력으로 그대에게 맡겨진 소명을 조금도 부족함이 없이 잘 수행하리라 믿는다. 물론 예상치 못한 많은 난관도 있을 것이다. 그러나 그 모든 것을 다 극복하고 그대가 맡은 소명을 완수하였을 때는 그대가 감히 감당할 수 없는 부귀영화를 줄 것이니 그리 알라."

그리고 연이어 한비를 향하여 단호한 어조로 말했다.

"그대, 한비에게 묻노라. 그대가 제안한 이 일들이 물론 저 서시로 인하여 잘 이루어질 줄 믿노라. 그러나 만에 하나 저 서시가 소임을 다하지 못하고 환궁하였을 경우 그대 한비는 어떤 행태를 할 것인고?"

진왕의 이런 질문에 한비는 마치 기다리고 있었다는 듯이 비장한 표정으로 입을 열었다.

"폐하, 아뢰옵기 황송하오나 소신이 이미 아뢰었듯이 저 서시 도인은 분명히 삼 년 안에 폐하께서 내려주신 그 소명을 틀림없이 이행할 것임을 소신은 확신하고 있사옵나이다. 아울러 소신은 이 약조가 이루어질 때까지

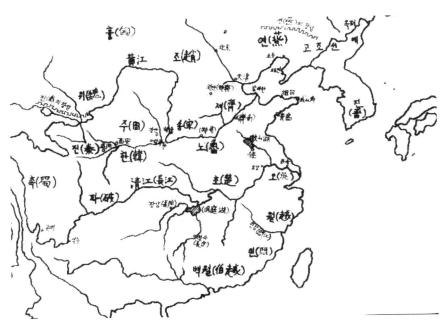

<전국시대 지도>

폐하의 궁을 떠나지 않을 것이며, 만에 하나 저 서시 도인이 빈손으로 환궁한다거나 아니면 삼 년 안에 환궁치 못하고 소식이 없으면 그 때는 제 스스로 폐하 어전에서 제 목숨을 끊을 것이며, 그렇지 못할 경우 폐하께서 소신의 숨길을 끊으시옵소서. 다시 한 번 아뢰옵건대 약속드린 삼 년에서 하루만 늦어도 소신은 폐하의 처분을 추호의 원망 없이 받아들이겠사오니 그리 여겨 주시옵소서!"

한비의 이 말을 들은 진왕은 매우 흡족한 표정을 지었으나 한비와 마주하고 있던 이사의 표정에는 알 수 없는 야릇한 미소가 흘렀고, 그 찰나(刹那)를 한비 역시 놓치지 않고 예리한 눈빛으로 곁눈질하고 있었다.

동방 원정

....

기원전 235년(진왕 정12년) 서시(徐市), 노생(盧生), 후생(後生) 세 사람은 드디어 불로초가 있다는 동쪽을 향하고 있었다. 서시는 한비에 의하여 천거된 인물이었으나 노생과 후생은 어떤 인물인가? 당연히 이사에 의하여 특별히 선발된 인물로서 이사의 심복 중에 참 심복인 인물들이었다.

특히 이 두 사람은 무공이 아주 뛰어난 자들로써 가히 천리 길 안에서는 이들을 당할 자가 없었으며, 더욱이 이들은 피로써 의형제를 맺은 자니 그 사이가 돈독함은 이루 말할 수 없기에 이 두 사람이 힘을 합쳐 무공을 발휘하면 능히 군사 일백 수는 감당할 수 있는 자들이었다. 물론 그들은 지금까지 그들을 돌보아주고 그들의 후원자가 되어준 정위 이사에 대한 충성심도 지극하기에 이사로서는 늘 그들을 신임하여 왔던 것이다. 특히 이번 원정에 선발되어서는 진왕으로부터 받은 하사금 이외에도 이사로부터 막대한 선보상을 받았기에 그들은 진왕의 형식적인 어명보다는 이사의 흑막적인 밀명을 더욱 중히 여기고 있었던 것이었다. 그러면 그들은 정위 이사로부터 어떤 밀명을 받았는가?

첫째로, 불로초를 찾을 때까지는 추호도 흐트러짐 없이 서시의 명령에 절대 순종하라는 것이었고, 둘째로는 불로초를 찾았을 경우든, 불로초를 찾지 못하였을 경우든 지체 말고 서시를 처치해 버리라는 밀명을 받았으며, 셋째로는 불로초를 찾았을 경우에는 그들이 수도 함양에 도착하기 전에 그 사실을 이사 자신이 먼저 알 수 있도록 극비리에 다른 사람을 먼저 보내라는 것이었다. 넷째로는 수도 함양에 도착하는 날짜는 필히 삼 년을 넘기라는 것이었고, 마지막으로는 만약 불로초를 찾지 못하였을 경우에는 서시를 처치한 후 진나라로 돌아오지 말고 제나라에 피신하여 있으면서 이사의 다른 명을 기다리고 있으라는 것이었다.

이윽고 그 세 사람은 불로초를 구하기 위한 긴 여정의 첫걸음을 떼기 시작하였다. 그들은 육로보다는 황강을 이용한 수로를 택하였다. 육로는 길을 잃어버릴 수도 있고 또 조나라의 군사들과 마주칠 우려도 있었으므로 긴 여행에는 수로가 어쩌면 가장 편안한 길이었을 것이다. 그들은 아주 작은 조각배를 타고 강물을 따라 한없이, 한없이 동으로, 동으로 향하였다.

몇 백 일 동안 강줄기를 따라 동으로 향하던 그들은 드디어 제남(濟南)땅에 이르러서는 육로를 통하여 산동으로 방향을 옮긴 후 산동의 바다 끝인 연대와 위해(威海)를 거쳐 대륙의 제일 끝자락인 성산각(成山角)에 이르렀다.

그들은 그곳에서 조금도 지체하지 않고 작은 돛단배 하나에 몸을 의지한 채 동으로의 항해를 시작하였다. 사흘 밤낮을 항해한 후 드디어 한수라고 하는 큰 강어귀에 이르렀다. 그러나 그들은 계속 강을 따라 뱃길로 내륙을 향한 후 큰 강 두 개가 합쳐지는 세 갈래 강 길에 다다랐을 때 그들은 북동 쪽으로 향하고 있는 임수라는 강줄기를 타고 올라갔다. 작은 돛단배는 때로는 바람을 안고 때로는 노를 저으며 힘겹게 강줄기를 따라 오르고 오르기를 한참 후 더 이상 뱃길로 오르는 것이 힘들었기에 고랑포(高浪浦)라고 불리는 곳에서 내린 후 그들은 한숨을 돌리었다.

실로 지금까지 온 길도 보통 먼 곳이 아니었을진대 또 앞으로 가야 할 길은 얼마나 멀꼬! 멀리 눈을 들어 보니 이곳 고랑포의 경관은 또 어떤고! 깎아지른 듯 솟아 있는 절벽 아래 유유히 흐르는 이 강물을 보라. 세상만사 다 잊어버리고 그저 이곳에서 몇 달 푹 쉬었으면 좋으련만, 이 세 사람의 팔자가 그리 넉넉하지 못하니 할 수 없는 일 아닌고…… 다시금 나그네의 바쁜 걸음을 또 옮겨야 되지 않겠는가!

그들은 강줄기를 따라 발걸음으로 계속 오르다가 미산이라 불리는 곳에서 강둑을 넘고 올라 육로 길로 발걸음을 옮겼다. 그리고 그들은 육로를 따라 동으로, 동으로 한없이 걸어가고 있었다. 며칠 밤낮을 가리지 않고 동으로 향하던 그들 앞에 또다시 큰 강이 나타났다. 그들은 지체치 않고 강줄기를 타고 오르고 오르기를 한없이 계속한 후 피모개를 지나 건솔을 넘어 두타연에 이르러서야 멀리 구름 위에 솟아 있는 큰 산을 바라볼 수가 있었다. 그리고 그 세 사람은 저 높은 산이 바로 그들이 찾고 있던 명산이요, 그들의 목적지임을 이심전심으로 알 수가 있었다.

노생, 후생

....

　이윽고 그들은 높디높은 산을 오르고 올라 마침내 신선들이 살고 있다는 명산으로 들어서게 되었다. 과연 그 산은 그 어디에서도 볼 수 없는 절경이었기에 노생과 후생 두 사람은 탄성을 지르기도 전에 그들을 압도하고 있는 대자연의 장엄하고도 감탄스러운 기개(氣槪)에 눌려 아무 말도 못하고 정신이 먼저 몽롱해져 가고 있음을 그들 스스로가 느끼고 있었던 것이었다.

　그러나 서시는 놀라울 정도로 냉정하였다. 지금까지 줄곧 세 사람이 여정을 같이 하면서 보아왔던 그런 평범한 노인네가 결코 아니었던 것이다. 사실 지금까지 노생과 후생 두 사람은 비록 이사의 명에 의해서 서시에게 순종하는 자세로 임하여 왔지만 마음 한 구석으로는 늘 그를 업신여기고 있었으며 또 한편으로는 얼마 있지 않으면 한 칼에 목숨을 잃을 그런 노인이었기 때문에 오히려 측은한 마음조차 가지고 있었던 것이었다.

　그런데 막상 그들이 명산 안으로 발을 들여놓는 순간부터는 전혀 딴사람이 된 듯해 보였다. 우선 그의 눈빛부터가 지금까지와는 전혀 달랐다. 그의 눈빛은 사냥감을 찾는 독수리의 날카로운 안광(眼光)처럼 차갑게 번득거렸고 그의 표정은 전장에 임하는 장수의 표정보다 더 냉정해 보였다. 더욱이 그의 발걸음은 너무나 가볍고 경쾌하여 무공으로 단련된 노생, 후생 두 사람 모두가 그의 뒤를 따르기에도 벅찼던 것이었다. 그러나 무엇보다도 노생, 후생 두 사람을 깜짝 놀라게 한 것은 그 노인네 서시의 능숙한 길 안내였다. 온 주위는 어둡고 우중충하며 내리는 빗방울은 굵었다가 다시 가늘어지기를 반복하는 가운데 그 노인네는 마치 이미 길을 알고 있는 사람처럼 너무나 능숙하게 앞장을 서서 가고 있었기에 감히 두 사람이 말 한마디조차 건넬 겨를도 없이 오직 뒤따르기에 만도 버거운 상황에 이르렀다.

"산자락은 온통 구름으로 가득 차 있었고, 그 구름은 희고 흰 끝없이 넓은 바다를 이루고 있었으며, 그 바다 한가운데 우뚝우뚝 기고만장하게 솟아오른 기기묘묘한 바위기둥은 장엄하다 못해 경외심마저 들게 하였으며, 더더구나 그 절묘하게 솟아오른 바위기둥 꼭대기에 고고하게 버티고 서 있는 한 그루의 소나무는 인간 속세에서 아우성거리며 툭탁이다가 올라온 이 초라한 인간들을 비웃기라도 하고 있는 듯하였다.

어찌 이 장엄함을 말로 표현하리오! 어찌 이 거룩함을 글로 나타낼 수 있으리오! 어찌 이 기묘함을 그림으로 옮길 수 있으리오!"

그러나 그것도 잠깐이었다. 앞서가는 노인의 발걸음은 여전히 암사슴처럼 경쾌하였고 이 두 사람은 그 발걸음을 쫓기에도 급급하였다. 이윽고 어느 산등성이에 오른 그 서시 노인은 잠시 발걸음을 멈추더니 그도 또한 이 장엄한 풍광에 몰입된 것 같은 감동스런 표정으로 한참을 말없이 주위를 살펴보고 있었다. 그리고 오랜 시간이 흐른 후 서시 노인의 눈길은 여전히 우뚝우뚝 고고히 솟아오른 기묘한 바위기둥을 응시한 채 조용히 입을 열었다.

"여보게 노생 그리고 후생, 자네 두 사람은 이곳에서 열흘간만 머무르고 있도록 하게. 바로 저 뒤편에 조금만 동굴이 있으니 그곳에서 여독을 풀며 열흘만 지내도록 하세."

이게 무슨 소리인가? 한치 앞도 보이지 않는 첩첩산중에서 오직 서시 노인네 뒷모습만 바라보며 허겁지겁 따라온 노생, 후생 두 사람 아닌가? 그런데 갑자기 이곳에서 열흘 동안을 기다리고 있으라니, 이게 무슨 날벼락 같은 소리인가! 그러나 어찌하랴. 노생이,

"그게 무슨 소리요?"

하고 입을 여는 순간, 서시 노인은 그 날렵한 발걸음으로 벌써 짙은 구름 사이로 이미 사라지고 있었다. 실로 눈 깜짝할 사이에 벌어진 일이라 두 사람은 할 말을 잃고 서로 멍하니 얼굴만 바라보고 있었다.

후생이 먼저 입을 열었다.

"형님, 이제 우리는 어떡해야 하우?"

"어떡하긴 어떡해! 기다리는 수밖에 없지. 내 생각에는 저 노인네가 거짓말할 것 같지는 않아. 일단 잠자리부터 찾아보자고."

이튿날, 고요한 산중의 아침 적막을 찢으며 귀신에게 홀리기라도 한 듯이 허겁지겁 달려오는 후생의 모습이 보였다. 그리고 숨찬 목소리로 외쳤다.

"형님, 형님! 빨리 좀 나와 보시오. 어서 빨리요. 저것 좀 보시오!"

후생을 따라 황급히 달려 나온 노생의 눈앞에는 실로 기이한 모습이 펼쳐져 있었다.

"저게 도대체 무슨 모습인고? 저게 도대체 어쩐 일인고?"

두 사람은 한동안 아무 말도 못하고 그들의 눈앞에 펼쳐져 있는 장관에 그저 놀라고 놀랄 뿐이었다.

온 천지는 새하얀 구름바다로 덮여 있고 구름바다 저편에는 이제 막 솟아오르는 붉디붉은 태양이 이글거리는 표정으로 온 천하를 바라보고 있는데 구름바다 위로 우뚝우뚝 솟아오른 바위기둥은 햇빛을 받아 더욱더 고고한 모습을 보이고 햇살이 구름에 반사되어 흐르는 광채는 차라리 온 몸을 전율케 하는 거룩한 향기이더라. 그 향기가 빛살을 타고 흘러가는 곳이 어디이더뇨? 바로 저기 저 절벽 위에 우뚝 솟은 한 그루의 소나무를 향하여 당연한 듯이 흘러가고 있더라. 그 소나무 아래 있는 하얀 점 하나는 또 무엇인고? 하늘에서 내려온 한 마리의 학이더냐? 학이 아니라면 무엇으로 보이는고? 하늘로 오르다 지쳐 잠시 머무는 천상 선녀의 하얀 치마폭이던가?
이도 아니고 저도 아니면 그것이 과연 무엇이란 말인가? 오호라! 오호라!
이제야 알겠도다. 하늘을 지나다가 이곳 황홀경에 취해 갈 길을 잃고 주저
앉은 천둥 번개 아니더냐?

신 선

....

실로 놀라운 장관이었다. 지금까지 그들과 함께 긴 여정을 같이 하였던
서시 노인이 바로 저 높은 고봉 위에 올라 앉아있진 않은가? 처음에는 하
잘 것 없어 보이는 평범한 노인인지라 얕잡아 보기도 하고 또 한편으로는
측은하기까지 보였던 서시 노인이 아니었던가? 물론 명산에 들어온 후부
터는 예사롭지 않은 노인이라고 짐작은
하였지만 그래도 그렇지, 노인의 몸으로
어떻게 저 높은 바위기둥의 절벽 꼭대기
에 올랐단 말인가? 그리고 거기서 무엇
을 하고 있단 말인가? 그리고 저 서시 노
인의 무공은 얼마나 강하단 말인가? 어
쩌면 무공의 도를 한참 넘어 신선의 경
지에라도 다다랐단 말인가? 이런저런 생
각이 들었다.

이 몸 노생과 내 아우 저 후생도 소싯
적부터 일찍 무공으로 단련된 몸 아니었

던가? 우리 두 사람이 힘을 합치면 천하에 무서울 것이 그 무엇이던가? 우리 앞을 막아설 자가 이 땅 위에 누구이던가? 그러한 우리가 이제 이곳에 와서 저 높은 곳에 한 마리의 학처럼 도도히 앉아 있는 서시 노인을 바라보고 있자니 우리의 모습이 어찌 이리도 초라해 보이는가? 그러나 어쩌랴, 이곳에서 우리 두 사람이 할 수 있는 일이라고는 아무것도 없는 것을! 우리가 할 수 있는 것이라고는 오직 저 서시 노인의 말대로 열흘간을 기다리고 있을 수밖에 없구나!

서시 노인은 여전히 미동도 않은 채 자세 하나 흐트러짐 없이 앉아 있었다. 그리고 시간은 흐르고 또 흘렀다. 이윽고 해가 기울고 달이 오르매 달빛 아래 비춰진 하얀 서시를 홀로 둔 채 그들은 잠을 청하였다.

이튿날 아침, 어제 아침과 똑같이 다급한 목소리로 후생이 뛰어 들어 왔다.

"형님! 어서 나와 보시오. 저것 좀 보시오!"

후생의 다급한 목소리를 듣는 즉시 노생은 온 몸에 전율을 느끼며 뛰어 나갔다. 그리고 후생이 손으로 가리키는 곳을 바라보았다.

"오! 맙소사, 저건 또 누구인고!"

서시 노인이 앉아 있는 맞은편 바위기둥 절벽 꼭대기에는 또 한 명의 흰 옷 입은 노인이 앉아 있는 것이 아닌가? 그의 얼굴은 눈이 시릴 정도로 새하얀 백발의 머리카락과 언뜻 보아도 열 장(杖)은 넘을 법한 긴 수염과 흰 도포 자락이 함께 바람에 흔들리고 있었고 그의 한 손에 쥐고 있는 큼직하고도 기다란 지팡이조차도 외경스럽게 보여 졌던 것이다.

'저 노인은 누구인가? 어디서 온 노인인가? 서시와는 이미 대면한 적이 있단 말인가? 저 노인은 또 저기서 무얼 하고 있단 말인가? 저 노인의 세수(歲壽)는 또 얼마나 된단 말인가? 지금까지 서시는 저 노인을 기다리고 있었단 말인가?

후생이 조용히 중얼거리듯 말했다.

"저 노인이 우리가 말로만 듣던 신선(神仙)이로구나!"

그 말을 들은 노생은 말 대신 고개만 끄덕거렸다. 서시와 그 노인은 천상에서 서로 마주보고 앉아 있었다. 저 두 노인이 서로 눈을 뜨고 있는지 혹은 눈을 감고 있는지는 알 길이 없으나 노생이 보기로는 분명히 두 사람은 이심전심으로 무언가 교감을 이루고 있다는 것만은 확실해 보였다.

시간은 흐르고 또 흘렀다. 여전히 두 노인은 같은 자세로 서로 마주하고 있었으며, 인적 없는 산속은 두려움을 느낄 정도로 적막감만 감돌고 있었다. 과연 저 두 노인은 언제까지 저렇게 있을 것인가? 그리고 시간은 흐르고 또 흐르고 있었다.

노생이 조용한 음성으로 후생에게 물었다.

"이보게 아우, 저 서시 노인이 우릴 남겨두고 이곳을 떠난 지가 며칠이나 된 것 같은가?"

"이보시오. 형님! 이 아우는 이미 날짜 잃어버린 지가 언제인지 모르겠소. 그리 묻는 형님은 여태껏 무얼 하셨소? 우리 이러지 말고 그냥 서시 노인이 올 때까지 꼼짝 말고 기다리기나 합시다."

노생이 다시 말을 이었다.

"하긴 뭐 지금으로서 우리가 할 수 있는 일이 딱히 무엇이 있겠나? 그냥 아우 말대로 꼼짝없이 기다려나 봄세."

또 하루가 시작되었다. 두 사람은 여느 때와 마찬가지로 오늘도 두 노인네를 지켜보고 있었다. 여전히 구름은 바다를 이루고 있었고 오늘따라 바위기둥 절벽 위에 서 있는 소나무의 기개가 더욱 도도한 듯 보였다.

바로 그 때였다. 실로 천지가 개벽하는 것 같은 일이 벌어졌다. 지금까지 조용히 앉아 있던 백발의 신선 노인이 천천히 자리에서 일어서더니 양팔을 벌리면서 하늘을 향하여 주문이라도 읊으려는 듯하였다. 그리고 얼마후 온 천지를 휘감고 있던 구름들이 서서히 한 곳으로 휘몰아치더니 드디어 거대한 구름 기둥으로 변하면서 하늘을 향해 치솟고 있었다. 그 모습 그 장관에 이미 얼이 빠져 버린 두 사람은 감히 혀를 굴려 말하는 것조차 잊어버렸다.

구름과 바람은 점점 더 세차게 소용돌이치고 있었고 그럴수록 더욱 더 굵어지는 구름 기둥은 하늘에 큰 구멍이라도 뚫을 기세로 위로, 위로 치솟고 있었다. 그런 와중에도 서시 노인은 자세 하나 흐트러지지 않고 그대로 있었고, 신선 노인은 여전히 한 손에는 지팡이를 든 채 양팔을 벌리고 하늘을 우러러 보고 있었다. 구름 기둥은 계속 저쪽 끝에 있는가 싶더니 어느새 신선 노인이 있는 쪽으로 바위기둥을 거세게 잡아 삼키듯 휘몰아쳤다. 그리고는 어느새 그 높은 바위기둥도, 소나무도, 신선 노인도 아무것도 보이지 않았다. 그리고 그 구름 기둥은 다시금 천천히 서시 노인이 있는 절벽 바위기둥으로 서서히 향하고 있는 것이 아니가? 노생과 후생이 또렷이 볼 수 있는 그 큰 구름 기둥은 신선 노인을 삼킨 후 서서히 서시 노인을 향하고 있었다. 그리고는 조금 전과 마찬가지로 서시 노인도 그리고 그 바위기둥도 구름 기둥이 순식간에 삼켜버렸다.

그 순간 후생이 외쳤다

"형님! 저 괴물이 우리 쪽으로 오고 있어요! 빨리 피해야 돼요!"

후생의 말이 끝나기도 전에 주위의 나뭇가지가 세차게 흔들렸고 바윗덩어리가 산 중에서 계곡으로 구르기 시작하였다. 두 사람은 본능적으로 굴속으로 몸을 숨겼다. 비록 굴속이라고는 하나 구름 기둥이 휘몰아치는 소리는 우레와 같았고 이윽고 굴 입구에서부터 세찬 바람이 덮쳐 왔다. 두 사람은 굴속 큰 바위 뒤에 죽은 듯이 엎드려 있었다. 세찬 바람이 뒤덮이며 토해

내는 소리는 어떻게 들으면 귀신의 울음소리 같기도 하고 또 어떻게 들으면 늑대들의 울부짖는 소리인 듯하였다. 어느 순간 바람이 세차게 굴속으로 밀려들어오는 듯싶더니 이번에는 굴속의 모든 것을 밖으로 빨아내고 있는 것 아닌가? 한순간 옷자락이 나부끼며 바람 속으로 빨려드는 듯싶더니 이번에는 양귀의 고막이 찢어지는 것과 같은 느낌이 들었다. 그러더니 머릿속에서부터 이상한 소리가 울려 왔고, 이내 정신이 몽롱하여 왔다. 두 사람은 혼신의 힘을 다해 바위를 잡고 버티었다. 그리고 얼마의 시간이 흘렀다.

한참 후 두 사람이 정신을 차렸을 때는 주위 모두가 고요하게 잠잠해졌고, 무슨 기척 하나 없이 놀라울 정도로 조용하였다. 그래도 두 사람은 감히 일어서지 못하고 한참을 더 그 자리에 꼼짝 않고 그대로 있었다. 노생은 가만히 생각해 보았다. '이 무슨 조화란 말인고! 이 무슨 해괴한 일이란 말인고! 우리가 있는 곳이 과연 사람이 살고 있는 땅 위란 말인가? 지금 내가 꿈을 꾸고 있는 것인가? 아니면 내가 딴 세상에라도 왔단 말인가? 서시는 어찌되었을꼬? 그 신선 노인은 어떻게 되었을꼬? 굴속에 숨어 있는 우리가 이렇게 큰 고통을 당했을진대 그 바위기둥 꼭대기에 있던 두 사람은 어떻게 되었을꼬? 내가 비록 진나라에서는 그 어느 누구도 나를 당할 자가 없는 이름난 무공을 자랑하는 자이거늘 그 무공이 이곳에서는 아무것도 아니로구나. 내 무공의 강함을 믿고 교만으로 살아왔던 내가 정말 부끄럽고 부끄럽구나. 나와 아우는 동굴 속으로 도망을 쳤거늘 우리가 업신여기던 그 서시 노인은 높디높은 봉우리에서 당당히 있었도다. 앞으로 내 어이 이 부끄러움을 안고 다시 서시 앞에 설 수 있으리오.'

구 룡 폭 포

....

　한참 시간이 흐른 후 옆을 가만히 둘러보니 아우 후생이 죽은 듯 엎드려 있었다. 가만히 등을 두드리며 노생이 말했다.

　"이보게 후생 아우, 이제 일어나보게. 이제는 괜찮은 것 같네. 어서 일어나 보게나."

　이 말을 들은 후생이 말했다.

　"형님! 지금 우리가 살아있는 것 맞소? 여기가 지옥은 아니지요?"

　농담 반 진담 반으로 말하며 후생이 부스스 일어나 앉았다.

　"자! 아우, 일단 함께 밖으로 나가보세."

　그러면서 노생이 먼저 일어섰다. 그리고 두 사람이 밖으로 나오는 순간 그들은 또 한 번 섬뜩 놀라지 않을 수 없었다. 그들 앞에는 서시 노인이 껄껄 웃는 표정을 지으며 바위 턱에 걸터앉아 있는 것이 아닌가!

　그리고 두 사람이 서시에게 말을 건네려고 하는 순간 서시는 여전히 웃는 얼굴로 손가락으로 어딘가를 가리키고 있었다. 서시의 손가락이 가리키는 방향으로 눈을 돌리는 순간 두 사람은 동시에 탄성을 질렀다.

　"우와! 우와!"

　그들은 그들의 눈앞에 새롭게 펼쳐지는 장관에 또 한 번의 놀라움을 금할 길이 없었다.

　온 천지를 휘감고 있던 구름이 거짓말처럼 감쪽같이 사라지고 그들 앞에 새롭게 펼쳐진 신천지는 지금까지 볼 수 없었던 풍경들이 신령스런 장관으로 연출됐다. 신비로웠다. 정녕 새로운 세상이었다. 그들 앞 저편 한가운데 신비롭게 나타난 신천지는 지금까지 볼 수 없었던 풍경들이 그들을 더

더욱 놀라게 했던 것이었다. 온통 짙은 초록빛으로 꽉 찬 산들, 그 저편 한 가운데 장엄하게 펼쳐진 폭포가 하얀 비단 폭을 산허리에 펼쳐놓은 듯 신비로운 자태로 나타나는 것이 아닌가! 그러면 우리는 지금까지 온통 쌓여 있던 구름 때문에 저 폭포를 보지 못했단 말인가? 정말 놀랄 일이로다! 정말 장관이로다! 오호라! 이래서 이 산을 금강산(金剛山)이라고 하는구나!

서시가 두 사람에게 말하였다.

"자! 이제 또 떠나야겠네. 어서 출발할 채비를 하게."

노생이 서시에게 물었다.

"어디로 갈 것이란 말이요?"

이미 떠날 준비를 하고 있던 서시가 대답하였다.

"어디긴 어디야, 바로 저 폭포가 있는 곳이지."

그러고는 벌써 앞장을 서고 있었다. 서로 멍한 채 쳐다보던 두 사람은 더이상 아무 말 없이 서시 노인 뒤를 따라가고 있었다. 사실 두 사람 마음속으로야 서시에게 물어보고 싶은 것이 한두 가지가 아니었다. 특히 신선 노인에게 관해서도 묻고 싶었고, 그 절벽 꼭대기에는 어떻게 올랐으며 그 세찬 구름 회오리는 어떻게 버티어 냈으며 등등을 묻고 싶었으나 서시 노인은 아예 그럴 틈을 주지 않았던 것이었다.

조금 전 산등성이 위에서 바라보았을 때는 그 폭포 있는 곳이 그렇게 멀게 느껴지지는 않았는데 막상 찾아가려고 하니 그냥 가까운 거리가 아니었다. 때로는 절벽을 기어오르기도 하고, 가시로 가득 찬 덤불을 헤치기도 하고 비좁은 절벽을 기어오르기도 하고 크고 작은 개울을 건너기도 하는데 이미 방향 감각은 잃어버렸고, 오직 앞서가는 저 서시 노인만 놓치지 않으려고 악착같이 두 사람은 뒤따르고 있었다.

다시 평평한 지대가 나오는 듯싶더니 어디선가 우르렁거리는 굉음이 저 멀리서 들려오는 듯하였다. 한참을 더 아름드리 짙은 소나무 숲 사이로 들어가니 오호! 보이는 구나. 바로 저 앞에 우리가 멀리서 보던 그 비단 자락 같이 보이던 폭포가 드디어 우리 눈앞에 나타났구나! 실로 말로 형언할 수 없는 광경이었다. 수백 척의 높은 곳에서 수직으로 떨어지는 엄청난 폭포수는 아래로 내려오면서, 때로는 흩어지기도 하고 조각이 나기도 하고 울부짖는 것 같은 굉음을 내기도 하면서 아래에 있는 소(沼)를 향하여 곤두박질을 치는데, 아래에 있는 하얀 물거품은 내려오는 물줄기를 반기고 있는 것인지 그들과 다투고 있는 것인지 분간을 할 수가 없고, 또한 떨어지는 물줄기를 한참 바라보고 있으니 물줄기가 내려오고 있는 것인지 쳐다보고 있는 사람이 올라가고 있는 것인지 그 또한 알 수가 없더라.

서시 노인도 노생도 그리고 후생도 모두가 넋을 잃은 채 한참이 지난 후였다. 이윽고 서시 노인이 비장한 듯이 두 사람을 쳐다보면서 말했다.

"여보게들, 이제 우리는 지금부터 본격적인 여정이 시작될 것일세. 지금까지와는 비교할 수 없는 위험하고도 험난한 일들이 우리 앞을 가로막고 있을 걸세. 아무쪼록 각자 마음 각오를 단단히 가져야 할 것일세. 우선 첫 관문은 저 폭포를 타고 올라가는 것이네. 자! 이제 쉴 만큼 쉬었으니 나를 따르세."

"아니, 저 높은 폭포 줄기를 타고 올라간다고!"

노생이 혼자서 폭포 줄기를 높이 쳐다보며 중얼거리듯 말했다. 뒤이어 후생이 말을 이었다.

"여보시오 형님, 우리가 놀란 것이 어디 한두 번이요. 가만히 생각해 보시오. 우리가 이 산에 발을 들여놓은 순간부터 지금까지 모든 것이 다 놀랄 일들의 연속 아니었소. 이 아우의 생각으로는 앞으로도 놀랄 일이 한두 가지가 아닐 듯싶소. 어서 저 노인네를 따라가기나 합시다."

이 말을 들은 노생이 또 혼자 중얼거리듯 말하였다.

"그래, 아우 말이 맞네, 암! 아우 말이 맞고. 우리가 무엇을 어쩌겠는가? 자! 따라가 보세."

어느덧 서시 노인은 이미 절벽에 찰싹 달라붙어 위로 오르기 시작하였다. 역시 서시 노인의 몸은 날렵하였다. 이미 그의 몸은 위로 한참 올라가 있지 않은가! 노생, 후생은 힘겹게 그 뒤를 따르고 있었다.

한참이 지난 후 세 사람은 어느 덧 폭포 줄기 중간쯤에 다다랐다. 오른쪽 어깨 바로 옆으로는 폭포수가 내뿜는 회오리바람과 함께 짙은 안개구름을 쏟아내었고, 쏟아지는 그 안개는 세 사람을 품 안에 삼키었다가 다시 내뱉었다하기를 반복하였다. 아래로 내려다보니 아찔함은 두말할 것이 없음이요, 부글부글 끓어오르는 하얀 물거품은 언제라도 세 사람을 덥석 삼켜버릴 듯 으르릉 대고 있었다.

이 때 서시 노인의 우렁찬 목소리가 들려 왔다.

"아래를 쳐다보지 말고 조심조심 나를 따르시오. 절대로 아래를 쳐다보지 말고 오직 나만 따라오시오!"

하면서 천천히 몸을 오른쪽으로 옮기는데, 오호! 오호! 저 노인네 가는 곳이 어디냐? 저 노인네가 가는 곳이 바로 폭포 가운데로 향하고 있는 것이 아닌가! 이윽고 노인네가 폭포 속으로 들어가는 듯싶더니 순간 그의 모습이 보이질 않았다. 노생이 어찌할 바를 모르고 바위틈을 잡은 채 후들후들 떨고 있는데 폭포 안에서 큰 고함 소리가 들려왔다.

"어서 들어오지 않고 뭐하고 있는 거요. 빨리 이쪽으로 오시오!"

또렷이 들려오는 그 목소리에 정신을 번쩍 차린 노생은 어금니를 꽉 깨물고는 서시 노인이 지나갔던 그대로 움직이기 시작하였다. 어깨 위로는 세찬 물줄기가 온몸을 훑아내고 있었고, 그 물줄기에 쓸려 내려가지 않으려고 전신의 힘을 모아 버티고 있는데 순간 어느 손길이 노생의 목 뒷덜미를 확 낚아채는 듯싶더니 노생 머리는 어느 듯 좁디좁은 굴속으로 빨려들어 갔다. 연이어 서시의 당찬 목소리가 들려왔다.

"빨리 뒤로 들어가시오."

그 말을 들은 노생은 배를 바닥에 깐 채 본능적으로 안으로 기어들어갔다.

신 세 계

....

얼마 후 세 사람은 좁은 동굴 안에 앉아 있었다. 아니 일어서려 해도 일어 설 수도 없는 좁은 동굴이었다. 한 사람이 엎드려야 만이 겨우 들어올 수 있는 동굴 입구 바깥쪽에는 여전히 폭포수가 뚜렷이 보였고 그 물줄기가 내뿜는 굉음 역시 또렷이 들려오고 있었다. 그리고 세 사람은 그 자리에서 깊은 잠 속으로 빠져버렸던 것이었다.

얼마나 시간이 흘렀을까? 동굴 입구에서 뿜어 들어오는 폭포 소리와 그 틈새로 아련히 비치는 햇살에 눈을 뜬 노생은 주위를 살펴보았다. 서시 노인의 모습은 보이지 않고 후생은 옆에서 아직도 잠 속에 취해 있었다. 한참 후 멀리서 아련한 횃불 하나가 어른거리더니 이내 서시 노인의 모습이 보였다.

"자! 어서들 나를 따르시오."

서시 노인을 선두로 하여 세 사람은 동굴 속으로 깊이깊이 들어갔다. 동굴은 비스듬히 아래로 향하고 있었는데 깊이 들어가면 들어갈수록 약간씩 넓어지는 듯싶었다. 그리고 그들의 동굴 속 여정은 한없이, 한없이 계속되었다. 동굴이 비스듬히 아래로 향하고 있다는 것 외에 지금 그들은 동서남북의 방향은 아예 구별할 수도 없었다. 송진으로 만든 횃불만이 앞에서 너울거리며 춤을 추고 있고 노생과 후생은 행여 그 불빛을 놓칠세라 부지런히 그 뒤를 뒤쫓아 가고 있었다.

동굴 속을 따라 한없이 들어간 지가 벌써 며칠은 된 듯해 보였다. 드디어 노생이 앞서가는 서시에게 말을 걸었다.

"도대체 우리가 어디까지 언제까지 이런 암흑천지를 헤매야 한단 말이오? 나는 이제 더 이상 도저히 따라갈 수가 없소. 무슨 다른 방도가 없는 것이요?"

부질없는 질문인줄 알면서도 퉁명스럽게 말을 걸었다. 앞서가던 서시가 잠시 발걸음을 멈추고 야트막한 돌 위에 걸터앉으면서 대답을 하였다. 노생과 후생도 아무렇게나 털썩 주저앉았다.

"어차피 우리는 이 길을 계속 나아가야만 하오. 설령 되돌아가고 싶어도 되돌아 갈 수도 없는 처지인 것 같소. 나 역시 이곳이 어디쯤인지도 알 수가 없고 얼마나 더 가야 끝이 날지 그 또한 알 길이 없소. 힘이 들고 지치는 것이야 서로 마찬가지 아니겠소. 모든 것을 하늘에 맡기고 우리 힘이 다할 때까지 나아가 봅시다."

그리고 세 사람은 또다시 앞으로, 앞으로 나아가고 있었다.

그들 앞에 멀리 뭔가 희미한 것이 아른거렸다. 처음에는 보일 것 같더니 보이지 않았고 보이지 않을 것 같더니 다시 보이고, 이러기를 몇 번 반복하더니 드디어는 그 희미한 것이 환한 것으로 또렷이 바뀌었다. 그들의 가슴은 두근거렸고 발걸음은 한층 가벼워졌으며 뭔가 알 수 없는 새로운 세상에 대하여 호기심으로 가득 차기 시작했다.

드디어 그들 앞에 새로운 신천지가 펼쳐졌다. 먼저 그들 눈앞에 펼쳐진 것은 긴 강물이었다. 족히 수백 척은 넘어 보이는 절벽 아래에 긴 강이 흐르고 있었던 것이었다. 어디서부터 흐르는 강인지는 알 수 없으나 절벽에서 아래로 떨어지는 작은 폭포들은 큰 강을 이루고 있고, 그 큰 강은 그야말로 신비로움과 경탄스러움으로 가득 차 있었다. 그리고 온 동굴은 말로 표현할 수 없는 향 내음으로 가득하였다. 지금껏 땅 위에서는 전혀 맡아본 적이 없는 이상야릇한 신비스러움으로 가득 찬 향 내음이었다. 그리고 그양 벽면을 보라 저 벽은 도대체 무엇으로 되어 있길래 저리도 번쩍거리고 있는고. 그 빛깔은 검 붉은색으로 마치 활활 타오르는 연옥의 벽면 같지 않은가! 그 검붉은 색 벽면 사이사이로 작은 폭포가 수백 갈래 쏟아져 내리고 있는데 그중 어떤 것은 천장 끝에서부터 수천 길 낭떠러지 아래로 떨어지는 것도 있고 또 어떤 것은 절벽 중간에서부터 떨어지는 것도 있고 또 어떤 것은 바로 세 사람이 서 있는 발아래에서 떨어지는 것도 있지 않은가! 그렇게 떨어지는 폭포들은 그 아래 강물을 이루고 있고 그 강물은 아래로, 아래로 흘러가고 있는 것이 아닌가! 그러나 그것들보다 더욱 놀라운 것은 바로 천장에 있는 별들이 아니던가?

'이런 땅속에도 별들이 있다니, 참으로 괴이한 일이로다'라고 생각하며 그 신비로운 하늘을 고개를 치켜 쳐다보았는데 좀 더 자세히 쳐다보니 그것은 별이 아니라 천장에서 하늘로 향하여 뚫린 작은 구멍들인데 그 구멍 사이로 빛이 들어오고 있는 것이 아닌가. 그 구멍의 크기는 작은 것은 주먹 크기만한 것에서부터 큰 것은 박통만한 것이 수백 개나 흩어져 있는데 혹 어떤 것은 바깥세상의 빛만 내뿜는 것이 있고, 또 어떤 것은 물줄기와 함께 떨어지는데 그 떨어지는 물방울이 빛살과 어우러져 마치 맑은 보석이 하늘에서 쏟아지는 것 같더라. 그러나 그 구멍의 아래 위 깊이는 감히 짐작을 할 수가 없었다. 세 사람은 그 누구도 감히 말을 꺼내지 못하고 한 참을 아래, 위로 바라만 보고 있었다.

한참이 흐른 후 서시가 조용히 입을 열었다.

"자! 우리 정신을 차립시다. 먼저 정신을 차려야만이 앞으로의 일을 순리대로 풀어갈 수가 있을 것 같소."

하면서 서시 스스로가 깊게 호흡을 가다듬었다. 나머지 두 사람도 덩달아 호흡을 가다듬으며 여전히 아래 위를 쳐다보고 있었다. 노생이 입을 열었다.

"어쨌거나 저 아래로 내려가 보아야 할 것 같지 않소."

그러자 후생이 말을 이었다.

"저 깊은 곳으로 내려가는 것도 문제이겠지만 올라오기 또한 어려울 것 같은데요."

그러자 노생이 다시 입을 열었다.

"어차피 이판사판 아닌가. 우리가 저 아래로 내려가지 않는다하더라도 되돌아갈 수도 없는 처지 아닌가. 그럴 바에는 아예 내려가서 저 강물 속에 몸이라도 한 번 푹 담그나 보는 게 낫지 않겠어?"

다시 서시가 입을 열었다.

"가만히 보건대 우리가 있는 이곳이 절벽 중간인데 이곳에서 다른 길을 찾아볼 수도 없고 그렇다고 여기서 되돌아 갈 수도 없으니 결국 내려가 볼 도리 밖에 없는 것 같소. 내 생각으로는 저 아래에서도 어쩌면 밖으로 나갈 수 있는 길이 있을 것 같다는 느낌이 드는 것 같소."

<능구렁이>

그리고 세 사람은 다시 한 번 마음을 가다듬고 천천히 아래로 향하였다. 이번에는 후생이 먼저 내려가고 있었고, 다음으로 서시, 노생이 그 뒤를 따랐다. 절벽은 몹시 미끄러웠고 잠시 한눈을 팔다가는 '앗차!' 하는 순간 낭떠러지 아래로 떨어질 처지였다.

한참을 내려가던 중 먼저 내려가던 후생의 찢어지는 것 같은 비명이 들렸다. '으아악!' 외마디 비명 소리와 함께 '퍽!' 하는 소리가 들렸다. 분명 후생이 떨어져버린 것 같았다. 노생은 온 몸에 소름이 끼치는 것 같은 느낌이었으나 역시 서시 노인은 냉정하고 침착했다. 그리고는 재빠른 몸놀림으로 아래로 내려가고 있는 모습을 노생은 쳐다만 보고 있었다.

한참 후에 노생이 아래로 완전히 내려왔을 때는 이미 서시가 후생의 상처를 돌보고 있었다. 후생을 쳐다보니 잔뜩 찡그린 얼굴에 고통스런 신음을 하고 있는 게 아닌가. 어디엔가 큰 상처를 입은 것이 틀림없어 보였다. 그러면서 후생은 찡그린 채 노생을 쳐다보며 말했다.

"글쎄요 형님! 절벽 한가운데 바위틈 구멍에서 시커먼 구렁이 한 마리가 나를 확 덮치더라고요! 얼마나 놀랐는지 그냥 뒤로 떨어지고 말았어요. 정말 큰 뱀이었어요!"

후생은 아직도 두려운 듯이 몸을 도사리며 치를 떨었다. 그 모습을 보며 노생이 말을 걸었다.

"이보게 후생 아우. 자네의 무공이 얼마나 무서운데 그깟 뱀 한 마리 가지고 그 난리를 치는 거야?"

그랬더니,

"형님도 갑작스레 당해보시오. 무공을 쓸 겨를이나 있는지!"

서시 노인이 웃으면서 말했다.

"바닥이 모래였으니 망정이지 까딱하면 큰일 날 번했구먼, 아무래도 다리가 부러진 것 같아. 그 외에는 괜찮은 것 같은데."

그러면서 서시 노인은 일단 안심이 된 듯 한숨을 놓으면서 말했다.

"우선은 이곳에서 모두가 당분간 좀 쉬도록 하세. 후생의 뼈 부러진 곳은 잘 맞추어 단단히 묶어 두었으니 열흘 정도 지나면 괜찮아질 걸세."

그러면서 서시 노인 역시 피곤하였던지 스스로 바닥에 몸을 눕혔다. 노생 역시 자기도 모르는 사이에 깊은 잠 속으로 빠져 들었다.

세 사람이 눈을 떴을 때는 하늘의 별들이 더욱 빛을 뿜어내고 있었고 그중 어떤 빛줄기는 얼굴 위에 직접 와 닿는 것도 있었다. 우리가 이곳에서 얼마나 오래 잠들어 있었을까? 우리가 저 절벽을 타고 내려와 이곳에 온지가 며칠이나 되었을까?

사실 이 세 사람은 신선 노인이 구름 기둥을 만들고 그리고 폭포를 처음 보고난 이후부터 지금까지 줄곧 강행군을 하였던 것이다. 그나마 노생이나 후생이 무공으로 단련된 몸이었기에 그 난관을 이겨내고 버티어 왔을지도 몰랐다. 그리고 이 신천지에 무사히 도착함으로써 그들은 어떤 안도감을 느꼈고 그 안도감은 세 사람을 깊은 잠 속으로 빠지게 만들었던 것이다. 고통과 두려움에서 잠시 벗어난 세 사람은 이제 막 그 깊은 잠에서 깨어났던 것이다. 노생이 조용히 입을 열었다.

"이보시오, 서시 노인. 우리가 잠을 얼마나 오래 잔 것 같소? 그리고 오늘이 며칠인 것 같소? 지금 우리가 분명히 꿈을 꾸고 있는 것은 아니지요?"

노생의 밀려오는 의문들을 털어 놓을 수 있는 사람은 당연히 서시 노인밖에 없었다. 그러나 이 상황에서 서시 노인인들 마땅한 대답을 할 수 있겠는가?

"글쎄요. 솔직히 나도 이곳이 어딘지는 확실히 모르겠고 또 이미 날짜를 잊어버린 지도 오래된 것 같소. 단지 예측할 수 있는 것은 우리가 찾으려고 하는 그 불로초라는 것이 이곳 어디엔가 있을 것이라는 예감이 들기는 하는 것 같소."

두 사람이 이런 이야기를 나누고 있을 때 후생이 놀라는 것 같은 목소리로 말했다.

"형님, 내 다리가 이상한 것 같아요. 아니 이상한 것이 아니라 부러진 내 다리가 벌써 다 나은 것 같아요. 분명히 내가 절벽에서 떨어지면서 다리가 부러졌는데 이상하게 벌써 다 나은 것 같아요!"

하면서 후생이 앉은 채로 자기 다리를 폈다가 오르려 보았다가를 반복해 보였다.

그러자 서시 노인이 말했다.

"맞아, 분명히 후생 자네의 다리가 부러진 것은 사실이야. 내가 내 손으로 부러진 다리를 짝 맞추어 꼭꼭 싸매질 않았던가? 어디 한 번 일어서 보게."

그 말을 들은 후생은 조심스레 일어서기 시작하였다. 그리고는 천천히 한 발짝, 한 발짝 옮기어 보더니 이내 걸음걸이가 빨라진 듯해 보였다. 그리고 곧바로 앉았다 섰다를 하면서 말했다.

"자! 보시오. 분명 부러진 내 다리가 다 나았어요."

그러면서 다시 주저앉더니 '거참 이상하다, 거참 이상하다'라는 말을 몇 번이고 되뇌고 있었다.

연이어 노생이 말했다.

"그러면 우리가 자는 동안에 후생의 다리가 다 나았으니, 아니 그러면 우리가 근 열흘을 잤다는 말인가? 적어도 부러진 다리가 제대로 되려면 열흘은 지내야 되는 것이 당연한 것 아닌가? 어디 서시 노인네는 어떻게 생각하시오?"

서시 노인 역시 고개를 갸우뚱 하면서 말했다.

"그러게 말이요. 나 역시 쉽게 이해가 되질 않소만 내가 생각하기에는 바로 이 동굴 속에 흐르고 있는 이 향내인 것 같아. 이 향내가 후생의 상처를 빨리 아물게 할 수 있는 원인인 것 같은 느낌이 들어. 이 향내의 진원이 어딘지는 모르겠지만 아무래도 우리가 찾고 있는 불로초인 것 같은 느낌이 들어. 어찌 보면 좋은 징조가 있을 것 같아. 어쨌거나 다리가 다 나았다니 다행 아닌가! 그건 그렇고 이제 우리 다 같이 이곳을 한번 조사해 봅시다. 그리고 혹 불로초 같은 것이 있나 한번 찾아보도록 합시다. 그것이 제일 중요한 문제가 아니겠소."

황 금 계 단

....

세 사람은 다시 채비를 차리고 우선 강을 거슬러 올라가 보기로 하였다. 노생이 앞장을 서고 후생과 서시 노인이 그 뒤를 따랐다. 그러나 출발한지 몇 발자국 채 되지도 않았을 무렵 앞장섰던 노생이 멈칫하며 말했다.

"이것 좀 보게! 이것 좀 보게! 이게 무엇인가?"

세 사람이 모여 가만히 쳐다보니 그것은 분명 인골(人骨)인 듯싶었다. 뼈의 상태로 보아 벌써 백 년은 족히 넘어 보이는 인골이었다. 노생이 떨리는 음성으로 나지막하게 중얼거리듯 말했다.

"그러면 우리보다 훨씬 이전에 이곳을 찾아왔던 사람이 있었다는 이야기로군!"

그러자 서시 노인도 동의하듯이 고개만 끄덕이고 있을 때 후생이 역시 조심스럽게 말을 이었다.

"내가 지금까지 말은 안했지만요, 우리가 폭포 절벽을 올라올 때 절벽 중간 바위틈 사이에 오래된 작은 말뚝이 박혀 있는 것을 몇 개나 보았어요. 그 때부터 나는 분명 이 말뚝은 사람이 박아 놓은 것이고 틀림없이 우리보다 먼저 이 절벽을 기어 올라간 사람이 있었다는 생각이 들었어요!"

서시 노인은 계속해서 고개만 끄덕이고 있는데 노생이 다시 말을 이었다.

"참으로 놀랄 일이로다. 도대체 어딘지도 모른 이 깊은 동굴 속에 우리보다 먼저 발을 디딘 사람이 있었다니 참으로 놀랄 일이로다!"

하며 깊은 한숨을 쉬는데 옆에 있는 후생이 말을 받았다.

"참, 형님도 답답하오. 그렇게 이 아우가 뭐랬소. 우리가 폭포 절벽을 오르기 전에 앞으로도 우리 앞에 깜짝 놀랄 일들이 무수히 많이 일어날 것 이라고 이미 말하지 않았소. 아예 그렇게 생각해버려야 오히려 속이 편하지 않겠소! 서시 노인, 그렇지 않소?"

그러자 인골을 유심히 살펴보고 있던 서시 노인이 가볍게 웃는 얼굴로,

"후생의 말이 맞네. 암 맞고말고! 어차피 우리는 우리 앞에 또 어떤 놀랄 만한 일들이 일어날지 아무도 알지 못하니 아무튼 각자 마음가짐을 단단히 하도록 하세."

이렇게 말하자 노생 또한,

"허허, 내가 오늘 후생 아우에게 단단히 농(弄)을 당하네 그려!"

하면서 껄껄 웃었다. 그리고 그 이후로 그들은 몇 개의 인골을 더 찾아내었고, 그 인골들 역시 아주 오래된 듯해 보였다.

그들은 강줄기를 따라 점점 위로 올라가고 있었다. 그런데 올라가면 갈수록 강폭도 좁아지고 천장도 점점 낮아지고 있었다. 또한 그들 앞에는 한두 개의 황금색 기둥이 나타나기 시작하더니 이윽고 수없이 많은 황금색 기둥들이 보이기 시작하였다. 그 기둥들의 대부분은 아래 바닥 쪽에는 넓

고 평평하게 시작되었으나 위로 올라갈수록 점점 좁아지는가 싶더니 그 좁아지는 곳에서 기둥이 끝난 것도 있고, 또 어떤 것은 좁아진 자리에서부터 다시 넓어지더니 드디어는 천정 꼭대기까지 붙어 있어 완전한 하나의 기둥을 이루고 있었다.

그런데 그 기둥을 좀 더 자세히 살펴보니 그냥 기둥이 아니라 잔잔한 주름이 겹겹이 쌓인 채 기둥을 이루고 있어 한눈에 보아도 기둥 하나가 만들어지기에는 수천만 년의 세월이 지났음을 쉽게 짐작할 수가 있었다. 벽은 또 어떠한가? 검붉은 적갈색의 벽은 제각기 기기묘묘한 형상을 하면서 아래를 내려다보고 있는데 어떤 것은 사자형상이요, 어떤 것은 거북의 형상이로다. 갑자기 나타난 저 황금 계단은 또 어떠한고! 큰 기둥을 휘감고 있는 저 황금 계단의 끝은 어디인고! 그러나 그 황금 계단은 감히 사람이 올라 갈 상상조차 할 수 없는 형상을 하고 있었다.

"일찍이 이 대륙에 삼황(三皇/중국 고대 전설에 나오는 신. 복희씨, 여와씨, 신농씨)이 있었다고 하나 누가 저 황금 계단을 올라가 보았으리오. 오제(五帝/중국 고대 전설에 나오는 다섯 사람의 성군. 황제. 전욱. 곡. 요. 순)가 있었다고 한들 누가 저보다 더 큰 영화를 누려 보았겠는가? 저 황금 계단 위에는 과연 누가 살고 있을꼬?"

"혹 누가 나더러 이곳을 말로 표현하라고 한다면 내 어찌할꼬. 내 이 세치 혀를 어떻게 굴려야 할고? 세상에 나뒹구는 그 많은 말(語)들 중 과연 어느 말(語)을 끌어 쓰는 것이 좋을꼬? 이 말을 끌어 쓰면 저 말이 아쉽다 할 것이고 저 말을 당겨쓰면 이 말이 서운타 할 것이매, 오호라! 그냥 입 다물고 가만히 있는 것이 상책이로구나. 행여 내 혀 잘못 굴려 그들의 노여움을 사면 어찌할까? 이 말(語)이 앞에서 치고 저 말(語)이 뒤에서 치고 저 사자가 화를 내고 저 거북이 벌떡 일어서면 약하고 약한 이 몸 어찌 감당하리오!"

아무리 세 사람이 다시는 놀라지 말자고 다짐을 했건만 연약한 인간인지라 그 다짐 하나로 어찌 이 대자연을 감당할 수가 있겠던가? 역시 그 세 사람은 오직 인간일 뿐이었다. 서로 약속하며 다짐한 것이 바로 몇 점 전임에도 불구하고 그들의 탄성은 서로 앞서거니 뒤서거니 반복하고 있었다. 이미 그들은 그들이 왜 이곳을 찾아왔는지도 잊어버릴 번 하였고, 그렇게 하기를 며칠을 계속하였는지 그들도 알지 못하였다.

동 충 하 초

…………

"자! 이제 우리가 강 상류 쪽으로는 거의 살펴본 것 같으니 다시 하류 쪽으로 내려가 봅시다."

서시의 이 말에도 아랑곳없이 노생, 후생 두 사람은 여전히 주위를 두리번거리고 있었다. 그리고 그들의 발걸음은 이제 하류로 향하고 있었다. 드디어 그들이 처음 도착하였던 곳을 지나 이제부터는 하류로의 여정이 시작되었다. 그런데 하류는 지금까지 본 상류와는 상당히 차이가 났던 것이다. 지금까지 상류는 오직 한 줄기로만 되어 있었는데 하류는 그렇지가 않았다. 그들이 내려가는 방향 좌우로 또 다른 동굴들이 하나 둘씩 보이는 듯싶더니 내려갈수록 그 숫자가 많아지는 것이 아닌가? 그 크기는 한사람이 겨우 들어갈 수 있는 것에서부터 어떤 것은 제법 대여섯 명이 한꺼번에 들어갈 수 있는 상당히 큰 것도 있었으며, 또 어떤 동굴은 거의 천장 벽에 붙어 있는 것도 있고 어떤 것은 몇 척만 언덕을 기어오르면 닿을 수 있는 것도 있고 어떤 것은 바로 걸어 들어갈 수 있는 것도 있었다. 아울러 하늘에 있는 천장 구멍 숫자도 점점 많아지고 있다는 것을 알 수가 있었다.

그러나 가장 다른 것은 벽면이었다.

지금까지는 모든 벽면이 검 붉은색을 이루고 있었으나 점점 검 붉은색의 부분은 좁아지고 황금색 부분이 점점 더 많아지고 있었다. 어느 순간 천천히 흐르는 강물이 점점 세차게 흐르고 있는 것이 아닌가! 그리고 그 강물은 급류를 이루고 있었고 금방이라도 세 사람을 잡아당길 것 같은 기세였다. 그러나 그 급류는 오래가지 못하고 드디어 급류는 곧 커다란 호수를 만들고 있었다.

세 사람은 천천히 조심스럽게 벽면을 따라 아래로 내려가 드디어 호숫가에 이르게 되었다. 돌이켜보니 참으로 기이한 일이었다. 수천 길로 내려온 동굴 속에 하늘의 별이 있고, 폭포도 있고, 강도 있고, 황금 같은 기둥도 있더니 이제는 동굴 속의 호수라, 참으로 신기한 세상이로구나!

세 사람은 천천히 바닥이며 벽을 살펴보고 있는데 서시가 조용히 입을 열었다

"오호! 이것이 바로 호박(琥珀)이로고. 그래, 이제야 제대로 뭔가 되고 있는 것 같아."

그러면서 서시는 노생, 후생 두 사람을 불러 모은 후 불로초에 대하여 차분히 설명하기 시작하였다.

"지금 보이는 이 검붉고 딱딱한 이것이 바로 호박(琥珀)이라는 보석일세. 이 호박은 바로 소나무 진액이 땅속으로 흘러 들어가 천년이 지나면 이렇게 호박이라는 보석으로 바뀐다네. 지금은 별로 보잘 것 없어 보이지만 이것을 갈고 닦으면 아주 아름답고 은은한 빛깔을 뿜어내는 훌륭한 보석이 된다네. 그런데 소나무 진액이 천 년이 되기 바로 직전, 다시 말해 호박이

라는 보석이 되기 직전에 그 중 어떤 것은
마고초(蘑菇草)라는 풀잎이 돋아나게 되는
데 이것을 복령(茯笭)이라고 부른다네. 이
복령이 자란 것이 바로 송로마(松露麿)이지.
예부터 천하에 가장 값진 음식이 바로 송로
마라고 하는 것인데 아주 희귀한 것이라네.
그런데 송로마(松露麿) 중에 가장 으뜸으로
치는 것이 백송(白松) 혹은 백향목(柏香木)이
라고 불리는 것 아래 있는 것이고 그 다음으
로 치는 것이 홍송(紅松) 아래 있는 것인데.
홍송이 백송보다 오히려 훨씬 낫다고들 하
는 사람도 많다네. 그런데 애석하게도 우리

<홍송>

대륙에는 송목은 많이 있으되 백송도 홍송도 쉽게 찾아볼 수가 없다네."

노생, 후생은 꼼짝도 하지 않고 서시의 말에 귀를 기울이고 있었다. 서시
의 이야기는 계속 되고 있었다.

"예부터 내려오는 전설에 의하면 백송은 우리 대륙 중심부에서 해 지는 끝
쪽 바닷가에 있고 홍송은 대륙에서 해가 뜨는 끝 쪽 바닷가에 있다고 전해
지고 있네. 물론 우리 대륙에도 백송, 홍송이 없는 것은 아니지만 질적인 면
에서는 세찬 바닷바람과 싸우며 자란 것과는 비교가 되질 않는다네. 자네들
은 눈여겨보지 않았겠지만 우리가 이 금강산에 올라올 즈음 우리 주위에 있
는 울창한 소나무들이 바로 홍송이었다네. 그리고 우리가 동쪽으로 가면 갈
수록 확실하게 짙은 홍송을 많이 보아 왔다네."

그러면서 서시 노인은 다시 말을 이어갔다.

"그런데 내가 한 가지 크게 염려되는 것은 분명히 대륙 동쪽 끝 바다 지나

동쪽 끝 바닷가로 알고 있는데 우리는 아직 그 동쪽 끝 바다를 보지 못하였단 말일세. 우리가 삼 일도 채 못 되어서 건너 온 곳도 분명히 바다는 바다일진대 이곳 금강산에서 보면 그곳은 서쪽 끝이 된다는 이야기란 말일세. 아무튼 그건 그렇다 치고 그러면 불로초는 무엇이냐 하면 동쪽 바다 끝 동굴 속에 봉황새라고 하는 큰 새가 있어. 그 새는 백 년에 한 번씩 알을 낳는데 송로마에서 태어난 씨앗이 그 알 속으로 스며들어 가는데 어떤 이는 그 씨앗이 하도 작아 봉황새 알도 모르게 알 속으로 스며들어간다 하기도 하고, 또 어떤 이는 그 봉황새 알이 스스로 길을 열어준다고도 하는데, 하여튼 송로마 씨앗이 봉황새 알 속에서 또 천 일을 보내고 나면 이윽고 그 알 속에서 새싹이 틔어 오르는데, 그 빛깔이 눈송이보다 더 희다고 알려지고 있네. 이것이 바로 불로초라고 하는 것인데 이것을 어떤 이는 동충하초(冬蟲夏草)라고 부르기도 한다네."

이로써 서시 노인의 말은 끝난 듯싶었다.

뒤이어 노생이 입을 열었다.

"그러면 결국 우리가 찾아야 할 것은 눈송이처럼 하얗게 생긴 그 풀을 찾아야 한다 그 말이군요?"

그러자 서시 노인이 대답했다.

"그래 맞소, 바로 그 하얀 풀을 찾아야 하는 것이오. 그리고 그 풀 밑에는 필히 하얀 알이 붙어 있어야 하는 것이요."

이 때 후생이 진지한 표정을 지으며 말했다.

"그런데 불로초도 좋고 동충하초도 다 좋은데 그 후에 우리가 바깥세상으로 나가는 곳은 어디에 있소?"

후생의 이 한 마디에 잠시 분위기가 침울해지는 듯싶었는데 서시 노인이 입을 열었다.

"전에도 내가 한 번 이야기하였듯이 분명 이 호수 주위나 아니면 저 많은 동굴 중 어느 한 곳에는 바깥으로 나가는 곳이 있을 것이오. 너무 걱정 하지 말고 힘을 내어 우선 불로초나 찾도록 합시다."

그리고 세 사람은 다시금 움직이기 시작하였다.

숨 쉬는 호수

....

있었다. 정말 있었다. 그들의 눈앞에는 눈송이처럼 새하얀 풀들이 솟아나 있었다. 그리고 그 새하얀 풀들 밑에는 보기에도 탐나는 새하얀 알이 붙어 있었다. 처음에는 한 송이 두 송이 띄엄띄엄 보이는 듯싶더니 어느새 이쪽 벽면에도 그리고 저쪽 벽면에도 몇 송이가 눈송이처럼 솟아나 있었다. 가만히 보고 있노라니 눈부시도록 새하얀 그 불로초는 언뜻 보기에도 먹음직하여 절로 탐욕을 불러일으키기에 조금도 손색이 없었다.

견물생심이라고 하였던가! 그러나 이것은 엄연히 진시왕의 물건이기에 그들은 오직 보는 것만으로 만족하여야 하였다. 세 사람은 모두 다 자기도 모르는 사이에 침을 꿀꺽 삼켰다. 노생도 후생도 흡족해 있었다. 이렇게 제법 많은 불로초를 구할 수 있다니 실로 꿈만 같았다. 그러나 서시의 마음 한 구석에는 한 가지 크게 걸리는 것이 있었다. 그것은 다름 아닌 봉황새였다. 비록 불로초는 구하였다고 할지언정 그 알을 낳은 봉황새를 보지 못한 것이었다.

"만약 이 알들이 봉황의 알이 아니고 다른 새들의 알들이라면 그것은 불로초가 아니라 그저 평범한 마고초에 불과할지도 모를 일 아닌가? 그리고 만약 그것이 봉황 알이 아니라고 가정한다면 무슨 알일까? 다른 새가 보이는 것도 아니고……"

그 때 서시의 머릿속에 불현 듯 떠오르는 무엇인가가 있었다.

"그렇다, 뱀 알이다! 맞아. 뱀 알이 틀림없어. 후생이 절벽에서 떨어질 때 분명히 뱀을 보았다고 했어. 시커먼 뱀. 그러면 혹 구렁이란 말이 아닌가? 독사라면 새끼를 낳는데 구렁이는 알을 낳지 않는가? 그렇다면 그것은 오히려 인간을 악하게 만들 수도 있는 것 아닐까?"

그 때 노생이 약간 흥분된 어조로 말했다.

"여보시오, 서시 노인. 어이 후생 아우. 모두 이리로 빨리 좀 와보시오."

서시 노인과 후생이 동시에 노생 곁으로 다가갔다.

"형님, 무슨 일이오. 또 우리가 놀랄만한 일이라도 생겼단 말이오?"

후생이 의아한 듯 물었다.

"암! 놀랄 만한 일이 있다마다. 자 보시오! 저 호수 물 표면을 가만히 살펴보시오. 그러면 뭔가 느껴지는 것이 있을 것이오."

노생의 목소리는 상당히 흥분이 되었다. 세 사람은 동시에 호수의 물을 가만히 쳐다보았다. 잠시 후 서시 노인이 조용히 입을 열었다.

"이보게 노생. 참으로 잘 보았네. 나도 이제껏 불로초 찾는 데만 급급하였는데, 이제 가만히 보니 확실히 뭔가 집히는 게 있어. 지금 이 호수로 들어오는 물은 보다시피 양으로 볼 때 상당히 많은 양일세. 그런데 그 많은 물이 빠져나가는 곳은 전혀 보이지가 않아. 그래도 호수의 수면은 늘어나지 않고 항상 그대로 있단 말일세. 그렇다면 물은 호수 바닥 아래 어디로 빠져 나간다는 것인데, 만약 이 호수가 산 중턱에 있다면 이 호수는 호수가 될 수가 없고 그저 지나가는 계곡이 되어야 한다는 말일세. 그런데도 호수를 이루고 있고 물 수면은 계속 똑같은 높이를 유지하고 있으니 이쯤 되면

이 호수의 위치가 어떻게 되어 있다는 것은 자명한 것 아니겠나?"

서시의 말이 끝나자마자 노생이 외쳤다.

"맞아요. 바로 그것예요. 결국 이 호수는 바다와 바로 연결이 되어 있어 이 호수의 표면 높이가 바닷물 높이와 똑같다는 말이에요!"

그러고는 마치 어린아이처럼 마냥 기뻐하는 것 아닌가. 바로 그 때 후생이 큰 소리로 외쳤다.

"저것 봐요. 호수가 숨을 쉬고 있어요!"라면서 손가락으로 호수를 가리켰다. 과연 그 호수는 숨을 쉬고 있었다.

호수의 물 표면을 가만히 보고 있으니 그 전체가 미세하나마 올랐다가 다시 내려가고 또 올랐다가 다시 내려가고 하는 것이 아주 일정한 간격을 두고 반복하는 것이 아닌가! 그 모습이 마치 호수가 규칙적으로 숨을 쉬고 있는 것 같았다.

노생이 큰 소리로 외쳤다.

"맞아. 바다의 파도 때문에 호수가 숨을 쉬고 있는 것이야. 파도가 밀려오면 그 힘 때문에 호수 물이 올라가고 파도가 밀려나가면 호수물이 뒤따라 내려가고 있어!"

그러면서 노생, 후생 두 사람은 서로 부둥켜 안고 기뻐 날뛰며 어쩔 줄 몰라 했다. 사실 그랬다. 얼마나 바깥세상으로 나가고 싶은가. 그것은 서시의 심정도 마찬가지였다. 이 세 사람은 그들이 이 굴속으로 들어온 지가 몇 날 며칠, 아니 몇 달 몇 년이 된 지도 알지 못했다. 그러니 오죽 바깥세상 구경을 하고 싶으랴. 그러나 문제는 또 있었다. 과연 이 호수에서 바다까지의 거리가 얼마나 되느냐 하는 것이었다. 그들이 물고기가 아닌 이상 무한정 물속을 헤엄칠 수도 없는 일 아닌가?

드디어 그들은 동굴을 빠져나갈 결심을 하였다. 이미 불로초도 넉넉히

거두어 모아 두었고 이제 마지막 남은 문제는 오직 이 동굴을 빠져나가는 것이었다. 서시가 상세히 계획을 세웠다. 세 사람 중 누구 한 사람에게 먼저 호수 아래로 들어가 바다와 통하는 길을 찾도록 하되, 처음부터 바로 바다로 빠져나갈 길을 찾는 것보다는 중간 중간에 숨을 쉴 만한 굴이나 휴식처를 먼저 찾는 것을 염두에 두라는 것이었다.

제일 먼저 후생이 호수 아래로 내려갔다. 바다로 빠져나가는 길을 찾는 것이 뜻대로 쉽지만은 않았다. 그러나 며칠, 몇 날을 애쓰고 애쓴 끝에 그들은 바다로 나갈 수 있는 길을 마련하였다.

호수 아래에는 실로 동굴과 동굴의 연속이었다. 많은 동굴들이 실타래처럼 엉켜 자칫 잘못하면 동굴 아래에서 제대로 길을 찾지 못하고 산송장이 되어버릴 수 있는 위험 요소가 도사리고 있었다.

그들은 중간 중간에 숨을 들이킬 수 있는 작은 굴들을 수십 곳 찾아내었고, 그리고 길을 잃지 않도록 확실하게 표시를 하여 두었다. 그러나 역시 제일 어려운 곳은 마지막 끝자락, 즉 바다와 직접 연결된 곳이었다. 왜냐하면 바다와 동굴이 연결된 입구 부분이 너무나 깊게 위치해 있었고 또 그 입구가 너무 비좁았기 때문이었다. 그러나 그들이 누구인고! 무공으로 심히 단련된 이들 아니던가?

이제 드디어 대망의 날에 이르렀다. 바로 그들이 한없이 그리던 바깥세상으로 향하는 날이었다. 그들은 그들의 옷을 벗어 소중하고도 소중한 불로초를 한 송이라도 잃어버릴까봐 꽁꽁 묶고 다른 것은 칡넝쿨 같은 줄기로 꽁꽁 묶어 가져가기에 버거울 정도였다. 이윽고 출발하기 직전 서시가 두 사람을 불러놓고 아주 심각한 어조로 말하였다.

"지금까지 나에게는 두 가지 의문점이 있었네. 그 중 하나는 이미 전에 말했듯이 동쪽 바다를 보지 못했다는 것일세. 그러나 그것은 저 호수로 인하여 이미 해결이 되었네. 그러나 또 한 가지 중요한 것은 저 알을 낳은 새를 보지 못하였다는 것일세. 다시 말해서 봉황새를 내 눈으로 직접 보지 못했다는 것일세."

그러면서 긴 한숨을 내쉰 서시는 다시금 말을 이어갔다.

"만약 우리가 구한 저 불로초가 봉황의 알이 아니라면 어떠하겠는가. 저 불로초는 불로초가 아니라 단지 마고에 불과할 뿐 아니겠는가? 그렇다면 지금까지 우리의 노력은 허사가 아닌가?"

이렇게 말한 서시는 다시 한 번 긴 한숨을 내쉬며 조심스럽게 말을 이었다.

"그래서 내가 자네들에게 하는 말인데 우리 처음부터 다시 한 번 시작 해 보면 어떨까? 다시 말해서 봉황이 살고 있는 곳을 한번 찾아보는 것이 어떻겠는가?"

그 말이 끝나자마자 후생이 펄쩍 뛰면서 흥분된 어조로 말했다.

"난 그렇게 못하오. 아니, 이 죽을 고생을 해놓고 또 죽을 고생을 새로 시작하자니 나는 도저히 그리 못하겠소. 나를 죽인다 해도 나는 이제 더 이상 절대로 그렇게 못하겠소. 어서 이곳을 빠져 나가고 싶은 마음밖에 없소."

노생이 그 뒤를 이어 말했다.

"저 불로초 아래 붙어 있는 하얀 알이 봉황의 알이라는 증거도 없지만 그렇다고 봉황의 알이 아니라는 증거도 없지 않소? 그러니 이쯤에서 그냥 돌아가도록 합시다."

이 때 서시 노인은 '구렁이 알'이라는 말을 꺼내고 싶었으나 그냥 두었다. 왜냐하면 이미 분위기가 이들을 설득한다는 것은 어렵다는 판단을 하였기 때문이었다.

'그래, 그렇다면 이들이 차라리 저것이 진짜 불로초라고 알고 있는 것이 오히려 속 편하지 않겠나.'

서시가 이런 생각을 하고 있을 때 후생이 다시 말을 하였다.

"형님, 그리고 서시 노인. 난 솔직히 말해서 이제는 불로초라는 말만 들어도 지겹소. 말이야 바른 말이지 나는 더 이상 불로초에는 관심이 없소. 한시 바삐 바깥세상을 보고 싶은 마음 외에는 아무 생각이 없소. 빨리 나가기나 합시다."

그리고 그들은 꼬박 삼 일 동안 물속에서 헤엄치며 동굴에서 쉬며 하기를 반복 하였다. 물론 그것은 그들 모두가 대단한 무공의 소유자들이었기에 가능하였으리라.

어느덧 세 사람은 바닷가 모래 위에 편안히 앉아 있었다. 그곳은 안창현 포구(현 강원도 고성군 간성)라 불리 는 곳으로 너무나 넓은 바다가 탁 트여 있었고, 높고 세차게 밀려오는 파도는 그들의 가슴을 너무나 상쾌하게 하였으며, 화사한 햇살이며 싱그러운 바람이 안고 오는 향기는 너무나 따뜻하고 부드러웠다.

그러나 노생과 후생의 마음은 편치가 않았다. 그들은 또 다른 중요한 일을 하여야 하기 때문이었다. 그것은 다름 아닌 이사가 그들에게 내려준 밀명, 즉 서시 노인을 처치하는 일이었다. 그러나 그 일이 쉽지 않을 것이라는 것은 노생, 후생 두 사람 모두 다 잘 깨닫고 있었기 때문이었다. 이미 그들은 서시 노인의 보이지 않는 괴력을 너무나 잘 알고 있으며 오히려 그를 두려워하고 있었던 것이다. 그러나 무엇보다도 그들의 마음을 무겁게 하는 것은 이미 온갖 고초를 겪으면서 서로가 기대고 의지하는 사이에 자신들도 모르게 서시에게 정이 들었던 것이었으며 또한 서시의 인품 역시 훌륭한 인격의 소유자였기에 감히 그를 처치할 마음이 생기질 않았던 것이었다. 그렇다고 정위 이사의 명을 거역할 수도 없는 것 아닌가. 또한 서시를 처치하지 않고서는 이사의 다른 명도 수행할 수 없는 노릇 아닌가. 이래

저래 노생, 후생 두 사람의 마음은 무겁기만 하였다.

이윽고 다시금 진(秦)나라로의 귀경이 시작될 무렵이 되었다. 서시가 조용히 입을 열었다.

"이보게 노생, 그리고 후생. 내 말 좀 들어보게나. 여태껏 모두가 고생이 많았네. 이제 우리 이쯤에서 헤어져야 할 것 같네. 나는 이곳에 남아서 저 깊고 깊은 산 속으로 들어가 나머지 여생을 보내고 싶네. 그러니 이제 자네 두 사람은 진나라 왕궁으로 돌아가도록 하세."

두 사람이 감히 말대꾸도 못하고 있는데 서시가 다시 말을 이었다.

"내가 두 사람에게 장담하네만 앞으로 나와 두 사람은 진나라에서는 다시 만날 일이 없을 걸세. 또 그렇게 되어야만이 두 사람이 편하게 돌아갈 수 있지 않겠는가?"

그러면서 껄껄 웃음을 지어보였다.

"아니, 그렇다면 서시 노인께서는 이미 우리가 받은 밀명을 헤아리고 있었단 말이오?"

노생이 난처한 표정을 지으며 물었다. 서시가 여전히 웃으며 대답하였다.

"그런 것쯤이야 너무나 쉽게 예측할 수 있는 것 아니겠는가?"

노생과 후생 두 사람 모두가 고개를 푹 수그린 채 굵은 눈물방울만 뚝뚝 흘리고 있을 때, 여느 때처럼 서시 노인은 벌써 저만치 혼자 사라져 가고 있었다. 노생과 후생은 아쉬움과 서운한 감정을 품에 안은 채 멀어져가는 서시의 뒷모습을 끝까지 바라보고 있었다. 그리고 후생이 노생을 바라보면서 조용히 중얼거렸다.

"형님, 저 서시 노인네도 바로 신선이라고 불리는 사람 중 한 사람이지요"

그러자 노생은 아무 말 없이 고개만 끄덕거렸다. 그리고 두 사람의 귀경길 여정은 시작되었다.

이윽고 두 사람은 수도 함양에 도달하였고, 당연히 이사에게 먼저 들렀다. 그리고 이사는 두 사람의 여정을 상세하게 문도(文圖)로 두 부 작성하여 한 부는 진시왕에게 바치고, 또 한 부는 극비리에 자신이 보관하였다.

한 비 자
············

기원전 235년(진왕 정12년) 진나라 수도 함양, 서시, 노생, 후생 세 사람이 불로초를 얻기 위하여 동방으로 출발한 후 한비는 그들이 불로초를 구해올 때까지 진나라에 볼모로 잡혀 있는 몸이 되었다. 당연히 그의 처소는 왕궁이었으며, 항상 정위 이사의 하수들로부터 감시를 당하고 있었다.

한비(韓非), 우리에게는 한비자(韓非子)로 더 잘 알려진 이 사람은 과연 무슨 목적을 안고 한나라의 사신 신분으로 진나라에 들어왔단 말인가? 과연 그의 말대로 단순히 한나라와 진나라 사이에 우호 관계를 맺기 위하여 왔단 말인가?

그 당시 한나라는 진나라와의 함곡관 전투에서 대패함으로써 국력이 크게 소진된 상태였다. 그 후 진나라는 초나라, 조나라, 위나라 등은 안중에도 없이 오직 한나라만을 집중 공략하기에

<한비자>

이르렀다. 이에 다급해진 한나라는 결국 한비를 진나라에 사신으로 보내기에 이르렀던 것이었다. 물론 한비는 당시 법가(法家)로서 신불해, 상앙 등과 함께 유명한 학자로서 명성을 떨치고 있었으나 그 역시 학자이기 이전에 한(韓)나라에 충성을 다하는 충신이었다. 그리고 한나라 환혜왕으로부터 진나라에 파견되는 사신의 책무를 받게 된 것이었다.

그가 진나라 사신으로 가기 전 환혜왕과의 의논 내용은 이러했다. 첫째, 어떤 방법을 강구하더라도 진나라의 공격을 삼 년 정도는 멈출 수 있도록 해야 한다는 것이었다. 결국 그 삼 년 동안 한나라는 최대한 국가를 안정시키고 군사력을 재정비할 수 있는 시간적 여유를 갖겠다는 것이었다. 둘째로는 진나라로 하여금 불필요한 대공사를 시작하게 하여 진나라의 국력을 소모시키자는 작전이었다. 즉 삼 년 동안 한나라는 국력을 늘리는 데 주력하는 반면에 진나라는 국력을 소모할 수 있는 정책을 쓰도록 하려는 다목적 전략이었다.

이 두 가지 목표를 달성할 수 있도록 하려면 첫째, 진나라 왕의 성격 파악과 그가 무엇을 원하고 있는지를 잘 분석하여야만 하였다. 그리고 그 결과 진왕의 불로장생에 대한 집착이라든가 또 다른 허황된 포부 등을 항상 가지고 있다는 사실을 파악하고 있었던 것이다. 물론 한비는 서시가 불로초를 구하여 성공적으로 돌아올 수 있다고는 전혀 기대를 하지 않고 있었다. 그러나 일단은 삼 년 간 진나라가 한나라를 침략하지 않도록 하는데 성공을 한 것이 되었다. 또한 한비는 왕궁에 머물고 있음으로 해서 진왕과 자주 이야기할 수 있는 절호의 기회를 갖게 된 것이었다. 물론 삼 년 후 불로초를 구하지 못하였을 경우에는 죽음까지도 당할 수 있는 상황이 닥칠지도 모르겠지만 일단 삼 년이라는 기간은 그가 남은 임무를 완수하기에는 충분한 시간이었다.

만 리 장 성

....

진왕 왕궁 어전. 진왕 어전 앞에 허리 굽혀 서 있는 한비가 진왕에게 아뢰었다.

"폐하, 소신이 이곳에 와서 폐하의 은덕으로 호강을 받으며 지낸 지가 어언 몇 개월이나 지난 것 같사옵니다. 이렇게 폐하의 은덕을 받으면서도 소신이 폐하께 도움을 드리는 것이 아무것도 없으니 하루하루가 그저 송구스러울 뿐이옵니다. 하온즉 혹 이 몸이 조금이나마 폐하께 도움이 될까하여 지금까지 소신이 뜻 하는 바 몇 가지를 아뢰옵고자 하오니 허락하여 주시옵소서."

이에 진왕이 말했다.

"그래, 그것이 무엇인지 말을 해보시오."

한비가 다시 말을 이었다.

"소신이 보기에는 저 북방에 있는 오랑캐들이 시와 때를 가리지 않고 진나라 변방을 침입하여 폐하의 백성을 괴롭히고 있다는 소문을 누차 들은 바 있사옵니다. 이에 소신이 나름대로 생각해 본 바 오랑캐들이 출몰하는 북쪽 변방에 장성을 쌓는 것이 좋을 듯싶습니다. 장성이라는 것은 쌓을 때는 노고가 많이 들지만 일단 쌓아놓고 나면 최소의 군사만으로도 능히 오랑캐의 침략을 물리칠 수가 있고, 또한 장성을 쌓음으로써 그곳까지는 폐하의 땅이라는 것을 온 천하에 알리는 것이오니 그 장성만으로도 폐하의 위엄을 온 천하에 떨칠 수 있는 아주 좋은 징표가 될 것이라 생각하옵니다!"

이 말을 들은 진왕은 크게 기뻐하며,

"어찌 그대의 생각이 짐의 생각과 그리도 같은 고. 짐 역시 거대한 장성을 쌓아 이 진나라의 위대함과 이 짐의 위용을 만천하에 보이고 싶었다네. 그래, 이 나라와 짐을 위한 또 다른 생각은 없는고?'

하고 물었다. 이에 한비는 거침없이 말을 이어갔다.

"이미 서시와 노생, 후생 세 사람이 폐하의 불로장생을 위해 불로초를 구하러 떠났거늘 소신은 틀림없이 그들이 불로초를 구하여 폐하께옵서 불로장생 하실 줄을 굳게 믿사옵나이다. 그러나 아무리 불로초라 한들 그로 인하여 삼백 년 사백 년을 향수할지 모르나 영생은 얻지 못하는 것으로 알고 있사옵나이다."

진왕은 사뭇 진지한 표정이 되었고 한비의 말은 계속 이어졌다.

"하온즉 폐하께서 장차 천하를 통일하시고 이 나라가 천 년 아니 만 년을 이어가게 하시려면 폐하께서 사후에서라도 이 나라를 이끌어 가시는 영적 제왕이 되셔야 하온데 그러려면 사후에도 폐하께서 거처하실 훌륭한 왕궁이 있어야 할 것으로 사료되옵니다. 아울러 그 왕궁은 지금 폐하께서 거처하시는 왕궁보다 더 웅장하여야 하옵고 또한 하루라도 빨리 시작하심이 좋을 듯싶사옵니다."

한비의 말이 끝나자 진왕의 모습은 더욱 심각한 표정이었다. 그리고 중얼거리듯 말했다.

"음! 영생이라, 영원이라, 영적 제왕이라. 그래! 짐이 깊게 한 번 생각해 보겠네!"

참으로 황당한 이야기였다. 누가 들어 보아도 황당무계한 이야기임이 명백한 말이었다.

그러나 보라! 이 황당한 이야기가 엄연한 현실로 이어지고 있는 것 아닌가. 지금도 웅장하게 버티고 있는 저 만리장성을 보라. 가히 놀랍지 않은가! 그리고 역시 오늘날에도 남아 있는 저 거대한 진시황릉(일명 여산릉)을 보라. 그 무덤 안에는 궁전과 누각도 있고 그것들은 각종 진귀한 보석으로 채워져 있으며 수은으로 황하강, 양자강을 만들어 놓았고 천장에는 진주와 수정으로 해와 달과 별까지 만들어 놓지 않았던가! 또한 호위를 하고 있는 만 여 명의 무사와 군마를 보라. 도대체 인간이란 어떤 존재이던가? 도대체 인간의 욕망이란 과연 무엇이던가? 그리고 그 끝은 어디란 말인가?

한비의 이러한 지략으로 그의 계획은 상당히 순조롭게 이루어지는 것 같았다. 그러나 서시와 노생, 후생 세 사람이 불로초를 구하러간 지 꼭 삼 년이 되던 날 밤, 한비의 방에 침입한 정위 이사의 수하들은 한비에게 강제로 독약을 먹여 한비를 살해하였으며, 다음날 이사는 진왕 앞에 이렇게 아뢰었다.

"삼 년이 되어도 불로초의 소식이 없으니 처형이 두려워 아예 스스로 목숨을 끊은 듯싶사옵니다."

이때가 바로 기원전 233년 즉 진왕 14년의 일이며, 한비 나이 47세였다. 그러나 아쉽게도 한비의 이러한 희생에도 불구하고 한비가 죽은 지 삼 년 후, 그러니까 기원전 230년에 한나라는 진왕에 의하여 멸망하고 말았다. 그 이우 진나라는 차례로 조나라를 멸망시켰고(BC 228년), 연이어 연 나라 (BC 222년), 제나라(BC 221년)를 멸망시킴으로써 드디어 천하 통일을 이루게 되었고, 진왕은 이제 진시황제가 되었던 것이었다.

*참고: 송로버섯(松露)「트러플」: 소나무 진액이 땅속으로 스며들어가 약 100년 정도 지나서 호박(琥珀)이라는 보석이 되기 직전 생성되는 버섯으로 철갑상어 알, 거위의 간을 비롯한 세계 3대 식품 중의 하나로 꼽는 알 버섯 과의 버섯. 유럽에서는 프랑스, 이태리, 스페인 등 지중해 주변에서 매년 11월이면 트러플 축제가 열림. 2005년 11월 이태리에서 국제 경매를 통하여 판매된 최고 가격이 1kg당 약 1억 원에 낙찰된 경우가 있음. 특히 송로

버섯만 전문적으로 찾는 잘 훈련된 개 1마리의 가격이 약 천만 원에 이름.

분 서 갱 유 (焚書坑儒BC 213)

....

진시왕은 떨리는 손으로 만져 보았다. 이리도 살펴보고 저리도 살펴보며 떨리는 음성으로 입을 열었다.

"오호! 어찌 이리도 탐스러운고! 어찌 이리도 탐스러운고! 이것이 식물인가 동물인가? 어찌 이리도 신비스럽게 생겼는고!"

그리고 노생과 후생을 바라보며 말을 이어갔다.

"내 그대들에게 약속한대로 그대들이 감히 감당할 수 없는 부귀영화를 내리겠노라."

그리고 노생과 후생은 일등 공신으로써 최고의 부귀영화를 누리는 신분이 되었으며 진시왕으로부터 가장 총애 받는, 그리고 가장 신임을 받는 신하가 되었다. 그러나 노생, 후생 두 사람의 심기는 결코 편안하지 못했다. 물론 그 첫 번째 이유는 그들이 가져온 불로초의 진위 여부였다. 그들은 서시의 말대로 그 알을 낳았다는 봉황을 직접 보지 못했기에 그들 스스로 불로초에 대한 확고한 확신이 없었던 것이었다. 그리고 그들의 생활 태도는 서서히 변하고 있었다.

그들은 이제 칼과 창과 무예를 멀리하고 학문에 관심을 기울이기 시작하였다. 그리고 그들의 학문은 점진적으로 로서 유학(儒學)의 길을 걷고 있었다. 그들은 인(仁)을 중시하였고, 정치(政治)의 이(理)를 깨달았으며, 천(天)의 명(命)을 소중하게 생각하였고, 시(詩)·서(書)·예(禮)·덕(德)을 공경

하였다. 그러나 진나라의 통치는 그들의 뜻과는 정반대로 나아가고 있었고 계속되는 전쟁과 거대한 토목 공사로 인하여 백성들의 고통은 극으로 치닫고 있었다. 이 와중에서 이사 역시 최고의 직위인 승상에 이르렀고 (BC214), 그의 오만함과 횡포는 하늘 높은 줄 몰랐으니 자연히 두 사람과 이사의 사이도 점점 멀어져만 가고 있었다. 그럼에도 불구하고 진나라는 더욱 왕성하여져서 마침내 천하 통일을 이루었으니(BC 221년) 이제 진왕은 진시황제로 변모하여 온 천하를 통치하는 동시에 그는 더욱 포악해져 가고 있음을 노생, 후생은 깨닫고 있었다.

진왕, 아니 이제 진시황제는 천하 통일을 이룬 이 위엄의 모든 것이 불로초에 기인한 것이라고 믿었다. 그러던 어느 날 그도 보통 사람과 마찬가지로 중병에 걸리고 말았다. 병석에 누운 그는 곰곰이 혼자 생각해보았다. "과연 진짜 불로초를 먹었다면 아프지도 않아야 할 것이고 병들지도 않아야 할 것 아니던가? 그런데 지금 나는 이름도 알 수 없는 병에 걸려 이렇게 자리에 누워 있지 않는가?"

그리고 그는 점차 불로초라는 것에 대하여 의문을 갖게 되었다.

천하 통일이 이룩된 후 이사는 승상이라는 최고의 벼슬에 올라 막강한 권세를 누렸다. 이사는 황제가 천하를 몸소 다스리는 서른여섯 개의 군으로 나라를 구분하고 그 밑에 현을 두어 조직적으로 일사불란하게 천하를 통치하는 제도를 만들었다. 그리고 통일된 천하를 효율적으로 통치하기 위해서 길이의 단위도, 무게의 단위도, 부피의 단위도, 차륜의 폭도 통일을 시켰다. 통일 전의 봉건 제도를 철저히 없애버리고 강력한 전제 군주 정치를 펼쳐 나가도록 황제를 설득시킴과 동시에 진나라 이전의 모든 통치를 위한 사상들을 모두 지워버려 어떠한 사상도, 어떠한 철학도 진황제의 통치력에 위배되는 것이라면 모두 없애야 한다고 주장하였다.

그에 반하여 노생과 후생을 중심으로 한 유학자들은 군주는 모름지기 백성을 다스림에 있어서 천륜(天綸)과 천리(天理),인애(仁愛)를 경외하고 인과 덕과 예를 중시하여 수신(修身) 제가(齊家) 치국(治國) 평천하(平天下)를 이룸이 군주의 당위규범(當爲規範)임을 강조하였다. 이 때 가까스로 병환에서 깨어난 황제는 이사와 노생, 후생 그리고 몇몇의 신하들이 함께한 자리에서 불로초에 관한 진실을 알게 되고 그것이 진짜 불로초가 아닐지도 모른다는 이야기를 듣게 되었다.

이에 진시황제는 당연히 대노하였으며, 아울러 승상 이사에게도 일련의 책임이 있음을 강조하였다. 이에 이사는 이 불로초 사건으로 인하여 자신에게 위기감이 다가오고 있음을 느끼고 있었다.

그러나 이사가 누구인가? 그는 자신에게 완전히 불리한 이 위기를 활용하여 오히려 자신의 정적이었던 유학자들을 제거할 호기로 바꾸고자 또다른 거대한 음모를 계획하고 있었던 것이었다. 결국 노생, 후생은 아무도 모르게 진나라를 떠나 버렸으며 승상 이사는 노생, 후생이 평소 유학자들과 가까이 하였음을 활용하여 평소 이사 자신의 소신대로 유학 사상의 근간이 되는 모든 서적을 불사를 것을 진언하게 되고 진시황제는 서적을 불태우고 동시에 유학자 460여 명을 생매장시켜버렸으니 이것이 바로 그 유명한 분서갱유(焚書坑儒. BC 213년)사건이었다.

이 일이 있은 얼마 후 진시황제는 제5차 순유(巡遊:천하를 방문함)를 하던 중 사구(沙丘:지금의 하북성 평향 동부)에서 급작스레 병사하였고, 이 사실은 승상 이사, 환관 조고, 둘째아들 호해 등에 의해 수도 함양으로 옮겨질 때까지 비밀에 붙여졌으며, 이후 진시황릉(여산릉)에 묻혔으니(BC 210년) 그의 나이 50세였고, 진왕이 된 지 36년이요, 황제가 된 지 11년 되던 해였다.

'환관 조고' 그는 비록 환관 출신이긴 하지만 그의 영악함은 이사를 훨씬 능가하는 인물이었다. 오죽하였으면 후세 사학자들은 진회 이임보와 함께 그를 중국의 3대 간신이라고 불렀겠는가. 어쨌거나 조고는 진시황제가 5차 순유를 하던 중 황제의 바로 곁에서 시중을 들고 있던 점을 최대한 활용하여 '승상 이사가 진짜 불로초가 있는 문도를 황제 모르게 보관하고 있다가 노생, 후생으로 하여금 스스로 도망치는 것처럼 위장하여 진나라를 떠나 진짜 불로초를 구하러 보냈으며, 이를 빌미로 이사의 정적인 유학자들을 제거하였고, 노생, 후생이 진짜 불로초를 찾아오는 시기에 맞추어 황제를 살해하고자 계획하고 있는 것 같다'라는 거짓 정보를 황제에게 고하였고, 이사에게는 '황제의 순유가 끝나는 대로 황제가 이사를 처형할 것 같다.'는 거짓 말을 함으로써 이사의 묵인 아래 황제를 독살하였으며, 결국 조고는 권세를 이사와 함께 공유하는데 성공하였고, 이후 결국 황제의 후계자인 장남 부소를 중상 모략하여 처형하였으며, 힘없는 둘째 아들 호해를 황제로 올려놓고 조고는 낭중관이라는 막강한자리에 올라 모든 권력을 쥐었다.

하지만 황제가 죽을 당시 황제가 소유하고 있던 불로초에 관한 문도(文圖)의 행방을 아는 사람은 아무도 없었다. 이후 조고는 이사와 함께 모의하여 진시황제의 장남인 부소(扶疏)를 죽음으로 몰아넣은 다음 둘째 아들 호해(湖亥)를 제위(帝位)에 올려놓고는 두 사람이 함께 최고의 권세를 누리게 되었다. 그러나 낭중관 조고는 승상 이사에게 역모의 누명을 씌워 함양의 거리 한가운데서 허리가 잘리는 형벌을 가하였고 (BC208년. 이세황 제2년), 드디어 그는 최고의 권세를 한 손에 쥐었다. 그러나 그 역시 오래가지는 못하였다. 이사를 죽이고 난 환관 조고는 마침내 이세 황제 호해까지 살해하고, 자영(紫英)을 삼세 황제로 옹립하여 영화를 누렸으나 새로운 왕국인 한(漢)나라 유방에 의해 패하여 이사와 똑같은 방법으로 처형을 당하였으며 이로써 첫 통일 왕국인 진나라는 통일 후 기껏 15년 만에 멸망하게 되었던 것이었으니, 참으로 세상 권세와 부귀영화가 한낱 물거품에 지나지 않음을 깨달을 수 있는 것이다(BC 206).

서 시 (徐市)

....

　기원전 233년(진황 정14년). 동쪽 끝 바닷가 어느 마을. 노생과 후생이 불로초를 가지고 돌아간 후 서시 노인은 한동안 어느 작은 바닷가 마을에서 머무르고 있었다. 그러나 그의 마음속에는 불로초에 대한 미련이 여전히 남아 있었다. 아니, 불로초라기보다는 자기 눈으로 확인하지 못한 그 봉황(鳳凰)이라는 새의 존재였다. 그리고 어느 날 그는 만반의 준비를 갖추고는 다시금 바다 속의 동굴을 찾았다. 이미 한 번 지나왔던 길인지라 별 어려움 없이 다시 그 동굴 속 호수로 들어갈 수가 있었다.

　그는 이제 그곳에 널리 피어 있는 불로초에는 전혀 관심이 없었다. 오직 봉황이라는 전설 속의 큰 새를 자기 눈으로 직접 확인해보고 싶은 마음뿐이었다. 호숫가에 도달한 서시는 어떻게 하면 그 봉황을 찾을 수 있을까 곰곰이 생각하여 보았으나 뾰족한 방법이 없는 듯싶었다. 그리고는 우선 발길이 닿기 쉬운 곳부터 샅샅이 찾아보는 방법 밖에 없는 듯싶었다. 그리고는 우선 발길이 닿기 쉬운 곳부터 하나하나 찾아 나서기 시작하였다. 그러나 그것이 그렇게 수월한 일은 결코 아니었다. 하지만 이대로 주저앉을 수는 없는 노릇이었다.

　그의 노력은 계속 되었다. 험한 절벽을 오르고 깊고 어두운 동굴을 헤매다 길도 잃어버려 절망에 빠진 적도 있었고, 아예 포기하고 되돌아갈까하는 생각도 들 때가 있었다. 그렇게 하기를 얼마나 흘렀을까? 이제 그는 지쳐서 쓰러지고 말았다. 정신은 혼미해지고 눈은 가물가물 거렸다. "아! 나는 결국 이렇게 이곳에서 모든 것이 끝나고 마는구나!" 그리고 무거운 그의 눈꺼풀은 자기도 모르는 사이에 아래로 깔리고 있었고, 그의 의식은 가물가물 해져만 갔다.

<봉황새>

저기 보이는 저것이 무엇일꼬? 황금색을 띄고 있는 커다란 저것이 무엇일꼬? 아니 저것이 훨훨 날고 있지 않은가? 머리는 붉고 황금색의 긴 날개는 하늘 가운데 너울거리고 있구나. 긴 꼬리는 때로는 하늘을 향해 오르는 듯이 하더니 또 땅으로 너울거리며 잠시 이쪽으로 향하는 듯싶더니 이내 저쪽으로 가는 구나. 저 새가 어디로 가는고! 오라! 저 황금 계단 사이로 사라져가는 도다.

서시는 정신을 번쩍 차리며 눈을 떴다. 이것이 도대체 꿈이던가 생시던가. 아니 꿈이면 어떻고 생시면 또 어떤가. 분명히 황금 새가 저 황금 계단으로 올라가고 있는 것을 똑똑히 보지 않았던가! 사실 강 위쪽으로는 동굴이 없었던 것이었다. 여태껏 서시는 아래쪽 양옆 절벽 사이로 무수히 많은 동굴만 열심히 다니고 있었던 것이다. 그런데 그 황금 계단 위쪽에 동굴이 있으리라고는 전혀 생각을 하지 못하였다. 아니 그보다 아래쪽에서는 아무리 쳐다보아도 동굴 같은 것은 전혀 보이질 않았다. 더군다나 그 황금색 계단 위쪽으로는 너무 미끄러워 올라갈 수도 없는 구조이기에 감히 엄두를 낼 수가 없었다. 그러기에 일찌감치 그곳은 당연히 굴도 없고 따라서 조사의 대상도 되지 않았던 것이었다.

이제 그는 새롭게 힘이 솟아나고 있었다. 그리고 그는 새로운 시도를 작정하고 있었다. 저 높이 휘감고 있는 황금 계단 아래부터 돌단을 쌓기 시작하였다. 이 일이 얼마나 많은 시간이 소요될지는 알 수가 없었다. 그러나 분명히 봉황이 있다는 확신을 가지고 시행하는 일인지라 힘이 솟아나고 있었다. 그는 서두르지도 않았다. 그렇다고 절망도 결코 하지 않았다. 그저 하나씩 하나씩 돌계단을 쌓아가고 있었던 것이었다.

이윽고 저 높은 곳까지 돌단이 쌓였을 때, 오호라! 황금 계단 끝자락 큰 기둥 뒤에 큰 동굴 하나가 보이지 않는가! 그래 분명 저 곳 이로고. 그리고 그 동굴로 올라가기 시작하였다. 그리고 서시는 한없이, 한없이 걸어가고 있었다. 아마도 닷새 엿새 정도가 되었다고 생각될 즈음 드디어 서시의 눈앞에는 새로운 장관이 펼쳐졌던 것이었다. 저쪽 황금 계단이 있는 동굴과 버금가는 또 다른 신천지가 눈앞에 나타났던 것이었다.

서시는 조심스럽게 새로 나타난 긴 강을 따라 아래로, 아래로 걷고 있었다. 그리고는 새로운 큰 호수가 그의 눈앞에 나타났다. 도대체 이곳은 얼마나 많은 동굴이 있단 말인가? 이 호수 역시 저쪽 동굴 호수와 연결이라도 되어 있는 것일까? 그렇다면 이 호수도 바다와 연결이 되어 있단 말인가? 이런 여러 가지 의문을 품은 채 동굴 속을 이리저리 탐색하고 있을 즈음 역시 새하얀 눈송이처럼 닮은 한 송이의 하얀 풀잎 송이를 찾아냈던 것이었다. 그러나 그 하얀 풀잎 송이는 저쪽 것보다 훨씬 더 크고 더욱 탐스러워 보였다. 그리고 그 풀잎 송이 아래에는 아주 큼직한 새하얀 알이 매달려 있었다.

서시는 흥분되는 마음을 가라앉히며 몇 송이의 흰 풀잎 송이를 더 찾을 수가 있었다. 그래 바로 이것이야! 이것이 진짜 불로초임에 틀림이 없어! 혼자서 이렇게 외치고 있을 때 저 멀리 황금빛 색깔을 띤 커다란 새 한 마리가 천장 위를 한 바퀴 휙 돌고 있는 것이 아닌가! 서시는 놀라움보다는 경이로운 마음이 먼저 앞서고 있었다. 이 세상에는 저리도 아름다운 새가 있단 말인가! "저것은 새가 아니라 창조주가 우리 인간을 위해 보내신 뭔가 뜻 깊은 선물임에 틀림이 없어." 이렇게 생각한 서시는 자기도 모르는 사이에 그 새를 따라 천천히 강 위쪽으로 걸어가고 있었다.

그런데 강 위쪽으로 올라갈수록 강바닥이 누렇게 변하고 있는 것이 아닌가! 벽면 또한 보라. 저 벽면은 또 어떻게 생겼는고, 저 언덕 사이사이에 누런 층으로 쌓여 있는 저것은 무엇이고. 오라 황금이로고, 황금이로고. 그렇다면 이곳이 황금 동굴 아니던가! 봐. 높은 곳에서부터 뻗어 내린 호박(琥珀)층이 있고 그 호박 층 사이사이에 끼인 황금 층 언덕을 보라. 무수히 많은 저 황금 언덕을 보라. 이만큼의 황금이라면 가히 이 천하를 통째로 사고도 남을 듯싶은 황금이 아닌가! 그 황금들이 쓸려내려 바닥 역시 황금부스러기로 가득 차 있지 않은가! 서시는 정신이 몽롱해짐을 느끼고 있었다. 그러나 다시금 정신을 차리고 황금 새를 찾아 올라갔다.

이윽고 그 황금 새는 어느 한곳에 앉아 있는데 어쩐지 그 모습이 처량해 보이지 않는가! 좀 더 다가가서 가만히 살펴보니 이게 무엇인가? 이것이 무엇인가? 그것은 엄청나게 큰 새의 뼈였던 것이다. 그리고 그것은 한 마리의 것이 아니고 두 마리였던 것이다. 이것이 어찌된 일인고, 이것이 과연 어떻게 된 것이란 말인가?

황금색의 그 새는 여전히 높은 천장을 이리저리 날아 다녔다. 서시는 혼자서 곰곰이 생각을 해보았다. 그리고 이렇게 가정을 해보았다. 만약 저기 있는 저 뼈가 지금 날고 있는 황금 새의 어미, 애비라면…… 맞아! 그건 틀림이 없어. 그렇다면 그 어미, 애비 새는 무슨 사유로 인하여 이 동굴 속으로 들어왔다가 저 새를 낳고 죽었어. 그리고 저 새는 혼자 부화를 한 것 일

거야, 아니면 어미 새가 먼저 죽든 애비 새가 먼저 죽든 아무튼 누구 한마리가 먼저 죽고 나머지 새가 저 새를 키우다가 또 죽었고, 그렇다면 지금 저 새는 마지막 남은 새란 말인가! 짝이 없으니 설령 알을 낳는다고 해도 부활할 수 없는 알을 낳고 있다는 말이 아닌가? 그리고 부화되지 못하는 그 알은 바로 저 하얀 풀잎 송이로 변해가고 있는 것이로구나. 이렇게 생각을 하니 어쩌면 혼자 남아 있는 새가 측은해 보이기도 하였다. 오라! 저 황금 새는 자기가 이 세상 마지막 새인 줄 알고 있는 것이로구나. 그래서 저렇게 슬퍼 보이는구나.

그런데 저 두 마리 새는 어디로 들어왔을까? 또한 왜 이 동굴을 빠져나가지 못하였을까? 글쎄, 아마 들어온 입구가 땅의 노진(怒震)으로 인하여 무너져 막혀 버렸을까? 그렇다면 그것은 조물주의 고의적인 의도일지도 몰라. 그러게, 세상사람 모두가 팔백 수 이상을 살아갈 수 있다면 언뜻 생각하기에는 좋을 것 같으나 결코 그렇지만은 않을 것이야. 인간 모두가 오래 산다고 해서 결코 좋은 일만 있지는 않을 것이야. 어쩌면 더 좋지 않은 결과가 일어날지도 몰라. 내 일찍이 한비와 함께 순자 문하에 있을 때 성악설(性惡說)에 대하여 논의한 적이 있지 않았던가!

사람은 태어날 때부터 이미 물욕, 성욕, 명예욕 등등 많은 욕망을 안고 태어나지 않았던가! 정도의 차이는 있을지 몰라도 음란함, 사악함, 교활함, 시기심, 질투심 등의 모습을 제각기 안고 있지 않은가! 그런 인간이 모두가 팔백 수 이상을 살아간다면 이 세상은 어떤 모습이 되겠는가!

한참 이런 생각 저런 생각으로 복잡한 심정을 안고 있던 서시는 단호한 결심을 내렸다. 그래! 이런 사실을 나 혼자 알고 있을 수는 없어. 일단 밖으로 나가서 내가 본 이곳의 모든 것을 글로 남겨 두도록 하자. 어차피 나는 이제 늙은 몸, 그러나 이곳의 모든 것들은 이곳에 살아가고 있는 사람들의 것이 아니가? 그리고 이곳 사람들이 활용해야 하는 것 아닌가? 그러려면 이 모든 것을 이곳 사람들이 사용할 수 있도록 이곳의 모든 사실을 글로 남겨 두고 이제 이 몸은 저 금강산으로 들어가 남은 여생을 아름답게 살다가 떠나자.

그러나 또 한 가지 문제가 있었다. 그것은 이제 이곳을 빠져나가는 것이었다. 물론 서시는 나갈 수 있는 길은 알고 있었지만 그것은 너무나 험난한 길이었다.

"분명 내가 들어왔던 길 말고 좀 더 쉬운 길이 있을 거야."

이렇게 생각한 서시는 주위에 흩어져 있는 동굴들을 하나하나 살펴보면서 가장 가능성이 있다고 판단되는 동굴 하나를 찾아내었다. 즉 횃불을 피웠을 때 횃불 불꽃이 가장 세차게 빨려 들어가는 동굴을 선택하였던 것이다. 그리고 또 어두운 동굴 속을 걷고 또 걸었다. 역시나 굴속에서 헤맨 지가 닷새 엿새가 지났을 즈음 드디어 환한 햇살과 함께 바깥세상이 눈앞에 나타났던 것이다.

서시가 좁디좁은 동굴 바깥으로 겨우 얼굴을 내밀고 앞을 쳐다보니 그 앞에는 푸른 강과 푸른 들이 넓디넓게 펼쳐져 있었다. 그리고 서시가 서 있는 그 동굴 입구는 강 옆에 서 있는 절벽의 중간쯤에 위치하고 있었다. 따뜻한 햇살과 싱그러운 바람을 맞으며 서시는 이렇게 생각을 하였다.

"그래, 역시 사람이 살아가야 하는 곳은 바깥세상이야. 저 동굴 속에 아무리 많은 황금이 있고 아무리 좋은 불로초가 있다 한들 이 바깥세상의 따뜻한 햇빛과 맑은 공기, 저 푸른 들판, 저 푸른 강물에 어찌 비할 수 있으랴."

이렇게 생각하고 있을 즈음 서시 눈앞에 펼쳐져 있는 그 모습들이 어디서 한 번 본 듯한 생각이 들었다. 아니, 본 듯한 것이 아니라 틀림없이 보았던 곳이었다. 그 때 그의 머릿속에 불현듯이 생각나는 것이 있었다.

"맞아! 이곳이 바로 고랑포(高浪浦)야. 그래 고랑포가 분명해! 나와 노생, 후생 세 사람이 처음 이곳을 찾아올 때 배에서 내려 처음으로 육로로 바꾸었던 그곳이 바로 이곳이었어. 그때 보았던 높은 절벽이 바로 내가 서 있는 이곳이야!"

서시는 정말 놀랍고 놀랄 뿐이었다. 그렇다면 나하고 노생, 후생 세 사람이 처음 육로로 이곳을 지나 동쪽으로 가서 다시 강줄기를 타고 피모개와 두타연을 지나 금강산에 오른 후 그곳에서 동굴을 따라 다시 내려오고, 그리고 동굴 속 호수에서 동해 바다로 빠져나와 그곳에서 노생, 후생과 헤어지고 나서 이 몸은 다시 바다 동굴 속으로 들어가 봉황을 따라서 긴 동굴을 거쳐 황금 동굴에 도달하였고, 그곳에서 다시 서쪽으로 향하는 동굴 속을 지나 이곳까지 왔으니 결국은 땅 위로 갔다가 땅 밑 동굴을 거쳐 다시 이곳 고랑포에 왔다는 이야기 아닌가? 참으로 서시 스스로가 생각해 보아도 놀랄만한 이야기였던 것이었다.

그리고 서시는 지금까지 자기가 지나왔던 길과 자기가 보았던 모든 내용들을 문도(文圖)로 작성하여 품속에 간직한 채 그는 다시 금강산으로 발걸음을 향하였다. 그리고 그 문도는,

"부디 이 문도가 이 땅에 꼭 필요할 때 그리고 이 땅에 꼭 필요한 사람에게 전해지기를 바란다!"

라는 부탁과 함께 어느 신선에게 전하여졌다.

간음한 여인과 가룟 유다

…………

AD30년 이스라엘, 이 세상에 온전히 선(善)한 사람이 있을까? 아니면 온전히 악(惡)하다고만 불릴 수 있는 사람 또한 있을까? 그리고 완전한 선과 완전한 악을 구별할 수 있는 기준은 또 무엇일까?

AD30년경 이스라엘에 살고 있는 이 여인은, 남편은 이미 병으로 세상을 떠났고 남은 아이 둘을 데리고 살아가는 가련한 여인이었다. 이 여인의 간절한 소망은 자기와 두 아이를 먹여 살려줄 수 있는 남자만 나타난다면 더이상 바랄 나위없는 것이었다. 그러나 세상의 남자들이 두 아이를 거느린 이 여인을 아내로 맞이하고자 하는 자는 아무도 없었다. 남의 집 빨래도 해보았고 추수가 끝난 남의 집 밭에서 이삭도 주워보고, 어쨌건 그녀가 할 수 있는 일이라곤 해보지 않은 일이 없었다. 그러나 그녀의 그 벌이만으로는 두 아이와 함께 살아가기가 너무나 벅차고 힘겨웠다.

어느 날 부유하게 사는 한 잔칫집에서 심부름꾼으로 일을 하고 있었다. 일이 다 끝난 저녁 무렵, 대가로 받은 음식 보따리를 들고 아이들에게로 갈려고 할 때 그녀는 또 다른 어떤 일을 당해야만 했다. 그 집 남자 주인에게 강제로 이끌려 그의 몸 아래에 깔렸다. 얼마 후 흡족한 표정의 그 사내는 동전 몇 닢을 던져주며 하는 말이, 힘들고 어려울 때면 고생하지 말고 자기를 찾아오라는 것이었다.

이날의 일로 인하여 그녀와 두 아이는 얼마동안 편안히 배부르게 지낼 수 있었다. 그리고 얼마 후에는 그녀 자신도 모르게 그 남자를 찾아 나서게 되었다. 그녀가 당연한 듯이 찾아나서는 횟수가 늘었고, 처음에 느꼈던 수치심이나 죄책감은 이제 전혀 찾아볼 수도 없었다. 그러나 그녀에게 가장 무서운 것이 한 가지 있었으니 그것은 바로 법이라는 것이었다. 도대체 이 법(法)이라는 것이 대부분 있는 자들이나 권력을 쥔 자들을 위한 것인 듯싶고, 그것은 예나 지금이나 마찬가지인 듯하였다. 어쨌거나 그 당시의 법은 바로 모세의 율법, 즉 "간음하다 들킨 여자는 돌로 쳐 죽이라."

는 무시무시한 율법이었다. 그러나 어쩌랴! 한 번 들린 맛은 놓칠 수가 없고, 남의 집 빨래를 하거나 이삭 줍는 일, 땔감을 모아 시장에 내다 파는 일 등은 죽기보다 더 하기 싫어져 버렸다.

어느 날 마을 회관에서 회의가 열렸다. 모세의 율법을 해석하고 그것을 가르치는 일을 맡고 있는 '서기관'과 율법의 내용을 가르치고 제사를 관장하는 '랍비'와 율법의 내용을 굳건히 지키며 살아가는 것을 철칙으로 삼고 있는 '바리새인'들이 모여 무언가에 대한 대책 회의를 열고 있었다.

먼저 랍비가 말문을 열었다.

랍비 : 요즈음 우리 마을에 스스로 하나님의 아들이라고 자칭하며 민심을 흉흉하게 만드는 자가 있다는데 도대체 그것이 어떻게 된 일이오?

바리새인 1 : 예, 랍비여. 말씀하신대로 그 자는 스스로 하나님의 아들이라고 하기도 하고 때로는 스스로 메시아라 하기도 하며 온 마을을 휘젓고 다닌다고 합니다.

바리새인 2 : 예, 맞습니다. 그런데 문제는 많은 사람들이 그자의 말을 믿고 따르는 자가 헤아릴 수도 없다고 하니 이 일을 그대로 두고만 볼 수 없는 일인 듯싶습니다.

바리새인 1 : 엊그제께만 해도 산 위에서 설교를 하는데 그자의 설교를 들고자 하는 이가 오천 명이나 되었다고 합니다.

서기관 1: 혹 그자의 발언 중에 율법에 어긋나는 발언을 한 적이 있는가요?

바리새인 3 : 예, 있습니다. 그자는 노골적으로 안식일을 지키지 않아도 된다고 하고 있답니다. 또한 그자로 인하여 제사장이나 랍비의 권위가 훼손되고 있어 민중들이 제사장을 얕잡아 보기까지 하고 있답니다.

랍비 : 그렇다면 당장 그를 잡아다가 응징을 하면 되지 않아요?

바리새인 1 : 랍비여. 그것이 그렇게 간단한 문제가 아닌 듯싶습니다. 왜냐하면 그를 따르는 자가 수천 명에 이른다고 하니 섣불리 그를 응징하였다가는 오히려 큰 화를 불러일으킬지도 모릅니다.

랍비 : 그렇다면 그자가 군중들의 큰 호응을 받고 있는 이유는 무엇이오?

바리새인 3 : 그는 스스로 하나님의 아들이라고 자칭하고 있고, 그자는 안식일을 지키는 것보다 서로서로 사랑하라, 하는 것을 주요 골자로 설교를 하고 있습니다. 다시 말해 율법을 지키는 것보다 안식일을 지키는 것보다 서로 아끼고 서로의 죄를 용서하고 서로 사랑해야 하는 것을 가장 중점적으로 설교를 하고 있다고 합니다.

랍비 : 모세의 율법은 우리 이스라엘 민족이 수천 년간 지키며 내려온 우리 민족의 가장 중요한 율법인데 이것을 지키지 않아도 된다는 것은 우리에게 정면으로 도전을 하고 있다는 것 아니요. 그것을 그대로 내버려둔다는 것은 말도 안 되는 일이지요. 무슨 수를 쓰더라도 그를 그대로 놔두면 안 돼요.

서기관 : 그러나 랍비여. 지금 우리에게는 그런 자를 처벌할 권한이 없습니다. 그런 권한은 로마군이 갖고 있습니다. 그자를 처벌하려면 먼저 우리가 로마군에게 가서 그들을 설득하여 로마군이 그를 처벌하도록 하여야 합니다.

랍비 : 그 때까지 어떻게 기다리란 말이오. 그 동안에 그자는 교묘한 술수를 써서 민중을 선동하고 급기야는 모든 민중이 우리에게 등을 돌리고 그자에게로만 향하게 된다면 그 때는 이미 늦은 것 아니오.

한참을 의논하고 있던 중 어린 목동인 듯한 한 사내가 회당 안으로 들어오면서 숨 가쁜 목소리로 말했다.

사내 : 선생님들이여. 우리가 지금 대낮에 딴 남자와 간음하는 여자를 현장에서 붙잡았습니다. 어떻게 할까요?

랍비 : 율법대로 해야지. 그런 나쁜 년은 돌로 치라고 율법에 그렇게 적혀 있지 않나! 어서 돌로 쳐 죽이라고 해!

이때, 서기관이 황급히 나서며 말했다.

서기관 : 잠깐만 랍비여! 다시 한 번 생각해 봅시다.

그리고는 그 서기관이 사내를 보며 물었다.

서기관 : 애야, 지금 간음하다 잡힌 여자가 어디에 있다고?

사내 : 예. 지금 그 여인은 저 쪽 길모퉁이에 잡혀 있습니다.

서기관 : 알았다. 그런데 요즈음 스스로 메시아라고 자칭하면서 길거리에서 설교하며 다니는 자가 지금 혹시 어디에 있는지 알고 있느냐?

사내 : 예, 알아요. 아까 보니까 동네 입구 우물가 큰 나무 아래서 몇몇 사람과 쉬고 있는 것 같던데요.

서기관 : 알았다, 애야. 그

<우물가의 여인>

여인을 지금 돌로 치지 말고 곧장 이리로 데리고 오너라.

그리고 그 서기관은 마치 좋은 계획이라도 있는 듯이 모두를 번갈아 보며 이렇게 속삭였다.

서기관: 랍비여! 그자는 분명 서로 용서하고 서로 사랑하라고 가르친다고 하였습니다. 그런데 모세의 율법에는 간음하다 들킨 여자는 돌로 쳐 죽이라고 되어 있습니다. 만약 우리가 그 여자를 그자에게 데려가서 어떻게 해야 하느냐고 물으면 그자는 어떤 대답을 할 것 같습니까? 만약 그자가 율법대로 돌로 치라고 한다면 그자는 그자신이 했던 말을 스스로 부정하는 꼴이 될 것입니다. 반대로 그자가 그 여자를 용서하라고 말한다면 이는 모세 율법을 확실하게 거역하는 행위이니 우리가 그를 붙잡을 확실한 명분이 되는 것입니다. 어쨌거나 그자는 둘 중에 하나를 택하여야 할 입장이니 이것이야말로 그자를 잡아들일 수 있는 좋은 기회 아니겠습니까? 잘만 하면 그자를 먼저 돌로 칠 수 있을 수도 있을 것 같습니다.

얼마 후, 머리카락은 흐트러지고 대충 가린 옷 때문에 속살이 훤히 보이는 한 여인이 억센 사내들의 손에 이끌려 왔다. 그녀의 얼굴에는 이미 두려움을 가득 차 있었고, 곧 그녀에게 닥쳐올 돌 세례를 의식하고 있는지 공포감마저 그녀를 감싸고 있는 듯하였다. 이윽고 회당 아래서 랍비와 서기관, 바리새인들이 엄숙한 표정을 지으며 나오자 그녀는 그들을 바라보는 즉시 냉소적인 이상야릇한 미소를 엷게 띠었다. 그리고 재미난 일인 양 낄낄대는 많은 사람들과 함께 그들은 마을 입구 우물가 큰 나무 그늘 아래로 향하였다. 그곳에는 스스로 하나님의 아들이라고 일컫는 사람이 그의 제자인 듯한 몇 명과 함께 휴식을 취하고 있었다. 무리들 맨 앞에 서 있던 서기관이 메시아라고 자칭하는 사내 앞으로 다가서더니 공손한 몸짓과 표정을 지으며 말하였다.

"선생님이시여. 여기 간음하다가 현장에서 잡힌 여인을 데려 왔습니다. 모세의 율법에는 간음하다가 잡힌 여자는 돌로 치라고 하였는데, 선생님이시여! 이 여인을 어찌해야 할까요?"

그 서기관은 예수에게 단순히 이 여인을 어떻게 해야 할까요? 라고 물은 것이 아니라 분명히 '모세의 율법에는 간음하다 잡힌 여자는 돌로 치라고 되어 있는데요.'라는 말을 아주 강조하며 질문하였다. 즉 그 질문은 단순한 질문이 아니라 정치적인 무서운 음모가 깔려 있는 질문이었다. 서기관의 이 질문에 많은 사람들의 시선이 앉아 있는 선생에게로 쏠렸다. 그들의 손에는 이미 몇 개씩의 돌멩이가 쥐어져 있었으며 오직 선생이라는 그 사내의 말이 떨어지기만을 기다리고 있었고, 그 여인의 몸뚱아리는 부들부들 떨면서 땅바닥에 쓰러져 있었다.

한참의 시간이 흘렀음에도 선생은 계속 땅만 바라보고 있었다. 한 손으로는 나뭇가지로 땅바닥에 무엇을 쓰고 있는 듯 보였으나 여전히 말이 없었다. 어느 누군가가 다시 한 번 다그쳐 물으려고 하는 순간 선생은 그제야 주위 사람들을 둘러보며 천천히 입을 열었다.

"너희 중 죄 없는 자가 있으면 이 여자를 돌로 쳐라."

그리고 주위는 너무나 조용했다. 이윽고 한사람, 한사람씩 슬그머니 자리를 뜨기 시작하였다. 랍비도, 바리새인도, 서기관도, 돌멩이를 들고 있던 억센 사내들도 아무도 눈에 띄지 않았고 선생은 아직 땅바닥에 무언가를 쓰고 있었다. 또다시 얼마의 시간이 흐른 후 선생은 그 여인을 향하여 말하였다.

"당신을 심판하려 했던 자들은 다 어디 갔소? 돌을 던진 사람은 아무도 없었소?"

"예, 아무도 없습니다. 선생님."

그 여자는 안도의 한숨을 쉬며 선생을 보고 대답하였다.

"나도 당신의 죄를 묻지 않겠소. 돌아가시오. 그러나 다시는 같은 죄를 범하지 마시오. 그렇게만 하면 큰 축복을 받을 수 있을 것이오."

그리고 선생은 여전히 땅바닥에 무엇인가를 쓰고 있었다(요한복음 8장 3~11절). 그 여인은 땅바닥에 쓰인 글씨의 뜻은 알아볼 수는 없었지만 그 형태는 아직도 머릿속에 선명히 남아있었다.

<가롯 유다의 자살>

'人子天',

그러나 랍비나 서기관, 바리새인들의 의지는 집요하였다. 그들은 자기 민족 즉 유대(酉大)민족만이 하나님 여호와의 축복을 받을 수 있다는 선택된 민족이라는 의식이 확실하였고, 따라서 하나님의 계시인 모세 율법만이 그들을 지켜줄 수 있다고 확고히 믿고 있었다. 결국 그들은 그 사내의 열두 제자 중 한 사람이 가롯 유다를 이용하여 그 사내를 십자가에 못 박혀 죽게 하였다.

가롯 유다. 그는 은 삼십 냥에 눈이 멀어 그의 스승을 배신하였고, 그 스승이 십자가에 못 박혀 처형당하는 모습을 본 순간 그는 그의 잘못을 깨달았다. 그리고 은 삼십 냥을 던져버리고는 자기 스승을 배반한 것보다 더 큰 죄악을 저지르고 말았다(마태복음 27장 3~8절). 그것은 바로 자살이었다.

여기서 선생이라고 불리었던 '예수.' 그는 생애에 많은 기적을 보여주었다. 특히 그는 삼십팔 년이라는 긴 세월동안 중풍으로 고생하던 한 병자를 고쳐주었다(요한복음 5장 5절). 그리고 '예수'가 사형당한지 꼭 1912년이 지난 어느 날 동방의 한 작은 나라에 삼십팔도선이라는 눈에 보이지도 않는 경계선이 생겼다.

나의 독백·다빈치

....

　나의 할아버지도 이 피렌체 공화국의 공증인이었고 나의 아버지 또한 이 피렌체 공화국의 공증인이었으므로 나 역시 당연히 이 공화국의 공증인으로써 안락하고 품위 있는 귀족 생활을 하고 싶었으나 서자(庶子)라는 신분 때문에 공증인은커녕 변변한 일자리 하나 얻지 못하고 이렇게 방랑자의 신세를 면치 못하고 있구나. 도대체 왜 서자는 사람대접을 받지 못하고 이렇게 남에게 구박받고 학대받고 손가락질을 당하며 살아야 하는가? 사람으로서 이렇게 살아갈 바에는 차라리 태어나지 않았더라면 좋았을 것을 아니 태어났더라도 길모퉁이에서 아무나 보고 싱글 싱글 웃어대는 저 정신병자와 같은 몸으로 태어났더라면 더 좋았을 것을 아니 정신병자는 아니더라도 악취 나는 뒷골목에 볏짚 한 칸 깔고 자는 저 바보처럼 태어났더라면 더 좋았을 것을 만약 그랬더라면 지금 내 가슴속에서 이글이글 타오르는 이 불덩어리만큼은 없었으리라 하지만 이 가슴속에서 시간이 흐르면 흐를수록 더욱더 이글거리는 이 불덩어리를 어떻게 내 스스로 억제할 수가 없구나. 그러나 오히려 잘 된 일인지도 몰라. 늘 틀에 박혀서 살아가야 하는 고상한 귀족 생활 보다는 이렇게 자유로운 몸으로 늘 내가 꿈꾸어 왔던 화가로서의 꿈을 펼칠 수 있지 않는가. 그리고 또 이렇게 느긋한 마음으로 성경을 읽을 수 있는 여유도 가질 수 있지 않은가. 지금 저기보이는 로

마 바티칸 성안에서 검은 두건을 푹 눌러 쓰고 다니는 수도승들이나 신부니 추기경이니 교황이니 하는 자들은 모두가 어쩌면 마귀보다 더 독한 자들일지도 몰라. 도대체 돈으로 면죄부를 살 수 있다고 떠들면서 돈만 긁어모으고 있는 저들은 도대체 누구란 말인가? 저들은 하루살이는 걸러내고 약대는 꿀꺽 삼키는 자들이 아닌가. 저들은 예수의 만분의 일도 되지 않는 능력을 가지고 양의 탈을 쓴 늑대처럼 설교를 하고도 예수의 천배가 넘는 돈을 챙기고 있구나. 도대체 성경 어디에도 예수가 병자들을 고쳐주고 대가로 돈을 받았다는 문구는 눈을 씻고 보아도 찾을 수가 없구나. 저들은 "부자가 하늘나라에 가는 것은 약대가 바늘귀로 들어가는 것 보다 어렵다"는 예수의 말은 아예 들은 체도 하지 않는구나. 저들이 늘 저렇게 검은 두건을 푹 눌러쓰고 다니는 것은 저들 말대로 되도록 세상일을 적게 보고 예수를 닮은 생활을 하고자 하는 것이 아니라 저

<비투르 비우스의 황금비율>

들의 죄가 두렵고 부끄러워서 얼굴을 가리고 다니는 것이 아닐까싶도다. 그러나 비록 저들이 그런 어리석고 이중적인 생활을 하는 마귀들일지라도 저들의 손에 들려있는 성경만큼은 진리의 보고이리라. 내 비록 늦은 나이에라도 이렇게 성경을 손에 들고 눈으로 읽고 마음으로 진리를 깨달을 수 있는 하늘의 은혜에 감사와 감사를 드리고 싶구나. 그런데 성경을 읽으면 읽을수록 흥미진진한 일이 한두 가지가 아니구나. 선지자 에스겔이 본

것은 과연 무엇일까? "또 생물들의 모양은 타는 숯불과 횃불 같은데 그 불이 생물 사이에서 오르락내리락하며 그 불은 광채가 있고 그 가운데에 서는 번개가 나며 그 생물들은 번개 모양같이 왕래 하더라. 내가 그 생물들을 보니 그 생물들 곁에 있는 땅위에 바퀴가 있는데 그 네 얼굴을 따라 하나씩 있고 그 바퀴 모양과 그 구조는 황옥 같이 보이는데 그 넷은 똑같은 모양을 가지고 있으며 그들의 모양과 구조는 바퀴 안에 바퀴가 있는 것 같으며(에스겔 1장 13절~16절)" 도대체 이 말의 뜻은 무엇일까? 바퀴 안에 있는 바퀴가 달린 어떤 구조물이 번개와 같은 불을 내뿜으며 하늘을 오르내리는 것은 과연 무엇일까? 과연 인간의 손으로 이런 날아다니는 구조물을 만들어 볼 수는 없을까? 그래 이 성경을 토대로 하여 하늘을 날 수 있는 구조물을 만들어 보아야지. 우선 내 수첩에 기초가 될 수 있는 모형을 스케치해 보아야지. 이름을 무엇으로 할까? 옳지. 비행기 그래 맞아. 하늘을 날 수 있는 구조물이니까 비행기라고 표현하면 그럴듯해. 아니야. 말이 끄는 마차가 달리면 뒤에 달린 팔랑개비가 돌고 그 힘에 의해 다시 마차가 하늘을 날면서 앞으로 나아가고 팔랑개비를 뭐라 표현할까? 그래 낫처럼 생겼으니까

움직이는 낫이 달린 전차 그래 이것도 괜찮군…… 그런데 이보다 더 흥미진진한 것이 있어 아담은 구백삼십 세까지 살았고 셋은 구백십이 세까지 살았고 에노스는 구백오 세까지 살았고 게난은 구백십 세, 마할랄렐은 팔백 십오 세, 야렛은 구백육십 세까지. 므두셀라는 구백육십구 세까지 살았고…… 과연 인간이 이토록 오래 살았다는 말이 맞는 말일까? 그런데 이렇게 오래도록 산 것이 노아까지란 말이야. 노아가 대홍수 이후에 구백오십 세까지 살았는데 노아의 대홍수 이후부터 갑자기 사람들 수명이 이백 세로 뚝 떨어져버렸단 말이야. 그리고 그 이후로 자꾸만 인간 수명이 떨어진단 말이야 아브라함이 백칠십오 세에 죽었고 그 아들 이스마엘은 백삼십

110
똥물도시

칠 세에 죽고 요셉이 백십 세에 죽고 모세는 백이십 세에 죽었으니 그렇다면 노아의 대홍수 사건 때 인간 수명에 관한 분명한 무슨 일이 있었다는 이야기인데 그것이 과연 무엇일까? 그건 그렇고 과연 노아 이전의 사람들은 무엇을 먹고 살았기에 그토록 오래 살 수 있었을까? 사람의 수명이라는 것은 바로 사람이 먹는 음식에 좌우되는 것 아닌가. 그렇다면 노아 이전 사람들은 뭔가 특별한 것을 먹었다는 이야기인데 그것이 무엇일까? 그래 내가 이 문제를 집중적으로 연구를 해보고 사람이 먹으면 적어도 오백 세 이상을 살 수 있는 음식을 한번 발명해 보아야겠어. 그렇게 하자면 우선 인체의 구조부터 확실히 이해를 해야 돼. 그래, 갓 사망한 인간의 시신을 구해서 인간 인체를 하나하나 해부를 해 보아야겠어. 그리고 난 후 인체에 가장 적합한 음식을 연구해 보는 거야.

그렇다면 로마 시대 건축가인 비트루비우스가 쓴 「건축십서」에서 설명한 완전한 인체 황금비율은 무엇을 의미하는 것일까? 인간이 팔다리를 쭉 폈을 때 양손 끝, 양발 끝을 x자로 연결하는 선을 그어보면 그 중심은 배꼽이 되고…… 그래 책 속의 설명대로 한번 스케치를 해보자꾸나. 그러면 이런 것이 혹시나 인간 외적인 모양과 완전한 황금비율을 이루고 있을 때 가장 아름답고 가장 건강하고 그것이 수명하고 연관이 있고…… 그런데 성경에 나오는 「만나」라는 음식은 또 무엇일까? 「보라 내가 너희를 위하여 하늘에서 양식을 비같이 내리리니…… 저녁에는 너희에게 고기를 주어 먹이시고 아침에는 떡으로 배불리시리니…… 저녁에는 메추라기가 와서 진에 덮이고 아침에는 이슬이 잔 주위에 있더니 그 이슬이 마른 후에 광야 지면에 작고 둥글며 서리같이 가는 것이 있는지라…… 이스라엘 족속이 그 이름을 「만나」라 하였으며 깟씨같이 희고 맛은 꿀 섞은 과자 같았더라 (출애굽기 16장 1절~31절)」…… 하나님이 이스라엘 민족을 위하여 하늘에서 직

<레오나르도 다빈치>

접 음식을 내려 주셨다……. 이것이 과연 과학적으로 볼 때 무엇이었을까?…… 과연 노아 이전의 사람들은 무엇을 먹고 살았을까? …… 어저께 산타마리아노벨라 병원에서 100세 되는 노인을 만나 보았다. 그 노인이 늘 즐겨먹던 음식이 바로 장어라고 했어. 그래 장어는 보통 80년을 살 수가 있었…… 오병이어…… 떡 다섯 개와 생선 두 마리로 먹이셨다? …… 지금 내가 가진 것이라고는 몇 점의 그림과 이 수첩들뿐이구나. 그런데 진정 나의 모든 것은 바로 이 수첩 속에 담겨져 있도다. 해부용 스케치에서부터 그림 연습. 비행기. 하늘을 나는 전차…… 요리법 등등이 모두 다 있도다. 그러나 인간이 오백 세까지 살 수 있는 비법의 연구는 끝내 이루지 못 하였구나. 나의 제자인 프란시스코 멜치(Francesco Melzi)여 나의 이 수첩은 훗날 분명 세상을 위하여 크게 쓰일 날이 오리라. 잘 보관해주기를 바란다.

참고 : 레오나르도 다빈치(Leonardo da Vinci)는 생전에 4000매 이상의 많은 수첩을 남겼다. 그리고 그 수첩은 그의 제자인 멜치가 보관하고 있다가 1570년 멜치가 타계하자 그의 수첩은 뿔뿔이 흩어져 버렸다. 후세에 그의 수첩이 세계 여러 곳에서 발견되었는데 이때 이 수첩을 정리한 사람의 이름이나. 소유자 이름 발견된 장소. 소장기관 등등에 따라 수첩에 이름을 붙였다. 예를 들어 밀라노의 트리블치아노 도서관에 소장중인 것은 트리블치아노 수첩 가장 방대한 양이 보관된 아타란티코 수첩. 파리 수첩(루브

르 박물관). 옥스퍼드 수첩. 윈저 성 수첩 등이 있다.

나의 일기·히틀러

....

　1903.6.16 오늘 나의 아버지이신 알로이스 히틀러께서 세상을 떠나셨다. 사생아로 세상에 태어나셔서 어려운 가운데서 세관원으로 열심히 일하시면서 늘 가족을 위해 헌신하셨던 분이었다. 장례 후 아버지의 서재를 정리하다가 보불 전쟁(普佛戰爭) 1870~1871 : 독일 연방의 중심 국가였던 프로이센과 프랑스와의 전쟁. 오트리아를 물리친 비스마르크가 독일 통일의 마지막 걸림돌인 프랑스를 제거하기 위해 벌인 전쟁으로써 프로이센이 승리함으로 프랑스의 나폴레옹 3세는 무너지고 비스마르크는 독일 제국을 건설하였음)에 대해 설명되어 있는 책 한권을 보았다 이 책을 읽고 내가 느낀 것은 우리 독일인은 같은 독일인이면서 왜 오스트리아나 폴란드 등등 여러 각지에 흩어져 살고 있을까 하는 의문이 생겼다. 그리고 내 나름대로 이런 결론을 내렸다 "같은 피를 가진 민족은 같은 국가를 필요로 한다."였다.

　1907. 3.2. 오늘 나는 화가가 되려고 빈에 있는 미술 학교에 응시하였었으나 낙방하고 말았다. 사실 나는 레알 슐레(실업계 중등학교)가 나의 적성에 맞지 않는다는 것을 나 스스로 너무나 잘 알고 있었기에 화가가 되기로 하였으나 결국 화가의 꿈도 이루지 못할 것 같다

　1908.8.8. 나의 어머니이신 시클 그루버께서 오늘 세상을 떠나셨다. 정말 나를 깊이 사랑해 주셨던 어머니마저 세상을 떠나버렸으니 이제 난 세상

에 홀로 남은 고아의 신세가 되었다. 부모님이 남겨주신 적은 유산과 고아 연금만으로는 생활하기가 무척 힘이 든다. 이제 나는 변화를 원한다. 그러려면 이곳 린츠를 떠나 큰 도시 빈으로 가야겠다.

1913.5.26. 내 나이 벌써 23세 군에서 징집 영장이 왔다. 그러나 나는 오스트리아·헝가리 제국의 군인이 되고 싶지는 않다. 그러려면 이곳 빈을 떠나야 한다. 그래, 독일 뮌헨으로 가자.

1914.8.1. 드디어 우리 독일이 러시아에게 선전 포고를 하였다. 이 상황에서 내가 이러고 있을 때가 아닌 것 같다. 우리 독일을 위해 내가 할 수 있는 일이 무엇일까? 맞아 군에 자원입대를 하자.

1914. 11.6 오늘 바이에른 보병 제16예비 연대 플랑드르에 배치를 받았다. 나의 임무는 전령병이다. 생전 처음 2급 철십자 훈장을 받았다. 너무나 자랑스럽다.

1918.5.10. 전쟁의 생활이 바쁘고 힘들지만 늘 마음은 즐겁다. 오늘 1급 철십자 훈장을 받았다.

1918.8.16. 오늘 우리가 속한 부대가 「아미앵」전투에서 영국군에게 대패를 하였다. 정말 우리 독일로써는 "어두운 하루"였다. 내가 보기에도 우리 독일군이 한심스럽다. 왜 그럴까?

그 이유는 간단하다. 우리 독일군은 누구를 위하여 싸워야 하는지 그리고 왜 목숨을 걸고 싸워야 하는지에 대한 분명한 대상이 없다. 즉 목적 없는 싸움을 하고 있는 것이다. 그리고 신병이 들어오면 그들은 사회의 암울한 소식만 가져온다.

1918.11.11. 결국 우리 독일은 오늘 연합군에게 항복하고 말았다. 그리고 영국. 프랑스 등에 의해 갈기갈기 찢겨진 나라가 되었다. 뼈와 가죽만 남은 독일에게 연합군은 엄청난 전비 보상을 요구하고 있다. 이제 독일군은 완

전히 해체가 되어버렸구나. 그러면 나는 어디로 가야하나, 그래, 정치에 입문을 하자 그리고 아사 직전까지 내몰린 이 독일을 다시 일으켜 세우자.

1919.4.13. 참으로 오랜만에 성경을 펼쳐 보았다. 사실 나는 한때 목사가 되리라고 작정한 적도 있었다. 그러나 웬일인지 성경을 읽어보면 읽어볼수록 자꾸 의문만 더해지는 것 같다. 하나님이 흙으로 첫 인간인 아담과 각종 들짐승과 공중의 각종 새를 지으시고 아담의 갈비뼈로 그의 아내 하와를 지으셨다? 그리고 그녀가 낳은 첫 아들 카인이 동생 아벨을 돌로 쳐 죽였다. 그래서 하나님이 카인을 동산에서 쫓아내셨다. 그런데 이때 등장하는 또 다른 사람들 즉 카인이 만나는 모든 사람들 (창세기 4장 14절~15절)은 과연 누구일까. 지금 세상에는 아담과 하와 그리고 카인 이 세 사람뿐인데 쫓겨난 카인은 과연 누구를 만났다는 이야기인가? 그렇다면 아담과 하와 이전에도 에덴동산 바깥 땅 위에는 인간이 살고 있었다는 이야기 아니가? 그렇다면 그들은 과연 누구란 말인가? 혹시 외계에서 온 인간 즉 외계인이 아닐까? 인간이 팔백 세까지 아이를 낳았으며 구백 세까지 살았다고? 그런데 왜 노아의 방주 사건 이후에는 갑자기 수명이 이백 세로 뚝 떨어져 버렸을까? 그리고 모세 시대에는 백 이십 세로 오늘날에 백 세도 제대로 채우지 못하게 되었을까? 십계명 첫 번째가 '살인하지 말라'고 했는데 「미디안」족을 벌할 때는 어른, 아이, 남자, 여자, 모두 다 죽이고 불사르라고 명하였으니 이런 잔인한 분이 하나님이란 말이던가? 또 '간음 하지 말라'고 했는데 다윗의 행태는 어떠했나. 남의 아내 「바쎄바」를 뺏기 위해 자기의 충직

<히틀러>

<카를 하우스 호프>

한 군인이자 그녀의 남편 「우리야」를 일부러 몇 번이나 최전방 전선으로 보내 죽게 만들고 결국 그 아내인 「바쎄바」를 자기 부인으로 삼은 아주 비겁하고도 비겁한 그런 자를 지금 유대인들은 그를 영웅으로 모시고 다윗의 별이니 하면서 자기 민족의 상징인양 떠받들고 있지 않은가!

1919.4.15. 오늘 「카를 하우스 호프」라는 친구와 운명적인 만남을 가졌다. 오늘의 이 운명적인 만남은 앞으로 내 인생이 나아갈 방향을 결정하는 데 아주 큰 영향을 끼칠 것 같다. 그는 내가 성경을 읽으면서 품었던 모든 의문들은 너무나 시원스럽게 풀어 주었다. 그의 말에 의하면 그는 폴란드의 「루터 비코스」라는 어느 외딴 시골 골짜기에서 하얀 빛이 빛나는 커다란 원반형의 이상한 물체를 보았다고 했다. 그것은 바로 외계에서 온 우주선이었고 그는 외계인들을 만나 지구이외의 다른 별에 살고 있는 생명들의 이야기를 들었다고 했다. 한마디로 우리 독일인들의 조상인 「아리안」민족은 바로 오리온성좌의 「시리우스」별에 살고 있는 「젠」종족 후손이며 예수역시 그중의 한 사람이라고 했다. 이 「젠」종족은 지구인들보다 몇천 년은 과학이 앞서 있었고 어느 날 그들은 그들이 만든 우주선을 타고 지구에 와서 마리아라는 여인을 마취시킨 후 그들의 유전자를 마리아의 몸속에 침투시켜서 태어난 아이가 바로 예수라는 것이었다. 그런데 「시리우스」별에는 「젠」종족 외에 또 다른 종족이 있는데 그 종족은 늘 「젠」종족과 다투어 오던 중 그들은 좀 더 일찍 지구에 와서 예수보다 먼저 지구에 종족을 전파하였

는데 그 종족이 바로 유대인 이라는 것이었다. 결국 유대인들이 자기들보다 늦게 지구로 온 예수를 죽음에 이르게 하자 「젠」족은 아무도 모르게 다시 마리아의 몸속에 그들의 유전자를 침투시켜서 아이를 낳게 했는데 그 아이들 즉 예수의 형제들 후손이 바로 독일인이라고 했다. 예수가 태어날 때 동방 박사가 본 큰 별이 바로 우주선이었고 에스켈이 보았던 바퀴 안에 있는 바퀴가 달린 기계가 번쩍이는 불을 내뿜었던 기계도 바로 외계에서 온 우주선이었고 팔백 세까지 자식을 낳았고 구백 세까지 사람이 살 수 있었던 것도 바로 외계에서 온 음식 때문이었으며 그 음식들이 점점 사라지자 인간의 수명도 점점 낮아졌다는 것이었다. 결국 아담도 이브도 카인이 만난 사람들도 모두가 외계인의 후손이었다는 것이다. 역시 그의 말에 따르면 지구에 살고 있는 모든 족속의 인류는 하나도 예외 없이 외계인들의 후손이라고 했다. 하긴 이 지구라는 자체가 처음에는 아무것도 없었고 먼지 하나까지 모두가 외계에서 온 것은 사실 아닌가! 그는 1819년 뮌헨 출신으로서 1908년 일본을 방문하고 난 후부터 동방의 신비주의나 티베트 밀교의 주술들에 큰 관심을 갖고 있던 중 외계인

을 만났고 그 외계인들은 그의 몸속에 이상한 칩을 심었고 그리고 그에게 중요한 임무를 주었는데 그 임무는 아리아인 혈통 중 가장 우수한 독일인이 유대인 및 다른 종족을 물리치고 이 지구를 지배할 수 있도록 하는 것이며 자기에게 주어진 첫 번째 임무는 바로 가장 충직한 독일인 한 명을 선정하여 그들 지도자로 만들도록 하라는 것이었다. 그리고 그가 오늘 나와 만난 것은 우연한 만남

<외계인>

이 아니라 자기의 철저한 계획 아래 이루어진 만남이라고 했다.

1919.4.16. 하긴 이 땅 위에 사는 우리 독인인. 폴란드인. 슬라브인……
등등 중 유대인들에게 빚지지 않고 살아가는 사람이 과연 몇 명이나 있단
말인가? 그들이 하늘로부터 선택된 민족이라고 떠들어대는 데는 정말 그
런 비겁한 이유가 있었구나. 오늘부터 「카를 하우스 호프」로부터 개인 교
습을 받기 시작 하였다.

1919.4.18. 정말 그는 훌륭한 선생이다. 아니 신비스러운 인간이다. 박식
함도 박식함이려니와 항상 어떤 신비스러움을 품고 있는 듯하다. 내가 그
로부터 중점적으로 받는 교육은 사람 마음을 끌어당기는 법. 대중 심리를
끌어들이는 법. 연설문 작성법. 언변술 특히 연설할 때 얼굴 표정에서부터
제스처 손동작 하나하나까지 아주 세밀한 교육을 받았으며 특히 웅장한
음악을 활용하여 대중을 사로잡는 방법도 그중 하나였다. 이제 나는 내 스
스로가 천부적인 선동가로 서서히 변해가고 있음을 확신하고 있다.

1919.6.28. 참으로 어처구니가 없다. 이것이 우리 독일에 대한 강제 집행
명령이지 어찌 조약이라고 표현할 수 있단 말인가? 듣기로는 영국, 프랑
스가 이미 작성해 둔 조약 문서에 독일은 아무 소리도 못하고 고개만 숙인
채 서명만 했다고 한다. 이제 우리 독일은 저들에 의해 영토는 갈기갈기 찢
어졌고 군대는 해체된 것이나 다름없고 결정된 배상금만도 1320억 금 마
르크로 결정되었다니 이거야 말로 죽어 엎어진 자의 등 위를 또 다시 밟고
또 밟고 지나가는 구나 프랑스 루이 14세의 호화스러운 침실 「거울의 방」
에서 우리 독일은 눈물만 흘리고 마는구나. 내 언젠가는 이 베르사유 조약
(Treaty of Versailles)을 내손으로 북북 찢어 버리고 저 영국. 프랑스를 철저
히 짓밟아 오늘 우리 독일 민족의 이 굴욕을 몇 배로 갚아 주리라.

1919.9.12. 오늘 나의 첫 정치 일정이 시작되었다. 뮌헨에 있는 노동당 집

회에 참석했다. 대 자본가와 귀족 특권 계급을 배제하고 중간 계급 위주로 애국주의와 반유대주의를 외쳤다. 이제 나의 선동가 기질을 조금씩 조금씩 발휘할 때가 온 것 같다.

1920.3.1. 내 주위에는 늘 「카를 하우스 호프」가 그림자처럼 따라 다녔다. 나는 오늘 나치당에 입당했다. 나의 나치 운동이 시작 되었다. 「카를 하우스 호프」는 나에게 갈고리 십자가 「하이켄 크로이츠」를 당기로 결정할 것을 권하였다. 그리고 이 갈고리 십자가에는 마법의 힘이 존재하며 아리아인의 승리를 보장해줄 것이라고 말했다. '맞아! 내 가슴에 달린 이 꺾어진 철십자야말로 분노한 예수의 힘이 스며있는 「스와 스티카」임에 틀림없어!'
  * 참고 : 스와 스티카 - 고대 인도인들이 생각하던 태양의 상징을 만(卍)자로 표시한 것.

1923.11.8. 독일의 「바이에른」정부는 영국과 프랑스의 조종을 받고 있는 꼭두각시 정부에 불과해 우리 나치당은 이 정부를 무너트리고 다시금 독일을 일으켜 세워 언젠가는 프랑스와 영국을 물리치고 옛 우리의 영토인 폴란드를 다시 찾고야 말 것이다 오늘 뮌헨의 대규모 집회는 정말 성공적이었어. 이 히틀러의 날이었어.

1923.11.11. 나는 오늘 「바이에른」정부로부터 체포를 당하여 법정에서 5년 형을 선고받고 「란츠 베르크」감옥에 투옥되었다. 이젠 「바이에른」정부도 나 이 히틀러를 두려워하고 있음이 분명하다. 어찌 보면 감옥 생활이라는 것은 재충전의 시간이다. 그 동안 메모 형식으로 써두었던 나의 자서전 겸 나치 사상의 해설집인 「나의 투쟁(Mein Kampt)」을 정리하고자 한다.

1924.8.15. 애초에 5년형을 선고 받았으나 9개월만인 오늘 석방되었다. 그동안 정리하였던 「나의 투쟁」출판을 서둘러야 할 것 같다.

1924.11.11. 오늘이 베르사유 조약을 맺은 지 7주년이 되는 날이다. 왜 하필이면 이날을 맞아「나의 투쟁 1권」을 출판하는지에 대해 의아해하는 사람들이 있는 듯하다. 나 이 히틀러는 단호히 말하건대 우리 나치당은 언젠가는 영국과 프랑스를 물리치고 전 유럽을 지배하는 위대한 아리안족의 나라 독일을 세울 것이다. 오늘 「나의 투쟁 1권」이 바로 그 신호탄이다. 독일인들이여 들어라 오늘 나는 이 책을 통하여 나의 분명한 뜻을 밝힌다. 민족과 민족 사이에 존재하는 불평등은 자연의 당연한 진리이다. 그리고 우리 아리안 민족이 모든 인류 중 유일한 창조적 인종이며 아리안 민족의 계승자인 우리 독일인이 가장 우수한 민족인 것 또한 당연한 진리이다. 국가의 존재란 바로 민족에게 봉사하고 약속을 지키기 위하여 존재하는 것이다. 그러나 지금의 「바이에른」 정부는 이런 국가의 사명을 저 버렸다. 국가가 민족 위에 결코 존재할 수는 없는 것이다. 나는 민주주의를 비난한다. 왜냐하면 꿈속에서나 존재할 수 있는 개인과 개인과의 평등을 아무런 대책 없이 강조하고 민족과 민족과의 평등을 부르짖기 때문이다. 우리는 우리의 눈앞에 있는 현실을 인정할 것은 인정해야 한다. 도대체 이 지구상에 개인과 개인 사이에, 민족과 민족 사이에 완전한 평등을 이루고 있는 곳이 어디에 있단 말인가. 아무리 완벽한 민주 사회라 할지라도 그것은 불가능한 일이다. 호주머니에 많은 돈을 가진 자와 한 푼도 없는 자가 어찌 평등할 수가 있단 말인가? 이런 엄연한 사실을 민주주의가 해결할 수 있단 말인가? 이런 엄연한 사실을 국회 토론이나 국민 투표가 해결할 수 있단 말인가 법과 정의가 혹은 철학이나 종교가 해결할 수 있단 말인가? 그리고 공산주의가 민주주의 보다 더 나쁜 것은 해결할 수도 없는 이런 일들을 그들은 완벽히 해결할 수 있다고 거짓말을 하고 있기 때문이다. 그들은 그들 스스로가 거짓말을 하고 있다는 것을 알고 있고 그리고 그들의 거짓말을 감추기 위해 아주

교묘하고 교활한 수법으로 또 다른 거짓말을 하고 있지 않은가. 그래서 나는 결코 공산주의자들을 믿지 않는다. 그렇다면 이에 대한 나의 해결책은 무엇인가? 그것은 바로 그 불평등의 폭을 최대한 좁혀 보자는 것이다. 비록 완전하지는 않지만 민족과 민족 간에 존재하는, 개인과 개인과의 사이에 존재하고 있는 그 불평등의 폭을 최대한 좁혀 보자는 것이다. 그러려면 어떻게 해야 하는가? 바로 강력한 통치자, 카리스마가 철철 넘쳐나는 통치자. 절대적인 권위를 부여받은 강력한 통치자 혹은 강력한 어느 한 민족이 이 나라를 이 세계를 지배하여야만이 그 문제를 해결 할 수가 있기 때문이다.

1926.01.16. 오늘 친위대(Schutzstaffel)를 설립하였다.

1933.03.05. 오늘 치러진 총선에서 우리 나치당이 43.9%를 얻었다. 이제 권력이 서서히 이 히틀러의 손안으로 들어오고 있다

1934.08.02. 대통령인 힌덴부르크가 사망하였다. 나의 오랜 꿈이었던 대통령제와 민주 공화제를 폐지할 수 있는 절호의 기회가 왔고 나는 총통 겸 수상으로 취임 하였다. 이제부터다. 이제부터 나에게 주어진 이 권력을 더욱 강화시킴과 동시에 나약한 독일의 산업부터 성장을 시켜야 한다. 힘의 원천은 산업과 과학 기술의 발전에 있다.

1938.02.04. 오늘부터 내가 국방부 장관을 겸임하기로 했다. 베르사유 조약으로 해체된 군부를 다시 일으키고 재무장하여 군부부터 완전히 장악해야 한다.

1939.03.18. 이제 서서히 원수를 갚을 때가 온 것 같다. 유럽 대륙에서 힘을 가진 나라는 독일, 영국, 프랑스, 러시아, 이태리 정도다. 그런데 유감스럽게도 우리 독일은 그 한가운데 있다. 우리의 원수였던 프랑스, 영국이 서쪽에 있고 신흥 대국으로 성장한 러시아가 동쪽에 버티고 있고 한때는 전 유럽을 지배하였던 이태리 로마가 남쪽에 자리 잡고 있다. 자칫 잘못하면

우리는 북쪽에 있는 막다른 골목인 차가운 북해로 내몰릴 수밖에 없는 위치에 있다. 이것이 우리 독일 민족이 겪어야 할 운명이라면 우리는 이 운명을 이겨내야 한다. 일단 서쪽에 있는 우리의 원수 프랑스 영국을 쳐부수려면 먼저 동쪽 러시아와 남쪽 이태리와 화친을 맺어야 하는데 이런 나의 속셈을 눈치 채고 있는 능구렁이 같은 스탈린과 무쏘리니가 전혀 동의를 해주지 않고 있으니 고민이다. 무슨 좋은 방법이 없을까?

　1939.03.19. 오늘 「보헤미아」와 「모라비아」 지역을 우리 독일에 보호령화하였고 「메메드」 지역을 편입시켰다. 그러나 내 머릿속에는 여전히 스탈린과 무쏘리니를 어떻게 설득시킬까 하는 생각으로 꽉 차 있었다. 오랜만에 카를 하우스 호프가 방문하였다. 그는 이미 나의 모든 고민을 알고 있는 듯해 보였다. 그는 내 앞에 이상스러운 몇 장의 종이와 음식 보따리를 내밀었다. 그가 내민 몇 장의 종이는 바로 이태리의 레오나르도 다빈치가 죽기 전까지 연구하던 어떤 음식에 관한 연구 메모지였으며 다빈치의 메모지를 토대로 하여 카를 하우스 호프 스스로가 연구에 연구를 거듭한 결과 만들어진 음식이 바로 그 보자기 속에 있었다. 그가 내 앞에서 보자기를 풀어헤치고 음식이 담긴 그릇 뚜껑을 여는 순간 이상야릇한 냄새가 진동을 하였고, 그 음식의 생김새 역시 흉측하기 그지없었다. 나는 그의 권유로 음식한 점을 입속에 넣는 순간 싸 - 하는 냄새와 혀끝에 닿는 자극 때문에 입안이 턱턱 막히는 것 같았으나 억지로 그 음식을 삼키고 나니 한 점 더 먹고 싶은 욕망이 생겼고 결국 나는 그 음식을 모두 깨끗이 먹어 치웠다. 그리고 그에게 음식의 재료는 무엇인지 또 인체에 어떤 효능이 있는지 물어 보았다. 그가 대답하기를 다빈치가 성경 노아 이전 시대에 나오는 인간이 구백 세까지 살았다는 내용을 보고 그 역시 인간이 구백 세까지 살 수 있는 음식을 연구하였으며 이 음식이 바로 다빈치가 연구하던 내용과 최대한 같은

방법으로 만들어진 음식이라고 하였다. 이어서 내게 말하기를 스탈린과 무쏘리니에게 이 음식을 선물해 보라고 하였고 그러면 틀림없이 좋은 결과를 얻을 수 있을 것이라고 했으며 나는 이 음식을 최대한 많이 그리고 빨리 만들라고 지시 하였다.

　1939.05.22. 카를 하우스 호프가 만든 음식의 효과는 예상외로 빨리 나타났으며 그의 말대로 좋은 결과를 얻었다. 오늘은 참으로 상쾌한 날이다. 무쏘리니가 지켜보는 가운데 독일 외무장관 「요아힘 폰 리벤트로프」와 이태리 외무장관 「갈레아초치아노」가 일명 「강철 조약」이라고 불리는 독·이 불가침 조약에 서명하였다.

　1939.08.05. 역시 스탈린은 무쏘리니보다 한수 위인 듯하다. 그러나 스탈린 역시 우리의 보이지 않는 영웅 카를 하우스 호프가 만든 음식 앞에서는 어쩔 수 없었나보다. 오늘 스탈린이 지켜보는 가운데 독일의 리벤트롭과 러시아의 「V.M.모로토프」가 독·소 상호불가침 조약에 서명하였다.

　이제 남은 건 오직 서쪽으로, 서쪽으로 진격하는 일만 남았다.

　1939.09.01. 위대한 아리안족의 후손들이여! 위대한 독일인들이여! 모두 깨어나라.

　모두 깨어나 승리의 횃불을 높이 들어라! 우리 모두 니벨룽겐의 반지(Der Ring des Nibelungen)를 찾으러 떠나자. 지크 프리트여 그대의 어머니가 유산으로 준 검을 뽑아라. 하늘을 나는 새들이여 마(魔)의 불꽃이 있는 저 마법의 성으로 지크프리트를 안내하라 우리의 황금을 빼앗으려는 「미메」를 죽여라.

　우리를 짓밟으려고 하는 구렁이 「파프트」를 죽여라.

　그리고 그 곳에서 잠들어 있는 「브린 힐데」를 구출하자. 그리고 아리안족의 새로운 대서사시를 쓰도록 하자!

　탄호이저여 일어나 승리의 노래를 불러라.

1940.03.18. 오늘 무쏘리니와 브레 넬 회담을 가졌다. 이제 이탈리아 군대와는 한편이 되었다.

1941.12.07. 우방국 일본이 하와이의 진주만을 기습 공격했다. 그것은 우리 독일의 입장에서 볼 때 언뜻 생각하면 좋은 일 같으나 깊게 생각해 보면 분명 불행의 시작인 것 같다.

왜냐하면 미국이라는 거인과 우리 독일이 맞닥뜨려야하기 때문이다.

1941.12.08. 기어이 미국이 우리 독일과 이탈리아에 선전 포고를 하였다. 불길한 조짐이다.

1942.11.24. 미국의 페르미가 시카고에서 원자핵분열에 의한 연쇄 반응 실험에 성공했다는 소식을 들었다. 지난해에는 아인슈타인이 미국으로 영구 귀화했다는 소식을 들었는데 뭔가 거대한 물결이 밀려오고 있음을 느낀다. 뭔가 불안하다.

1943.02.15. 스탈린그라드에 진격했던 우리 독일군이 결국은 항복하고 말았다. 영국 프랑스의 공군이 이제 미국공군과 합세하여 우리 독일 모든 도시에 맹폭을 가하고 있다.

1944.06.06. 연합군이 기어이 노르망디 상륙 작전을 감행하였으나 우리 독일군은 그들을 저지하지 못하였다. 무쏘리니는 체포되었고 파시스트당은 해체되었다고 한다. 다행히 무쏘리니는 우리 독일군에 의해 탈출했다. 일본은 마샬. 괌. 오키나와 등지에서 궤멸을 당한 후 미국의 B-29 폭격기에 의해 연일 본토가 맹폭을 당하고 결국 도죠히데키 내각이 총 사퇴를 했다. 그러면 나의 운명은 어떻게 될 것인가? 그런데 카를 하우스 호프는 어디로 갔을까? 마치 바람처럼 흔적도 없이 사라져 버렸구나. 물론 그는 늘 헤르만 괴링이나 헤스, 슈트라이허 등으로부터 집요한 견제를 받아왔다는 것을 나도 잘 알고 있다. 그러나 분명 그런 일들로 인해 나타나지 않는 것은 아

닌 듯싶다.

1944.7.20. 늑대 굴에 큰 폭발물이 터졌다. 나를 암살하고자 계획한 일명 「발키리 작전」이다. 놀라운 것은 주동자인 「슈타우펜 베르크」 대령 외에 사막의 여우라 불리던 「에르빈 롬멜」도 주동자 중의 한사람이었으나 더욱 놀라운 것은 「카를 하우스 호프」의 아들 「알브레이트 호프」도 주동자의 한사람이었다.

*어느 국가든 간에 권력의 최정상 뒤에는 비선 실세가 있다. 히틀러 역시 배후에 「카를 하우스 호프」라는 비선 실세가 있어 히틀러를 배후에서 조종하였다.

*니벨룽겐의 반지:독일 음악가 바그너에 의해서 북유럽 아리안 족의 전설을 토대로 쓰인 오페라. 전 4막으로 구성되어 있다.

1944.09.11. 드디어 연합군이 독일로 진격한다는 보고를 받았다.

1944.11.20. 미국 루즈벨트 대통령이 4선 대통령으로 당선되어 본격적으로 독일 본토 공격에 나서기 시작했다. 나와 이 늑대 굴의 끝은 어떻게 될 것인가?

잠을 청해 보려고 애를 써 보지만 도저히 잠을 청할 수가 없다. 잠깐 잠이 들었다싶다가 웬 인기척에 놀라 벌떡 일어났다. 내 눈앞에 검은 두건을 두른 카를 하우스 호프가 말없이 나를 노려보며 서 있었다. 아무 말 없이 나를 노려보던 그가 일순간 이상야릇한 웃음을 띠며 나를 쳐다보았다. 그 웃음 속에 그려져 있는 악마의 얼굴을 나는 분명히 보았다. 그는 분명 악마였다. 나는 그에게 "당신은 누구냐? 당신의 정체는 무엇이냐?"라고 물었다. 그가 비열한 웃음을 지으며 하는 말이 "나? 내가 누구냐고? 아직도 나를 모르겠어?"라면서 대답하기를 "나는 우주에서 온 악마다. 나는 저 우주의 기운을 받아 움직이는 악마야. 악마란 말이야!" 그리고는 내가 묻지도 않은 대답을 하기 시작하였다. "내가 이 지구상에 온 목적이 무언지 이제 시원히 말해주겠네. 사실 나는 이 지구상 인간들에게 우주의 악령을 심어 이 지구인 모두가 악마로 변하게 하라는 우주의 명을 받아 온 악마야. 비록 내 겉모습은 인간이지만 그것은 바로 당신과 같은 사람을 선택하여 당신과 같은 사람으로 하여금 지구 인간에게 악령을 전파하도록 하기 위함이었어."라고 대답하였다. 그리고 또 하는 말이 "나는 당신 히틀러뿐만이 유럽, 아시아, 아메리카, 아프리카, 중동 등등 세계 각지에 다니면서 당신 같은 사람을 찾아내어 그들로 하여금 또 다른 사람들에게 악령을 전파하게끔 조종을 한다네. 정말 재미있는 일들이지. 바로 어제는 동양의 어느 조그만 나라에서 두 사람을 선택하여 그들에게 역시 악령을 심어두었다네. 바로 김일성이라는 자와 최대민이라는 자일세. 그런데 한 가지 우스운 것은 똑같은 악령을 두 사람에게 심었는데 그에 따른 효과는 조금씩 차이가 있어. 아마 그것은 그 두 사람이 타고난 본성이 조금씩 차이가 있기 때문이겠지. 아무튼 동양의 그 조그만 나라는 그 두 사람과 그 후손들에 의해서 상당히 큰 불행을 겪게 될 것이야." 그리고는 말이 끝나자마자 그는 또 어디론가 사라져버렸다.

*마귀는 사자처럼 먹잇감을 찾으러 다닌다(성경 베드로 전서 5장 8절).

*마귀는 타락의 창시자요(창세기 3장 1절). 죄를 짓게 한다(요한일서 3장 8절).

지금껏 그 악마는 양의 탈을 쓰고 내 앞에 나타나 묘한 술수를 써서 나를 농락하였고 나는 전혀 방어할 능력 없이 그의 유혹에 넘어가고 말았다. 카를 하우스 호프!

그대는 진정 악마였구나! 누가 그를 나에게 보냈을까?

1945.04.28. 무쏘리니가 빨치산 무리에게 잡혀 길거리에서 갈기갈기 찢겨 죽었다고 한다. 형제여! 우리의 끝은 결국 이렇게 되나 보구나. 그러나

나는 그대처럼 길거리에서 마지막을 보내고 싶지는 않아. 저 무지막한 러시아 군대에 체포되어 질질 끌려 다니고 싶지는 않다네.

1945.04.30. 나의 큰 과오는 선과 악을 구별할 수 있는 안목이 없었다는 것을 내 스스로 인정하지 않을 수 없구나. 아…… 모든 것이 이렇게 끝이 나고 말구나! …… 탕! …… 탕 …… 탕.

*참고 : 상기 내용 중 날짜는 다소 사실과 다를 수 있습니다. (저자 주)

유 리 가 가 린

1961년 4월 12일 소련에서는 사상 처음으로 유인 우주선인 보스토크 1호를 쏘아 올렸다. 사상 최초의 유인 우주선에는 「유리 가가린」이라는 우주 조종사가 타고 있었다. 인류 역사 상 최초의 우주인이 된 그는 우주에 진입하여 첫 메시지를 지구를 향해 보냈다.

<유리 가가린>

"지구는 푸르고 무척이나 아름답다. 그러나 아무리 보아도 신(神)은 보이지 않는다."

참으로 사회주의적인, 유물론주의적인, 공산주의적인 메시지였다.

제2부

인간 영욕의 한계

북조선 불교도 연맹

....

1882년 함경북도 명천군 하가면 화대동에서 나주 임씨 치권(致權) 공(公)과 모친 김해 김 씨 사이에 한 사내아이가 태어났다. 그 아이의 이름은 상하(常夏)였는데, 바로 이 아이가 훗날 그 유명한 고승이신 석두보택(石頭寶澤)이었다. 석두 선사가 태어난 1882년은 임오군란이 일어난 해로 나라 안팎이 몹시 어수선하던 때였다.

이런 난세에 태어나서인지 선사는 성품이 급하고 고집이 세었으나 바탕은 총명하고 인자하였다. 선사가 14세 되던 해에 국모 민비가 시해당하는 사건이 일어났고, 16세 때(건양원년 1896년) 고종이 러시아 공관으로 피신해야 하는 수모를 당한, 즉 아관파천이 일어났다. 나라의 운명은 풍전등화 같은 위기를 맞게 되어 있음에도 불구하고 여전히 조정의 대신들은 수구파, 개혁파, 친로파, 친일파 등으로 나뉘어 이전투구를 하고 있었다.

이런 와중에 선사는 깨끗하게 속세를 등지고 수도 정진하는 길을 택하기로 결심하고, 안변 석왕사(釋王寺)로 들어가 백하청민(白荷晴旻) 대사 문하에 들어가게 되었다. 선사의 나이 25세 되던 해 광무 10년(1906) 병오년에 해인사 퇴설당으로 제산(濟山) 선사를 찾아가 용맹정진하게 되는데 이로부터 혜안이 열려 26세에 무자화두를 타파하고 27세 때 동안거 해제법석에서 당시 해인사 주지이며 친일 승려였던 이회광(李晦光) 법문을 일문으로 폐쇄하고 해인사를 떠나 금강산 유점사로 가서 영봉(靈峰)법사에게 구족계를 받고 보운암에 머물며 살았다.

1925년 여름 어느 날, 준수한 차림의 한 스님이 가벼운 발걸음으로 금강산에 이르러 신계사 보운암에 머물고 있는 금강산 도인이라 불리는 별명을 지닌 석두보택 스님을 찾아왔다. 석두 스님은 그에게 그가 태어나기 전 이력을 물었다. 그리고 생사 원인의 출처가 어딘지 추궁하였다.

'어디서 왔느냐?' 석두 선사의 물음에 '유점사에서 왔습니다.'라고 스님이 대답하였다. '몇 걸음에 왔는고?' 그 스님은 벌떡 일어나 방을 한 바퀴 빙 돌면서 '이렇게 왔습니다.' 하고 대답했다.

이에 석두 선사는 아무 말 없이 고개를 끄덕이며 그가 법기(法器)임을 점두하였다. 석두와의 만남은 이렇게 이루어졌다. 그것은 이심전심 원리 그대로였다. 인간과 인간의 근원적이고 구체적인 결합이 이와 같은 해후로 이루어진 것이다.

사실, 인간은 누구나 만남을 통해 새로운 자각을 얻는다. 그것은 개안(開眼)을 이루는 원리이기도 하다. 바로 이날 이 젊은이는 머리를 깎고 계(戒)를 받아 법명을 학눌(學訥)이라 불렀고, 뒷날 효봉(曉峰)이라고 법호를 지었다. 바로 이 날이 음력 7월 초 여드레, 효봉 스님의 나이 37세였다. 그리고 효봉 스님은 매년 이 날만 '오늘이 내 생일이다'라고 하면서 옷을 갈아입었다.

효봉 스님은 1888년 5월 28일 평안남도 평양부 진향리에서 축안(逐安)이 씨 아버지 이병억 씨와 김 씨 어머니 사이에 태어났다. 본명은 이찬형(李燦亨)이었으며, 어려서부터 유달리 영특하여 신동이라는 소리를 들었고, 이미 10세 때 사서삼경을 통달하는 영특함을 보여 주위 사람들을 놀라게 하였다. 효봉은 평양 고보를 졸업하고 현해탄을 건너 일본 와세다 법대를 졸업하여 사법 고시에 합격함으로써 그의 특출함이 온 주위에 인정이 되었다. 그러나 그의 고민은 그때부터 시작되었다. 그는 귀국 후 서울과 함흥 등지에서 판사로 근무하게 되었다.

당시 한창 일제 강점기인지라 그는 정의감과 민족애로, 그리고 인간적인 진실함으로 인하여 그의 눈앞에 펼쳐지고 있는 현실감에 늘 회의를 품고 있었다. 그러던 중 평양의 복심 법원(고등 법원) 판사로 승진하여 근무하면서 부터는 지금보다 더 큰 현실의 벽과 마주치지 않을 수 없는 처지에 이르렀다. 물론 그것은 일본 식민지 정책에 항거하는 독립투사를 재판에 회부하여 판결해야 하는 중요한 위치에 있음으로 해서, 같은 민족으로서 민족의 독립을 외치는 자들을 심판하고 재판해야 하는 일은 그에게 너무나 큰 고통이었다.

1923년 효봉의 나이 36살 때, 그는 수사관들에 의해 완벽하게 독립투사임이 증명된 수사 서류에 의해 드디어 독립투사에게 사형 선고를 내렸다. 그리고 그는 자기 내면 깊숙이 존재해 있는 자신이 오히려 사형당하는 모습을 아련히 볼 수가 있었다. 도저히 법관의 자리에 앉아 있을 수가 없었다. 깊은 회의의 물결이 흘러나오고 있었다. 그동안 쌓여 있던 절망감이 그의 온 몸을 휘감았다. 그리고 그는 정처 없는 방랑의 길로 들어서기 시작하였다. 아내와 자식을 버려둔 채 흡사 죽립(竹笠) 김삿갓이 그랬던 것처럼 온 세상을 유랑하기 시작하였다. 엿장수로도 변모하여 보았다. 하루아침에 법관에서 엿장수로 변하였던 것이었다. 추운 겨울 맨발로 산하를 누비기도 하였다. 고통 받는 삶을 체험하지 않고는 자신의 양심을 수호할 수 없음을 깊이 깨달았기에 무한히 큰 고통을 기쁨으로 받아들였다.

3년이 흐른 후 1925년 여름 드디어 금강산에서 석두 스님을 만나고 참다운 효봉 스님으로 거듭나게 되었던 것이었다. 그러나 이것이 우리 민족의 운명이었던가? 1945년 일제가 패망하고 난 후 우리 민족은 큰 꿈과 희망을 안고 기쁨과 환희로 가득 찼으며 많은 종교인들은 이제 일제의 억압에서 벗어나 자유로운 종교 생활을 할 것으로 기대하였다. 그러나 해방의 기쁨도 종교의 자유에 대한 희망도 그리 오래가지는 못하였다. 아니 적어도 종교 문제에 있어서만큼은 삼팔선 이북에서는 일제 때보다 더 혹독한 시련이 그들 앞에 놓여 있었다.

1945년 8월 22일 삼팔선 이북에 소련군이 들어왔다. 그리고 8월 26일 소위 평양 인민 정치 위원회라는 것이 설립되면서 북쪽은 공산주의 체제가 자리 잡았다. 그리고 그해 12월 26일 드디어 어느 누군가에 의해 북조선 불교도연맹이 창설되었다. 이날부터 북한의 불교는 깊은 암흑 세상의 길로 들어서게 되었던 것이었다.

북조선 그리스도교 연맹

1907년 평양 장대현 교회. 평양에 위치한 평양 중앙 교회의 길선주 목사는 많은 교인들이 하루하루 더하여지는 일제의 억압과 점점 꺼져만 가고 있는 나라의 암울한 운명으로 인하여, 모든 교인들이 희망을 잃고 하루하루를 보내는 것을 보며 마음속으로 긴 한숨을 지었다. 그러나 목사인 자신으로서도 어떤 대책을 강구할 만한 것은 아무것도 없었다. 그리고 그는 새벽 4시에 혼자 조용히 기도를 드렸다. 이튿날에는 교회 장로 두 분이 참석하여 세 사람은 함께 새벽 기도를 드렸다. 이 때 참석한 두 분이 바로 전계은 장로님과 정춘수 장로님이었다.

얼마 후 그 사실을 어떻게 알게 되었는지 많은 교인들이 함께 참석하여 새벽 기도를 드리게 되었고 드디어는 새벽 4시에 교회 종이 울리게 되었으며 새벽 기도회에 참석하는 성도들의 수가 무려 칠백 명이 넘는 숫자를 이루게 되었다. 조선 교회의 새벽 기도는, 아니 세계 최초의 새벽 기도는 이렇게 은혜롭게 시작이 되었다.

그리고 1907년 1월 6일부터 평양에 있는 장대현 교회에서는 부흥사경회가 열렸다. 첫날 저녁부터 남자만도 1,500명이 넘는 성도가 모여 많은 사람들이 앉을 자리가 없을 정도였다. 길선주 목사를 비롯한 한국인 교회 지도자들과 외국인 선교사들이 집회를 인도하며 교회에 사랑의 필요성과 신자는 성령의 인도 아래 살아가야 한다는 것을 주제로 설교 말씀이 이루어졌다.

1907년 1월 14일, 방위량(Rev.W.N.Blair) 선교사는 고린도전서 12장 27절 말씀인 '너희는 그리스도의 몸이요, 지체의 각 부분이다.'라는 말씀으로 설교하였고, 이튿날 월요일 저녁에는 이길함(Rev.Graham.Lee) 선교사가 인도하였다. 이길함 선교사는 설교가 끝난 후 '자, 이제 우리 모두 통성으로 회개의 기도를 합시다.'라고 말했다. 그러면서 그는 울면서 큰소리로 회개의 기도를 시작하였다. 그러자 바로 이때 어느 한 남자가 벌떡 일어서더니 큰소리로 외쳤다.

"나는 이 자리에서 회개의 기도를 드리고자 합니다. 나는 내 친구가 죽어갈 무렵 그가 소유하고 있던 전 재산을 나에게 맡기면서 내 아내는 글도 모르고 재산을 관리할 능력도 없고 내 아들은 아직 어리니 자네가 내

<1900년대 장대현 교회>

재산관리를 맡아주고 내 아내와 아들을 좀 보살펴 달라며 맡긴 재산을 그들에게 다 돌려주지 않고 그 중 일부는 떼어 먹었습니다. 나는 「아간」과 같은 도둑입니다. 나는 이 자리에서 하나님 앞에 저의 죄를 자백하고 회개를 하고자 합니다.”

그리고 집회에 참석한 모든 신자들의 통성 회개의 기도가 시작되었다. 그 기도의 목소리는 비단 여러 사람들의 목소리였으나 한 목소리 같이 들렸고 비록 사람의 목소리였으나 영(靈)의 목소리 같았다.

*참고 : ‘아간’ 성경 여호수아 7장 1절부터 25절의 이야기 : 유다지파에 속한 「갈미」의 아들, 그는 여리고의 멸망 후 하나님의 것으로 구별된 노획물 중 일부를 훔쳤다. 이로 인하여 하나님께서 크게 진노하였다. 이후 이스라엘 백성은 「아이」성을 치다가 크게 패하였다. 이때 여호수아와 장로들은 패배의 원인을 알지 못하고 있을 때 하나님이 패배의 원인이 「아간」에게 있음을 알려 주었다. 「아간」은 뒤늦게 자신의 죄를 고백했지만 이스라엘 백성들은 그를 용서하지 않았고 그를 아골 골짜기에서 돌로 쳐 죽였다.

장대현 교회 안은 하나님의 뜨거운 성령의 불길이 활활 타오르고 있었다. 그리고 그 뜨거운 성령의 불길은 온 한반도로 널리 퍼져나갔다. 신약 성경에서 말하는 오순절 마가의 다락방에 내려진 성령의 불길이 바로 그런 것이었으리라. 바로 이 1907년 1월 6일 시작된 장대현 교회의 부흥회는 조선 교회가 성령의 세례를 받은 날이었다. 그러나 종교라는 것이, 아니 기독교라는 것은 참으로 이해할 수 없는 것인가? 이렇게 한국 교회가 뜨거운 성령의 불길로 세례를 받았다면 우리 조선의 목을 조르고 있는 일본은 패망하여야 할 것이고, 그 억눌림을 당하고 있는 우리 조선은 더욱 자유로워

지고 더욱 힘이 솟아나야 하는 것이 아니겠는가? 그러나 현실은 전혀 그렇지 못하였다. 오히려 그 정반대로 진행이 되고 있었다.

1907년 장대현 교회의 부흥 운동이 있었던 얼마 후 안창호와 전덕기는 반일 운동을 목적으로 한 신민회(新民會)를 결성하였고, 그 이듬해인 1908년에는 이와 유사한 조직인 해서교육총회(海西敎育總會)가 결성되었다. 1910년 일본의 총영사 이등박문이 안중근 의사에게 피살당한 후 조선에는 이등박문의 후임으로 데라우찌가 초대 총독으로 왔다.

그는 조선인을 아주 멸시하였으며 여러 가지 추악한 방법으로 하나씩 하나씩 조선인들을 괴롭히기 시작하였다. 내선일체(內鮮一體)라는 명목으로 창씨개명을 강요하였으며 조선인들을 도덕적으로 퇴폐하게 만들고자 작은 마을에까지도 공창(公娼)을 만들어 공공연히 이혼을 조장하는 파렴치한 행위도 서슴지 않았다. 그러나 무엇보다도 기독교인들에 대한 탄압은 말로 표현할 수 없을 정도로 심하였다. 그중 하나가 바로 신사 참배였다. 즉 모든 종교인(특히 기도교인)은 예배 전에 필히 신사 참배를 먼저 하여야 한다는 것이었다. 그리고 일제는 여러 가지 또 다른 방법으로 기독교인들을 박해하였던 것이었다. 이 조선 땅에서 일제에 대한 기독교인들의 박해는 점점 가혹하여지기만 하였다.

그러던 중 1945년 8월 15일 드디어 일본군이 패망하고 조선 땅에는 영광스러운 광복의 날이 찾아왔다. 새날이 밝아온 것이었다. 모두가 기쁨의 환호를 외쳤다. 서로 얼싸 안고 부둥켜 울며 기뻐하였다. 당연히 기독교인들의 기쁨도 말할 수가 없었다. 이제는 마음껏 맑은 공기를 마시며 큰 소리로 찬양하며 예수 그리스도를 부르짖으며 종교의 자유, 믿음의 자유를 마음껏 누리리라고 믿었다. 그러나 그 기쁨은 오래가지 못하였다.

이것이 이 땅 조선 기독교인들의 운명이던가? 정녕 기독교는 순교의 피가 이 땅 위에서 더 필요하단 말인가?

1945년 12월 26일, 드디어 어느 누군가에 의해 북조선 그리스도연맹이 결성되었다. 그리고 그날 이후로 삼팔선 이북의 기독교인들은 예수 그리스도 이후 로마에서처럼 카타콤의 시대로 접어들기 시작하였다. 왜 이럴까? 적어도 이 땅에서 기독교의 메카라고 할 수 있는 평양에서부터, 세계에서 최초로 새벽 기도 집회를 연 이곳에서부터 왜 이런 시련이 시작되고 있는 것일까? 혹시 조선 말기에 천주교인을 너무 많이 처형한 대가인가?

*참고: 조선 말기 천주교인을 처형한 4대 사옥(邪獄) : 신유사옥(1801), 기해사옥(1839), 병오사옥(1846), 병인사옥(1866)

6·25 전쟁

············

1950년 6월 25일 일요일 새벽 4시를 기하여 일제히 삼팔선을 넘은 조선 인민 해방군은 침공 다섯 시간 만에 개성을 점령하고 그 이후 국군의 큰 저항 없이 제203 전차 연대를 앞세운 제1사단, 제6사단이 판문점을 지나 27일 화요일 오후에 벌써 서대문을 통과하고 있었다.

거의 같은 시간 제105기갑 여단을 앞세운 제3사단, 제4사단은 동두천, 의정부를 거쳐 이미 미아리 고개를 넘고 있었다. 그리고 밤 10시경 그들 중 일부는 이미 세종로로 진입하고 있었고, 연이어 제1군 사령부 군단장 김웅 중장이 이끄는 본대가 드디어 중앙청에 도달하였으며, 제2군 사령부 군단장 겸 3사단장인 김광협중장도 중앙청에 도착하였다.

그런데 그 때부터 그들의 작전은 지금까지와는 조금 달라진 듯하였다.

왜냐하면 그들의 진격이 그 자리에서 일단 멈추었기 때문이었다. 왜 그랬을까? 이 중요한 시점에서 왜 그들은 행군을 멈추었을까? 벌써 지쳐서일까? 아니면 서울을 점령했다는 안도감 때문이었을까?

그 당시 그들의 전략은 소위 스탈린의 핵심 작전이라고 불리는 '전격전'이었다. 즉 '빠른 속도에 의한 기습 공격을 통하여 강력한 타격을 준다. 그리고 도주하는 적을 신속히 추격함으로써 그들이 유리한 지형에서 방어선을 재구축할 수 없도록 시간의 여유를 주지 않는다.' 이것이 그들의 주된 전략이었다.

그런데 그들은 지금 한강을 바로 눈앞에 두고 여유를 부리고 있는 것 아닌가? 적어도 후퇴하고 있는 국군이 한강 인도교를 폭파하기 전까지는 숨을 돌리지 말고 일단은 한강 다리를 수중에 넣어야 할 것 아닌가? 결국 그들이 진격을 멈추고 있는 사이, 드디어 28일 수요일 새벽 3시 한강 다리는 끊어지고 말았다.

그러나 더 놀라운 것은 그들은 28일 낮에도, 29일 목요일에도, 그리고 30일 금요일에도 꼼짝 않고 있었다. 그 천금같이 귀중한 전쟁 초기 3일을 왜 그들은 꼼짝도 않고 허송세월을 보내고 있었단 말인가? 애초 그들이 삼팔선을 넘어 침략을 감행하였을 때에는 보름 안에 남조선을 해방시키겠다고 호언장담하였던 그들이 아닌가. 드디어 7월 1일 모스크바에 있는 스탈린이 평양 주재 소련 대사인 슈티코프에게 다음과 같은 전문을 보내왔다. "계속 전진이냐, 아니면 진격 중단이냐를 알고 싶다."

사실이 그랬다. 지금도 많은 군사학자들이 바로 그 부분을 6·25 전쟁 중 발생했던 사건 중 가장 '미스터리한 사건'으로 지적하고 있고, 전쟁이 끝난지 반세기가 지난 지금에도 그 이유는 밝혀지지 않고 있다. 물로 군사학자들이 나름대로 그 사건을 여러 가지로 가상을 하고 있다.

첫째로 제한 전쟁설이었다. 즉 애당초 '서울까지만 점령을 하자.'라는 계획을 세워 놓았다는 것이다. 그러나 그것은 전혀 논리에 맞지 않는 내용이었다. 어느 누가 전쟁을 일으키면서, 특히 '완전 해방'이라는 구호를 내 걸어 놓고 감행한 전쟁을 서울까지만으로 제한을 해놓고 전쟁을 시작하였겠느냐 말이다. 더욱이 서울을 빼앗긴 국군이 그대로 있을 것이란 말인가? 즉시 전력을 재 확보하여 탈환에 나설 것임은 불을 보듯 뻔한 사실이 아닌가?

둘째로 추론되어지는 것은 인민 봉기설이었다. 다시 말해 박헌영이 추진하여 왔던 남로당을 중심으로 남한 내에 숨어서 암암리에 활약하고 있는 공산주의자들이나 혹은 남한 군부나 경찰에 포진해 있는 공산주의자들이 봉기하여 남한정부를 무너뜨리고 그들 스스로가 인민군에 합류하기를 기다리고 있었다는 것이었다. 그러나 그 이론도 전혀 맞는 이론이 아니었다. 그들이 비록 서울을 함락하였으나 강제로 주민들을 끌어내었고 그들 스스로 인민군에 합류하는 사람은 한 사람도 없었으며, 더구나 그들이 전투를 벌이는 동안 국군들은 비록 후퇴는 하였지만 항복을 하는 부대는 단 한 곳도 없었다.

설령 민중들이 스스로 봉기를 일으켜 인민군에 합류한다고 하더라도 진격을 하지 않고 가만히 앉아서 그들이 오기만을 기다리고 있어야 한단 말인가?

그 다음 가정해 볼 수 있는 것은 이청송 소장이 이끄는 인민군 2사단과 7사단이 춘천, 홍천을 뚫고 남진할 때까지 기다리고 있었다는 것이었다.

<월턴 워커 장군(Walton H. Walker)>
(1889~1950)

그런데 그쪽 춘천을 방어하고 있던 국군 제6산단(사단장 김종오 대령)의 저항이 예상 외로 완강하여 인민군 2사단의 진격이 상당히 늦어지고 있는 바, 그들이 국군 6사단의 방어선을 뚫고 내려올 때까지 보조를 맞추기 위하여 기다리고 있었다는 것이었다. 그러나 그 당시 인민군의 주 전략이 무엇이었나? 바로 스탈린의 핵심 작전이라고 불리는 '전격전'이 아니었던가. 즉 '빠른 속도에 의한 기습 공격을 통하여 강력한 타격을 준다.'는 것이 그들의 최대 전략인데 타 부대의 행군이 조금 늦어진다고 하여 내 부대의 진격도 늦춘다는 것은 쉽게 이해할 수 없으며, 더구나 타 부대보다는 내가 한 발이라도 더 앞서서 진격하고자 하는 것이 군인들의 본성이고 침략을 감행하는 입장에서는 더욱 그럴 것이 아닌가?

그 외에 그들이 끌고 온 장비들이 일찍 고장이 났다는 설과 수송 작전이 늦어져 실탄이나 포탄 또는 연료, 식량 등이 부족하였다는 설을 주장하는 사람이 있는가 하면, 또 어떤 이는 도하 장비가 없어서 지체하였다는 설이 있지만 이미 1949년 초부터 전쟁 준비를 하여 왔고, 소련으로부터 많은 장비와 군수 물자를 지원받은 그들로서는 그와 같은 주장은 전혀 맞지 않는 것임을 충분히 짐작할 수가 있는 것이었다.

만약 그 당시에 서울을 점령한 인민군이 삼 일간을 허송세월하지 않고 계속 남진을 감행하였다면 어떤 결과가 일어날 수 있었을까?

첫째, 6월 29일 일본 동경에 있던 맥아더 장군이 비행기 편으로 수원 비행장에 도착하여 전선을 시찰하였는데 만약 인민군이 삼 일간 서울에서 머뭇거리지 않고 계속 남진을 하였다면 맥아더 장군은 수원 도착이 아니라 대전쯤에 도착하여야 했을 것이다.

둘째, 인민군과 미군 24사단 1대대와 처음 교전을 한 곳이 현재 초전비가 있는 오산이 아니라 대전 못 미쳐 있는 청원이나 신탄진쯤이 되었을지도 모른다. 그렇다면 지금 오산에 있는 초전비는 아마 청원 혹은 신탄진에 세워졌을 것이다.

셋째, 7월 20일 인민군이 대전을 점령하였는데 아마 이 날짜가 7월 10일쯤이나 혹은 그 이전으로 당겨졌을지 모른다.

넷째, 8월 3일 UN군에 의하여 마산 왜관 영덕을 잇는 일명 '워커라인' 구축은 아마 김해, 경주, 포항으로 이어졌을 것이다.

다섯째, 9월 15일 감행된 인천 상륙 작전은 어쩌면 인천 앞바다보다는 수심도 깊고 상륙 작전을 하기 좋은 동해안의 영덕 상륙 작전으로 바뀌었을지도 모른다. 그렇게 되었다면 현재 인천 자유 공원에서 멀리 서해안을 바라보며 서 있는 맥아더 장군의 동상은 어쩌면 먼 동해안의 넘실거리는 파도를 지켜보며 영덕 어디쯤에 서 있을지도 모른다.

여섯째, 좀 심한 상상일지도 모르지만 최악의 경우 우리나라는 동유럽의 어느 나라처럼 완전히 공산화가 되어 오랜 기간 동안 암흑 세상에서 헤매어야 했을지도 모른다. 즉 그 가장 중요한 삼 일을 허비함으로써 미군이나 UN군이 전투에 참여할 수 있는 충분한 시간적인 여유를 제공하였던 것이다.

그러나 그 당시 이해할 수 없는 또 한 가지의 잘 알려지지 않는 사건이 있었다. 그 당시 북한 인민군 병력의 총 숫자는 13만 5천 명이었다. 그런데 6·25 침공에 동원된 병력은 도합 9만 명이었다. 즉 전체 병력수의 삼분의 이 정도만 전투에 동원된 것이었다. 그러면 나머지 병력은 무엇을 하고 있었단 말인가?

나머지 4만 5천명이나 되는 병력은 무엇을 하고 있었단 말인가? 혹시 예비 병력으로 남겨 두었을까? 만약 그랬다면 제1 진이 서울을 함락하고 계속 남진을 하게 한 후 그 예비 병력이 즉각 서울에 투입되어야 하는 것 아닌가? 그래서 대부분 군부대가 전투 사단이 있고 또 예비 사단이 있는 것 아닌가? 그러나 그 당시 북한 인민군에서는 결코 그런 조치를 취한 적이 없었다. 그렇다면 그 나머지 병력은 도대체 무엇을 하고 있었단 말인가? 많은 병력이 최전선에서 피를 흘리고 있는데 그들은 후방에서 군량미만 축내고 있었단 말인가? 그것도 정규 병력이……

드디어 1953년 7월 27일 휴전 협정이 이루어졌다. UN군 측 대표 윌리엄 해리슨 미군 소장과 북한의 남일 중장이 각각 서명을 하였던 것이다. 그런데 7월 27일 휴전 협정이 이루어지기 바로 열흘 전 북한 인민군의 최후 발악적인 대공세가 있었다. 당연히 남측의 국군과 UN군의 대반격이 시작되었다. 그런데 북한 인민군의 마지막 대공세가 있었던 곳의 대부분이 서부전선에 위치하고 있었던 것이었다(철의 삼각지). 그리고 휴전 회담이 성립된 것이었다.

우리나라 지도를 가만히 보라. 그리고 삼팔선과 휴전선을 가만히 비교해보면 지금의 휴전선은 중부와 동부 쪽은 북쪽으로 삼팔선보다 아주 위로 올라가 있고 반대로 서부 쪽은 삼팔선 아래로 내려와 있지 않은가. 왜 그들은 그토록 서부 삼팔선 이남 임진강 쪽에 그렇게 집착을 하고 있었는가? 바로 이때 준수하게 생긴 한 청년이 전쟁을 피해 금강산 줄기를 타고 남쪽으로 피난을 하고 있었다. 그는 피난 도중 한 동굴을 발견하고는 비바람과 추위를 피하고자 동굴로 들어간 후 그곳에서 하얀 알 위에 버섯이 자라고 있는 이상한(동물도 아니고 식물도 아닌)무엇을 발견하고는 배고픈 김에 허겁지겁 이상한 버섯을 맛있게 먹어치웠다. 얼마 후 가까스로 길을 찾은 그는 계속 남쪽으로, 남쪽으로 피난하여 드디어 최남쪽 항구 도시인 부산에 도착하였다. 그가 바로 누구였냐 하면 바로 최대민이라는 자였다.

갱 도 전

....

1963년 10월 5일 평양. 김일성 종합 대학 제4기 졸업식에서 김일성 주석은 '땅굴을 파고 들어가면 원자탄을 능히 막아낼 수 있다. 온 나라를 요새화해야 하며 대공 방어와 해안 방어를 강화해야 한다.'며 유난히 '땅굴과 땅굴을 통한 전 국토 요새화'를 강조하였다.

제 1 땅 굴

....

1974년 11월 15일, 서부 전선 비무장 지대(고랑포)에서는 실로 엄청난 사건이 발발하였다. 고랑포 부근에서 북한에 의해 굴착된 남침용 땅굴이 발견된 것이었다. 즉각 국군과 미군의 연합 작전으로 그 땅굴에 대한 조사가 시작되었다.

발견 5일 후 내부 구조를 조사하던 한국 해군 소령 1명과 미국 해군 소령 1명이 북한군이 설치해놓은 부비 트랩(일종의 지로)폭발로 인하여 사망하였고, 그 외 한국군 1명, 미군 5명이 심한 부상을 입었다.

제2땅굴

....

1975년 3월 19일, 철원 북방 13km 지점의 DMZ 내에서 또다시 북한군에 의해 굴착된 제2의 땅굴이 발견되었다. 경계 근무 중 순찰을 돌고 있던 국군 사병이 풀숲 사이에서 하얀 연기 같은 것이 솟아오르는 것을 발견하고 그곳을 살펴보는 순간 북한 측 경계 초소에서 사격을 가하여 왔다. 다행히 사망자는 없었으나 실로 이해할 수 없는 사건이었다.

제3땅굴

....

1978년 10월 17일, 판문점 남방 4km지점에서 또다시 세 번째 땅굴이 발견되었다. 이것은 1974년 11월에 발견된 제1땅굴에서 남서쪽으로 약 12km 떨어진 지점이고, 군사 정전 회담을 지원하는 UN군 측 전진 기지인 키티호크 캠프로부터 남방으로 2km 밖에 떨어지지 않는 거리였다. 바로 그 다음 달, 즉 1978년 11월에는 한미 연합사령부가 창설되었다.

1·21 사태

....

1968년 1월 21일, 대한민국의 수도인 서울에서는 실로 엄청난 일이 발생하였다. 완전 중무장한 북한의 무장 공비 31명이 한밤 중 비밀스레 휴전선 비무장 지대를 통과하여 수도 서울의 중심지까지 들이닥쳤다.

그들의 목표는 대한민국의 대통령이자 국군통수권자인 박정희 대통령을 살해하는 것이 주목적이었다. 왜 그랬을까? 그들은 또다시 민족 간의 전쟁을 일으키겠다는 것인가? 결국 그들은 몰살당하였고 그 중 김신조라는 한 명이 생포되었다. 그 일로 인하여 국군의 군 복무 기간이 6개월 연장되었고, 향토 예비군이 창설되었다.

1974년 8월 15일
....

아, 슬프고, 슬프고 슬프도다. 우리의 국모이신 육영수 영부인께서 저 흉악한 문세광의 손에 의하여 죽임을 당하였구나. 슬프고 분하고 억울한 감정을 달랠 길이 없구나. 흉악한 원수 문세광이 누구인고? 일본에 거주하고 있는 조총련이 아니던가?

그를 조종하고 있는 자는 누구인가? 바로 저 북녘 땅의 괴수 김일성 아니던가? 6·25 전쟁을 일으켜 이 산하를 온통 붉은 피로 물들였던 민족의 원수 아니던가? 그런 자가 지금 그것도 모자라 또 전쟁을 일으키려고 음모를 꾸미고 있단 말인가?

다행히 박정희 대통령은 무사하였으나 대신 영원한 우리의 국모이신 육영수 영부인께서 한마디 말씀도 없이 우리 곁을 떠나버렸구나. 그 옛날 우리의 국모이셨던 명성황후께서는 저 흉악한 왜적의 칼에 돌아가셨으나 오늘 우리 국모께서는 같은 민족이요 한 형제인 우리 동포의 손에 의하여 돌아가셨구나. 오호! 원통하구나. 우리 민족의 앞날은 어찌될꼬. 또다시 예전처럼 남북 간에 서로 총질을 해야 하는가! 이제 엄마 잃은 세 자매는 깊은 슬픔 가운데 하루하루를 보내고 있었다. 그러나 영애는 슬퍼할 여유도 없이 엄마대신 아빠 곁에서 한 나라의 국모 역할을 보내야만 했다. 바로 그때 영애는 한 통의 편지를 받았다. 바로 악마 최대민이 보낸 편지였다. 그리고 새로운 불행의 씨앗이 싹트고 있었다. 악마 최대민이 가장 좋아하는 것은 (대부분의 악마가 다 그렇지만) 색(色), 돈(金錢), 권(權力)이었다. 그리고 그는 온갖 술수를 사용하여 영애를 여섯 번째 애첩으로 맞이하였다. 사실 말이야 바른 말이지. 첫 번째 부인도 아니고 두 번째, 세 번째 부인도 아닌 여섯 번째 부인이니 이것이야말로 부인이라는 표현 보다는 애첩(愛妾)이라는 표현이 타당할 것이다. 이후 악마 최대민은 영애의 가슴 깊숙이 파고 들었으며 최대민 속에 숨어 있던 악령은 자연히 영애 박라임 속으로 전이되었다.

구 국 선 교 단 창 립

....

이후 악마 최대민은 영애 박라임을 앞세워 원래 자기가 세웠던 구국 십자군이라는 묘한 단체를 1975년 4월 구국 선교단이라고 개명을 한 후, 다시 명칭을 구국 여성봉사단이라는 사단 법인을 만들어 자신을 총재로, 영애 박라임을 명예 총재로 삼아 이를 기반으로 대기업들로부터 각종 기부금 명목으로 돈을 뜯어내어 그 돈으로 엄청난 부를 축적하였다. 이제 구국 여성 봉사단이라는 조직은 대한민국 내에서 그 어느 누구도 대적할 수 없는 엄청나고도 무서운 조직이 되었다. 이때 이들의 일거수일투족을 지켜보고 있는 이가 있었으니 바로 제8대 중앙 정보부장 김재규였다. 그리고 드디어 그들의 부정 비리를 더 이상 방관할 수 없었던 김재규 중앙 정보부장은 그들의 비리를 상세히 보고서로 작성하여 박정희 대통령에게 보고하였다. 그러나 그 보고서는 박정희 대통령에게 보고되기 이전에 차진철이라는 경호 실장에게 먼저 보고되었고, 연이어 그 내용은 차진철에 의해 영애 박라임에게 낱낱이 보고되었다. 이윽고 청와대는 박정희 대통령을 둘러싸고 딸 박라임, 차진철 경호 실장, 간신 김지춘, 그리고 김지춘의 똥 걸레이자 꼬붕이이며 항상 오른쪽만 바라보고 살아온 거만한 팔짱 우향우의 라인과 김재규를 주 측으로 하는 중앙정보부 라인이 서로 피 터지는 기 싸움을 하는 형세가 되었다. 이때 김재규의 보고를 받은 박정희 대통령은 겉으로는 최대민의 부정부패를 질책하는 듯하더니 이내 유야무야되게 방치해버렸다. 왜 그랬을까? 왜 박정희 대통령은 최대민의 엄청난 부정부패와 비리를 알고도 모른 체 하였을까? 그 해답은 간단하다. 그 당시 박정희 대통령은 장기집권으로 인하여 민심이 그에게 등을 돌리고 있을 무렵이었다. 그런데 최대민이라는 자와 딸이 함께 설립한 구국 여성 봉사단이라는 조직이 의외로 큰 호응을 얻자 그 조직이 자기 장기집권에 다소 유리한 조직이라고 판단하였기에 이

<악마 최대민>

＜박라임의 두 얼굴＞

를 은근히 묵인하였던 것이다. 그러나 박정희의 잘못된 이 판단은 결국 10·26이라는 사태를 맞이하게 되어 박정희 대통령은 김재규에 의해 살해되고 말았다. 이후 최대민의 비리와 거만은 하늘 높은 줄 몰랐고 그의 애첩 박라임과의 관계는 더욱 깊어만 갔으며 이제 박라임은 완전히 최대민의 꼭두각시가 되었다. 그러나 최대민 역시 인간인지라 영생을 누리지는 못하였으며 결국 1994년 4월 16일 그 운명을 다하였다. 자-여기서 우리가 두 눈을 부릅뜨고 중요하게 보아야 할 사안이 있다. 4월 16일 그날이 무슨 날인가? 꼭 20년 후 목포 앞바다에서 300여명의 목숨을 빼앗아간 세월호 참사 사태가 일어난 바로 그날이 아닌가? 그리고 비록 최대민은 세상을 떠났으나 그 악령은 그들의 자손으로 이어졌으니 바로 딸 최숭실, 최숭득. 사위 정윤해로 이어졌고 외손녀 정유나, 장시효로 대물림되었다.

울진, 삼척 사태 (나는 공산당이 싫어요)

....

1968년 10월 어느 날 밤, 대한민국 동해 바다의 울진, 삼척에는 또다시 엄청난 일이 벌어졌다. 108명의 중무장한 북한군이 야밤을 틈타 울진, 삼척의 동해안에 몰래 침투하여 무고한 양민을 살해하고 서울로 진격을 감행하였다. 물론 그들 역시 일부는 소탕되었지만 선량한 민간인들이 학살 되었고, 그 유명한 이승복 어린이의 '나는 공산당이 싫어요.' 하는 말이 생겼다. 그들은 왜 그런 만행을 저질렀을까? 진정 그들은 또다시 피비린내 나는 민족 간의 전쟁을 원하고 있단 말인가?

버마의 수도 랭군 아웅산 묘소

············

1983년 10월 9일, 버마를 친선 방문 중인 대한민국 대통령은 미리 계획되어 있는 랭군의 국립묘지 참배를 위하여 승용차에 올라탔다. 승용차가 경찰관들의 호위를 받으며 서서히 아웅산 국립묘지에 거의 다다랐을 때 온 천지가 진동하는 폭음과 함께 거대한 불길이 아웅산 국립묘지에서 솟아올랐다.

대한민국 대통령을 태운 승용차는 즉각 차를 돌려 숙소로 되돌아와서 화를 면하였지만 미리 와서 대기하고 있던 대한민국의 장관들 서석준, 이범석 등등과 대통령의 수석 보좌관들, 몇 명의 신문 기자들 도합 19명이 그 자리에서 즉사하고 말았다. 버마 정부는 즉각 수사에 참석하여 범인 색출 작업에 나섰다.

놀랍게도 체포된 범인은 북한에서 특파된 특공대였고 그들은 하루 전 아웅산 국립묘지 참배소 천장에 원격으로 조정할 수 있는 폭탄을 설치하였던 것이었다. 이후 대한민국 대통령은 모든 일정을 취소하고 귀국하였으며 버마와 북한은 단교가 되었다. 도대체 어째서 이런 일이 일어났을까?
만약 그 당시 대한민국 대통령이 사망하였다면 이 땅에는 또다시 피비린
내 나는 전쟁이 일어났으리라.

제 4 땅굴

....

1990년 3월 7일, 강원도 양구 두타연. 참으로 그들의 땅굴에 대한 집념은
대단하였다. 사실 현대 전술에 있어서 땅굴을 활용한다는 것은 대단히 위
험한 작전인 것으로 이미 세상 모든 군사학에서는 정의하고 있다. 왜냐하
면 땅굴 속에 대규모 병력이 투입되어 있을 때 만약 상대측에서 포격이나
미사일 혹은 소규모의 특공대에 의해서 입구와 출구가 봉쇄되었다고 생각
해보라. 그 안에 있는 대규모 병력은 문자 그대로 생매장되는 것이 아닌가.
단 소규모 병력이 게릴라 전술을 펼칠 때는 지극히 예외로 사용되고 있지
만 그것 또한 적으로부터 입구를 봉쇄당한 후 화염 방사기 공격이나 최루
탄, 수류탄 등의 공격을 당한다고 가정할 때 현대전에서의 땅굴 사용은 지
극히 위험한 전술인 것이다.

그런데 저들을 보라. 제1땅굴. 제2땅굴. 제3땅굴이 발각되고 난 후 군사
정전위에서 그토록 추궁을 당하였건만 또다시 네 번째 땅굴을 파고 있지
않은가. 그렇다면 지금까지 발각되지 않은 땅굴은 또 얼마나 많이 있단 말
인가? 그들은 과연 올바른 정신 상태를 갖고 있는 자들인가? 아니면 땅굴
을 파지 않으면 안 될 피치 못할 사연이라도 있단 말인가?

김일성 국가주석 의문사

....

1994년 7월 9일 평양. 실로 엄청나고 충격적인 뉴스였다. 7월 9일 낮 열두 시 평양의 TV에는 상복 차림의 아나운서가 침통한 목소리로 '위대한 지도자 김일성 동지의 서거를 최대의 애도로 전 인민 전 당원에 고함'이라고 발표하였다. 평양의 모든 거리는 곧 눈물바다로 변하였고 만수대의 언덕에 높이 솟아 있는 김일성 동상 앞에는 순식간에 수많은 인파가 모여 눈물과 통곡과 애도의 울음소리로 가득하였다.

그리고 얼마 후 사망 원인을 밝히는 '의학적 결론서'가 TV로 보도 되었다. '경애하는 수령 김일성 동지께서는 심장 혈관의 동맥경화증으로 치료를 받아 왔었다. 거듭된 정신적인 과로로 1994년 7월 7일 심한 심근경색이 발생하여 심장 쇼크를 일으켰다. 즉시 모든 치료를 하였음에도 불구하고 심장 상태가 악화되어 1994년 7월 8일 새벽2시에 사망하셨다. 1994년 7월 9일에 실시된 병리 해부 검사에서는 질병의 진단이 완전히 확인되었다.'라고 발표하였다.

이 뉴스는 곧 남한과 전 세계에 알려졌으며 모두가 경악스러워하였다. 그런데 이 뉴스가 남한 국민에게 더욱 충격적으로 받아들여졌던 것은 바로 보름 후면 남한의 김영삼 대통령과 북한의 김일성 주석이 만나기로 합의가 되어 있었던 것이었다. 즉 양측 정상의 회담을 보름 앞둔 시점에서 급작스레 사망하였던 것이다. 물론 사람이라는 것은 누구나 언제라도 급작스럽게 죽을 수도 있다. 그렇지만 김일성이 누구인가? 한나라의 최고 통치자가 아닌가? 그렇다면 그 사람에 대한 건강관리 또한 일반인들보다 더욱 정밀하게 관리되어 왔음에는 틀림이 없는 것 아닌가?

알다시피 북한에는 김일성의 건강관리를 위한 장수 연구소 등등의 방대한 조직이 오직 김일성 주석의 장수를 목적으로 운영이 되고 있는 곳인데 과연 그들은 무엇을 하였단 말인가? 김일성 국가 주석에 대한 그들의 건강 관리가 그렇게도 허술했단 말인가? 평소 김일성 주석이 한 번 움직이면 보통 의사가 적게는 세 명에서 많게는 여덟 명까지 함께 움직인다고 하는데 그 의사들은 다 무엇을 하고 있었단 말인가? 그들의 발표를 정말 그대로 믿을 수 있단 말인가? 긴급히 출동한 헬리콥터가 악천후로 인해 추락했다고 발표하였는데 위대한 장군이요, 영원한 영도자이신 김일성 수령을 긴급히 후송하러 가는 헬리콥터가 악천후 때문에 추락을 하였다고? 참으로 믿을 수 없는 일 아닌가!

더구나 사망 한 달 전 미국 전 대통령이었던 지미 카터가 북한을 방문하였을 때, 김일성 주석은 아주 건강한 모습으로 카터 대통령을 맞이하지 않았던가? 남과 북이 분단국가가 된 이후 처음으로 남북 정상이 만나기로 약속한 날짜를 보름 앞두고 갑자기 사망을 하였다는 것은 참으로 쉽게 이해가 되지 않는 사건이었다. 이것도 우리 민족이 겪어야 하는 운명의 한 장면이던가?

제 1 잠 수 정 침 투 사 건

....

1996년 9월 18일, 강릉 앞바다에서 좌초 중인 잠수함이 발견되었다. 이 잠수함은 북한 인민 무력부 정찰국 소속으로써 한국 해안에 침투하였다가 기관 고장을 일으켜 표류하다가 좌초되었다. 이후 그들은 잠수함을 버리고 육지로 도주하기 시작하였다.

　이 사건에서 공작원 이광수 1명이 생포되고, 1명은 추적 중 놓쳐 버렸고, 12명은 사살되었고, 11명은 그들끼리 서로 쏘면서 자살하였다. 그들은 도대체 어떤 임무를 띠고 잠수정을 타고 비밀리에 바다 밑으로 침투하였을까? 그들 중 11명이나 되는 인원은 왜 자살을 하였을까? 그들의 임무가 자살까지 하여야 할 중요한 임무를 띠고 있었단 말인가? 더욱 이상한 점은 만약 자살을 해야 하였다면 잠수정에서 육지로 뛰쳐나온 다른 14명(사살 12명, 도주1명, 생포1명)도 함께 자살을 했어야 할 것 아닌가? 아니면 25명 전원이 탈출을 꾀하던지.

　아무튼 1990년 3월 강원도 양구에서 제4땅굴 사건이 있은 이래 한동안 잠잠하였는데 이제는 잠수함 침투 사건이 발생한 것이다. 그리고 며칠 후 북한은 이 사건을 우연히 표류한 사건이라고 발표하였다. 우연히 표류한 사건인데 11명이 자살까지 하였단 말인가?

제 2 잠 수 정　침 투 사 건

　1998년 6월 22일, 속초 동방 11.5마일 해상. 속초 앞바다에서 조업 중이던 한 어부의 그물에 북한의 잠수함 한 척이 걸렸다. 그 잠수함은 유고급 잠수함으로 우리 해군에 의해 발견될 당시에는 엔진이 완전히 고장이 난 상태였고, 더욱 놀라운 일은 배 안에 있던 9명 전원이 사망한 채 발견 되었다는 것이었다. 물론 서로 다투다 사망을 하였는지 아니면 자살을 하였는지 발견 당시에는 잘 판단할 수가 없었으나 만약 다투었다면 최후의 한 명은 살아 있어야할 것이 아닌가?

결국은 서로서로 쏘면서 자살을 하였다는 결론인데 지난 1996년 9월 강릉 앞바다에서 발견된 잠수정 사건 때도 도주하던 11명이 자살한 채로 발견되지 않았던가? 도대체 무슨 일이란 말인가? 그들의 충성심이 그리도 강하단 말인가? 잡혀서 포로가 되는 것보다는 스스로 목숨을 끊어 죽은 후에라도 영웅 칭호를 받겠다는 것인가? 만약 그렇지 않다면 그들이 스스로 목숨을 끊으면서까지 지켜야할 비밀이라도 있단 말인가?

이어서 닷새 후인 6월 27일 북측은 어이없게도 잠수정과 잠수정 승조원들의 시신을 송환하라는 요구 성명서를 발표했다.

제 3 잠 수 정 침 투 사 건

....

1988년 7월 12일 동해시 해안. 인근 해안가에서 무장 간첩 시체 1구가 잠수복을 입은 채 발견되었고, 그 시체 옆에는 1인 탑승용 수중 추진기 1대가 발견되었다. 꼭 20일 전 시체 9구가 실려 있던 잠수함이 발견되지 않았던가? 그런데 또 바다 밑으로 무장 간첩을 침투시키다니 저 사람들이 도대체 왜 이러는 것일까? 그리고 단 한 명이 수중 추진기를 타고 내려와서 무얼 어쩌겠다는 것일까? 그들은 왜 이렇게 악착같이 동해안 바다 밑을 기어 들어오고 있는 것일까? 이 한 명은 과연 무슨 임무를 띠고 이렇게 죽음을 무릅쓰고 바다 밑으로 기어 들어오고 있는 것일까? 정상적인 상식으로는 도저히 이해할 수 없는 일이 아닌가?

제4잠수정 침투 사건

....

1998년 12월 17일 여수 앞바다. 그들의 집념은 실로 대단하였다. 12월 17일 여수시 임포리 해안에서 몰래 침투한 북한 잠수정이 발견되었다. 즉각 이군에 의해 발각된 북한 잠수정은 우리 해군에 의해 격침되었고, 아울러 북한군 시체 1구가 인양되었다. 바로 그 다음날 북한은 조선 평화 통일 추진 위원회(약칭 조평통) 대변인을 통하여 중앙 통신과의 회견에서 전남 여수 앞바다 잠수정 침투 사건은 '남조선 괴뢰들의 조작극'이라고 주장하였다. 그러나 그 이듬해 1999년 3월 17일, 격침된 북한의 잠수정이 인양되었다. 그 소형 잠수정에는 스크루가 무려 세 개나 달려 있는 초고속 함정이었다. 그들은 도대체 무엇을 노리고 있는가? 무엇이 그들로 하여금 이토록 그 무엇에 집착하고자 하게 만들고 있는가?

1949년 3월 5일 모스크바

....

1949년 3월 5일, 모스크바 크레믈린의 한 접견실에서 북한 김일성과 소련의 스탈린 서기장이 마주 보고 앉아 있었다. 김일성은 약간 초조해 보이는 듯하며 스탈린에게 무언가를 열심히 설명하고 있었다.

"서기장 동지, 우리가 믿는 곳이라고는 서기장 동지 밖에 없습니다. 우리에게 무기만 제공해 주십시오. 싸움은 우리가 할 테니 서기장 동지께서는 우리에게 무기만 제공해 주십시오."

가만히 듣고 있던 스탈린이 무겁게 입을 열었다.

"우리가 무기를 제공하는 것은 어렵지 않소. 그러나 남조선에는 미군이 주둔하고 있소. 과연 북한군이 미군을 상대할 수가 있다고 보시오? 그렇다고 우리가 미국과 직접 전투를 한다는 것은 어려운 일이요."

김일성은 다시금 다급한 어조로 말했다.

"그래서 우리가 요구하는 것이 소련군의 철수 아닙니까? 마지막 남은 소련군이 북조선에서 철수를 하면 미군도 남조선에 남아 있을 명분이 없습니다. 남조선에 미군이 없으면 남조선은 아무것도 아닙니다. 그저 속 빈 나무토막이나 마찬가지에요. 더구나 남조선 내에서는 우리 박헌영 동지가 곳곳에 남로당 조직을 아주 잘 심어두고 있기 때문에 우리가 어떤 행동을 취하기만 한다면 남조선 곳곳에서 인민 봉기가 일어나 우리와 단번에 연합할 수가 있어요. 심지어는 국방군 안에도 우리 조직이 있고 경찰 내에도 우리 조직이 있어 그들 모두가 하루속히 우리가 내려오기만을 기다리고 있습니다."

또다시 스탈린이 입을 열었다.

"그래. 그건 그렇다 치고. 그러면 김일성 동무가 요구하는 무기가 어느 정도면 될 것 같소?"

그러자 김일성은 미리 준비한 내역서를 내밀었다. 그 내역서를 유심히 쳐다보고 있던 스탈린이 약간의 미소를 띠며 말했다.

"알았소. 곧 실무단을 구성해보겠소." 그리고 김일성은 스탈린과 함께 저녁 식사 겸 환영 만찬장으로 향했다. 스탈린이 안내한 만찬 연회장은 그리 넓은 편은 아니었으나 붉은 카펫 위로 전형적인 러시아풍의 화려한 바로크 장식으로 꾸며진 아담한 방이었다. 그리고 마주앉은 스탈린의 표정은 지금까지 냉정하고 근엄해 보이던 모습과는 달리 매우 친근한 모습으로 변하였다. 이윽고 말쑥한 차림의 요리사들에 의해 음식이 하나씩 테이블 위에 놓여졌다. 그리고 마지막 주 메뉴인 듯 해 보이는 둥근 스테인리스 볼 뚜껑이 덮인 큼직한 그릇 2개가 주방용 카에 실려 들어와 테이블 위로 옮겨져 하나는 스탈린 앞에 또 하나는 김일성 앞에 놓여졌다.

먼저 스탈린이 둥근 스테인리스 볼 뚜껑을 천천히 열었다. 그리고 김일성도 뚜껑을 열었다. 순간 이상야릇한 냄새가 코끝을 심하게 자극하였다. 그것은 아주 심한 악취였다. 아주 구토가 나올 정도로 심한 악취가 풍겨 나왔다. 그런데 스탈린은 그것을 아주 즐기는 듯하였다. 처음에 스탈린은 눈으로 음식을 즐기려는 듯 지긋이 음식을 응시하는 듯이 하더니 이윽고 음식에서 풍겨 나오는 냄새를 조심스럽게 그러나 아주 깊게 들이 마시는 듯하였다. 그리고는 시선을 계속 고정한 채 김일성에게 말하였다.

"이보게 김일성 동무 이 음식이 무슨 음식인지 알겠는가? 이 음식이 바로 이탈리아 발명가이자 화가인 레오나르도 다빈치라는 사람이 죽기 직전까지 연구하였던 음식이라네. 다빈치라는 자는 인간이 적어도 수백 년은 살아 갈 수 있는 음식을 만들려고 아주 많은 노력을 하였다네. 그런데 훗날 히틀러가 다빈치가 남긴 많은 메모지 중 특정 음식을 만드는 비법이 적힌 메모지를 입수한 후 히틀러는 그의 많은 과학자들과 함께 그 비법을 해독함과 동시에 드디어 그 비밀스런 음식을 만드는데 어느 정도 성공을 하였다네. 이 음식이 바로 히틀러와 그의 과학자들이 직접 만든 음식이라네. 히틀러는 이 음식을 꽤나 많이 만들어서 나뿐만 아니라 이탈리아의 무쏘리니 그리고 일본의 군부 지도자들에게도 선물로 보낸 것으로 알고 있어. 비록 이 음식이 약간의 냄새는 나지만 그래도 이 음식을 먹고 나면 머리가 상쾌해지고 온몸에 힘이 불끈 솟아오른다네. 자 그렇게 쳐다만 보지 말고 한번 먹어보세. 그 말을 들은 김일성은 다시금 그 음식을 유심히 바라보았다.

음식의 아래 부분은 마치 뱀이 똬리를 틀고 있는 듯한 검붉은 똬리 위로 하얀 싸리버섯 모양을 한 식물이 수풀처럼 우거져 있었고 그 수풀 사이사이에는 검푸른 곰팡이 같이 생긴 것이 잔뜩 끼어 있어 보기에도 징그러울 정도였다. 언뜻 보기에도 오랜 시간 동안 냉동 보관되어 있다가 이제 막 찜통에서 쪄낸 듯한 이 음식에 서는 김이 아직도 모락모락 피어오르고 있었다. 이윽고 스탈린은 나이프로 음식을 조각조각 나누더니 계속 냄새를 음미하는 듯 하며 음식을 천천히 먹기 시작하였다. 얼마 후 스탈린이 음식을 먹으면서 김일성에게 말하였다." 이거 봐 김일성 동무. 이 음식이 무엇으로 어떻게 만들어 졌는지 알아? 사실 이 음식의 완전한 비밀은 아무도 몰라. 이미 히틀러와 그의 과학자들 모두가 사망해버렸으니 사실 이 음식의 완전한 제조법을 알고 있는 사람은 아무도 없어, 다만 우리 정보 당국에서 파악한 내용을 보면 애초 다빈치는 장어를 이용하여 이 음식을 만들었다고 하였으나 히틀러는 전혀 다른 동물을 사용하였어. 그 동물이 뭔지 알겠나? 다시 말해 지금 우리가 먹고 있는 이 음식에 사용된 이 동물이 뭐라고 생각이 되는가?' 스탈린의 물음에 전혀 대답을 하지 못하고 있는 김일성을 보며 스탈린은 계속 말을 이었다. "그래 내가 이 음식에 대해 아는 데까지 말해주지. 바로 이 둥글고 긴 이것이 바로 독사야. 그런데 독사도 보통 독사가 아니고 바로 아프리카에서 살고 있는 「아프리카 뿔 살모사」야. 알다시피 이 아프리카 뿔 살모사는 세상 뱀 중 가장 맹독을 지닌 뱀이라고." 그러면서 스탈린은 손가락으로 음식을 가리키며 말을 이었다. "히틀러는 북아프리카에서 싸우는 독일군을 통해 이 뿔 살모사를 많이 잡아 들였어. 그리고 이 살모사의 껍질만 벗겨버리고 나머지 즉 맹독이 들어있는 머리, 내장, 몸통, 뼈 등은 모형도 변하지 않은 채 그대로 부패를 시켰다네. 그런데 그 부패를 시키는 방법이 아주 특이하다고, 어떻게 하였냐 하면 이 살모사가 전체적으로 골고루 부패가 될 수 있도록 재 속에 묻어 두었다네. 즉 마른 식물을 태우고 난 재를 모아서 그 곳에 이 살모사를 파묻었다네. 그런데 문제는 재로 변한 식물이 또 무슨 식물이었냐 하는 것이 아주 중요한 문제란 말이야. 히틀러는 독일의 식물학자들을 남아메리카의 아마존 강 유역 깊은 밀림 속으로 보내 그 밀림 속에 살고 있는 아주 맹독성이 있는 식충 식물을 찾아내서 그 식물들을 채취하였어. 그리고 바로 현지에서 그것을 건조한 후 태워서 그 재를 독일로 가져오도록 했어. 그런데 그 식충 식물이 어떤 식물인지는 나도 잘 몰라. 어쨌든 히틀러는 아주 강한 독을 지닌 살모사를 역시 맹독을 가진 식충 식물을 태운 재속에 파묻었어. 그리고 천천히 부패를 시키는 것이야 지금 이 음식에서 풍기는 냄새는 바로 이 부패 과정에서 발생된 냄새란 말일세. 그런데 제일 중요한 것은 이 두 종류의 물질이 어느 정도 부패가 완료되고 나면 그 위에 어떤 효모를 뿌려서 이 두 물질을 밑거름으로 해서 자라는 새로운 식물이 솟아난다는 것이야. 여기 보이는 이것이 바로 그 식물이란 말이야. 그런데 그 효모가 무엇인지를 아무도 모른다고. 그런데 또 한 가지 중요한 것은 이 효모를 뿌릴 때 그냥 효모만 뿌리냐 하면 그것이 아니고 또 다른 액체를 함께 뿌려 준다고. 그런데 그것이 무엇인가 하니 바로 코카인 진액이야. 즉 정제되지 않은 코카인 식물의 진액을 채취하여 뿌려 주면 이 효모는 아주 기분이 좋아져서 동물의 독성도 빨아드리고 식물의 독성도 빨아드리면서 이 두 독성의 융합과 성장을 촉진한단 말이야. 일단 내가 알고 있는 것은 여기까지야." 말을 끝낸 스탈린은 음료수로 목을 축인 후 계속 말을 이었다. "그러면 이 음식의 효능은 어떨 것 같아?" 역시 아무 대답도 못하고 있는 김일성을 바라보며 스탈린은 계속 말을 이었다. "솔직히 이 음식이 다빈치가 처음 만들 때의 목적대로 인간이 이 음식을 먹고 수백 년의 생명을 이을 수가 있는지에 대해서는 아무도 모른다고. 왜냐하면 다빈치도 이 음식을 완전히 완성하지 못한 상태로 사망하였고 히틀러가 만든 이 음식도 입증되어질 만한 시간적인 여유가 전혀 없었기 때문이야. 그런데 이 음식을 꽤나 오랫동안 먹어본 나의 소감으로는 일단 장수 효능은 그렇다 치더라도 정력에는 상당한 효능이 있는 것은 틀림없는 사실이야. 그리고 사람의 기분을 약간 흥분시키는…… 아니 사람의 성격을 아주 쾌활하게 하는…… 아니야, 그건 아니고 하여튼 사람을 정신적으로도 아주 활달하게 해주는 것임에는 틀림이 없어. 아니 활달이라고 표현하기는 좀 그렇고 공격적으로 변한다고 표현해야 하나? 하여튼 이 음식을 먹고 나면 육체적으로도 정신적으로도 뭔가 확실히 변하는 것은 틀림이 없어. 자 김일성 동무도 어서 한번 먹어보라고." 스탈린의 권고에 마지못한 듯 김일성은 포크와 나이프를 사용하여 음식을 자르기 시작하였다. 그리고 천천히 아주 천천히 한 조각을 입에 넣었다. 순간 김일성의 표정이 일그러졌다. 왜냐하면 그 음식이 입에 들어가는 순간 무언가 톡쏘는 어떤 강력한 자극이 온몸에 경련을 일으킬 정도였고 약간의 현기증이 일어남과 동시에 주위의 물체들이 자기 몸을 중심으로 빙 돌아가는 느낌이 들었던 것이었다. (명현(瞑顯)현상) 얼마 후 다시금 정신을 가다듬은 김일성은 나머지 몇 조각의 남은 음식도 깨끗이 먹어 치웠다. 얼마 후 김일성은 기쁜 표정으로 그 자리를 나왔다. 그리고 낡은 소련제 군용기에 몸을 싣고 평양으로 향하였다. 비행기 안에서 김일성은 곰곰이 생각해 보았다. '나는 불로초라는 것이 동양에만 있는 것으로 알았는데 서양에도 블로초를 찾고 있는 자들이 있는 모양이로구나.'라는 생각이 들었다. 평양으로 돌아온 김일성은 즉시 그의 부관인 리을설을 불렀다. 그리고 리을설이 가져온 지도 한 장을 펴놓고는 아주 심각한 듯이, 그리고 한편으로는 아주 흥분된 듯한 모습으로 머리를 맞대고는 지도를 열심히 보고 있었다.

리을설, 그는 김일성보다 아홉 살 아래였으나 김일성이 항일 빨치산 시절부터 송종준, 최병열, 김준동 등과 생사를 함께한 김일성의 참모 중 참모인 한 사람으로서 김일성에 대한 충성심이 대단한 인물이었다. 또한 그는 당시 빨치산 출신으로는 상당히 학식이 있는 자였다.

그 당시 김일성은 북한을 대표하는 인물이기는 했으나 아직까지는 일인 통치 체제가 극히 미약한 입장이었다. 따라서 표면상으로는 여전히 최용건, 김책, 박헌영, 무정, 홍명희 등과 의견을 나누지 않을 수 없는 처지에 있었다.

이윽고 그 며칠 후인 1949년 3월 17일, 소련과 북한 사이에 군사 비밀 협정이 체결되었다. 그 내용을 보면 다음과 같다.

1) 6개 보병사단과 3개 기계화 부대 편성에 필요한 무기 및 장비 원조

2) 공군 정찰기 20대, 전투기 100대, 폭격기 30대

3) 120명의 특별 군사 고문단을 1949년 5월 20일까지 파견

4) 1949년 5월 29일까지 10억 원 상당의 군수품 지원 등의 내용이었다.

그리고 북한은 '조국 통일 민주주의 전선 결성 선언서'에서 UN군 및 UN 조선 위원단의 즉시 철수를 요구하였다. 신기하게도 그해 6월 29일 남한에 주둔해 있던 미군의 철수가 완료되었다. 모든 것이 빠르게 진행되었다. 소련에서 파견된 군사 고문관들에 의해 인민군은 연일 전투 훈련을 실시하였고, 북한·중공과의 상호 방위 협정 체결을 맺는가 하면 중국 내에서 항일 투쟁을 하던 한인 투사들도 속속 북한 내로 들어와서 인민군에 합류하였다.

1949년을 바쁘게 보낸 김일성은 1950년이 되자마자 소련으로부터 본격적인 무기 원조를 받기 시작하였다. T-34 전차, SU-76 자주포, 박격포, 곡사포, 고사포, 무전기, 1L-10, YAK-9의 항공기 등이 소련 선박을 통해 속속 북으로 입항되었고, 연일 군 수뇌부의 작전 회의가 열렸으며 민족 보위성 총

참모실에서는 삼팔선 이남에 대한 정찰 명령이 최전선에 하달되었고, 기동 연습이라는 명령 하에 대규모 병력이 남으로, 남으로 비밀리에 이동하고 있었다.

이런 와중에도 김일성은 제일 중요한 일 한가지만은 꼭 밤늦게까지 리을 설과 열심히 의논을 하고 있었다. 1950년 2월 27일, 김일성은 7명의 군사 대표단을 이끌고 소련으로 들어가 스탈린과 슈티멘코 총참모장 앞에서 다시 한 번 무력통일의 절대 필요성을 설명한 후 소련으로부터 선제공격 승인을 받아 내었던 것이었다.

1950년 6월 10일, 전쟁 계획 비밀 작전 회의가 민족 보위성 총참모실에서 김일성의 주재 하에 열리고 있었다. 이곳에서 사단장 및 여단장급 지휘관이 참석하였으며, 이들 지휘관들에게 사실상 D-DAY만 통보되지 않은 전투개시 명령이었다. 즉 삼팔선 바로 이북까지 비밀리에 부대를 이동시키고 공격 개시 명령이 떨어짐과 동시에 각 부대의 진군 방향이 상세하게 하달되었던 것이었다.(작전명: 태풍) 또한 이날 비밀회의에서는 군단 사령부가 결정되어졌는데 제1군단장에는 김웅 소장이 사령관으로, 제2군단장에는 김광현 소장이, 전선 사령부 사령관에는 김책이 사령관으로 임명되었다. 여기서 제1군단의 임무는 203 전차연대 제1사단, 제6사단을 이끌고 판문점을 돌파하여 서울을 점령하라는 명령을 받았고, 제2 군단은 105기갑여단 제3사단, 제4사단을 이끌고 동두천 의정부를 지나 서울을 점령하라는 명령을 받았다.

그날 밤 늦은 시간, 김일성은 제1군사령관 김웅 소장과 제2군사령관 김광협 소장을 따로 집무실로 불렀다. 그리고 그들은 전혀 이해할 수 없는 명령을 비밀리에 받았다. 그 명령은 공격 개시일이 6월 25일 새벽 4시이고 신속히 서울을 점령하되, 일단 6월 30일까지는 절대로 한강을 건너지 말라는 명령이었다. 물론 그 두 사람의 계산으로는 6월 30일이라면 적어도 수원까지는 점령할 수 있으리라는 판단이 섰으나, 총사령관인 김일성의 거듭 강조된 명령인지라 어쩔 수 없는 또 다른 이유가 있으리라는 생각으로 김일성의 명령을 따르기로 하였다. 그리고 그 두 사람이 떠나고 난 후 어김없이 김일성과 리을설 두 사람은 한 장의 지도를 펴놓고 뭔가 열심히 의논을 하고 있었다.

금강대찰 유점사(楡岾寺)

....

1945년 12월 26일, 평양에서는 '북조선 불교도연맹'이 창설되었다. 또한 같은 날 '조선 그리스도교연맹'도 창설되었다. 1945년 8월 15일 즉, 광복일 이전에 일제 치하에서의 북한 내 종교인 숫자는 알게 모르게 상당히 많이 있었던 것으로 추정된다.

우선 불교만 하더라도 북한 내 곳곳에는 오랜 옛날부터 내려오던 유명 사찰이 상당히 많이 있었고 아울러 많은 불교도들이 있었다. 기독교 또한 평양을 중심으로 하여 많은 기독교인들이 있었으며, 일제가 물러남에 따라 더욱 자유로운 종교 활동을 할 수 있을 것으로 기대하고 있었다. 그러나 불행하게도 현실은 그렇지 못하였다.

사실 일제가 물러난 직후 우리나라는 삼팔선 이북에는 소련군이 들어오고 삼팔선 이남은 미군이 들어와 우리 사회를 지배하였다. 그들은 모두 우리 조선 민족을 미개하고 힘없고 하나의 정부를 스스로 꾸려나갈 수 없는 민족으로 간주하고, 그래서 이 미개한 민족이 스스로 독립 능력을 키울 때까지 임시로 이 민족을 관리해주겠다 하는 취지였다. 그 와중에 우리 민족은 어떠했는가? 남북으로 분열되어 서로서로 피 흘리는 투쟁만 계속하였던 것이었다. 사실 그 당시 우리 민족은 사회주의가 무엇인지 자본주의가 무엇인지, 공산주의는 무엇이며 민주주의는 무엇이며, 좌파는 무엇이고 우파는 또 무엇인지 제대로 알고 있는 사람은 극히 드물었다. 그래서 어느 것이 옳고 어느 것이 나쁜 것인지, 누가 착한 사람인지 누가 나쁜 사람인지도 구별하기 어려웠고, 누가 승리자가 될지 누가 패배자가 될지를 예측하는 것 또한 불가능하였다.

그런 와중에서 극히 소수의 지도층들은 한 사람이라도 더 자기편으로 끌어들이려고 온갖 방법을 동원하였으며, 선한 민초들은 본의든 본의가 아니든 어느 한곳을 선택할 것을 강요당하였으며, 때로는 아무런 영문도 모른 채 그 가운데서 희생을 당하는 사례가 비일비재하였던 것이다.

종교 역시 예외는 아니었다. 아니 어떻게 보면 종교라는 것이 사상의 강요를 당하는 시기에는 제일 첫 번째 목표가 될 수도 있는 것이었다. 그런 징후 중의 하나가 바로 앞에서 언급한 '북조선 불교도연맹'이니 '조선 그리스도연맹'같은 반강제적인 조직의 결성이었다고 볼 수가 있는 것이다.

일제가 물러난 것이 1945년 8월 15일이고 바로 열흘 후인 8월 25일 북한에 소련 제25군사령부가 평양에 들어왔으며, 10월 12일 사회 질서를 유지한다는 명목으로 보안대가 조직되었고, 12월 26일에 '북조선 불교도연맹'이니 '조선 그리스도연맹'이 만들어졌으니 종교를 통한 그들의 세력 확대 정책이 얼마나 빨리 진행되었는지를 짐작할 수가 있는 것이었다.

유점사(楡岾寺), 금강산에는 명승고덕(名僧古德)이 배출된 사찰이 즐비했다. 그 중에서도 유점사는 신계사·장안사·표훈사 등 금강산을 대표하는 네 개의 사찰 중 가장 웅장하고 가장 오래된 절이다. 유점사의 유(楡)자는 느릅나무를 뜻하는데 거기에 얽힌 유점사의 창건 설화가 있다.

인도의 문수보살이 불상 53개를 쇠 종 속에 넣고 배에 실어 바다에 띄워 보냈는데 그것이 월지국을 거쳐 수백 년이 흐른 후 신라 2대왕인 남해 차차웅(AD4~24)대에 금강산 동쪽 안창현 포구(현 강원도 고성군 간성 앞바다)에 도착했다. 53불이 금강산에 터를 잡고 절을 지으려하자 아홉 마리의 거대한 용이 방해를 하였다. 용은 천둥과 번개를 일으켜 큰 비를 내리게 하였고, 53불은 느릅나무에 올라가 연못의 물을 끓게 하여 용을 내쫓았다. 결국 용들은 거처를 옮겼으며, 느릅나무가 있던 터에 세워진 절은 유점사로 불리었다고 한다. (정수일, 문명교류사, 사계절, 2002, 584쪽)

결국 이 이야기는 이 땅에 있던 고유 신앙과 새로 유입된 불교와의 다툼이라고 볼 수 있는 설화이다.

신라 남해왕 원년(AD 4년)에 건립된 이 절은 1794년(조선 정조 18년)에 중건되었으니 이 절이 세워진 지가 이미 이천 년이 넘은 셈이 된다. 결국 이 이야기는 이미 이 땅에 있던 고유의 종교와 외부에서 들어온 불교와의 다툼을 묘사한 것일 것이다.

그리고 유점사에서 보기 드문 희귀한 고문서 한 장이 발견되었다. 1945년 12월에 북한 당국에 의해 '북조선 불교도연맹'이 창설된 후 그 연맹이라는 곳에서 처음 시작한 것이 각 사찰에 있는 승려들의 인적 사항과 승려 수의 파악이었다. 그리고 각 사찰에 정기적으로 드나드는 신도의 수와 인적 사항이었고, 그 다음으로 시행된 것이 각 사찰별 소유로 되어 있는 재산 즉 토지·건물 등에 대한 조사였다. 그러나 얼마의 시간이 흐른 후에는 재산의 조사 범위가 확대되어 사찰에 있는 국보급 문화재, 고문서, 고책자, 고미술품까지 조사 대상이 되었던 것이다. 그것은 무슨 의미냐 하면 북조선에서는 이미 개인의 사유 재산을 인정하지 않는 제도, 즉 사회주의 제도가 시행이 되고 있었고, 교회나 사찰도 예외가 아니라는 의미였다.

이 과정에서 유점사 능인전 안에 있는 53불상 중 한 불상 안에서 오래된 듯한 고문서 한 점이 발견되었는데 놀랍게도 그 문서에는 '서시비기 도선답기(徐市秘記 道詵踏記)'라고 되어 있었으며, '헌강왕 십년 도선(憲康王 十年 道詵)'이라는 글자가 끝머리에 뚜렷이 새겨져 있었다. 당시 조사국에서 이 고문서를 처음 접했을 때는 이를 눈여겨보는 사람은 아무도 없었고, 단지 첫머리 여덟 글자 끝머리 일곱 글자만 조사 명부에 기록된 채 상부에 보고되었다.

결국 한참 후인 1948년 9월 말경에 이 조사명부는 리을설에 의해 발견되었고, 이 고문서의 중요성을 깨달은 리을설은 즉각 그 고문서를 자기 손에 넣게 된 것이었다. 이 때 또 한 가지 중요한 사실은 그 당시 조사국에서 유점사의 승려 인적 사항을 조사할 때 유점사에는 그 유명하신 효봉 스님(1888~1966)이 계셨고, 유점사에서 조금 떨어진 조그만 암자에는 효봉 스님의 스승이요 옛 주지 스님이었던 유명한 고승 석두화상(石頭和尙)이 이미 십년 째 외부인과의 접촉을 끊은 채 참선 수행을 하고 있었다. 조사국에서 나온 사람들은 효봉 스님을 비롯한 다른 승려들의 인적 사항은 조사할 수 있었으나 석두화상에 대해서는 조사할 것도 없었고 또 그 스님의 보이지 않는 위엄에 눌려 감히 조사할 수도 없어 아예 조사 대상에서 제외되었던 것이었다.

아무튼 이 고문서를 손에 넣은 리을설은 재삼 그 문서가 내뿜는 알 수 없는 신비로움과 어떤 영감이 그의 마음을 사로잡고 있음을 깨닫고 그 사실을 김일성에게 보고하였으며, 그 문서는 드디어 김일성의 손에 들어가게 되었다. 물론 그 문서는 신라 말 헌강왕 십일 년, 즉 서기 885년에 작성된 진품임에는 틀림이 없었다. 또한 천 년을 넘게 보관되어 온 그 문서에서는 그 기록자인 도선의 영험함이 되살아 나오는 듯함을 김일성은 강렬하게 느낄 수 있었고, 아울러 가슴 깊숙한 곳에서 솟아오르는 흥분된 감정은 어떤 새로운 모험을 해야 한다는 각오를 다지게 되었던 것이었다. 그리고 그들은 이 고문서의 내용을 다른 사람에게는 어떤 일이 있더라도 발설치 않기로 맹세하였다.

집무실에 혼자 남은 김일성은 천 년을 넘게 견디어 온 고문서를 새삼 조심스럽게 펼쳐보면서 아직도 가라앉지 않은 흥분된 가슴을 안고 '도선'이라는 글씨를 뚫어지게 바라보고 있었다.

'도선', 그가 누구인가? 바로 신라 말엽 한창 후삼국 세 나라가 서로 격동하고 있을 때 '왕건'이 통일의 위업을 이룰 것이라고 예언하였고, 그리고 왕건은 그의 예언대로 통일을 이루어 고려를 창건한 '태조 왕건'이 되지 않았던가? 그런 도선이 쓴 이 일종의 예언서가 지금 그의 손에 와 있는 것이 아닌가? 그리고 그 예언서에는 '통일'이라는 단어가 분명 있지 않은가?

김일성은 자신이 고려인의 후예라는 점과 그에 대한 자부심을 늘 안고 있었다. 그리고 지금의 현실은 또다시 남북으로 분단되어 있는 상황이 아닌가? 김일성은 다시 한 번 그 예언서를 보면서 '이것이야 말로 하늘이 내게 내려주신, 아니 도선 대사가 내게 내려주신 어떤 계시임에 틀림이 없어! 이것은 절대 우연한 사건이 아니라 분명 내게 어떤 암시를 주고 있음에 틀림이 없어!' 이렇게 생각하였다.

도선 (道詵, 827~898) 대사

············

도선(道詵) 대사, 그는 어떤 인물인가? 흔히 알기로 그는 승려라기보다는 도인(道人) 혹은 도사(道士)로써, 음양풍수설의 대가인 것으로 우리에게 더 잘 알려져 있는 사람이다. 그 이유는 당연히 풍수지리설(風水地理說) 혹은 음양도참설(陰陽道讖說)을 골자로 한 유명한 그의 저서 도선비기와 또 다른 그의 저서인 송악명당기(松岳明堂記), 도선실기(道詵實記), 도선시당기(道詵時棠記) 등의 저서가 있을 뿐만 아니라 승려라기보다는 도인 혹은 도사로서의 인식이 우리에게 더욱 친숙해졌다는 것이기 때문일 것이다. 그러나 최근 불교계에서는 단지 그런 이유로 그를 단순히 도인 혹은 도사로 생각한다는 것은 그를 낮게 평가하는 것이라고 주장하고, 도선(道詵)은 분명 불교 사상과 불법을 충실히 이행한 고승이라고 주장하고 있다.

여기서 잠깐 살펴 볼 것은 불교(佛敎)가 이 땅에 들어온 것이 372년 고구려 소수림왕 때와 384년 백제 침류왕, 527년 신라 법흥왕 때라고 생각해 볼 때 그 이전에 이 땅에도 어떤 진리(眞理)나 사상(思想), 만물의 이치(理致)등을 깨달은 사람이나 혹은 깨달아 보고자 애쓰고 노력했던 사람이 분명히 있었을 것이다.

당연히 그런 사람들은 태양·별·달·구름·바람·비 등의 우주적인 근원을 생각하였을 것이고, 그것들과 연계된 땅·인간·물·불 등과 함께 진리 추구의 대상이 되었을 것이다. 이런 사람들을 통칭하여 도인 혹은 도사라고 하고, 이 집단을 도교(道敎)라고 한다면 이들은 그들 나름대로의 이론을 계승하였을 것이고, 또 그 중 어떤 이는 불교라는 새로운 진리와 융합하고자 노력한 사람도 있었을 것이다. 따라서 도선(道詵)은 바로 우리 고유의 도교(道

敎)와 새로 유입된 불교(佛敎)를 융합한 도인(導人)이자 승려(僧侶)인 위치에 있다고 보는 것이 타당할 것이다.

어쨌거나 도선(道詵)은 전라도 영암 출신으로 15세에 화엄사에서 승려가 된 후 846년 혜철(慧哲, 785~861)스님으로부터 무설설(無說說), 무법법(無法法)의 법문을 듣고 크게 깨달은 바 있어 운봉산·태백산·금강산 등지를 돌며 때로는 움막에서 때로는 동굴에서 참선을 한 후 광양 백계산 옥룡사에서 많은 후학들을 지도하였다.

그러나 그를 유명하게 한 것은 875년 그가 송악에서 왕 씨 집안을 잠시 들렸을 때 이 집안에서 2년 후 고귀한 사람이 태어날 것이고 그가 삼국을 통일할 것이라는 예언을 하였고, 과연 2년 후 태어난 왕건은 삼국을 통일하고 고려를 창건하게 되었으니 그 이후로 도선은 예언자로서도 널리 알려지게 되었다.

이후 도선의 사상은 훗날 고려 태조 왕건에게 많은 영향을 끼쳤고, 신라 말 효공왕(孝恭王)에게서 효공국사(孝恭國師)라는 시호를 받았으며, 광양 옥룡사에 세워진 그의 탑은 징성혜등(澄聖慧燈)이라 명명되었다. 다시 고려 현종(顯宗)때 대선사(大禪師), 숙종(肅宗)때 왕사(王師)로 불렸고 인종(仁宗) 때 선각국사(先覺國師)의 시호가 내려졌다.

칠 일간 보물찾기

·············

1950년 6월 초 평양 김일성 집무실. 김일성이 다시 한 번 비장한 얼굴로 리을설에게 물었다.

"분명히 이곳이란 말이지? 이곳이 분명 그 입구가 있는 곳이 확실하단 말이지?"

"예, 이곳 고랑포가 분명 맞습니다. 그런데 아쉽게도 삼팔선 남쪽 2Km~3Km 내려가 있습니다."

"아쉽단 말이야! 아쉬워! 하필 삼팔선이 그렇게 지나가고 있나!"

아쉬운 마음을 연신 달래지 못하며 안타까워하고 있는 김일성을 보고 리을설은 다시금 말했다.

"어쩔 수 없습니다. 장군님. 삼팔선을 넘어가서 그곳을 점령하는 수밖에 도리가 없는 것 같습니다. 그리고 삼팔선을 넘어가는 문제는 하루라도 빨리 해야 합니다. 늦으면 늦을수록 삼팔선을 넘는 것이 더욱 어려워질 것입니다."

리을설은 김일성에게 재촉하듯이 말했다. 물론 김일성의 마음 또한 인민군으로 하여금 삼팔선을 돌파하여 도선이 말하는 입구, 즉 고랑포를 점령하고 싶은 마음이 굴뚝같았다. 그리고 그 고문서를 보면 볼수록 그러한 욕망은 더욱 불타오르고 있었다.

이제는 더 이상 선택의 여지가 없었다. 이미 소련으로부터 남침을 위한 많은 무기와 물자를 제공 받았고, 인민군들의 훈련도 충분히 되어 있었다. 이제 남은 것이라고는 결단을 내리는 것만 남아 있었다. 그리고 그 최종 날짜를 6월 25일로 결정하였던 것이다.

그 6월 25일 침공을 위한 최종 작전 회의가 바로 6월 10일에 열렸던 것이었다. 6월 10일 밤 제1군사령관 김웅 소장과 제2군사령관 김광협 소장은 회의가 끝난 후 김일성에게 또 다른 지시를 받았고, 그들이 떠난 후 김일성과 리을설은 다른 때와 마찬가지로 고문서 한 장과 지도를 펴놓고 심각하게 다시 한 번 작전 점검을 하기 시작하였다.

드디어 운명의 6월 25일, 9만여 명의 인민군이 일제히 삼팔선을 넘었다. 총 일곱 갈래를 통한 남침이 일제히 시작된 것이었다. 그리고 다섯 시간 후 아침 아홉 시, 드디어 개성을 넘었다는 보고가 들어왔다. 김일성은 즉시 준비되어 있는 다음 명령을 내렸다.

제1진이 삼팔선을 돌파한 후 개성 북방에서 전곡 사이 약 60km 이르는 곳에 제1진 바로 후방에 대기 중이던 2만여 명의 인민군은 즉시 산과 계곡에 흩어져 무언가를 열심히 찾기 시작하였다. 그들은 바로 동굴을 찾고 있었던 것이었다. 그들에게는 전투의 임무가 주어진 것이 아니라 바로 동굴을 찾아내는 것이었다. 그리고 집중 지역은 도라산에서부터 방목·초리·고랑포·전동이었으며 특히 고랑포에는 더욱 많은 인원이 투입되었다.

김일성은 최소한 일주일이면 도선 대사가 말한 그 입구를 찾을 수 있을 것이라고 생각하였다. 그리고 일주일 후면 인민군 1진이 한강을 경계로 하여 최소한 서울에서 일직선으로 뻗어 동해안까지는 점령할 수 있으리라 생각하였다. 그리고 그 후에는 더 이상 전쟁을 확대하지 않고 휴전 회담으로 이끌어 갈 심산이었다. 그렇게 되면 큰 전쟁을 벌이지 않고 도선 대사가 말한 입구를 차지할 수가 있었던 것이었다. 또한 그렇게만 되면 휴전 협정에서 설령 중동부 쪽은 최대한 북쪽으로 양보를 하더라도 서쪽은 동굴 입구 쪽을 차지할 수 있는 위치에서 충분히 협상이 가능하다고 믿고 있었던 것이었다. 그래서 그는 1진 주력 부대에 9만여 명만 투입하였고, 2만여 명은 동굴을 찾는데, 그리고 나머지 2만여 명은 동굴을 지키는 데 투입하고자 하였던 것이었다.

그러나 만약 그 일주일, 즉 6월 30일까지 동굴을 찾지 못하면 어떻게 해야 하는 것인가? 김일성의 고민은 바로 여기에 있었다. 물론 상상하기조차도 싫은 생각이지만 어쨌건 생각을 하지 않을 수는 없는 것이었다. 만약 그렇다면, 만약 찾지 못한다면 어떻게 해야 하나? 아무리 깊게 생각해 보아도 방법은 하나뿐인 것 같았다.

"그래, 만약 사태가 그렇게 된다면 어차피 저질러 놓은 일, 총공격으로 가는 수밖에 없지!"

6월 25일이 지나고 6월 26일이 되었다. 그러나 동굴 입구를 찾았다는 보고는 없었다. 6월 27일이 되었다. 그날 역시 동굴 입구를 찾았다는 보고는 없었다. 6월 28일 서울을 완전 점령하였다는 소식이 왔다. 그러나 김일성에게는 그런 보고는 들리지도 않았다. 오직 동굴 소식만 기다리고 있었으나 결코 그 소식은 들려오지 않았다.

6월 29일, 초초해하던 김일성은 비밀리에 개성으로 직접 달려갔다. 그러나 동굴은 찾아내지 못했다. 6월 30일은 계획된 예정일 마지막 날이다.

그러나 그 마지막 날에도 동굴은 찾아내지 못하였다. 김일성은 다시 한 번 도선 대사의 그 고문서를 들추어 보았다. 천 년을 넘긴 고문서는 여전히 신비한 모습을 하고 있었으며, 말로 표현할 수 없는 영감 같은 것을 간직하고 있는 듯해 보였다. 그런데도 동굴의 소식은 여전히 깜깜이었다.

이제는 결단의 시간이 다가온 것이다. 그는 스스로를 이렇게 위로 했다. '그래, 이런 큰 문제가 그렇게 쉽게 풀릴 리는 없어. 그러나 일단은 내가 여기서 중단하지만 언젠가는 꼭 찾아내고야 말 것이야.'

그리고 그는 7월 1일 전시 총동원령을 하달하였다. 남진은 계속 되었다. 그러나 전쟁 상황은 날이 갈수록 인민군에게 불리해졌다. 물론 초기 얼마 동안은 인민군이 유리한 듯하였다. 그러던 것이 낙동강 전투를 고비로 자꾸만 인민군에게 불리해졌고, 드디어 9월 15일 인천 상륙 작전으로 인하여 인민군은 허리가 잘린 군대가 되고 말았다. 또한 그렇게 끝까지 지키려고 애쓴 개성·판문점·고랑포·임진강 모두가 국군과 미군·UN군에 의해 공략을 당하였고, 급기야는 평양까지도 함락을 당하였으며, 이제는 북한 전체를 빼앗길 순간이 되었다. 다행히도 중공군의 개입으로 전세가 어느 정도 역전이 되기도 하였으나 결국은 한반도의 허리 중간에서 엎치락뒤치락을 되풀이 하는 지루한 전쟁이 이어졌다.

이제 남은 것은 휴전 협정뿐이었다. 김일성은 여전히 고랑포에 대한 미련을 떨칠 수가 없었다. 휴전 협정이 맺어지기 전에 한 뼘의 땅이라도 뺏기 위하여 서로 사투를 벌이고 있었다. 당연히 김일성은 서부 전선에 최대한의 전력을 집중하였다. 최소한 고랑포만은 빼앗기지 않기 위하여.

1953년 7월 27일 오전 10시, 정전 회담 159차 본회의에서 UN군 대표 윌리엄 해리슨 중장과 인민군 대표 남일 중장 사이에 드디어 정전 조인이 이루어졌다. 그러나 김일성이 그토록 바라고 바라던 고랑포는 남한의 수중으로 넘어가 버렸다. 물론 중부와 동부 쪽은 애초부터 김일성이 크게 신경을 두지 않았던 곳이기에 삼팔선에서 훨씬 북쪽으로 물러나 있었다. 그리고 삼팔선은 휴전선으로 바뀌어 여전히 남과 북이 서로 총부리를 맞댄 채이 좁디좁은 한반도는 불행한 분단국가로 굳어져 버리게 되었다.

전 인 민 적 계 급 투 쟁

·············

1953년 8월 평양, 전쟁이 끝난 직후 김일성은 괴로웠다. 아니 괴로운 것이 아니라 두려웠다는 것이 올바른 표현일 것이다. 그가 일으킨 6·25 전쟁은 사실상 북조선 입장에서는 패배였다. 즉 전쟁에 패배한 것이었다. 그렇다면 누군가는 이 패전의 책임을 져야할 것이 아닌가. 그 책임자의 1순위는 당연히 김일성 자신 아니겠는가. 그렇다면 그는 이제 모든 국가 공직에서 물러나야만 할 것 아닌가? 아니 물러나는 것만으로 그치지 않고 그에 상응되는 어떤 처벌도 감수해야 할 처지에 놓인 게 아닌가? 그렇게 되면 이 도선답기니 뭐니 하는 것도 다 소용이 없어지고 왕건의 꿈도, 통일의 꿈도 한갓 물거품이 되는 것 아닌가!

김일성이 바로 그러한 고민에 빠져 있을 때 김일성 옆에 서서 김일성을 지켜보고 있던 리을설이 조심스럽게 입을 열었다.

"사령관 동지, 중국의 모택동 동지께서 하신 말씀을 혹시 기억하고 계십니까?"

라고 김일성을 향해 물었다. 김일성은 엉겁결에,

"글쎄, 모택동 동지가 어떤 말을 하였던가?"

하고 되묻자 리을설은 심각한 어조로 대답 하였다.

"모택동 동지께서는 '모든 권력은 총구에서 나온다(槍杆子里面出政權 : 1927.8.7. 무한회의).'

라고 말씀을 하신 적이 있습니다."

그 말을 들은 김일성은 리을설의 그 말뜻이 무엇을 의미하고 있는지 깨달을 수가 있었다. 그리고 리을설의 말은 계속 이어져 갔다.

"사령관 동지, 사령관 동지께서는 모택동 동지의 그 어록에 한 가지를 더 첨가를 하십시오."

리을설의 이 말에 김일성은 쉽게 이해할 수 없다는 표정으로 그를 쳐다보고 있는데 리을설은 계속 말을 이어갔다.

"다시 말해서 사령관 동지께서는 '모든 권력은 총구와 식량에서 나온다.' 라고 생각하셔야 할 것입니다."

당당하게 말을 마친 리을설은 김일성과 함께 세부 작전 계획을 세우기 시작하였다.

사실이 그랬다. 전쟁이 끝난 북한은 3년에 걸친 6·25 전쟁으로 인하여 수 없이 많은 사상자와 미군의 폭격으로 폐허가 되어버린 도시, 그리고 황폐 해질 대로 황폐해진 농촌과 산하에서 사람들은 굶주릴 대로 굶주렸고, 물 자의 부족으로 울부짖고 있었다. 그리고 그 고통의 책임은 당연히 전쟁을 일으킨 김일성에게로 고스란히 돌아오고 있었던 것이다.

1954년 4월 1일, 조선 노동당 당중앙위원회에서 김일성은 격할 대로 격 한 어조로 연설을 하기 시작하였다.

"우리는 일제 치하에서 해방된 조국이 통일된 하나의 조국으로 되기를 원하였습니다. 그런데 이승만과 그의 일당들은 그들의 권력욕에 사로 잡 혀 조국의 통일은 안중에도 없이 그들의 배후에 있는 미 제국주의자들을 이용하여 조선의 분단을 오히려 조장하고 조국의 분단을 오히려 고착화 시켰습니다. 이에 우리 북조선은 설령 어떤 대가를 희생하는 한이 있더라 도 프롤레타리아트에 의한 통일 조국을 건설하여야 한다는 일념으로 미 제국주의와 이승만 일당을 물리치기 위해 과감히 일어섰습니다. 이 전쟁 은 전쟁이 아니라 어쩌면 조국 통일을 위한 계급투쟁의 일부분이었습니 다. 우리는 이 계급투쟁에서 이승만 일당을 물리치고 조국의 통일을 이루 고자 하는 것이 우리의 확실한 목표였습니다."

*참고: 프로레타리아트 - 생산 수단과 생산 도구를 (자본과 설비) 전혀 갖 고 있지 않는 순수한 노동자.

김일성의 흥분된 듯한 연설은 계속되었다.

"그런데 그런 와중에서 우리 조선인민 공화국 내의 일부 지도자들의 행 태는 어떠하였습니까? 처음에는 모두가 동조하는 듯하더니 전쟁 상황이 우리 인민군에게 약간 불리하다고 판단되어지자 몇몇 간사스러운 지도자들은 미 제국주의자들의 스파이로 변해버리고 말았습니다. 그들에 의해 우리 인민군의 작전과 계획은 암암리에 미 제국주의자들에게 넘어갔으며 그들에 의해 우리 인민군은 발목을 잡히고 말았습니다. 우리는 결코 그들을 용서할 수 없습니다. 우리는 그들을 뿌리 뽑지 않고는 새로운 프롤레타리아트의 공화국 설립 사명을 완수할 수가 없습니다. 우리는 끝까지 계급투쟁에서 승리 할 것입니다. 그리고 언젠가는 이 한반도에 적화 통일을 이룰 것입니다. 이제 우리는 전 인민적인 반스파이 투쟁을 벌여야 합니다. 앞으로 우리당은 계급투쟁의 의식이 확고하지 못하고 당이나 국가의 비밀을 누설하고 또한 우둔한 사상으로 인하여 적들로부터 이용을 당하고 그로 인하여 우리 노동자, 농민의 이익과 혁명적 적화 통일 과업에 막대한 손실을 끼치는 자들에게는 추호의 관용도 베풀지 않을 것입니다. 이제 우리당 조직은 전 인민적 반스파이 투쟁과 전 당원적 반스파이 투쟁을 통하여 적을 확실하게 분별하여야 하고 정치적 반대자들, 안일함과 허술함, 부르주아적인 사고방식의 소유자 등을 단호하게 색출하고 그것을 적시에 적발 폭로하고 반스파이 투쟁에 앞장서는 우리 당원, 당 조직이 되어야 할 것입니다."

얼마나 무섭고 두려운 말인가! 결국 김일성의 연설은 6·25 전쟁은 통일을 위한 어쩔 수 없는 전쟁이었고, 그리고 이것은 전쟁이 아니라 사회주의 국가에서 말하는 소위 계급투쟁의 한 부분에 불과하다는 것이었다. 그리고 전쟁의 패인은 자신에게 있는 것이 아니라 일부 지도자 중 미 제국주의들의 앞잡이가 된 몇몇 스파이에 의해서 패하였다는 것이다. 그렇기 때문에 '전 인민적인 스파이 전쟁'을 통하여 스파이들과 그에 동조하는 자들을 뿌리 뽑아야 한다는 것이었다. '전 인민적인 스파이 전쟁'이라는 이 말이 얼마나 무서운 말인가? 즉 사회 전체를 통하여 인민 하나하나 구석구석까지 파헤쳐 스파이를 색출하겠다는 위협이 아닌가! 그리고 얼마 후 그 일은 곧바로 현실로 나타나기 시작하였다.

김일성은 지도부 내부에 미 제국주의의 스파이가 있다고 날조하여 이들에 대한 재판과 처형을 감행함으로써 자신에 닥쳐 온 위기를 넘겼다. 당시 조선노동당 부위원장 겸 외상이며 인민군의 총정치국장이었던 박헌영을 비롯하여 이승엽, 임화 등 남한에서 월북한 저명한 공산주의자 간부 12명을 미 제국주의가 침투시킨 스파이 라고 누명을 덮어씌우고 처형하였다. 이 땅에 진정한 사회주의 건설을 위해서 사선을 넘어 북으로 온 많은 남로당 출신 혁명가들을 스파이나 반동분자의 혐의를 씌워 수용소로 보내졌거나 혹독한 고문에 못 이겨 사망하거나 자살하는 자가 속출하였다. 그러나 사건은 여기에서 그치지 않았다. 드디어 인민 한 사람 한 사람에게까지도 사상의 검증이 시작된 것이다.

우선 옛 지주, 자본가, 6·25 전쟁 시에 한국군에 협력한 자, 6·25 전쟁 시에 남한으로 월남한 자들의 가족 등등이 1차적인 제거 대상이었다. 그리고 당 조직 이외의 어떤 조직 하에 사람들이 모일 수 있는 자리 즉 사찰, 교회 등은 완전히 폐쇄되었다.

그중에서도 특히 기독교인들, 그들은 일제 강점기 때는 기독교인하면 당연히 '반일주의자'들로 인식이 되더니 6·25 이후에 북한에서는 당연히 '반동 불순 세력'으로 낙인 되고 말았다. 그리고 6·25 이후에 북한 내에서 기독교인들이 겪는 고통은 이루 말할 수가 없었다.

이 당시 북한에서는 또 하나의 철저한 원칙이 생겼다. 그것은 바로 식량 배급표였다. 북한에서는 이 배급표 없이는 어디에서든 쌀 한 톨, 밀가루 한 줌도 얻을 수가 없었다. 심지어는 손바닥만한 텃밭에서 경작된 콩 몇 알까지도 개인에게는 허용되지 않았고, 이 모든 것은 오직 당과 국가에서 관리를 하였다.

이제 북조선은 완전히 공포감이 감돌고 있는 공포 정치가 시작이 된 것이었다. 그리고 인민은 완전히 성분별로, (사실 중세 봉건사회의 신분 제도보다 더 악랄하게 나누어진) 철저한 계급 사회가 되었다. 그러므로 해서 김일성의 근심은 완전히 가시었다.

이 모든 것이 누구의 생각이던가. 바로 리을설의 묘안이 아니던가! 이제 김일성은 더욱 리을설을 신임하게 되었고, 리을설은 알게 모르게 북조선 내의 모든 정책을 좌지우지하는 그러나 절대 겉으로 드러나지 않는 실권자가 되었다.

대 박 해

....

일제의 치하에서 그 혹독한 시련을 겪었음에도 불구하고 이 땅에 기독교인은 자꾸자꾸 늘어만 갔다. 참으로 신기한 일 아닌가! 종교라는 것이 특히 기독교라는 것의 그 역사를 돌이켜 볼 때, 누르고, 누르고 박해하고 박해당할수록 더욱 더 피어나는 것이 기독교의 역사 아니던가! 이 땅에서도 마찬가지로 그 역사적인 사건이 되 돌이켜 일어나고 있는 것일까? 해방 이후 조선 기독교의 성지로 일컬어지는 평양을 위시한 삼팔선 이북에 있는 기독교인들이 당한 박해는 이루 말로 표현할 수 없는 피와 죽음의 처절한 역사였다.

1945년 12월26일, 강압적으로 조직된 '북조선 그리스도연맹'은 기독교를 강화하기 위해 조직된 것이 아니라, 기독교를 탄압하기 위해 결성된 조직이었다. 이에 대항해서 기독교인들은 스스로를 지키고자 정당을 창설하였다. 그들 대부분은 '그 혹독한 일제 치하에서도 참고 견디어 왔던 우리 기독교인데 그래도 설마 같은 민족끼리는 훨씬 낫겠지. 우리가 우리끼리 힘을 합쳐서 한마음으로 단결하면 같은 민족끼리 박해하고 박해당하는 일은 없겠지' 하는 생각을 갖고 있었다. 그러나 그것이 얼마나 잘못된 생각이었다는 사실을 깨닫는 데는 그리 긴 시간이 필요하지 않았던 것이었다.

처음 한경직 목사와 윤하영 목사는 1945년 9월에 평안북도에서 기독교인을 기반으로 한 '기독교 사회 민주당'을 조직하였다. 얼마 후 그들은 비기독교인들의 포섭을 위하여 당의 명칭을 '사회 민주당'으로 개칭하였다. 그리고 같은 해 11월에는 조만식 장로와 이윤영 목사가 주도하는 '조선 민주당'이 결성되었다. 그러나 위와 같은 정치활동 외에도 기독교인들은 그들의 신앙의 자유를 지키기 위하여 공산 정권에 여러 가지로 대항하였다. 그 예의 하나가 1946년 3월 1일 개신교는 단독적으로 3·1절 기념행사를 거행하려 하자 북측의 임시 인민 위원회는 이를 금한다는 명령을 내렸으나 교회는 이것을 신앙의 자유를 박탈하려는 것으로 간주하고 예정대로 3·1절 기념 예배를 드렸다.

이후 '사회 민주당'이나 '조선 민주당'은 해체되었고 조만식은 체포 구금되었으며, 사회 민주당을 지도하던 한경직 목사와 많은 기독교 지도자들은 남한으로 피신을 하였다. 이후 1947년 11월에는 김화식 목사가 다수의 동지들과 함께 2년 전부터 세운 계획을 실천에 옮겨 '기독교 자유당'을 결성하기로 하고 11월 19일에 결당식을 거행하기로 하였다. 그러나 이북의 내무(경찰)서에서는 이를 미리 탐지하고 김화식과 40여 명의 교회 지도자들을 검거하여 투옥하였다. 그러나 그때까지만 하여도 적어도 6·25 전쟁 이전까지는 교회에서 예배도 볼 수 있었고, 각 가정에서는 가족끼리 혹은 몇

몇 교인끼리 예배도 볼 수 있는 자유는 있었다. 그것은 아마 노동당 혹은 인민 위원회가 기독교를 일부 인정한 것이 아니라 그때만 해도 인민 위원회의 조직 능력이 그런 세부 사안까지 미칠 수 있는 능력이 없었기 때문이었다.

이윽고 6·25 동란 이후 1956년 가을 늦은 날, 평양 중앙 교회에서는 사회 안전부 요원과 내무서 요원들에 의해 둘러싸여진 가운데 3백여 명의 교인들이 의자에 앉아 있었다. 이제 기독교인들에 대한 본격적인 탄압이 시작된 것이었다. 이 평양 중앙 교회라는 곳이 어떤 곳인가? 바로 1907년 초 이 땅 위에 새벽 기도가 처음 시작된 곳이고, 새벽 4시에 처음으로 이 땅에 새벽 종소리가 울렸던 곳이 아니었던가!

신기하게 6·25 전쟁 중 미군의 그 엄청난 폭격에도 파괴되지 않고(물론 지붕과 일부 벽은 허물어졌지만 전쟁 후 교인들에 의하여 곧 수리되었다) 전쟁 후에도 기독교인들의 중요한 안식처였던 이 평양 중앙 교회가 아닌가! 그런데 이 유서 깊은 교회 안에서 엄청난 대학살 극이 벌어지기 일보 직전이었다. 먼저 사회 안전부 간부 한 사람이 강단에 올라 이 땅에 왜 사회주의 체계가 필요한가에 대해서 설교 아닌 설교가 이루어졌다. 그리고 사회주의 체제하에서 종교라는 것이 특히 기독교라는 것이 왜 불필요한 존재인가를 강조한 후, 이윽고 3백여 명의 기도교인들 한 사람 한 사람에게 개인적이 문답이 이루어졌다. 물론 일어서서 문답을 강요당하는 기독교인의 머리에는 어김없이 권총의 총구가 겨누어졌다.

먼저 사회 안전부 간부가 제일 앞에 있는 한 사람을 일으켜 세우고는 물었다.

"동무는 하나님이 있다고 생각하시오. 없다고 생각하시오?"

이렇게 묻자 그 남자 교인은 그 간부를 똑바로 쳐다보면서 똑똑히 말했다.

"하나님은 분명히 있습니다. 지금 이 순간 이 자리에서도 분명히 하나님은 계십니다. 그리고 우리를 지켜보고 계십니다."

그러자 동시에 '탕!' 하는 총소리와 함께 그 첫 번째 남자 기독교인이 그 자리에 시뻘건 피를 흘리며 쓰러졌다. 그리고 그 간부는 다시 한 번 기독교인들을 향하여 말을 이었다.

"거참 이상하지 않소. 저 사람의 말대로 분명히 이 세상에 하나님이 존재한다면 왜 저 사람이 피를 흘리며 쓰러져 있소? 당신네들이 말하는 하나님이 나타나서 나를 쓰러뜨리고 저 사람을 구해주어야 하지 않소. 그런데 나는 이렇게 말짱하게 서 있고 하나님이 있다고 외친 저자는 왜 저렇게 피를 흘리며 죽어가는 거요?"

하고 비웃듯이 했다.

그리고 두 번째로 한 할머니를 일으켜 세웠다.

"할머니는 정말로 예수라는 자가 있다고 믿고 있소?"

그러자 그 할머니 역시 그 간부를 똑바로 쳐다보면서 대답하였다.

"예, 맞습니다. 예수 그리스도는 분명이 있고 또 이 자리에 와 계십니다. 그런데 왜 이 자리에서 당신네들을 심판하지 않고 우리를 죽음에서 건져내시지 않는가 하면 그것은 바로 이 땅 위에 더욱 뿌리 깊고 더욱 큰 교회를 세우시기 위해서입니다. 또한 선한 자와 악한 자를 구별하여 선한 자를 순교하게 함으로써 영원한 하늘나라의 백성이 될 수 있도록 하기 위해서입니다."

그러자 즉시 '탕!' 하는 총소리와 함께 할머니 역시 피를 흘리며 쓰러졌다. 그리고 세 번째로 어느 아주머니를 일으켜 세웠다. 그 아주머니는 일어서면서도 두 손을 모은 채 두 눈을 감고 기도를 하고 있었다. 사회 안전부 간부는 열심히 기도하고 있는 그 아주머니에게는 어떤 질문도 하지 않고 옆에 서 있는 내무서원에게 눈짓으로 쏘라고 명령하였다. 그러자 그 아주머니 역시 총소리와 함께 그 자리에 피를 흘리며 쓰러졌다. 간부는 외쳤다.

그리고 그는 더더욱 의기양양한 음성으로 외쳤다.

"여러분들 중에 이 자리에서 바로 죽고 싶은 사람이 있으면 큰 소리로 기도하시오. 그러면 바로 죽음을 맞이할 수 있도록 해주겠소. 그러나 살고 싶은 자는 내 앞에서 다시는 하나님과 예수님을 믿지 않고 우리 당과 인민 위원회에 충성을 다하겠다고 약속을 하시오. 그러면 살려줄 것이오."

그리고 그는 더더욱 의기양양한 음성으로 외쳤다.

"여러분 모두들 똑똑히 보시오. 이제부터 나와 당신들이 믿는다는 그 하나님과 시합이 있겠소. 자, 누가 이기는지 똑똑히 보시오."

하고 비열한 웃음을 지었다. 의자에 앉아 있는 교인들 중 대부분은 두 눈을 꼭 감고 있었다. 그 중 어떤 자는 눈물을 흘리는 자도 있었고, 또 어떤 이는 두 눈을 꼭 감고 있으면서도 입 속으로는 무언가를 중얼거리는 이도 있었다. 그러던 중 한 남자가 큰 소리로 기도하기 시작하였다.

"주여! 저들을 용서하여 주옵소서. 오늘 흘린 이들의 피가 밑거름이 되어 이 나라 이 민족이 세상에서 가장 축복받는 나라가 이루어지도록 하옵소서. 다시는 이 나라가 다른 민족으로부터 침략을 당하지 않는 나라가 이루어지게 하옵소서. 오늘 이 자리에서 일어나는 이 일들이 하나님께서는 이 땅 위에서 이 민족으로 하여금 더 큰 하나님의 뜻을 이루고자 하는 하나님의 고귀하시고 큰 뜻이 있는 줄 믿사옵니다. 주여! 부디 아버지 하나님을 알지 못하고 우리 주 예수 그리스도의 보혈의 값어치를 깨닫지 못하고 있는 저들을 용서하옵소서!" 그의 기도는 계속되었다. 그리고 사회 안전부 요원이 천천히 그 옆으로 다가가고 있었다. 그리고는 한 발의 총성과 함께 그는 그 자리에서 피를 흘리며 쓰러졌다.

그는 누구인가? 바로 이 땅 이 조선에서 처음으로 새벽 기도를 시작하였고, 바로 이 땅 이 조선에 처음으로 새벽종을 울린 바로 이 평양 중앙 교회 전계은 장로의 아들 전성경 목사였다.

그는 1900년 12월, 그러니까 신약 성경이 완전히 한글로 번역이 완료되었던 그해 그 달에 태어났다. 그리하여 아버지 전계은 장로는 아들의 이름을 전성경이라 지었고, 이제 그 아들은 생애 마지막 기도를 한 후 거룩한 순교의 길을 걸었던 것이었다. 그러나 또 다른 사람들도 있었다. 그 중 한 사람이 자리에 일어나면서 외쳤다.

"이봐요, 사회 안전부 동무! 이 세상에 하나님이 어디 있고 예수님이 어디 있어요. 누가 두 눈으로 본 사람 있어요? 나는 하나님도 예수님도 믿지 않아요. 그저 재미삼아 교회 몇 번 나와 본 것뿐이요!"

이렇게 말하자 다른 몇몇 사람들도 동의하듯이,

"나도 그래요. 세상에 하나님이 어디 있고 예수님이 어디 있어요. 다 사람들이 지어낸 이야기지."

하고 너도나도 외쳤다. 그러자 그 간부가 여러 사람을 둘러보며 말했다.

"좋소이다. 이제 여러분들 중에 다시는 교회니 하나님이니 예수님이니 이런 것은 절대 믿지 않고 입으로 말도 꺼내지 말고 오직 당과 위대하신 김일성 수령에게만 충성을 바치겠다고 맹세하고 서약할 수 있는 사람만 앞으로 나오시오."

이렇게 말하자 많은 사람들이 앞으로 우르르 몰려 나왔다. 그리고 그들은 다시는 예수를 믿지 않겠다는 서약을 하고는 교회 밖으로 서둘러 빠져 나가 버렸다. 그러나 아직도 의자에 앉아 눈을 감은 채, 입술을 꼭 다문 채 굵은 눈물만 뚝뚝 흘리는 사람들이 이십여 명이나 되었다. 사회 안전부 간부는 무섭고도 매서운 눈길로 남아 있는 사람들을 노려보면서 살기 돋친 음성으로 입을 열었다.

"그래, 동무들은 아직까지도 예수를 믿겠다 이거요?"

그리고는 살기 돋친 눈으로 그들을 계속 노려보고 있었다. 잠시 침묵이 흘렀다. 아니 그것은 침묵이라기보다 공포라고 표현하는 것이 훨씬 적합할 것이다. 다시 간부의 목소리가 들려 왔다.

"좋소이다. 내 다시 한 번 여러분에게 더 기회를 주겠소. 이것이 마지막 기회인 줄로 생각하시오."

그리고는 한 사람씩 개인적인 심문이 다시금 계속되었다. 이번에는 삼십 대 중반쯤 되어 보이는 아주머니 한 사람이 열서너 살 쯤 되어 보이는 아들과 함께 일어섰다. 간부는 아주머니를 향해 큰 소리로 윽박지르듯이 물었다.

"아주머니, 이것이 아주머니에게 주어지는 마지막 기회이니 알아서 잘 대답하시오. 아주머니는 하나님이나 예수님이 이 땅에 있다고 생각하시오, 아니면 없다고 생각하시오?"

이렇게 묻자 그 아주머니는 연신 눈물을 흘리며 고개를 떨군 채 힘없이 대답을 하였다.

"없지요. 하나님도 예수님도 이 세상에는 없어요."

그러자 간부는 다시 한 번 눈을 부릅뜬 채 노려보면서 다그쳤다.

"좀 더 크게 확실하게 대답을 해요. 더 크게!"

겁에 질린 아주머니는 큰 소리로 외쳤다.

"없어요. 세상에는 하나님도 예수님도 없어요."

그러자 그 간부는,

"그러면 앞으로는 교회니 하나님이니 예수님이니 하는 말은 입에 꺼내지도 말고 오직 당과 김일성 수령에게 충성을 다하겠소?"

하고 다그치자 그 아주머니는 큰 소리로 "예, 예, 예"라고 대답하였다. 간부는 옆에 있는 아들을 노려보면서 소리쳤다.

"얘, 꼬마야! 너도 그렇게 하겠어?"

엄마 옆에서 잔뜩 겁을 먹은 아들은 몹시 두려운 표정으로 말도 하지 못하고 연신 고개만 아래위로 끄덕이고 있었다. 그리고 그 아주머니와 아들은 두려운 표정을 지으며 교회를 빠져 나갔다.

그러면 이 여인은 누구인가? 바로 지금 피를 흘리며 쓰러져 있으나 몹시 온화한 표정을 짓고 누워있는 전성경 목사의 딸이자 전계은 장로의 손녀인 전은혜 사모였고, 그 아들은 전은혜 사모와 역시 목사인 남편 한성수 목사와의 사이에 태어난 이제 열세 살인 아들 한학성이었다. 이 여인, 즉 전은혜 사모는 바로 조금 전 아버지인 전성경 목사와 남편인 한성수 목사가 총에 맞아 쓰러지는 처참한 광경을 목격하였던 것이다.

그러면 전은혜 사모의 남편인 한성수 목사는 누구인가? 바로 1907년 장대현 교회의 사경회에서 '나는 '아간'과 같은 나쁜 사람입니다.'라고 외치며 큰 소리로 회개를 시작하였고, 이를 시작으로 조선 기독교의 성령의 불길을 당긴 주인공이었던 바로 그 '한상득 장로'의 증손자였다.

이 때 전은혜 사모 뒤편에서 부들부들 떨면서 공포에 질린 모습을 하고 있는 또 다른 모녀가 있었으니 그 딸은 역시 열셋의 나이인 정주은이라고 하는 여자아이였는데, 이 여자아이가 누구인고 하면 바로 1907년 길선주 목사와 함께 첫 새벽 기도를 시작한 정춘수 장로의 증손녀였다.

아무튼 이 두 모녀도 '예, 예, 예'라는 대답으로 무사히 교회를 빠져 나왔으며 이후 몇 발의 총성이 더 울리면서 이 참상은 끝이 났던 것이었다.

등소평

....

전쟁이 끝나고 휴전 협정이 체결된 지도 어언 8년이라는 세월이 흘렀다. 그동안 김일성은 고랑포 동굴에 대하여 어느 정도 잊고 있었던 것은 사실이었다. 전쟁 직후 우선 급한 것은 전쟁으로 황폐해진 모든 것을 복구하는 것이었다. 그러려면 북한 내부의 힘만으로는 너무나 부족한 것이 많았다. 따라서 외국의 원조도 얻어내야만 했다. 특히 소련과 중공의 도움이 절실히 필요하였기에 원조 요청을 위하여 온 힘을 기울여야 하였다. 그래서 1961년 7월 7일 북한과 소련은 조소 우호 협력 및 상호 원조 조약을 체결하였다. 그리고는 숨 돌릴 틈조차 없이 중공으로 발걸음을 향하였고 1961년 7월 11일, 마침내 중공과도 우호 협력 및 상호 원조 조약을 체결하였으니 실로 하루하루를 바쁘게 보내는 나날들이었다.

중공과의 우호 협정을 끝낸 김일성은 당시 중공 측의 실무 총 책임자인 등소평의 초청을 받아 그의 집으로 초대되었다. 당시 등소평은 중공 내에서 모택동·주은래·임표·유소기 다음으로 가는 실권자였으며, 특히 모택동으로부터 각별한 신임을 얻고 있는 터라 김일성 입장에서는 상당히 뜻 깊은 초대를 받은 셈이었다. 물론 등소평은 김일성보다 나이도 많았다.

등소평의 집 안에서 저녁 식사를 마친 후 후식 겸 조촐한 주안상이 나왔다. 그러자 등소평이 주안상과 함께 나온 큼직한 술병을 가리키며 이렇게 말했다.

"이보게, 김일성 동지. 이 술은 내가 가장 즐겨 먹는 거라네. 우리 집안 대대로 내려오는 방식으로 만든 술인데 건강에는 최고로 좋은 술이지. 이 술병 안에 들어 있는 저것이 무엇인지 아는가?"

이렇게 묻고는 술병 안을 가만히 들여다보고 있는 김일성에게 계속 말을 이었다.

"저것이 바로 동충하초(冬蟲夏草)라는 것일세. 말 그대로 겨울에는 살아 있는 곤충이었다가 여름에는 그 곤충에서 식물성 싹이 돋아난다네. 참 신기하지 않은가? 다음 언제 기회가 있으면 내가 저 술을 만드는 비법을 가르쳐 주겠네."

이 말을 들은 김일성은 온 몸에 전율을 느꼈다. 순간적으로 등골에서부터 목 뒷 줄기 아래로 찌릿 하는 느낌과 함께 온몸이 일시적으로 마비가 되어 버렸다. 그리고 그는 그 술병 속을 뚫어지게 쳐다보고 있었다. 아래에는 작고 하얀 알이 있고 그 위에는 역시 새하얀 버섯 같은 것이 솟아나 있는데 두 개가 상하로 어우러져 있는 그 자태가 너무나 고상하고 우아해 보여 절로 탄성이 나올 지경이었다.

저것이 바로 도선답기에 나오는 동충하초란 말인가? 등소평 저 사람은 도대체 동충하초라는 말을 어디에서 들었단 말인가? 더구나 등소평은 동충하초 술을 만드는 비법까지 알고 있지 않은가? 이게 어떻게 된 일일까?

천 년 동안 비밀스럽게 안고 있던 도선답기 속에 나오는 '동충하초'라는 말을 어찌 저리도 쉽게 입으로 내뱉는단 말인가?

한참 후 정신을 차린 김일성은 태연한 듯한 표정으로 물었다.

"등소평 동지께서는 동충하초라는 말을 어디서 들었으며 또 그것으로 술을 만드는 비법을 어디서 누구에게 배웠습니까?"

"그것은 우리 집안에 오래전부터 내려오는 비법일세. 그리고 우리 집안에서도 그 비법을 아무에게나 가르쳐 주지는 않는다네. 오직 장자를 통해서만 가르쳐 준다네."

이렇게 대답한 등소평은 술병을 열고는 아주 작은 술잔에 한 잔 따라 김일성에 권하고 자기도 또 다른 잔에 한 잔 따르더니 이내 뚜껑을 닫았다. 그리고 눈짓을 하자 하녀가 나와 술병을 들고 안으로 들어가 버렸다.

조심스럽게 술잔을 받아든 김일성은 우선 향기부터 음미를 하였다. 향기로운 냄새가 온 몸을 휘감는 듯하였다. 솔향기 같기도 하였고 어찌 보면 태어난 지 몇 개월 되지 않는 어린아이가 막 엄마 젖을 먹고 났을 때 생글생글 웃으며 내뿜는 향기 같기도 하였다.

김일성은 조금씩 맛을 보았다. 아주 조금 혀에만 대었는데도 온몸의 갈증이 해소되는 듯한 쾌감이 맴돌았다. 그리고 알 수 없는 신비로움이 느껴져 왔다. 김일성이 또다시 입을 열었다.

"혹시 등소평 동지께서는 서시라는 자에 대해서 들어본 적이 있습니까?

그러자 등소평은 흠칫 놀라는 표정을 지으며,

"아니, 김일성 동지가 어떻게 서시라는 사람을 알고 있소?"

하고 반문을 하였다.

"저 역시 그 자에 대해 전혀 아는 바 없으나 언뜻 누구에게 듣기를 서시와 불로초가 무슨 연관이 있다는 것만 잠깐 들은 바 있습니다."

김일성 대답하자 등소평이 말했다.

"맞는 말일세. 우리 대륙 역사를 보면 옛 진나라 시황제께서 인간이 영원히 죽지 않는 불로초를 찾아오게 하였다는 내용이 전해지고 있다네."

김일성이 다시 물었다.

"그러면 그 서시라는 사람이 불로초를 찾으러 간 곳은 어디였고, 또 그 불로초라는 것을 찾기는 찾았는가요?"

등소평이 껄껄 웃으며 말했다.

"세상에 불로초라는 그런 풀이 어디 있겠소. 다 속세 인간들이 지어낸 것 아니겠소. 만약 그 당시에 서시라는 자가 동쪽 땅 끝 어디에서 그 불로초를 가지고 왔다면 진시왕이 어찌 일찍 죽었겠소. 적어도 이백 세는 넘게 살아야할 것 아니요. 그리고 그 서시라는 자에 대해서도 그가 동쪽으로 떠났다는 것 외에 그 이후 그가 어떻게 되었는지 전혀 기록에 남아 있지 않아요. 일설에 따르면 그가 불로초를 찾지 못하게 되자 바다 건너 일본 쪽으로 도망을 갔다는 설과 불로초를 찾다가 그곳 경치가 너무 좋아 아예 그곳에 눌러 앉아 버렸다는 이야기들이 있지만 그런 건 어디까지나 이야기일 뿐이지 누가 그걸 확인할 수 있겠소?"

등소평의 집을 나오는 김일성은 내심 몹시 흥분이 되어 있었다.

서시라! 서시! 이 사람이 도대체 누구이길래 도선답기 앞머리에 그이 이름이 있단 말인가? 사실 김일성이나 리을설 두 사람이 그 고문서를 손에 접했을 때는 서시라는 글자에 대해서는 신경도 쓰질 않았다. 누구인지도 몰랐거니와 누구인지 아는 사람도 없었다. 단지 김일성으로서는 오직 도선 대사만 눈에 띄었던 것이었다. 그리고 도선 대사의 왕건에 대한 예언이라든가, 통일 등에 대한 관심만 있었을 뿐이었고 '왕건'이라는 이름이 '김일성'이라는 이름으로 바꾸어질 날만 꿈꾸고 있었던 것이다.

그런데 등소평과 대면하고 보니 돌연히 여태껏 관심에도 없었던 서시라는 인물이 머릿속에 번쩍 떠올랐던 것이었다. 그리고 등소평에게 그저 관심 없는 것처럼 한 마디 물어보았던 것이었다. 결국 서시는 불로초를 찾기 위해 진시황제가 보낸 특사였고, 그 서시는 불로초를 찾아 동쪽 끝 즉 조선 어디에 왔고, 그리고 그는 중국으로 돌아가지 않았고, 그래서 중국에는 그에 관한 기록이 전혀 없고 그렇다면 결국 서시라는 자는 조선 땅에서 분명 무엇을 찾아내었고, 그리고 조선 땅에 그 기록을 남겼고, 그 기록이 도선 대사까지 흘렀고, 도선 대사는 다시 서시의 기록대로 여행을 하였고, 그 여행의 기록이 도선 대사에 의해 다시 쓰여 졌고……. 오호라! 그래서 '서

187
인간 영욕의 한계

시비가 도선답기'로구나!

그렇다면 얼마 전 내가 소련 스탈린과 함께 먹었던 음식과 방금 내가 먹었던 이 음식과는 혹 어떤 연관이 있지나 않을까? 그리고 그 두 음식의 공통점은 없을까?

거기까지 생각한 김일성은 지금까지 잠시 잊고 있었던 그 문서에 대해 다시 생각하게 되었고, 그 내용이 틀림없는 사실일 것이라는 확고한 생각을 갖게 되었다. 그리고 다시 한 번 힘을 주어 어금니를 꽉 다물었다.

갱도전과 고랑포

....

1963년 10월 5일 평양 김일성 종합 대학. 평양으로 돌아온 김일성은 즉각 리을설을 불렀다. 결국 이 고문서 문제만큼은 리을설과 의논을 하지 않을 수 없기 때문이었다. 그리고 등소평과 만나서 일어났던 모든 일들과 그로 인하여 새롭게 알게 된 서시 등을 말하였고, 두 사람은 또다시 한 장의 지도를 펴놓고 머리를 맞댄 채 의논을 하기 시작하였다. 그리고 새로운 각오를 다졌다.

리을설! 그는 역시 비상한 재주를 갖고 있는 인물이었다. 그리고 김일성에게는 둘도 없는 충성스러운 심복임에 틀림이 없었다. 리을설이 김일성에게 말했다.

"수령 동지, 이렇게 하시지요. 일단은 갱도전을 선포하여야 합니다. 그리고 휴전선 바로 북쪽에 지하 갱도를 구축하면 모든 것이 자연스럽게 진행이 될 것입니다. 물론 고랑포와 그 주위를 집중적으로 갱도를 파서 진지를 구축하면 어느 누구도 눈치를 채지 못하면서 자연스럽게 남조선으로부터 방어선도 구축할 수 있는 그야말로 일석이조의 효과를 올릴 수가 있을 것입니다."

그 말을 들은 김일성은 흡족한 표정을 지으며 말했다.

"맞는 말이야. 그거 아주 좋은 작전이야. 역시 리을설 동무는 현명하단 말이야. 그렇지만 그렇게 일을 진행하기 전에 먼저 해야 할 것이 있어. 그것은 장비 구입이야. 먼저 좋은 장비가 있어야 돼. 예전처럼 삽과 곡괭이만 가지고 일을 한다면 또 실패할 수밖에 없어. 제대로 장비를 갖추어 새로 시작해야 돼."

그리고 얼마 후 1963년 10월 5일, 평양 김일성 종합 대학 제4기 졸업식에서 김일성 주석은 '땅굴을 파고 들어가면 원자탄을 능히 막아낼 수 있다. 온 나라를 요새화해야 하며 대공 방어와 해안 방어를 강화해야 한다.'며 유난히 '땅굴과 땅굴을 통한 전 국토 요새화'를 강조하였다. 그리고는 소위 4대 군사 노선을 재차 강조하였다.

'전인민 무장화, 전국토 요새화, 전군 간부화, 전군 현대화' 이것이 바로 그들이 말하는 4대 군사 노선이었다. 그리고 그들은 총력을 다하여 땅굴 파는 일에 전념하였다.

고랑포! 그곳은 경기도 연천군 장남면에 있는 곳으로써 삼팔선 아래로 2km 떨어져 있고 임진강 중류 쪽의 뱃길을 건너는 포구이다. 그리고 휴전선에서는 남쪽으로 약 5km 떨어진 곳이다. 물론 이곳은 군사 작전상으로도 아주 중요한 곳이다. 남동쪽으로 2km만 내려가면 원당이라는 곳이 있고, 바로 그 아래로는 우리 국군에게도 중요한 감악산이 있다. 그리고 371번 국도를 따라 내려오면 영국군 전적비를 만날 수 있으며 적성면, 남면, 광적면을 지나면 양주, 의정부가 나오는 곳이니 이곳이야 말로 서부 전선의 최대 격전지였고, 지금도 아주 중요한 군사 요충 지역이다.

이제 이곳 고랑포 바로 위에 위치한 휴전선 북쪽에서는 전 국토 요새화라는 명목 하에 북한군이 총동원되어 땅굴을 파고 있는 중이다. 그리고 김일성도 리을설도 매일매일 땅굴의 진척도를 점검하고 있었다. 그러나 하루가 지나고 이틀이 지나고 삼 일이 지나고 그리고 일 년, 이 년, 삼 년이 지나도 김일성이 찾고 있는 동굴은 발견되지 않았다.

도선 대사가 말하는 그곳은 어디일까? 분명 고랑포라고 했건만 도대체 그곳이 어디 있길래 이렇게 찾고 찾아도 보이질 않는단 말인가? 그리고 땅굴을 파는 범위는 고랑포를 중심으로 좌우로 점점 확대되어 갔다. 그러나 도선대사가 말하는 그곳은 점점 더 찾을 길이 멀어지는 듯하였다. 김일성도, 리을설도 난감하였다. 김일성의 두 눈은 붉게 충혈이 되어 갔다. 그러나 김일성의 집념은 조금도 끊기지 않고 더욱 굳어져만 갔고 그의 주먹은 더욱 굳세게 쥐어졌다.

<고랑포구와 저자>

1968년 1·21 사태와 울진, 삼척 사태

....

김일성이 등소평을 만나고 새로운 각오로 다시금 땅굴을 파기 시작한지도 벌써 칠 년째가 되어가고 있었다. 그러나 김일성이 찾는 땅굴은 전혀 찾아낼 수가 없었다. 김일성은 거의 미쳐 있었다. 그리고 도선 대사가 직접 쓴 그 고문서를 다시 한 번 품에서 꺼내어 보았다. 천 년 넘게 내려온 그 고문서는 오늘도 도선 대사의 영험함이 그대로 살아 있는 듯한 신비스러움과 고승의 고고한 자태가 아직도 배어있는 듯한 감정을 느낄 수 있었다. 그리고 김일성은 다시 한 번 온 몸에 전율을 느끼며 새로운 각오를 다졌다. 그리고 다시 리을설을 불렀다.

"이보게, 리을설 동무. 우리 이렇게 허공을 헤매듯이 시간을 낭비하지 말고 차근히 처음부터 다시 한 번 생각해 보자고. 사실, 말이야 바른 말이지, 지난 전쟁 때 나는 절대로 휴전을 하지 않을 생각이었어. 끝까지 버티면서 고랑포를 점령하려고 했어. 그러나 전쟁이 너무 길어졌고 소련과 중공의 휴전 압력을 이겨낼 수가 없었어. 그때 조금만 더 버텨서 우리가 고랑포를 점령하였더라면 우리가 지금 이 고생을 하지 않아도 될 것이었는데 말이야. 이봐! 우리 이러지 말고 좀 더 직접적이고 적극적인 방법이 없을까?"

김일성의 이 말에 리을설은 내심 놀라면서도 이내 그의 속내를 알아차리고는 깊은 생각에 잠기다가 조용히 입을 열었다.

"수령 동지. 저는 씨름 선수들이 씨름할 때 어느 한 선수가 고의로 상대방에게 심판 몰래 폭력을 가하여 신경을 날카롭게 만들어서. 예를 들면, 발등을 한 번 꽉 밟는다든가 상대방의 뱃살을 꼬집어 버린다든가, 얼굴에 침을 슬쩍 뱉는다든가 하여 상대방의 약을 바짝 올리고 그것을 참지 못한 상대방이 무지하게 공격을 해올 때 그것을 이용하여 상대방을 쓰러트리는 모습을 본 적이 있습니다."

이 말이 끝나자마자 김일성은 무릎을 탁 치고는 껄껄 웃으면서 말했다.

"맞아, 맞아. 바로 그거야. 역시 리을설 동무는 나와 아주 통하는 면이 있어. 좋았어. 아주 멋진 생각이야."

그리고 두 사람은 바짝 얼굴을 맞대고 새로운 작전을 짰다.

리을설이 또다시 입을 열었다.

"수령 동지. 지금 남조선에는 박정희가 강력한 지도자로서 나라를 이끌어 가고 있습니다. 모든 정치가들이나 관료들, 군인들 그리고 국민들 모두가 박정희 말 한마디면 꼼짝없이 끌려가고 있는 상황입니다. 이럴 때 우리가 만약 박정희 한 명만 처단해 버리면 사태가 어떻게 될 것 같습니까?"

리을설의 이 물음에 한참을 생각하던 김일성이 천천히 입을 열었다.

"좋은 생각이기는 한데 문제는 미군이란 말이야. 지금 우리 전력상으로는 국군과 주한 미군과의 전쟁에는 어느 정도 승산이 있어. 우리의 전력도 6·25 때 취약했던 공군, 해군도 이제는 막강해졌고 특히 남쪽에는 한 대도 없는 잠수정도 많이 보유하고 있어. 그 잠수정을 이용하여 우리의 막강한 특공대를 남쪽 해안에 몰래 침투시켜 남쪽 전체를 혼란 속에 집어넣고 순식간에 정예 부대가 밀고 내려가면 승산이 있어. 그런데 문제는 일본에 주둔하고 있는 미군이란 말이야. 하와이에 주둔하고 있는 미군도 그렇고……."

이에 리을설이 말했다.

"수령 동지. 제 생각으로는 지난 6·25 때처럼 미군이 즉각적으로 전쟁에 참여할 수는 없을 것으로 생각합니다. 물론 남조선 내에 주둔하고 있는 미군이야 당연히 전쟁에 참여하겠지만 그 외의 미군이 즉각 참여하기는 힘들 것입니다. 왜냐하면 지금 미국은 베트남전으로 인하여 막대한 인력과 많은 장비, 그리고 무수한 비용을 소모하고 있습니다. 특히 그들은 베트남 전으로 인하여 수많은 미군이 전쟁의 참상으로 지쳐 있고 또 미국 내에서조차 반전 운동이 전국적으로 번지고 있는 시점입니다. 또한 아시다시피 중동에서는 이스라엘과 아랍 연합국이 전쟁을 벌이고 있고 독일이나 아프리카, 동유럽 등에서도 언제 어디에서 전쟁이 터질지 모르는 상황입니다. 이런 상황에서 과연 미국이 과거처럼 또다시 이곳에 군대를 파견할 수 있을 것 같지는 않습니다. 더구나 지금 미국 내에서조차 주한 미군을 감축해야 한다는 목소리가 나오고 있는 마당에 미군 주력 부대가 이 한반도에 또다시 참전할 것으로 보지는 않습니다."

리을설의 이야기를 듣고 있던 김일성은 고개를 끄덕이면서 깊은 생각에 잠기었다.

그리고 며칠 후 김일성과 리을설은 또다시 마주 앉아 큼직한 한반도 지도와 도선 대사의 고문서를 펴놓고 심각하게 이야기를 나누고 있었다.

"그래, 리을설 동무. 어디 최종적으로 동무의 계획을 한 번 말해보게."

김일성의 다그침에 리을설이 세부 계획을 설명하기 시작하였다.

"우선 우리 인민군의 최정예 특공대인 8군단 소속 제124군부대 요원들 중 최고 능력을 자랑하는 특공대 200여 명을 선발하여 100여 명은 판문점 주위의 군사 분계선을 넘어 서울 청와대를 향한 기습 공격을 감행하여 박정희를 살해하고, 또 남은 100여 명은 중부 전선이나 혹은 소형 잠수정을 이용하여 동해안으로 침투시킨 뒤, 그 곳을 혼란스럽게 만드는 것입니다. 그리고 그들이 1차적인 임무를 완수하고 나서 남조선과 미국이 어떤 조치를 취하는지 지켜보는 것입니다.

만약 그들이 즉각적으로 전면적인 공격을 감행한다면 어차피 우리도 대반격을 가해 일단 고랑포를 점령한 후 전쟁이 더 이상 확대되지 않도록 휴전 회담을 제의한다든지 하는 조치를 취하고 난 후, 그들이 응하지 않는다면 어차피 6·25와 같은 전면전을 벌여 고랑포를 최후 저지선으로 삼아 그들이 임진강을 건너지 못하게 해야 할 것입니다. 어차피 도선 대사가 쓴 문서를 수령 동지가 갖고 계시니, 통일의 주인공은 바로 수령 동지 아니겠습니까?"

리을설의 이야기를 들은 김일성은 잔뜩 긴장된 표정으로 눈을 지그시 감은 채 깊은 생각에 잠기면서 무겁게 입을 열었다.

"좋아! 어차피 이판사판이야. 그런데 우리의 최종 목적은 고랑포란 말이야. 만약 리을설 동무의 말대로 판문점을 통한 공격과 동해안 어느 지역에 대한 공격이 동시에 진행이 된다면 이것은 전면전으로 확대될 공산이 크단 말이야. 그렇다면 일단 그들의 반응만 보는 것이니까 둘 중 판문점 루트 한 곳만 시험적으로 한 번 강행을 해보자고. 그 작전도 100명은 너무 많아. 판문점 주위 경계선을 100명이 한꺼번에 침투한다는 것은 무리이니 30여 명의 소부대가 침투하도록 해보자고. 어차피 우리의 목적은 그들을 약 올리는 것 아니겠나! 그건 그렇고, 시기는 언제쯤으로 하는 것이 좋을까?"

"제 생각으로는 가장 추운 겨울이 좋다고 생각합니다. 지나 6·25 때는 한여름에 전쟁을 일으켰는데 추위에 약한 미군이나 UN군들에게는 여름이 나았을 것입니다. 그러나 추위에 숙달된 우리 인민군에게는 확실히 겨울이 좋다고 생각됩니다."

그리고 이듬해 1968년 1월 21일. 중무장한 30여 명의 북한 특공대는 아무도 모르게 군사 분계선을 넘어 대한민국 수도인 서울의 중심부까지 침투하였다. 그리고 대한민국의 군·경과 치열한 전투를 벌인 끝에 29명이 사살되고, 1명이 생포되었으니 그가 바로 김신조였다. 이 사건을 계기로 우리 국군은 군복무 기간을 6개월 연장한 36개월로 하였고 바로 다음 달 향토 예비군이 창설되었다.

　그리고 같은 해, 즉 1968년 10월 30일 동해안에 있는 울진, 삼척에 120여 명의 무장 공비가 출현하여 민간인을 학살하는 사건이 발생하였다. 이 사건으로 59명의 공비가 사살되었고, 2명이 생포되었으나 나머지 무장 공비들은 북쪽으로 탈출을 하였으며 우리 아군도 2명, 예비군 6명이 전사했다. 그리고 민간인도 16명이나 사망하였고 40여 명이 부상을 당하는 참극이 일어났으니 우리 한반도는 역시 전쟁이 끝난 것이 아니라 휴전 중인 나라임을 다시 한 번 깨닫게 되는 계기가 되었던 것이었다.

　그러나 그들의 도발은 여기서 끝나지 않았다. 1974년 8월 15일 대한민국의 수도 서울에서 박정희 대통령은 제28회 광복절 기념행사에서 저격을 받았다. 다행히 박정희 대통령은 화를 면하였으나 곁에 있던 육영수 여사께서 대신 죽음을 당하셨다. 범인은 재일 조총련 소속인 문세광이라는 자로서, 유도선수 출신인 그는 북한에서 사상교육과 살인 훈련을 받고 남파된 자였다. 만약 이 때 박정희 대통령이 죽음을 당하였다면 우리 민족의 운명은 또 어떠하였을까?

제1땅굴의 비밀

············

　1974년 11월 15일 고랑포. 그들은 모두가 땅굴을 파는데 전념하였다. 특히 도라산, 백학산을 위시하여 고랑포 부근 휴전선 북쪽은 더욱 촘촘히 파헤쳐졌다. 그리고 그곳은 진지로 구축이 되었다. 상부에서는 땅굴을 파다가 자연 동굴이 발견되면 즉시 보고하라는 명령이 내려졌다. 어쩌다가 땅굴을 파는 도중 자연 동굴이 발견되면 즉각 상부에서 고위간부와 전문가가 동굴을 조사하곤 하였다. 그러던 중 남쪽 방향으로 뻗어나가는 자연 동굴 하나가 발견되었다. 그러나 그 동굴을 따라 계속 남쪽으로 내려가면 비무장 지대로 뻗어가게 되어 있고 그것은 엄연히 휴전 협정에 위반되는 사항이었다.

또한 이러한 사실이 남측 국군이나 UN군 측에 발각이라도 되면 자칫 남북 간에 예기치 못할 불상사가 발생할지도 모르는 상황이었다. 그러나 상부에서는 계속 파내려가라는 지시가 내려졌다. 좁은 동굴은 더욱 넓게 파여져 계속 남으로, 남으로 향하였다. 그러다 끝내 남측 국군에게 발각이 되고 말았으니 그것이 바로 1974년 11월 15일 고랑포 부근에서 발생된 제1땅굴이었다.

1983년 10월 9일,
미얀마 아웅산 국립묘지의 실체

....

오늘도 김일성은 거의 미쳐 있었다. 눈은 충혈이 되었고, 머리카락은 헝클어져 있었으며 두 손으로는 헝클어진 머리카락을 쥐어뜯고 있었다.

'왜 그들은 공격을 하지 않았을까? 우리가 두세 번씩이나 침공을 감행했는데도 왜 그들은 되받아 공격을 하지 않았을까? 남쪽 아이들이 참지 못하고 공격을 해주어야 내 계획과 작전이 성공을 할 텐데, 왜 그들은 꿈쩍을 않고 있는 것일까?'

하긴 괴롭기는 리을설도 마찬가지였다.

'이렇게 지루하게 괴로움을 당할 바에야 차라리 전쟁이라도 한바탕 치르는 게 나을 텐데. 왜 남조선 아이들은 꿈쩍도 않고 있는 것일까? 정말 가슴이 답답하고 미치겠구나?'

그리고 시간은 흘러 어느덧 1983년 하반기로 세월이 치닫고 있었다. 김일성도 리을설도 답답하기는 마찬가지였다. 어느 날 김일성이 비장한 눈빛으로 리을설을 보며 말했다.

"이보게, 리을설 동무. 우리 한 번 더 큰 모험을 해보자고. 지금 남조선은 모든 것이 뒤숭숭한 상태야. 박정희는 심복에게 살해되었고, 광주에서는 혁명이 일어나 무고한 시민들이 그들의 군인에게 무수히 처참하게 살해되었고, 새 지도자인 정두한은 강압적인 독재로 나라를 다스리고 있고, 민심은 국가에게 등을 돌리고 있으니 어쩌면 이번에는 그들이 전면전을 벌일 게 확실해."

그리고 그들은 제8 군단 124군부대원 중 강철민을 포함한 3명을 미얀마랭군으로 파견시켰다. 그들은 대한민국 정두한 대통령이 친선 방문차 미얀마를 방문하여 아웅산 국립묘소 참배 일정에 맞추어 폭탄을 설치하여 폭파시켰으나 정두한 대통령은 조금 늦게 도착하는 바람에 화를 면하였다. 그리고 3명은 미얀마 수사대에 의해 체포되는 중 2명은 살해되었고, 강철민 1명만이 생포되어 수도 양곤 북부에 있는 인세인 교도소 정치범 특별수용소에 감금되었다. 이러한 사건에도 불구하고 대한민국은 김일성의 뜻대로 전면전을 강행하지 않았다.

김일성! 그는 대한민국의 최고 통치자인 대통령을 3번이나 살해를 시도하였으나 3번 모두 아슬아슬한 간발의 차이로 실패하였으니 이런 사실은 과연 무엇을 뜻하는 것이란 말인가?

서 시 비 기 도 선 답 기

....

　김일성은 난감하였다. 실로 말할 수 없는 실망감에 젖어 있었다. 도대체 어디에 있을까? 도선 대사가 말하는 그 굴의 입구라는 곳이 어디에 숨어 있단 말인가? 김일성은 실망감을 넘어 절망 속으로 빠져 들어가고 있는 듯함을 느꼈다. 그리고 한참 시간이 흐른 후 김일성은 옆에 있던 리을설에게 조용히 물었다.

　"이봐. 우리 그 문서를 찾았을 때 상황을 다시 한 번 잘 더듬어 생각해보자고 분명 그 당시 유점사라는 절에서 그 문서를 찾았을 때 그와 연관된 다른 문서는 없었다고 했지?"

　그러자 리을설이 대답하였다.

　"예, 수령 동지. 그 당시에 제가 직접 인원을 통솔하여 절 내부는 물론 바깥 주위, 석탑, 돌계단 등을 다 찾아보았습니다. 그러나 그와 연관된 어떤 문서도 발견하지 못했습니다. 그것은 분명합니다."

　리을설의 이런 대답에 김일성은 다시 단호하게 명령을 하였다.

　"이봐. 리을설 동무가 다시 한 번 직접 그 절에 가보도록 해. 그러면 또 다른 문서가 있을지 몰라. 지금 우리가 가지고 있는 저것 한 장 말고 분명히 그것과 연관된 다른 문서도 있을 거야. 자네가 직접 한 번 가보도록 해."

　이렇게 말하자 리을설이 난처한 표정을 지으며 말을 했다.

　"수령 동지. 정말 송구스러운 일입니다만은 그 유점사라는 절은 이제 완전히 불에 타 없어져 버렸습니다. 전쟁 때 UN군의 폭격을 받아 완전히 소멸되어버려 지금은 남은 것이 아무것도 없습니다."

　이에 김일성은 놀란 듯이 다시 물었다.

"뭐라고. 다 타 버렸다고! 그래도 뭔가 남아 있을 것 아닌가? 하다못해 주춧돌이라도 남아 있을 것 아닌가? 어서 가서 주춧돌 밑이라도 뒤져봐!

그리고 리을설은 즉시 금강산 유점사로 향하였다. 그것은 사실이었다. 그 웅장하고 거창하던 유점사는 6·25 동란 당시 포격에 맞아 모든 것이 파괴되고 불에 타버렸다. 가장 큰 대웅전인 연화사를 비롯하여 53불을 모신 능인전·수월당·반룡당·의화당·서래각 등이 모두 소실되어 버렸으니 참으로 안타까운 일이 아닐 수 없는 것이었다. 며칠 후 리을설로부터 김일성에게 전화가 왔다. 리을설의 목소리는 몹시 흥분되어 있었다.

"수령 동지, 찾았습니다. 찾았어요. 나머지 문서들을 모두 찾았어요. 절 모두가 다 타버렸는데 종각과 석탑만 남아 있었어요. 그런데 9층으로 된 석탑을 모두 들어내 보니까 제일 밑바닥에 있었어요. 제가 빨리 갖고 가도록 하겠습니다."

사실 유점사는 신라 유리왕 23년(AD 4년)에 창건된 이후 고려 때인 1168년, 1213년, 1284년 세 차례 중건한 바 있고, 조선 시대에 와서도 1408년, 1453년, 1595년, 1636년, 1759년,1794년 등 수차례에 걸쳐 수리 보수 및 중건이 이루어졌다. 1882년에는 대화재가 일어나 다시 중건을 한 바가 있었다. 아울러 중요 고서 혹은 고문서는 화재나 혹은 외세의 약탈에 대비하여 고의로 비밀리에 분리 보관되는 경우가 허다하였다.

김일성은 리을설과 함께 새롭게 찾아낸 고문서를 펼쳐 놓고는 흥분된 모습으로 그 문서를 쳐다보고 있었다.

서시비기 도선답기 (徐市秘記 道詵踏記)· 1

나 도선은 일찍이 어느 신선으로부터 이 서시비기를 접하였으나 그 신선이 누구인지 알 길이 없고 또 이 서시비기를 왜 나에게 주었는지 그 또한 알 수 없구나. 내가 마음만 편하게 하면 나 역시 그 신선이 한 그대로 행하면 좋으련만 이 비기를 읽어보니 그대로 따르기에는 아쉬움이 많은 고로 이 몸 움직여 서시 행적 쫓아보니 놀랄 일이 한두 가지가 아니더라. 눈에 보이는 것마다 감탄이요, 발에 밟히는 것마다 경악이니 내가 본 것들을 어찌 글로 쓸 수가 있을까마는 이 몸이 성급하여 벌써 손끝에 붓이 들려 있구나.

그 입구는 고랑포니 그곳에 들어서면 처음에는 좁고 어두움이 가득하나 만 보만 들어가면 하늘에 별이 있어 횃불 없이도 걸음을 옮길 수가 있고 또 비탈로 만 보만 들어가면 별천지가 보이나니 그 별천지의 크기는 가히 크고도 크도다. 강물도 흐르고 호수도 있어 이곳이 지상 세계인지 지하 세계인지 구별을 할 수가 없구나. 벽은 온통 호박과 순금이요, 호박이 한 겹이면 순금은 세 겹이라. 호박과 순금 사이에 흰 꽃이 피었는데 자세히 들춰보니 흰 꽃이 돋아나 있으니 보암직하기도 하고 먹음직하기도 하구나. 저 꽃이 무엇인고 하니 말로만 듣던 불로초라. 서시는 이것을 동충하초라고 하였도다. 이 알은 과연 누구의 알인고. 오호라 저기 저 큰 새의 알이 틀림없도다. 저 새는 무슨 새인고, 바로 봉황이로구나. 한 번 태어나면 삼천 년을 산다는 말로만 듣던 봉황새가 내 눈앞에 있구나. 내 일찍이 득도를 얻고자 만고강산을 누볐으나 이곳에 있고 보니 이것이 득도로다. 내 감히 말하건대 이곳을 얻는 자는 천하를 얻는 것보다 나은 자요, 이곳의 주인은 천하 통일을 이루리라.

이것이 바로 김일성과 리을설이 처음 손에 넣었던 고문서였으며 바로 첫째 장이었다.

서시비기 도선답기(徐市秘記 道詵踏記)· 2

내가 들어온 길은 고랑포이건만 내가 나온 길은 철원 동막이로다. 내 그곳을 못 잊어 다시 그곳을 찾으매 내가 그곳을 다시 찾는 이유는 그곳 가득한 황금이 탐나서도 아니요, 그곳 탐스러운 불로초도 아니요, 내 눈 앞에 어른거리는 봉황을 다시 보고 싶은 마음에서로다.

이 몸이 나왔던 철원 동막 길로 나 이제 다시 들어가니 하루도 못 미쳐 황금 동굴이 나오더라. 하고 많은 황금들 다 뒤로 하고 봉황새 만나보고 싶은 마음이 앞서 가더라. 오호라 저 곳에 봉황이 보이는구나. 저 봉황도 이제는 나를 아는구나.

저 황홀함이여. 저 황홀함이여. 봉황 따라 높이, 높이 오르고 보니 그곳에 새 길이 또 있도다. 그 길 따라 사흘 밤낮 행하여 보니 별천지로다. 별천지로다. 새 별천지로다. 저 황금 기둥은 누가 만들었는고.

저 황금 계단은 또 누가 다니는고. 황금 계단 옆에 돌무더기가 있구나. 서시가 쌓아놓은 돌무덤이로고. 돌무덤 따라 아래로 와보니 빼곡히 들어선 황금 기둥이여. 장엄하도다. 장엄하도다. 천장에 비치는 저 별들 좀 보소. 별들이 뿌려대는 저 보석들 보소. 이곳이 땅 아래요. 이곳이 천상이요. 내 감히 말하건대 이곳을 얻는 자는 천하를 얻은 자보다 나으리오. 이곳의 주인은 천하 통일을 이루리라.

이 내용이 새로 찾아낸 문서 내용이며, 두 번째 장이었다.

서시비기 도선답기 (徐市秘記 道詵踏記)·3

내가 들어온 길은 철원 동막이건만 내가 나온 길은 두타연이라.

내 그곳을 못 잊어 다시 그곳을 찾으매 내가 그곳을 다시 찾는 이유는 그곳 장엄함을 잊지 못함이로다. 밤마다 꿈마다 그곳 장엄한 풍광이 눈앞에 아른거리니 그곳을 다시 찾지 않고는 견딜 수가 없구나. 내가 나왔던 두타연으로 다시 들어가니 하룻길도 못되어 신천지에 도달하였도다. 속세의 시시비비(是是非非) 가운데 있다가 이곳에 앉고 보니 시무비무(是無非無)더라.

바로 이 감흥 즐기려고 이곳을 다시 찾았나보구나. 전에 본 황금 기둥도 그대로이고 전에 본 황금 계단도 그대로이로다. 그 아래로 펼쳐진 강물 좀 보소.

천정에서 뿌려대는 보석들 좀 보소. 이 장엄함을 보고 있노라니 사람의 욕망 번뇌가 일시에 사라지는 도다. 이 물결 따라 아래로 가니 저 푸른 호수는 누가 만들었는고. 오호라! 서시 말대로 호수가 숨을 쉬고 있구나. 분명 저 동해수가 애무하고 있으렸다.

호수의 숨소리가 점점 거칠어지는 것을 보니 동해수의 손길 또한 거칠어지고 있음을 알 수가 있도다. 천 년 전 서시도 이곳에 앉아서 저들의 애무를 바라보고 저들의 거친 숨결을 들으며 웃음 짓고 있었으렸다. 내 감히 말하건대 이곳을 얻는 자는 천하를 얻는 자보다 나으리오. 이곳의 주인은 천하 통일을 이루리라.

나 이제 서시의 발길을 따라 호수로 뛰어드니 차갑기도 하고 두렵기도 한데 오호! 저기 서시의 발자취가 보이는 도다. 그 발자취 따라 너울쳐 보니 오라! 거친 바다가 이 몸을 때리고 있구나. 이곳은 어디인고. 간성이로구나. 저 넓은 바다 좀 보소. 저 넓은 백사장 보소. 저곳들에 비해 보니 이 몸이 부끄럽구나.

세상 모든 이들이여 그대들 마음 답답하거든 이곳에 다녀와서 답답한 마음들 씻어 저 푸른 바다에 띄워 버리세.

헌강왕 12년 도선

이 내용 또한 새로 찾아낸 문서 내용이며, 세 번째 장이었다.

동막, 두타연 그리고 간성
....

1974년 11월 30일 평양 김일성 집무실. 실로 통탄할 일이었다. 김일성은 의자에 걸터앉아 두 손으로 머리를 감싸 안은 채 고통과 후회와 비탄의 몸부림을 치고 있었다. 그리고 리을설 또한 아무 말도 못하고 긴장된 몸으로 똑바로 선 채 어찌할 바를 모르고 있었고 계속 김일성은 혼자 중얼거리며 몸부림쳤다.

"아, 내가 왜 전쟁을 일으켰을꼬! 내가 왜 전쟁을 일으켰을꼬! 나는 오직 고랑포에만 집착을 하고 있었구나! 오직 고랑포에만! 진짜 알짜배기는 철원 동막과 양구 두타연에 있었거늘 가장 아무것도 아닌 고랑포에만 집착하고 있었구나. 내가 왜 전쟁을 일으켰을꼬! 내가 왜 전쟁을 일으켰을꼬! 전쟁만 일으키지 않았다면 저 동막과 두타연은 엄연히 내 손안에 있었을 텐데!"

그의 외침과 몸부림은 거의 자학적이었다. 옆에 서 있는 리을설 역시 비통함은 말할 수 없었으며 감히 무슨 말을 꺼낼 수도 없는 상황이었다.

사실 그 동굴의 실체는 도선답기의 두 번째, 세 번째 답기가 발견되면서 완전히 밝혀지게 되었다. 즉 김일성이 리을설에 의해 처음 얻게 된 답기에는 고랑포만 표기되어 있었던 것이다. 그러나 도선의 제 2,3차 답기가 발견되면서 주된 동굴은 철원 동막과 양구의 두타연이었고 출입구 또한 고랑포보다는 동막과 두타연이 훨씬 용이하다는 것이 밝혀졌으며, 그 외에 출입구가 동해 바다 밑 강원도 고성군 간성 앞바다의 바다 밑에 있다는 것도 밝혀졌다.

그런데 지금 김일성 앞에 나타난 현실은 어떤가? 즉 김일성이 일으킨 6·25 전쟁 이전에는 동막과 두타연, 간성 앞바다 모두가 삼팔선보다 훨씬 북쪽에 있었고, 고랑포만이 삼팔선 바로 이남에 있지 않았던가? 그런데 전쟁으로 인하여 삼팔선 대신 휴전선이 생겨버린 지금은 어떠한가? 고랑포, 철원 동막, 양구 두타연 모두가 비무장 지대와 아슬아슬하게 남쪽으로 비껴가 있지 않은가? 또한 바다 밑 통로가 있는 고성군 간성 앞바다 역시 휴전선 남쪽에 있지 않은가? 그러니 김일성으로서는 어찌 통탄하지 않겠는가? 참으로 인간이란 한치 앞을 내다볼 수 없는 연약한 존재이던가! 또한 인간의 맹목적인 욕망이 이토록 참을성 없고 분별력 없는 행동을 낳게 하는 것인가!

시간이 흘렀다. 어느덧 1974년이 지나가고, 1975년 새 아침이 밝아 왔다. 그러나 김일성의 가슴 속엔 통탄의 한이 아직 저리도록 남아 있었다. 하긴 누군들 그런 통탄을 쉽게 떨쳐버릴 수가 있겠는가? 그런데 김일성으로서는 도선 대사의 두 번째, 세 번째 문서를 읽으면 읽어볼수록 동굴에 대한 집착은 더욱더 충만 될 때도 있었고, 어금니를 꽉 다문 채 양 주먹을 불끈 쥐고 온몸을 부르르 떨고 있을 때도 있었다.

어느 날, 곁에 서 있던 리을설이 조용히 김일성에게 말했다. 사실 남측이 제1땅굴을 발견한 이후 리을설은 거의 말을 하지 않았다. 아니 할 말이 없었을 것이었다. 그런데 오늘 그가 입을 연 것이었다.

김일성 수령 동지. 제 생각으로는 아직 전혀 실망하실 필요가 없다고 생각합니다. 그 이유는 당연히 도선 대사의 답기를 수령 동지가 가지고 계신다는 것입니다. 아무리 동막, 두타연이 비무장 지대와 그 남쪽에 있다고 하나 남조선 측에서는 그곳에 관한 이 비밀을 알고 있는 자가 전혀 없고, 우

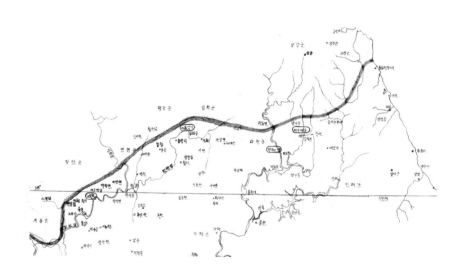

<비무장 지대 지도>

리가 지금까지 하던 방식대로 계속하면 분명 무언가 찾을 수 있을 때가 올 것으로 생각합니다. 물론 고랑포에도 계속 파내려가면서 주력 부대를 철원 양구 쪽으로 배치를 하면 언젠가는 수령 동지께서 찾고 계시는 그곳을 찾는 날이 올 것으로 생각합니다. 오히려 고랑포 한 곳만 한정되어 찾는 것보다 이제는 확률 상으로 훨씬 높은 가능성을 갖고 찾을 수 있다고 생각합니다. 또한 우리 인민군의 장비와 땅굴 파는 기술이 월등히 개선되었으므로 한층 더 희망적인 상황이라고 생각하고 있습니다."

리을설의 말에 김일성은 다시 힘을 얻게 되었고, 휴전선 이북은 더욱 힘차게 땅굴 파는 일이 계속 되었다. 물론 대외적으로는 전 국토 요새화라는 명목이었다.

그러나 어쩌랴! 도선 대사는 그가 쓴 답기는 김일성의 손에 안겨 주었을 지언정 막상 그 황금 동굴의 문은 굳게 잠그고 있었던 것이었다. 그토록 김일성이 바라고 찾고 있던 동굴은 결코 찾을 길이 없었다. 오히려 남조선 국군과 UN군에 의해 계속적으로 그들이 파놓은 땅굴이 발각되었으니 그것이 바로 1975년 3월 19일, 철원 북방 13km지점 DMZ 내에서 발견된 제2땅굴이요, 1978년 10월 17일 판문점에서 발견된 제3땅굴이며, 1990년 3월 7일 양구 두타연에서 발견된 제4땅굴이었던 것이었다.

그들이 땅굴을 파기 시작한 것이 언제였던가? 6·25 전쟁 개시 때 파던 땅굴은 제외한다 치더라도 전쟁 복구 기간인 때를 지난 후 1970년 초부터 본격적으로 시작하였으니 실로 20년간을 땅 속을 헤집고 다녔다. 그러나 김일성이 찾는 땅굴은 결코 그 모습을 드러내지 않았던 것이었다.

이제 이웃 나라들의 여론은 점점 악화되고 있고 그들은 오직 땅굴에만 매달려 있는 북조선을 향해 마치 조롱이라도 하고 있는 듯해 보였다. 그리고 김일성은 지칠 대로 지쳐 버렸다. 땅굴에 대한 그의 희망도 완전히 사그라져 버렸다. 그리고 땅굴을 파라고 지시하는 군관들도 땅굴을 파는 전사들도 모두가 지쳐 버렸다. 그러나 여전히 그 일은 계속되었다.

후 계 자

············

1974년 1월 평양. 김일성 수령이나 리을설 모두가 땅굴 파는 일에 한창 열을 올리고 있던 어느 날, 그날 저녁 역시 두 사람은 한 장의 큼직한 지도를 책상 위에 펴놓고 땅굴 파는 일로 열심히 의논을 하던 중 김일성 수령이 느닷없이 리을설에게 말했다.

"이봐, 리을설 동무. 내 나이가 어느덧 벌써 육십하고도 넷이나 되었어. 세월이 참 빠른 것 같아. 우리가 이 도선답기를 손에 넣은 것도 벌써 30년이 거의 다 되어가고 있어. 그래서 하는 말인데 이 북조선 공화국에도 이제는 내 뒤를 이어갈 후계자를 미리 정해 두어야겠어."

뜬금없는 김일성의 이 말에 리을설은 내심 놀랐으나 겉으로는 애써 태연한 척 이렇게 말했다.

"당연하지요. 일찌감치 수령 동지의 후계자를 결정해 두는 것이 공화국의 앞날을 위하여 더욱 안정감 있는 정책이 될 수도 있을 것 같습니다."

곧이어 김일성 주석이 말을 이었다.

"결국 김정일과 김평일 둘 중에 한 명을 선택하여야 할 것인데, 순서상으로 보면 정일이가 당연히 후계자가 되는 것이 옳지만 정일이는 지도자로서 자질이 약간 부족한 것 같아. 우선 어떤 조직을 이끌어 갈 수 있는 통치력이나 장악력이 모두 부족해. 예술적으로 재능은 풍부한 것 같은데 지도자로서는 자질이 역시 평일이만큼은 못한 것 같아. 평일이는 가만히 보면 통솔력도 있고 군인으로서의 어떤 기질도 있는 것 같고, 배짱도 나 못지않게 있는 것 같아. 여러모로 둘을 비교해보면 아무래도 정일이보다는 평일이가 훨씬 나은 것 같아."

김일성의 그 말을 가만히 듣고 있던 리을설이 조용히 입을 열었다.

"수령 동지, 저는 그렇게 생각하지 않습니다. 제 생각으로는 역시 정일 아드님이 낫다고 생각합니다. 정일 아드님이 지금 볼 때는 그런 것 같으나 사실은 의외로 통이 큰 면이 많이 있습니다. 그리고 역사적으로 볼 때도 장자가 계통을 잇는 것이 제일 순리에 맞는 일이라고 봅니다. 그 순리를 어겼을 경우에는 생각지도 않은 잡음들이 일어날 소지가 많이 있습니다."

리을설이 말을 마치자 김일성이 곧장 말을 이었다.

"그래. 리을설 동무는 그렇게 생각한다 이거지. 하긴 그 말이 맞는 말일 거야. 설령 정일이가 지도자로서 약간 부족한 면이 있다고 하더라도 리을설 동무 같은 사람이 옆에서 잘 도와주면 정일이도 잘 해낼 수 있을 거야."

사실이 그랬다. 김정일과 김평일은 다 알다시피 이복 형제였다. 따라서 그들의 성격도 차이가 많이 있었음은 틀림없는 사실이었다. 김정일은 예술적으로 상당히 뛰어난 재능이 있었으나 내성적이고 인정이 많아 지도자로서는 부정적인 모습이 많이 있었고, 김평일은 그와 정반대였다. 실제로 성장 후의 모습을 보면 김정일은 영화를 아주 좋아할 뿐만 아니라 음악, 미술 등의 예술 분야에 열정적인 모습을 보인 반면, 김평일은 개성이 아주 강한 자로서 김일성 종합 대학을 졸업하고 김일성 군사 종합 대학에서 군사 교육을 받고 인민 무력성 경비 국장을 지내는 등 군인다운 면모를 지녔기에 알게 모르게 김평일을 따르는 자들이 많이 있었다.

그러나 리을설은 김일성에게 김정일 후계자로서 적합하다고 이야기를 하였던 것이었다. 왜 그랬을까? 김정일에게는 국가 지도자로서 부적당한 결정적인 약점이 있지 않는가? 그것은 바로 김정일은 군 생활을 해본 적이 전혀 없다는 사실이었다. 군 경험을 전혀 해보지 않은 자가, 군 제복을 한 번도 입어 보지 않은 자가 어떻게 군 최고 통수권자가 될 수 있으며, 어떻게 군을 장악하고 통솔할 수 있겠는가? 그런데도 왜 리을설은 김일성에게 그토록 김정일을 추천하였을까?

카타콤

....

1956년 평양 중앙 교회 대학살 이후 북한 내에서의 종교 활동은 완전히 중단이 되고 말았다. 그야말로 종교의 암흑시대가 도래한 것이었다. 개신교도, 가톨릭도, 불교도 모두가 종적을 감추고 말았다. 그러나 그 캄캄한 어둠 속에서도 몇몇 개신교 기독교인들은 믿음의 끈을 놓지 않고 있었다. 다시 말해 로마군의 눈을 피해 깊은 동굴 속에서 예배를 보던 기독교인들처럼 북한에서도 카타콤의 시대가 들어선 것이었다.

평양 중앙 교회 사건, 바로 자기 눈앞에서 자기 아버지인 전성경 목사와 남편인 한성수 목사가 총살당하는 모습을 지켜보았던 전은혜 사모는 열세 살배기 자기 아들 학성이와 함께 집으로 돌아왔다. 그리고 두 모자는 이불을 뒤집어쓴 채 울며 기도를 하였다. 아니 기도라기보다는 하나님과 예수님에 대한 원망에 가까웠으리라.

이 시간 얼마 떨어져 있지 않은 어느 집에서 정춘수 장로의 증손녀인 정주은이라는 여자아이도 엄마 손을 붙잡고 집으로 왔다. 그리고 그 두 모녀 역시 이불을 뒤집어쓰고는 울고 또 울었다. 그리고 그녀의 어머니는 얼마 후 이름 모를 병으로 급사하고 말았다. 이제 소녀 정주은은 이 세상에 홀로 남은 고아가 되었다. 이후 아주 가끔 아주 조심스레 이 열세 살 소녀는 전은혜 사모의 집으로 가서 같은 또래인 학성이와 그의 어머니인 전은혜 사모와 함께 이불을 뒤집어 쓴 채 예배를 보고, 기도를 하였다.

어느덧 세월이 흘러 1970년 어느 날, 그러니까 한학성과 정주은은 같은 27세의 나이로 알게 모르게 정이 들어 인민 위원회에 결혼 신청을 하였다. 그리고 당의 허락이 떨어지기만을 기다리고 있었다.

1970년, 평양에서는 불순 반동 세력 분자를 정리하여 지방으로 강제 이주를 시키고 있을 때였다. 반동 불순분자들은 평양에 살 권리가 없다는 것이었다.

드디어 당에서 두 사람의 결혼을 승낙한다는 통보가 왔다. 그러나 거기에는 한 가지 조건이 있었다. 두 사람의 결혼은 승낙하되 세 사람, 즉 전은혜와 한학성, 정주은 이 세 사람은 자강도 화평군으로 이주하라는 명령이었다. 자강도 화평군이 어디쯤이냐 하면 한반도에서 가장 춥다는 중강진에서 남쪽으로 약 60km 떨어진 작은 마을이었다. 정말 그곳은 겨울이 되면 지옥보다 더 추운 곳이었다. 그러나 세 사람은 오히려 홀가분한 심정이었다. 평양에서 불안하고 두려운 가운데에서의 생활보다는 오히려 한적한 시골에서 세 식구가 함께 모여 단출히 생활할 수 있는 것이 더욱 가뿐한 느낌이 들었기 때문이었다. 그리고 세 사람은 역시 오늘도 이불을 뒤집어 쓴 채 하나님 앞에 허리가 끊어지도록 애절한 기도를 했다.

당연히 기도의 내용은 통일이었다. 그리고 하루 빨리 마음 놓고 교회 다니고, 마음 놓고 믿음 생활을 할 수 있도록 기도하는 것이었다. 사실 이 세 사람이 근 20년 동안 발각되지 않고(비록 이불을 뒤집어쓰고 하는 간단한 예배였지만) 예배를 드릴 수 있었다는 사실 자체가 가히 기적일 뿐이었다. 그러던 중 1972년 어느 날 드디어 한학성과 정주은 사이에 새 생명이 태어났다. 사내 아이였다. 이름을 백성 민(民)자에 클 석(碩)자를 써서 민석이라고 지었다.

사실 전계은 장로 이후 그 후예의 이름에는 모두가 신앙적이고 성서적인 글자가 들어가 있었다. 다 알다시피 전성경(聖經)목사, 전은혜(恩惠)사모, 그녀의 남편 한성수(聖水), 그녀의 아들 학성(學聖), 며느리 주은(主恩)모두가 主,聖,恩 등 성경적 의미가 있는 이름이었다. 그리고 이 집안은 그런 이름들로 인하여 알게 모르게 의심과 따돌림을 당하여 온 것도 사실이었다. 따라서 새로 태어난 아이의 이름은 그런 성경적인 글자를 사용하지 않았던 것이다. 그러나 깊게 되새겨보면 이 이름을 지은 전은혜 사모는 한민석이라는 이름의 풀이, 즉 '조선 백성을 크게 이끄는 사람이 되어라.'가 아니라 '한민족(韓民族)을 이끄는 큰 목사님이 되어라.'라는 나름대로의 보이지 않는 의미를 담고 있었다.

그리고 그 아이는 무럭무럭 자라나고 있었다. 그 아이는 점점 자랄수록 총명하고 매사에 의욕적이고 적극적으로 모든 일에 열심을 다하는 아이로 성장하였다. 그러나 북한에서는 불행히도 부모와 자식 간의 정을 고의로 떼어놓으려는 정책을 사용하였다. 아이가 젖을 뗄 무렵인 세 살 정도가 되면 이미 아이는 탁아소로 보내져 그때부터 김일성 우상화와 당과 인민을 위한 세뇌 교육을 받기 시작한다. 그리고 늘 바쁜 일과로 인하여 부모와 자식 간에 정을 나누고 대화를 나누고 할 수 있는 여유를 주지 않는다. 따라서 부모와 자식 간에도 정보다는 서먹서먹한 어색함이 앞서고 있는 것이 사실이었다. 그러나 뱀도 자기 새끼는 귀여워한다는 말이 있지 않았던가? 설령 북한의 그런 정책 때문에 비록 자식이 부모를 향한 정은 없을지라도 부모가 자식을 사랑하는 마음은 어딜 가나 마찬가지인 것이 인지상정 아니겠는가?

어쨌거나 세월은 흐르고 흘러 아들 민석이 열다섯 살, 그러니까 고등중학교 졸업반이 될 1986년 초봄 어느 날, 민석의 유별난 총명함을 알고 있는 한 교사가 민석에게 물었다.

"민석이는 앞으로 무엇이 되고 싶은가?"

민석은 조금도 지체 않고 큰 소리로 대답하였다.

"예! 저는 훌륭한 군관이 되고 싶습니다."

바로 그 때 옆에 있던 다른 교사가 코웃음을 치면서 비웃듯 말했다.

'반동 불순분자인 목사의 자식이 군관이 되겠다고! 짜식, 헛꿈을 꾸고 있네!'

이 말을 들은 민석은 눈앞이 아찔했다. 무엇에 한 대 세차게 얻어맞은 것처럼 눈앞이 아찔했다. 실제로 민석은 자기 집안이 그렇게 좋은 성분이 아니라는 것만큼은 분명히 알고 있었다. 그러나 자기 집안이 어떤 성분의 집안인지는 확실히 알지 못하였다.

사실이 그랬다. 북한은 6·25 전쟁 이후 북한 어린이들의 교육 과정에서, 아니 북한 전역의 언어 가운데서 아예 종교나 석가모니·불교·기독교·그리스도·하나님·예수·가톨릭·수녀·신부·목사 등의 단어를 아예 사용하지 못하게 하였다. 따라서 6·25 전쟁 이후 태어난 아이들은 위와 같은 단어들을 들어보지 못하였을 뿐더러 아예 그 의미조차 알 수가 없었던 것이었다. 간혹 홀러들은 이야기로는 '일제 강점기 이전에 미국에서 예수쟁이라는 선교사가 이 땅에 왔었는데 그들은 항상 시커먼 옷에 검은 수건 같은 것으로 머리를 푹 가리고 다녔고, 또한 그들은 병원을 지었는데 그 병원 지하실에서 사람들 생체 실험을 하는 그런 악마 같은 존재가 이 땅에 있었던 때가 한 때 있었다.'라는 정도만 알고 있었던 터이었다.

그러면 목사란 누구이며 목사의 정체는 과연 무엇이란 말인가? 내가 목사의 자식이기 때문에 출신 성분이 나쁘다고 하였는데 그것이 무슨 말인가? 나는 과연 출신 성분 때문에 군관이 될 수 없는 것이란 말인가?

사실 북한의 교육 사회 제도는 본인의 의사와는 상관없이 대부분 당의 일방적인 결정에 따라야 한다. 보통 세 살, 네 살 때부터 유치원 낮은 반, 유치원 높은 반, 인민 학교, 고등중학교를 졸업하면 십오 세, 혹은 십육 세가 된다. 이후 대학에 진학을 하는 것과 공장에 취직을 하는 것으로 나누어진다. 그러나 대학에 진학을 하는 것은 출신 성분이 아주 좋은 집안의 자녀들에게나 가능한 일이지, 일반 보통 출신의 자녀들은 꿈도 꿀 수가 없다. 그래서 대부분 남자들은 고등중학교에 졸업을 하게 되면 군대에 곧장 가는 것을 기정사실로 알고 있다. 그리고 13년의 군대 생활을 마치고 나면 탄광·공장·농장 등지에서 노동자로 일생을 마무리하는 것이 보통이다.

그러나 예외는 있다. 즉 출신 성분이 좋지 못하더라도 고등중학교에서의 성적이 상위2% 이내에 드는 학생은 대학 혹은 군관 학교 시험에 응시할 자격이 주어진다. 민석은 바로 이 부분에서 자신이 있었던 것이다. 사실 민석의 성적은 그가 다니는 고등중학교에서 거의 일등을 놓쳐본 적이 없었기 때문에 시험 하나 만큼은 그 어느 누구 못지않게 자신이 있었다. 그리고 그는 늘 마음속으로 군관 학교에 입학하여 훌륭한 군관이 되는 자신의 모습을 꿈꾸어 왔던 것이다.

그런데 지금 자기에게 내뱉듯이 비웃으며 던지는 그 교사의 말 한마디는 민석의 눈앞을 캄캄하게 만들기에 충분하였다. '반동 불순분자인 목사의 자식이 군관이 되겠다고! 짜식, 헛꿈 꾸고 있네!' 그 말이 계속 그의 머릿속에 울리고 있었다.

그리고 같은 시기 어느 날 평야에서는 온 세상이 벌컥 뒤집혀지는 기괴

한 사건이 발생하였다. 그것은 기독교인 10여 명이 비밀리 예배를 보다가 발각이 된 사건이었다. 당연히 그들은 공개 처형이 되었다. 그리고 사람들은 수근거렸다.

"아니, 아직도 우리 북조선에 그런 악마 같은 존재가 있단 말인가?"

그리고 당국에서는 대대적으로 기독교인 색출 작업에 들어갔다. 나이 지긋한 교장 선생은 각급 반을 번갈아 돌아다니며 학생들에게 '예수니 그리스도니 주여! 주여! 하면서 남이 알아듣지 못하는 이상한 소리로 중얼거리는 사람을 보면 즉시 학교나 내무서에 신고하라.'는 것이었다. 그리고 그런 신고를 하는 사람에게는 특별 포상으로 대학이나 군관 학교에 들어갈 수 있는 특권이 주어진다고 하였다. 그리고는 표지가 까맣게 생긴 이상한 글이 쓰여 있는 책을 보면 그 역시 빠트리지 말고 신고하라는 것이었다.

민석은 즉시 교장 선생에게 질문을 하였다. '목사라는 것이 무엇입니까?' 민석의 질문에 교장 선생이 대답하였다. '예수니 주여! 주여! 외치며 중얼대는 사람들은 사람들의 마음 갉아먹는 귀신이 씌인 자들인데 목사는 바로 그런 자들의 두목'이라고 말을 하였다. 민석은 눈앞이 다시 한 번 캄캄하였다. 분명히 보았다. 얼마 전까지만 하더라도 민석이 잠들어 있다 싶을 즈음 할머니, 아버지, 어머니 세 사람이 모여서 아주 낮은 목소리로 '주여! 주여!' 하며 중얼거리는 모습을 보았던 적이 분명히 있었다.

물론 어느 날 표지가 새까맣게 생기고 속에는 알 수 없는 꼭 외국어 비슷하게 생긴 이상한 글이 적힌 책도 한 번 본 적이 있었다. 물론 그 후로는 다시금 그 책을 볼 수가 없었지만은 분명 언젠가 한 번 본 적이 있는 그 책이 지금 교장 선생이 말한 그 책이 아니겠는가?

한민석의 머릿속은 복잡해지기 시작하였다. '그럼 우리 집안이 예수쟁이 집안이란 말인가! 시커먼 두건을 쓰고 지하실에서 조선인을 잡아 생체 실험을 하는 그 악마 같은 존재인 예수쟁이가 바로 우리 아버지, 어머니, 할머니란 말인가! 그럼 목사는 과연 누구란 말이던가? 아버지? 어머니? 할머니? 이런 생각을 하다가 마침내 할아버지라는 생각이 머리에 번쩍 떠올랐다. '그렇다면 우리 할아버지가!' 생전 얼굴 한 번 본 적이 없었던 할아버지라는 생각이 들자 민석은 스스로 깜짝 놀랐다. 사람의 마음을 갉아 먹는 귀신 씌인 예수쟁이들! 그들의 우두머리인 목사가 바로 우리 할아버지였단 말인가……. 한민석은 새삼 소스라치게 놀랐다.

밤늦게 할머니, 아버지, 어머니가 알 수 없는 이상한 소리로 남몰래 중얼거리던 모습, 이상한 글씨가 쓰여 있는 까만 책, 귀신들린 자들의 괴수인 목사 할아버지, 이런 모습이 떠오르자 민석은 가슴이 찢어지는 듯했다. 이제 훌륭하고도 충성스러운 군관이 되겠다는 그의 꿈은 산산조각이 났다. 그 대신 그 앞에 펼쳐지는 모습은 탄광에서 중노동을 하고 있는 불쌍하고도 불쌍한 자기 모습 밖에 보이질 않았다. 미웠다. 정말 미웠다. 할아버지도, 할머니도, 아버지도, 어머니도 모두가 미웠다. 아니 증오스러웠다.

그러다 문득 교장 선생의 마지막 말이 떠올랐다. 이내 한민석은 입술을 꾹 다문 채 새로운 각오를 다졌다. 그리고 교장실로 발걸음을 옮겼다. 그리고……

사회 안전부 요원과 내무서 요원이 들이닥쳤다. 온 집안을 뒤지던 그들은 마침내 뒷간 땅 속에 묻어둔 성경까지 찾아내었다.

아들 전학성과 며느리 정주은은 많은 사람들이 지켜보는 가운데 공개 처형이 되었다. '우리 어머니만은 꼭 살려 주세요!'라고 울며불며 외친 아들, 며느리의 기도 때문일까 64세의 전은혜 사모는 살아 있었다. 이 세태에 살아 있다는 것이 다행일까? 아니면 고통일까? 아버지와 남편이 한 자리에서 총살을 당하는 참혹함을 보았고 또 이제는 아들, 며느리까지 처형을 당하는 끔찍한 모습을 지켜보는 전은혜 사모. 그녀의 생이 이렇게도 험난하고 참혹한 생이란 말이던가. 진정 이것이 하나님을 믿고 예수님을 따랐던 보답이란 말이던가. 진정 민주주의와 기독교는 피를 먹으며 성장한단 말인가. 그렇다면 이 땅은 언제까지 얼마나 더 많은 피를 먹어야 한단 말인가. 어느 조그만 움막집에 내동댕이처진 전은혜 사모는 울음을 터뜨릴 힘조차 없었다. 아니 울고 싶은 마음조차 없었다. 아버지를, 남편을 아들과 며느리를, 그리고 손주까지도 예수님 이름으로 다 희생된 전은혜 사모는 이제 살아있는 식물에 불과했다.

한순간 그녀는 하나님이, 예수님이 원망스러워졌다. 결국 이렇게 끝이 나려고 내가 이토록 하나님을 믿어 왔던가? 이런 처참한 꼴을 보려고 그렇게 예수님을 믿어 왔던가? 내가 무엇을 그리도 잘못했단 말인가? 도대체 내가 뭘 잘못했기에 이리도 큰 고통을 당하고 있는가? 내가 내 주위 사람들이 추위에 떨 때 내 옷이라도 벗어주지 않았던가?

내 주위 사람이 배고파할 때 나는 못 먹어도 그들에게 옥수수 한 줌이라도 나누어 주지 않았던가? 그런데 지금 그들은 나를 미워하고 멀리하며 내 얼굴에 침을 뱉고 있는구나. 내가 주께 부르짖었사오나 주는 끝까지 나를 외면하시는구나. 내가 복을 바랐더니 화가 왔고 광명을 기다렸더니 흑암이 왔구나. 주께서 오히려 내게 잔혹하게 하시고 완력으로 오히려 나를 핍박하니 내 가죽은 검어져서 떨어졌고 내 뼈는 부서지고 있구나. 내 목소리는 애곡성(哀曲聲)이 되고 내 목은 피를 토하는구나. 내가 언제 남을 미워한 적이 있었던가.

내가 언제 남의 물건을 훔친 적이 있었던가. 내가 언제 정욕을 꿈꾸었던가. 내가 언제 가난한 자를 멸시한 적이 있었던가. 주께서 왜 나를 태(胎)에서 나오게 하셨을까. 왜 나를 태에서 바로 무덤으로 보내지 않았던가? 내가 태어나서 어미의 젖을 빨지 않았다면 지금 내가 이 고통을 겪지 않아도 될 터인데, 내가 태어난 날 큰 병이 내게 들어와 내가 바로 무덤으로 갔다면 지금 이런 고통은 겪지 않아도 될 터인데, 원통하고 원통하구나.

내 지금이라도 하나님을 부정하고 예수님을 저주해서 내 손주를 찾을 수만 있다면 당장 저 큰길 한복판에서 오는 사람 가는 사람 다 모아놓고, '이 세상에 하느님은 없다. 예수님도 없다. 모두가 다 새빨간 거짓말이다!'라고 크게, 크게 외치련다. 만약 하나님이 있고 그 아들 예수님이 우리의 구원자라면 어찌하여 내 아들, 내 며느리가 만인이 보는 앞에서 처형을 당할 때 거룩한 예수님은 어찌하여 끝까지 침묵을 지키고 있었단 말인가? 내 손주 민석이를 어찌 저리 악한 사람이 되도록 버려두었단 말인가? 억울하고 원통하고 한스럽구나! 하나님과 예수님께 이토록 배신을 당하다니 정말 분하고 원통하구나! 이럴 줄 알았다면 차라리 부처님을 믿을 걸! 아, 거짓말의 하나님이여! 아, 비겁하고 비겁한 예수님이여! 내 언젠가는 당신께 복수를 할 것이로다!

갑자기 눈앞이 환해졌다. 아니 눈이 부셨다. 온 천지가 새하얀 빛으로 휩싸여 있었다 한순간 환한 빛 가운데서 붉고 붉은 불길이 타오르고 있었다. 아니 붉은 불길이 이글거리고 있었다. 그리고 천둥소리도 아닌 우렁찬 목소리도 아닌 굉음도 아닌 그러나 위엄스럽고 신비스럽고 장엄한 음성이 들려왔다.

'무지한 말로를 이치(理致)를 어둡게 하는 자가 누구냐? 이제 너는 내가 묻는 말에 똑바로 대답해 보아라. 내가 땅의 기초를 놓을 때에 네가 어디 있었느냐? 누가 그 도량(度量·설계)을 정하였는지, 누가 그 준승(準繩:주춧돌)을 무엇 위에 세웠으며, 그 모퉁이는 누가 세웠느냐? 바닷물이 태에서 나옴같이 넘쳐흐를 때에 문으로 그것을 막은 자가 누구냐? 네가 바다 근

원에 들어가 보았느냐? 깊은 물밑으로 걸어 다녀 보았느냐? 사망의 그늘
진 문을 네가 보았느냐? 광명의 처소는 어느 길로 가며 흑암의 처소는 어
디냐? 네가 능히 그곳으로 인도할 수 있느냐? 네가 시간을 누가 만들었는
지 아느냐? 네가 시간이 무엇인지 아느냐? 네가 시간이 어디서 와서 어디
로 가는지 아느냐? 네가 시간을 네 손으로 잡을 수 있느냐? 네가 시간보다
빨리 달릴 수 있느냐? 네가 물 한 잔을 만들 수 있느냐? 개울에서 떠 올 것
이냐? 우물에서 떠 올 것이냐? 그것이 만든 것이냐? 단지 내가 만들어 놓은
것을 옮겨 온 것 뿐 아니더냐? 네가 이 물 한 잔을 영원히 없앨 수 있느냐?
마당에 쏟아부어 버릴 것이냐, 꿀꺽 마셔버리겠느냐? 그것이 영원히 없앤
것이더냐? 단지 자리만 옮겨 놓은 것 뿐 아니더냐? 네가 아무리 너 스스로
를 갈고 닦아도 너가 신(神)이 될 수 있으리라 생각하느냐? 내 발꿈치에 도
달이라도 할 수 있을 것 같으냐? 설령 네가 아무리 이리처럼 악한 짓을 했
을지라도 네가 인간의 신분을 떠나 이리(승냥이)가 될 줄 알았더냐? 승냥
이는 있으되 승냥이 같은 인간은 없느니라.

　네가 눈 곳간에 들어가 보았느냐? 우박 창고를 보았느냐? 바로 내가 환난
때와 전쟁과 격투의 날을 위하여 이것을 저축하였노라. 광명이 어느 길로
말미암아 뻗치며 동풍이 어느 길로 말미암아 땅에 흩어지느냐? 누가 폭우
를 위하여 길을 내었으며 우레의 번개 길을 내었으며 사람 없는 땅에, 사람
없는 광야에 비를 내리고 황무하고 공허한 토지를 축축하게 하고, 연한 풀
이 나게 하였느냐? 이슬방울은 누가 낳았느냐? 네가 묘성(昴星:별)을 줄에
메어 떨어뜨릴 수 있겠느냐? 삼성(參星:은하수)의 띠를 풀겠느냐? 네가 북
두성과 그 속한 별들을 인도할 수 있겠느냐? 네가 하늘의 법도를 아느냐?
하늘로 그 권능을 땅에 베풀게 하겠느냐? 네 목소리가 우레 소리를 이기겠
느냐? 네가 번개를 잡을 수 있겠느냐? 가슴 속의 지혜는 누가 준 것이냐?

마음속의 총명은 누가 준 것이냐? 까마귀 새끼가 하나님을 향하여 부르짖으며 먹을 것이 없어서 오락가락 할 때에 그것을 위하여 먹을 것을 예비하는 자가 누구냐? 네가 암사자를 먹여 살릴 수 있겠느냐? 네가 산염소의 새끼 치는 때를 아느냐? 네가 암사슴이 언제 새끼를 낳을지 아느냐? 그것들은 몸을 구부리고 고통에 고통을 겪은 후 새끼를 낳은 후에야 그 새끼는 강하여져서 빈들에게 길러지다가 다시 돌아오지 아니하니라. 들소가 어찌 제 스스로 네게 복종하여 네 외양간에 머물겠느냐? 타조는 즐거이 날개를 친다마는 그 깃과 털이 네게 자비를 베풀겠느냐? 말에게 힘을 네가 주었느냐? 그 목에 흩날리는 갈기를 네가 입혔느냐? 네가 그들을 메뚜기처럼 뛰게 하였느냐? 매가 떠올라서 날개를 펼쳐 남방으로 가게 한 것이 네 지혜더냐? 독수리가 공중에 떠서 높은 곳에 보금자리를 만들게 한 것이 네가 시킨 것이냐? 어디 한 번 대답해 보아라.'

'주여, 제가 이렇게 미천한 줄 몰랐습니다. 제가 어찌 하나님의 물음에 한 가지라도 대답할 수 있겠습니까? 오직 입 다물고 듣기만 할 뿐입니다.' 거룩한 음성은 계속 들려오고 있었다.

'네가 내 심판을 피할 수 있겠느냐? 너 스스로 의롭다하려 하여 나를 불의하다 하느냐? 네가 나처럼 큰 힘이 있느냐? 나처럼 우렁차게 울리는 소리를 내겠느냐? 네가 악어 한 마리를 이길 수 있겠느냐? 줄로 그 코끝을 꿸 수 있겠느냐? 노끈으로 그 혀를 맬 수 있겠느냐? 갈고리로 그 아가미를 꿸 수 있겠느냐? 네가 창으로 그 가죽을 찌르거나 작살로 그 머리를 찌를 수 있겠느냐? 네가 악어를 손으로 만져 보아라. 그러면 곧장 크게 요동을 칠 것이고 너는 깜짝 놀라 다시는 손을 대고 싶은 마음이 없어질 것이다.

네가 손으로 잡으려고 하는 것은 다 헛것이니라. 그것으로 인하여 오히려 크게 해를 입을 수도 있느니라. 네가 소처럼 풀을 먹고 사는 하마를 보아라. 그 힘은 허리에 있고 그 세력은 배의 힘줄에 있고 그 넘쳐나는 힘은 백향목이 흔들리는 정도이고 그 뼈는 놋쇠와 같고 그 다리는 철장 같으니 큰물이 넘쳐나도 놀라지 않고 강물이 불어 바다처럼 될지라도 태연하니 그것이 정신 차리고 있을 때 누가 능히 갈고리로 그의 코를 꿰매겠느냐?

전은혜 사모는 자기도 모르게 참회하였다. '주께서는 무소불능하시오며 못 이룰 것이 없는 줄 아옵니다. 무지한 말로 대적한 이 몸이 부끄럽습니다. 저의 잘못을 뉘우치고 있사오니 용서하여 주시옵소서. 이제 주의 권능하심을 크게 깨달았고 주의 음성을 들었사오니 앞으로 어떤 어려움과 환란이 덮친다 하더라도 오직 주만 믿고 의지하고 따르겠사옵니다(일부 성경 욥기 중에서).'

어느덧 붉은 기운이 서서히 사라지는 듯싶더니 다시금 하얀 빛 가운데서 어느 선한 사람이 미소를 띠며 나타났다. 그는 솜털처럼 부드러운 손으로 그녀를 쓰다듬어 주었다. 그 뒤로 이 땅에 처음으로 새벽 기도의 문을 함께 여신 그녀의 할아버지이신 전계은 장로, 그녀의 아버지이신 전성경, 그리고 꿈에도 그리던 어머니, 오매불망 그리워하던 남편 한성수의 모습들이 보였다. 그리고 아들 한학성과 며느리 정주은도 어느덧 예수님의 품에 안겨 있었다. 모두가 너무 환하고 너무 밝은 모습들이었다. 너무 놀랍고 어리둥절해 있을 때 어느 낯선 이국 여자가 살며시 그녀에게 다가오더니 하얀 종이를 내미는데 거기에는 또렷하게 무슨 글씨가 보였다. (人乃天)

눈이 부시도록 빛나는 하얀 종이 위에 힘 있게 쓰여 있는 글자가 또렷이 보였던 것이었다.

그 때 그녀가 예수님을 향하여 물었다. '내 손주 민석이는 어디로 갔습니까? 지금 어디에 있습니까? 왜 내 손주 민석이를 그렇게 나쁜 길로 가게 만들었지요? 왜 이 땅에 이런 큰 고통을 내리시는지요? 이 땅에 통일은 언제

쯤 올 것인지요?'

정말 묻고 싶은 말이었다. 정말 알 길이 없는, 이해할 수 없는 일이었기에 전은혜 사모는 바짝 달려들어 예수님의 옷자락을 붙들고 꼬치꼬치 캐묻고 있었다.

이에 예수님이 말씀하셨다.

"이제 때가 가까워졌느니라. 천둥 번개가 치면 곧 비가 오듯이 이제 곧 이곳에 단비가 내릴 것이다. 그리고 이 땅의 통일은 네 손주 민석이에 의해 이루어질 것이다. 그리고 이 땅이 세상에서 가장 축복받는 나라가 될 것이다."

그러면서 또다시 한 장의 하얀 종이를 내미는데 거기 역시 또렷한 글씨가 쓰여 있었다. 홍익출어유대 이승어유대(弘益出於酉大 而勝於酉大)

*참고 : 청출어람 이승어람(靑出於藍 而勝於藍 : 푸른빛은 쪽빛으로부터 나왔으나 그러나 쪽빛보다 더 푸르다(순자의 권학편)

1983년 평양 호위 사령부

....

북한 노동당 산하에 있는 호위국이 1983년 호위 사령부로 개편되었다. 물론 호위 사령부의 주 업무는 김일성 수령의 신변 안전을 책임지는 부서이다.

그런데 그 부서의 영향력이 점점 확대되더니 드디어 사령부로써 새로운 하나의 독립 기관이 된 것이었다. 물론 사령관은 당연히 리을설이었다. 지금까지 호위국의 소속은 노동당 산하에 있었고, 실무 주관은 인민 무력성에 있었다. 그러나 호위 사령부로 개편이 되면서부터는 노동당도 인민 무력성도 마음대로 할 수 없는 문자 그대로 막강한 사령부로 태어난 것이었다.

우선 사령부 자체 내에 3개 독립 여단과 1개의 시설 대대 외에 평양 경비 사령부를 포함해 10만여 명의 집단군으로 편성되어 있고 그들이 소유한 무기 및 장비 역시 북한 내에서는 어느 곳과도 비교할 수 없는 최신, 최첨단 무기와 장비로 무장되어 있었다. 또한 국가 안전 보위부, 군 보위 사령부까지 실질적으로 호위 사령부가 주도하고 있으니 가히 그 막강함은 김일성 주석 다음가는 곳이었다.

물론 그렇게 되기까지는 리을설이 있었기에 가능한 것이었다. 리을설은 도선답기를 아무 사심 없이 김일성에게 바쳤고, 그 이후로도 김일성이 어떤 위기에 닥쳤을 때마다 그 위기를 절묘하게 헤쳐 나갈 수 있는 능력을 발휘하였던 것이다. 즉 리을설은 김일성의 의중을 정확하게 파악하고만 있는 것이 아니라 김일성의 어려움까지도 정확하게 찾아내었으며 그 대책까지도 완전하게 제공하고 완벽하게 실천하는 지략과 실천력을 제공하였던 것이다.

더구나 김일성으로 하여금 더욱더 리을설을 신임하게 하는 것은 그런 탁월한 능력을 가졌음에도 불구하고 전혀 자기 자신을 드러내지 않고 끝까지 겸손함을 지켰을 뿐만 아니라 그 자신의 모든 공과를 모두 김일성에게로 돌리는 치밀함도 있었기 때문이었다. 게다가 그를 더욱 신임할 수 있게 한 것은 리을설의 김일성에 대한 철저하고 굳은 충성심에 있었다.

일찍이 항일 빨치산 유격대에 몸담고 있을 때부터 리을설은 김일성의 충실한 부관으로써 민첩한 전령으로써 탁월한 참모로써 분신처럼 김일성을 따르고 순종하지 않았던가? 이제 김일성은 리을설의 도움이 없이는 아무것도 할 수 없는 지경에까지 이르렀던 것이다. 그럼에도 불구하고 리을설은 여전히 그 특유의 겸손함을 잃지 않고 배후에서 김일성을 보좌하고 있었던 것이었다.

그러나 리을설은 알게 모르게 북조선 내부의 모든 권력 기관에 특히 군부 내에 자기의 사람을 포진시켜 놓았던 것이었다. 특히 리을설 그가 지명한 측근은 주로 혁명 1세대의 자녀들인 혁명 2세대, 혁명 3세대를 인적 유대감으로 연결해 둠으로써 그의 기반은 겉으로 드러나지 않는 가운데 암암리에 세력이 점점 확대되고 있었고 특히 군부 내의 리을설 세력은 그 어느 누구도 대항할 수 없는 막강 권력이 되어 버렸다. 이윽고 북한의 호위사령부가 군부를 이끌어 가고 있었고, 그 군부에 의해서 북조선 정권이 보호받고 있는 실정이 되어 버렸다.

촌 철 살 인

....

확실히 고르바초프라는 인물은 세계 정치사에 한 획을 그었다고 평가할 만한 인물이었다. 1985년 3월, 소비에트연방공화국의 체르넨코 서기장이 사망하고, 곧바로 그 후임으로 고르바초프가 서기장으로 취임을 하였다.

세계의 역사는 그 시간부터 지금까지와는 아주 다른 방향으로 흘러갔다.

첫 번째 변화는 미국과 소련 간에 군축 회담이 활발히 진행되기 시작하였으며, 항상 껄끄러운 관계를 유지하던 소련과 중국이 서서히 화해 무드로 접어들고 있는 것 아닌가? 그리고 어느 날부터인가 돌연 '페레스트로이카'라는 생소한 단어가 모스크바로부터 흘러나오기 시작하더니 이후 이 단어는 온 세계에 유행병처럼 처지기 시작하였다.

그리고 1988년 서울올림픽이 끝난 이후 세계의 역사는 마치 이상하리만큼 무엇에 홀린 듯이 급변하고 있었다. 이윽고 1988년 12월, 소련 외상 쉬유왈 나제가 평양을 방문하여 폭탄과 같은 발언을 하였다. 소련 외상 쉬유왈 나제는 북한 외상 김영남에게 소련이 한국과 정상적인 국교를 체결한다고 말하였다. 이어서 그는 '소련 공산당 정치국은 이제부터 북한에 무기원조를 보류하기로 결정했다.'라고 말하였다. 그것은 협상이나 상호 협의 아닌 일방적인 통보였던 것이었다. 그리고 1990년 9월 한국과 소련이 정식으로 국교를 체결하였고, 한국의 노태후 대통령이 소련을 방문하고 소련의 고르바초프 서기장이 한국을 방문했다. 이른 듯싶더니 어느 날 세계 지도에서도 지금까지는 잘 들어보지도 못하던 지명들이, 예를 들어 리투아니아, 라트비아, 키르키즈스탄, 타지키스탄, 투르크메니스탄, 그루지아 등등 발음하기조차 어려운 몇몇 곳에서 새로운 공화국이 설립되었다고 하더니 폴란드·체코·헝가리·루마니아·유고·불가리아 등등의 동유럽 사회주의 국가들이 민주주의·자본주의·시장경제주의 등을 부르짖더니 드디어는 1990년 10월 동독과 서독이 합쳐서 통일이 되어버린 것이다.

더구나 북한을 더욱 당혹스럽게 하는 것은 그래도 지금까지 우방으로써 믿고 또 믿고 있던 중국이 1992년 8월 어느 날 한국과 정식 국교 수교를 맺어버리는 것이 아닌가! 이게 무슨 조화란 말인가! 이게 무슨 마른하늘에 날벼락 떨어지는 소리란 말이던가!

사실 북한은 겉으로는 사회주의니 자주니 자족이니 하면서 떠들어댔지만 사실 북한경제의 50% 이상은 소련과 중국의 원조가 그 뒷받침이 되고 있었던 것이다. 그런데 어느 날 갑자기 그 두 나라가 나 몰라라 하고는 돌아서버리니 참으로 황당스럽고 어찌할 수가 없었다. 게다가 북한의 지도자들을 가장 당혹케 하는 사건이 또 한 가지 발생하였으니 그것은 다름 아닌 동유럽 사회주의 국가인 루마니아에서 일어난 사건이었다.

그러니까 1989년 12월, 세상에서 가장 강력한 독재 정치를 시행하던 루마니아의 독재자 차우셰스쿠가 12월 25일 민중 봉기에 의하여 체포되어 그 아내와 함께 공개 처형되는 모습이 온 세상에 생생히 보도가 되었다. 이 차우셰스쿠 부부의 사건은 김일성을 비롯한 북한 지도층을 공포의 도가니로 몰아넣기에 충분하였다. 차우셰스쿠 못지않게 독재 정치를 펼쳐온 김일성을 비롯한 북한 지도자들이 차우셰스쿠 부부가 공개 처형되는 모습을 목격하였을 때, 그들 마음속에는 어떤 생각들이 들었을까? 당연히 북조선에도 저런 사태가 일어날지도 모른다는 겁박한 공포심이 생겼을 것이다.

더구나 소련과 중국의 원조가 대부분 동결된 상태에서 극심한 식량 부족, 물자 부족, 원유 부족, 전기 부족 등으로 인하여 끼니를 때우지 못하고, 식량 배급도 제때 이루어지지 않고, 민심은 흉흉해질 대로 흉흉해지는 상황에서 북한 주민들이 차우셰스쿠 부부의 처형 장면을 보았다고 생각해보라. 그들의 마음에도 심한 동요가 일어날 것이 아니겠는가?

김일성의 마음은 답답하고 무거웠다. 아니 커다란 공포감이 그를 엄습하고 있었다. 그는 몹시 두려웠다. 종합적으로 사태를 정리해보면 세계의 돌아가는 형세가 무엇 하나 북조선에 유리한 것이 없었다. 모든 것이 북조선에 불리한 사건들만 연속적으로 일어나고 있었다. 그러나 김일성으로서는 마땅한 해결책이 보이지 않았다.

이제 리을설은 또다시 그의 능력을, 아니 수완이라고 표현하는 것이 나으리라. 어쨌건 그의 수완을 다시 한 번 발휘해야 함을 직감적으로 느끼고 있었다. 역시 깊은 고민에 빠져 있는 김일성에게 리을설이 조심스럽게 다가와 조용하고도 차분한 목소리로 말하였다.

'수령 동지. 촌철살인'이라는 말을 아십니까?'

느닷없는 리을설의 물음에 김일성은 잠시 리을설을 쳐다보더니,

"물론 그 말뜻을 알고는 있네만은 왜 갑자기 그 말을 꺼내는 것인가?"

라고 묻자 리을설이 다시 말을 이었다.

"소련이나 중국이 우리 공화국에 더 이상 무기를 공급해 주지 않는다면 우리 공화국은 스스로 무기 생산에 박차를 가하여야 할 것 아니겠습니까? 그런데 무기를 만들려면 최소의 비용으로 최대의 효과를 발휘할 수 있는 무기의 개발이 필요하지 않겠습니까? 그러려면 결국 촌철살인적인 무기를 개발하는 길밖에 없다고 생각합니다. 다시 말해 이판사판식의 너 죽고 나 죽자 할 수 있는 무기를 만들 수밖에 없다고 생각합니다."

즉각 리을설의 이 말 뜻을 알아 챈 김일성은 다시금 리을설과 무릎을 맞대고 심사숙고하기 시작하였다.

1989년 10월, 미국의 군사 정찰 위성이 북한의 영변에서 핵개발이 이루어지고 있는 의혹을 포착하였다. 얼마 후 미국 CIA는 '북한이 핵개발을 강행하고 있으며 이미 핵폭탄 1개를 가지고 있다.'고 발표하였다. 그러나 당시 미국의 부시 대통령은 북한의 이러한 행위를 아예 무시해버렸다. 어쩌면 미국으로서는 북한의 이러한 불장난 전술에 말려들지 않고 아예 무시해버리는 것이 최선의 방법일 수도 있었다. 그리고 1992년 8월, 미국의 정찰 위성은 또다시 북한의 영변에서 이상한 변화가 일어나고 있음을 포착하였다. 영변의 방사능 화학 실험소라 불리는 핵 재처리 시설 부근에서 많은 작업 인원이 동원되고 주위 여러 곳에 건물이 증축되었다. 흙을 파내고 다시 쌓고 그곳에 다시 나무를 심고하는 모든 것을 종합적으로 분석해보

---

* 촌철살인(寸鐵殺人) : 바늘로 사람을 죽인다는 뜻. 남송 나대경이 쓴 학림옥로에 나오는 말.

면 분명 뭔가를 숨기며 위장하고 있음이 분명해 보였다.

북한은 영변의 방사능 화학 실험소(북한은 이곳을 12월기업소라고 한다)에서 핵발전소에서 사용한 연료를 활용하여 핵폭탄 재료인 풀루토늄을 추출하는 재처리 작업을 실시하고 있었다. 그 과정에서 고농도의 폐액이 다량 발생하게 되는데 이 폐액을 파이프를 통하여 아주 큰 저장 탱크에 보관이 되게 되어 있었다. 미국의 정찰 위성은 이 모든 과정을 지켜보고 있었다. 그런데 이상한 일은 이런 정도의 공정과 규모라면 외부로 전혀 노출되지 않고도 처리해낼 수 있는 규모였다. 다 알다시피 북한에는 대부분의 공장들, 특히 군수 공장들은 모두 지하에 있지 않은가. 그들의 기술 수준이라면 이 정도는 지하 설비에서 비밀리에 처리할 수 있는 능력이 있었다.

사실 영변은 평양에서 북쪽으로 92km 떨어져 있는 곳이다. 그러니까 맑고 화창한 날씨라면 사람 육안으로도 사물을 볼 수 있는 거리다. 실제로 이 영변의 핵시설은 맑은 날에는 평양 공항에서 비행기가 이착륙할 때면 육안으로도 볼 수 있게끔 되어 있었던 것이다. 결국 북한의 의도는 이 모든 것을 고의로 노출시킴으로써 그들이 원하는 소기의 목적(식량, 중유, 발전소 등등)을 얻어내고자 하는 것이었다.

그러나 미국의 부시 대통령은 북한의 이 모든 불장난 같은 깜짝쇼를 계속 무시해 버렸다. 그런 가운데 1992년 11월, 부시는 대통령 선거에서 민주당의 클린턴에게 패배하고 말았다. 북한으로서는 이 사태가 너무나 다행스러운 일이었을 것이다.

얼마 후 클린턴 미 대통령은 부시 전 대통령이 유보하고 있던 팀 스피릿 훈련(한·미 합동의 대규모 훈련)을 재개하였다. 북한으로서는 더없이 좋은 절호의 기회를 얻게 되었다. '울고 싶은 데 뺨 때려 주는 격'이라고나 할까! 즉시 북한에서는 준전시 상태가 발표되고 모든 전사들은 신발을 신을 채

취침하는 비상사태를 연출하였다. 그리고 북한은 1993년 3월 12일, NPT(핵확산 금지 조약)탈퇴를 선언하였다.

김일성은 일단 한숨을 돌리었다. 어쨌건 핵무기를 개발할 듯 말 듯, 핵폭탄을 보유하고 있는 듯 없는 듯 마치 물귀신 같은 묘한 수법으로 미국·한국·일본 등의 나라로부터 원조를 받아 중유며 쌀·비료 등등의 문제를 일시적으로나마 해결하였던 것이다. 물론 그 모든 이면에는 리을설이 있었기에 가능하였다. 따라서 김일성은 리을설을 더욱 신임하게 되었고, 그럴수록 리을설은 더욱 겸손한 자세로 자기를 겉으로 드러내지 않고 충실히 김일성을 보좌하고 있었던 것이다.

그러나 김일성은 국가 지도자답게 근본적인 문제점을 파악하고 있었다. 그것이 무엇이냐 하면 식량이나 전기·생필품 등의 문제는 결국 북한 스스로가 해결하지 않으면 안 된다고 생각한 것이다. 이런 근본적인 문제는 어디까지나 북한 스스로가 해결해야지 언제까지 외국의 원조로 해결할 수는 없는 문제라고 판단을 하고 있었다. 핵무기 개발은 어디까지나 이런 문제를 해결하기 위한 하나의 수단과 방편일 뿐이지 결코 김일성의 목적은 아니었던 것이다.

그리고 김일성은 새로운 생각을 하게 되었다. 역시 이 모든 문제들, 즉 식량·에너지·생필품 등등의 전반적인 문제를 해결하기 위해서는 결국 남한이나 미국·일본 등등의 외국과 문물 교류 없이는 어렵다는 새로운 생각을 하였던 것이다. 그리고 그동안 한참을 잊었던 '도선답기'에 대해서도 곰곰이 생각을 해 보았다. 그리고 다시 한 번 품에 고이 간직하고 있던 그것을 꺼내 보았다. 천 년을 넘게 내려온 그 문서는 여전히 뭔가 알 수 없는 신비로움을 내뿜고 있었고, 지금이라도 도선 대사의 낭낭한 음성이 들려오는 듯하였다. 그러나 한편으로는 차츰 그가 바라고 바라면서 찾고 있는 도선 대사가 말하는 그 황금 동굴은 영원히 찾을 수 없을 거라는 절망감이 그를 엄습하고 있었다.

김일성은 우선 농업부터 재건하기로 마음을 먹었다. 농업 재건이야말로 인민의 식생활을 해결할 수 있는 첫 걸음이었기 때문이었다. 그러나 그것이 결코 쉬운 일이 아니었다. 외국의 협조나 무역 활동 없이 자체적으로 농업을 발전시킨다는 것은 생각보다 무척 어려운 일이었다.

인민들의 생활은 더욱 비참해져 가고 있었다. 1992년 초 김일성은 새로운 각오를 다지며 신년사에서 '올해를 대농의 해로 하겠다. 하얀 이밥**(쌀밥)과 고깃국을 먹고 명주옷을 입고 기와집에 살 수 있는 인민들의 소원을 실천하는 한해가 되도록 하자.'라고 말하는 모습만 봐도 김일성은 진심으로 인민들의 의식주 문제를 걱정하고 있었던 것 같았다.

그러는 가운데 1993년 7월 15일, 북·미 고위급 제2차 협의가 예정되어 있는 날, 이 문제를 논의하기 위하여 김일성은 다른 때와 마찬가지로 리을설을 불렀다. 우선 북의 대표는 강석주 외무부 제1차관으로 결정되었다. 강석주는 바로 리을설의 핵심 심복 중의 한 사람이었다. 다음 사항으로는 북한이 NPT(핵확산 금지조약)탈퇴를 선언한 것을 취소하는 대신 미국에 얻어낼 수 있는 요구 항목을 결정하여야 했다. 이때 처음으로 김일성과 리을설 사이에 의견 마찰이 생겼다.

리을설은 미국·한국·중국·러시아 등의 국가가 북한이 흑연 감속형 원자로를 중지하는 대신 북한에 경수로 핵발전소 2기를 건설하는 것을 요구하자고 제의하였다. 그러나 김일성은 핵발전소보다는 화력 발전소 건설을

** 이밥 : 고려 말기 왕실과 간신들에의해 식량을 수탈당한 백성들이 굶어 죽어가고 있을 때 이씨 성을 가진 사람(이성계)이 왕실과 간신들을 쳐 죽이고 식량을 백성에게 나누어 주었으니 이때부터 사람들이 쌀밥을 이씨가 내려준 밥이라고 하여 이를 '이밥'이라고 불렀다. (저자 주)

명령하였다.

"전기 문제는 우리 공화국이 가장 시급히 해결해야 하는 문제이다. 그런데 원자력 발전소는 건설 기간이 10년이 걸리는 공사다. 그러나 화력 발전소는 공사기간이 2년밖에 걸리지 않는다. 그러니 우리에게 급한 것은 화력 발전소이다. 화학 비료나 비닐 같은 문제도 빨리 해결해야 한다. 그러자면 중유를 사용하는 화력 발전소의 건설이 아주 시급한 문제다. 그래야 농업도 살릴 수 있고, 석탄도 캐낼 수 있다."

그러나 리을설은 핵무기를 생산할 수 있는 경수로 핵발전소를 재차 제의하였으나 김일성을 리을설의 제의를 일소에 붙여 버렸다. 그만큼 화력 발전소에 대한 김일성의 뜻은 확고하였다.

그러나 놀랍게도 1993년 7월 15일 제네바에서 열린 제2차 북·미 고위급 협의에 참석한 북한의 대표 강석주는 화력 발전소 대신 경수로 핵발전소 2기를 요구하였던 것이다. 결국 리을설의 뜻은 김일성의 뜻과는 정반대로 핵개발의 원료가 되는 경수로 발전소를 장기간에 걸쳐 공사를 하는 동안 또 다른 곳에서 핵개발을 비밀리에 강행하고자 하였으며, 소위 말하는 핵개발을 무기로 하는 '벼랑 끝 전술'을 계속 고집하였던 것이고, 그것이 바로 '강군 정책'이었던 것이었다. 어쨌거나 뒤늦게 이 일을 알고 난 김일성은 겉으로 표현은 하지 않았으나 뭔가 새로운 생각에 잠기는 듯하였다.

여기서 잠시 짚고 넘어갈 문제는 핵발전소에는 두 가지의 형태가 있는데, 하나는 핵폭탄의 원료가 되는 플루토늄을 추출하기 쉬운 흑연 감속형 원자로가 있고 또 하나는 플루토늄의 추출이 어려운 경수로형 원자료가 있는데 , 경수로 원자로라고 해서 플루토늄의 추출이 전혀 되지 않는 것이 결코 아니고 단지 흑연 감속형에 비해 다소 속도가 느리고 그 방법이 까다롭다는 것뿐이다. 그리고 그 때까지 북한에 있는 핵발전소가 바로 흑연 감속형 원자로였던 것이다.

어쨌거나 1993년 7월 15일, 북·미 제네바 고위급 회담에서는 상호 의견 교환만 있었을 뿐 어떤 결정적인 큰 결론은 없었다. 따라서 김일성도 리을 설의 이런 의도적인 반항 행위에 대해서 크게 추궁하지 않았다. 그러나 제 1, 2차 북·미 고위급 회담에서는 비록 상호 의견 교환만 있었을 뿐이지만 이후 뉴욕에서 수차례 열린 북·미 실무자 협의에서 결정된 제3차 북·미 고 위급 회담에서는 뭔가 중요한 결정이 내려질 예정이었고, 그 날짜가 1994 년 7월 8일로 결정이 된 것이었다.

자, 여기서 우리가 크게 주목할 만한 것이 있지 않은가? 1994년 7월 8일 일 무슨 날인가? 바로 북조선의 우상 김일성 주석이 사망한 날짜가 아닌가! 이것이 과연 우연의 일치일까?

노심교환 (爐心交換)
....

1994년 5월과 6월은 북한과 미국 간에 핵 문제로 인하여 엄청난 신경 싸 움과 긴장감이 가장 고조된 시기였다. 북한의 원자력 발전소인 흑연 감속 형 원자로에서 사용한 핵 연료봉(爐心:노심)을 교환해야 했다. 원자로에서 사용한 핵 연료봉은 일정 기간 주기적으로 새것과 교환해주지 않으면 체 르노빌 원자력 발전소 폭발과 같은 엄청난 사고가 일어날 수가 있다. 따라 서 이 핵 연료봉을 갈아주는 일은 상당히 중요한 일인 것이다.

그런데 문제는 이 교환 폐기된 핵 연료봉으로 핵폭탄을 만들 수 있는 원 료인 플루토늄을 추출할 수 있다는 것은 이미 밝힌 바가 있다. 즉 핵 연료봉에 부착된 우라늄 238을 재처리하면 플루토늄 239가 되는 것이다. 따라서 당연히 북한으로서는 이 과정을 국제 원자력 기구(IAEA)에 의해 철저히 감독을 받으면서 처리하고, 폐기된 핵 처리봉 8000여 개를 봉인하여 IAEA가 항상 감시할 수 있는 위치에 저장하여야 하는 것이다.

이 시점에서 만약 북한이 사용된 핵 연료봉을 빼내고 새 연료봉으로 교환한 후 빼어낸 폐연료봉을 재처리하여 플루토늄을 추출한다고 보자. 그것은 앞으로도 다량의 플루토늄을 추출할 수 있는 흑연 감속형 원자로를 계속 가동할 것이고, 또 추출된 플루토늄으로 새로운 핵폭탄을 제조할 것이라는 의미가 되는 것이다. 물론 그렇게 되면 국제적으로 치명적인 압박, 즉 원유 수급 문제, 수출입의 동결, 자금 동결 등의 조치로 인해 북한 사회는 더욱 더 피폐해지고 엄청난 고통을 당하게 될 것이 뻔한 사실인 것이다. 그러나 미국 측의 입장에서 볼 때는 만약 북한이 핵폭탄을 만들 수 있도록 저대로 방치해 둔다면 한국도 즉각 핵 개발에 나설 것이고 한국과 비슷한 처지에 있는 대만도 핵을 개발할 것이며, 이스라엘·이란 등의 나라도 공개적으로 핵폭탄 개발에 가세하게 되고, 결국은 일본이나 또 다른 테러 집단까지도 핵 무장을 하는 결과가 연출될지도 모를 일이었다. 그렇다면 미국의 입장에서는 어떡하든 북한이라는 악동을 잘 달래야 된다는 이야기인데 그러려면 무언가를 주어야 할 것이 아닌가?

이 긴박한 순간의 운명은 북한의 김일성과 미국의 클린턴 대통령 이 두 사람의 뜻에 달려 있는 것이다. 그러면 김일성은 누구인가? 김일성이 소련을 등에 업고 중국의 협조를 받으면서 6·25 전쟁을 일으킨 때가 38세였고, 이후 미국의 트루먼·아이젠하워·케네디·포드·닉슨·카터·레이건·부시 등 10여 명의 미국 대통령과 근 50년을 대결해왔던 인물이었다. 따라서 김일성은 미국 지도자들의 속셈이나 의중을 파악을 하고 있었고 나름대로 대결

할 수 있는 경험과 대책이 어느 정도 준비된 사람이었다. 그러나 클린턴은 46세의 젊은이로서 미국 대통령으로 취임한 지 16개월이 된 사람이었다. 이제 한 쪽은 더 많은 것을 요구할 것이고, 한 쪽은 최소한의 선에서 마무리 짓고자 할 것이었다.

그런 와중에도 북한의 경제는 하루하루가 악화되고 있었다. 식량 부족은 말할 것도 없거니와 경유와 전기의 부족으로 인하여 공장 가동률은 말할 수 없을 정도로 낮아져 버렸고 급기야는 굶어 죽는 사람들이 속출하였으며, 북한을 탈출하는 인민들까지도 생겼다.

김일성은 각료 회의를 소집하였다. 그리고 곧 있을 북·미 고위급 3차 회담에서 북한이 미국에 요구할 사항은 화력 발전소와 중유·쌀·비료 등임을 말하였고, 특히 발전소는 필히 화력 발전소이여야 한다는 것을 재차 강조하였다. 그리고 김일성의 그런 뜻에 반대하는 사람은 한 사람도 없었으며, 어찌된 영문인지 몰라도 리을설 역시 아무런 반대 의사도 표명하지 않고 김일성의 뜻에 그대로 따랐다.

남·북 고위급 회담

....

1992년 2월 19일 제6차 남·북 고위급 회담을 통해 '북·남 기본 합의 문서'가 정식으로 발효되었다. 김일성은 북조선의 어려운 경제를 풀어나 갈 수 있는 근본적인 해결책은 남과 교류를 통하여 남측으로부터 경제 협력을 받아내는 것이 최선의 방법이라고 생각하였고, 이제 '남·북 기본 합의 문서 발효'는 그 첫 출발이라고 생각하였다.

'바로 올해 초 신년사에서 인민들에게 하얀 이밥(쌀밥)과 고깃국을 먹고 명주옷을 입고 기와집에 살 수 있도록 하겠다고 약속하지 않았던가. 그러려면 하루속히 남조선과 화해를 하여 남조선의 협력을 받아 농업을 재건시켜야 하는 것이 필수였다.

'이제 북·남 기본 합의서가 완료되었으니 앞으로 모든 일들이 순조롭게 진행이 될 수 있겠지' 이렇게 생각한 김일성은 다소 마음의 안정을 찾는 듯하였다. 그러나 이런 생각은 얼마 후 여지없이 산산조각이 나버릴 줄은 예상하지 못하고 있었다.

그해 7월말, 남조선과의 경제 협력이라는 부푼 기대를 안고 북한의 김달현 경제 부총리 일행이 남쪽 서울을 방문하였다. 그들은 서울 도착 첫날 저녁에 하얏트 호텔에서 최각규 경제 부총리가 주최하는 환영 만찬회에 참석했다. 이에 앞서 저녁 7시부터 약 40분간 경제 분야 고위급 회담을 가졌다. 이 회담에서 남측은 최각규 부총리, 김종휘 청와대 외교 안보 수석, 임동원 통일부 차관 등이 참석하였다. 이 자리에서 김달현 부총리는,

"제가 북조선 인민공화국 경제 부총리입니다. 부총리라는 사람이 산업 시찰이나 하고 구경만 하고 돌아갈 수는 없습니다. 이번에는 좀 더 구체적이고 세부적인 사항이 결정이 될 수 있도록 합시다."

라고 기조 발언을 하였다. 그리고 세 가지의 안건을 제시하였다. 첫째는 시베리아와 북조선, 남조선을 연결하는 가스관 건설 사업에 관한 협력 건이었고, 둘째는 원자력 발전소의 공동 건설 및 전력 공동 사용에 관한 남북 간 협력 건이었으며, 셋째로는 남포 경공업 공단 합작 건설에 대우의 즉각 참여를 승인해 달라는 것이었다. 그러면서,

"경제 협력 문제는 정치적인 문제나 군사적인 문제를 떠나서 추진되어야 합니다. 다시 말해서 다른 문제가 완전히 해결될 때까지 기다려서 추진할

것이 아닙니다. 조그만 공단 하나 합작 건설을 못해서야 무슨 화해와 협력이 가능하겠습니까? 만약 경제협력 문제가 먼저 잘 추진이 되어 진다면 정치적인 문제나 군사적인 문제 등 다른 문제들도 더욱 잘 해결될 수 있는 실마리가 될 것입니다."

라고 덧붙였다.

사실 김달현 부총리가 제안한 세 가지 문제가 잘 해결된다면 남측, 북측 모두에게 크나큰 이익이 될 수 있으리라는 것은 쉽게 예상할 수 있는 것들이었다.

그러나 김달현 부총리는 아무것도 얻지 못한 채 빈손으로 돌아가고 말았다. 이로 인하여 노태후 대통령이 반드시 실현시키고자 원했던 '8·15 이산가족 상봉 사업' 역시 무산되어 버렸으니 이것이 과연 누구의 책임이란 말인가?

이 무렵 노태후 대통령은 자신의 대통령 임기가 끝나기 전에 '인도주의 정신에 입각하여 모든 세계의 흐름이 그렇듯이 우리 한반도에도 냉전의 유산을 청산하고 남북 화해의 차원으로 돌아가야 한다.'라는 큰 그림을 그리고 있었다. 사실 노태후 대통령은 그의 임기 동안(1988.2~1993.2)영원한 대한민국의 적국이었던 러시아·중국과 국교 정상화를 일구어내었고, 남과 북이 동시에 UN에 가입하는 큰 성과도 거두었다. 어찌 보면 노태후 대통령이야말로 '한국의 고르바초프'라고 불리어도 조금도 부족함이 없는 평화주의적인 대통령이었다.

물론 그는 12·12 쿠데타 주역이었고 군 최고 통수권자의 허락 없이 병력을 이동시켜 쿠데타에 가담했고, 재임 중에는 수천억 원의 부정 축재를 하였으며, 퇴임 후에는 국가 반란죄, 부정 축재죄 등으로 인하여 구속되어 감옥살이도 하였으나 적어도 대북 문제, 통일 문제에 있어서만큼은 큰일을 해낸 인물이었다. 또 '남·북 고위급 회담'을 아주 순조롭게 이끌어 왔었다. 그러나 시간은 이미 임기 말이었다.

김달현 부총리의 경제 협력 회담 실패 이후 김일성은 적잖게 실망하고 있었다. '우리가 조금 머리 숙이고 적극적으로 회담에 임하면 잘 풀릴 것으로 생각하였는데 그렇지가 않구나.'

1992년 레임덕과 훈령 묵살

....

1992년 9월 15일. 드디어 평양에서 열리는 제8차 남·북 고위급 회담을 하기 위하여 남측 대표 일행은 아침 일찍 판문점에 도착하였다. 수석대표인 정원식 국무총리 교류 협력분과 대표인 임동원 통일원 차관, 대변인 겸 정치분과 대표인 이동복 안기부장 특보, 군사분과 대표인 박용옥 준장 등 일행은 북한에서 마중 나온 사람들의 안내에 따라 벤츠 승용차에 각각 나누어 탔다.

이때의 중요 의제는 교류 협력분과에서 취급하는 경제·사회문화·통신·통행·이산가족 재회 등의 과제였고, 군사분과나 정치분과에서는 핵문제에 관한 의제가 중요 쟁점이었다. 하지만 이번 회담에서 핵 문제만큼은 핵 통제 공동 위원회에서 논의하도록 하고 이번 고위급 회담에서 제외시키기로 하였다. 결국 중요 의제는 '이산가족 노부모 방문'과 '판문점에 면회소 설치' 였고, 이에 대해 북측에서는 '미전향 장기수 이인모 노인의 송환'을 요구하였다. 북측이 이인모 노인의 송환을 요구하는 이유는 이산가족 노부모 방문과 판문점 면회소 설치, 기타 경제 협력으로 인한 남북 교류 확대 등의 사건이 빈번해지면 자연히 북조선 인민 전체의 사상이 해이해질 것을 우려했기 때문이었다. 즉, 이인모 노인이 사상 강화 및 체제 우월성을 입증할 수 있는 좋은 교육 자료 및 본보기가 될 수 있다고 생각해서였다. 그래서 이를 강력히 주장하였으나 실제로는 북한 내부의 경제 전문가인 온건파의 독주를 막기 위한 군부 강경파들의 강력한 요구 사항이었다.

이에 대해 남한에서는 그렇다면 1987년 1월, 어로 조업 중 납북된 동진호 선원 12명을 동시에 송환해야 한다고 요구하였다. 그러나 이 문제는 북측이 납북이 아니라 자진 월북이었다고 강력히 주장하고 있었으므로 이를 끝까지 관철시키고자 한다는 것은 사실상 회담 자체를 무산시키고자 하는 거와 마찬가지였던 것이다.

우리 측 대표단이 북으로 출발하기 바로 전날 밤, 노태우 대통령은 대표단 모두를 청와대로 불러 모았다. 수석대표 정원식 총리, 교류 협력분과 대표 임동원 통일원 차관, 정치분과 대표인 이동복 안기부장 특보, 군사분과 대표인 박용옥 준장 외에 이상연 안기부장, 남북 협상을 총괄 지휘하는 최영철 부총리 겸 통일원 장관도 함께 참석하였다. 이 자리에서 노태우 대통령은 강력한 어조로 말하였다.

"이제 세계는 지난 수십 년 간 지속되었던 냉전이 종식되고 화해의 시대로 접어들었습니다. 다 알다시피 동독과 서독도 하나로 통일이 되었습니다. 우리 한반도 역시 이런 호기를 놓치지 말고 통일을 위한 초석을 다듬어야 합니다. 당장 내일 통일이 이루어지지 않는다 하더라도 적어도 통일을 위한 디딤돌은 마련해 두어야 합니다. 그러기 위해서는 무엇보다도 먼저 상호 교류가 잦아야 합니다. 우리는 이미 일곱 번이나 남북 고위급 회담을 이끌어 왔습니다. 그리고 여덟 번째 회담을 위하여 여러분들이 내일 아침 북으로 출발을 할 것입니다. 출발에 앞서 대표단 여러분들이 가슴 깊이 새겨두어야 할 것은 남북 회담이라는 것 자체가 누가 이기고 누가 지고 하는 것이 아니고, 서로 상생을 위한 회담이 되어야 한다는 것입니다. 그리고 누가 많이 주고 누가 많이 받고 하는 것이 중요한 것이 아니라, 능력 있는 사람이 조건 없이 베푸는 것이 더 중요한 것입니다. 능력 있는 자가 부족한 자에게 베풀 때에는 조건이 없어야 합니다. 내가 너에게 이만큼 줄 테니까 너는 내 말을 이만큼 잘 들어야 한다는 것은 베푸는 것이 아닙니다. 상호 협력이 아닙니다. 오히려 상대방의 자존심을 꺾고 상황을 더 나쁘게 할 뿐입니다. 나는 이번 회담에서 우리가 북측에 요구하는 조건이 남북 이산가족 상봉 문제와 판문점에 면회소 설치 문제와 남북 어부 송환 문제 이 세 가지인 줄 알고 있습니다. 그러나 모든 것을 한꺼번에 백 프로 얻으려고 하지 마십시오. 세 개 중 두 가지만 합의가 되어도 회담을 성사시키십시오. 특히 남북 이산가족 상봉 문제와 판문점 면회소 설치 문제는 꼭 성사시켜야 합니다. 대표단 여러분은 단순히 회담을 하러간다고 생각하지 말로 한반도 통일을 위한 디딤돌을 놓으러 간다고 생각하십시오. 부디 건강하게 잘 다녀오기를 바랍니다."

그의 어조는 확고하였다. 그리고 1992년 9월 15일 아침, 제8차 남·북 고위급 회담 남측 대표 일행이 평양에 도착한 첫째 날 낮에는 환영 행사, 만찬 등으로 시간을 보냈으나 밤에는 내일 있을 회담을 위한 막후교섭이 시작되었다. 예상대로 교류 협력분과와 군사분과에서는 합의서 협상에서 큰 진전을 보였다. 그러나 정치분과에서는 실패했다.

이튿날 오전, 관례대로 고위급 첫날 회의가 열렸고, 그 다음날 오전 10시부터는 둘째 날 회의가 예정되어 있었으나 정치분과 협상이 실패한 탓에 이 문제부터 논의하여야했다. 그런데 이상스럽게도 정치분과 대표인 이동복 특보는 북측이 요구하는 이인모 노인의 송환 문제와 연계하여 끝까지 납북 동진호 선원 12명 전원 동시 송환을 요구했다. 어떻게 보면 이것은 고의로 회담을 결렬시키고자 하는 의도가 있어 보였다.

드디어 정원식 총리가 북한 대표 안병수와 직접 대화에 나섰다. 그 결과 어렵고도 어려웠던 정치적 협상이 타결되었다.

이렇게 하여 제7차 남·북 고위급 회담 이후 이 문제로 합의서 타결이 4개월이나 질질 끌다가 드디어 해결된 것이었다. 이날 오후 본 회담이 개최되어 상호 교류, 상호 화해의 건과 이행 기구인 공동 위원회 제1차 회의를 11월 5일부터 일주일 간격으로 판문점 양측 지역에서 번갈아 개최하기로 합의하였고, 제9차 남·북 고위급 회담도 12월 21일부터 서울에서 개최하는 것까지 합의하였다. 남은 것이라면 다음날 아침 10시부터 시작되는 회담에서 상호 대표가 서명하는 일만 남아 있었다. 실로 어렵고도 긴 여정을 지나온 남·북 고위급 회담이 서서히 그 결실을 맺는 시간이 다가오고 있었다. 정원식 수석대표를 비롯한 다른 대표들은 '통일'이라는 목표를 위한 디딤돌 하나를 이제 놓게 되었다는 생각에 가슴 뿌듯한 상념에 잠겨있었다. 단 한 사람을 제외한 채.

이튿날 아침 정원식 총리는 남측에서 날아온 한 통의 전문을 받아보고는 깜짝 놀라지 않을 수 없었다. 이게 어찌된 일일까?

'이인모 건에 관하여 3개 조건이 동시에 충족이 되지 않을 경우 협의하지 말 것.'

이 말은 우리가 북측에 요구하는 '납북 선원 송환'이라는 요구가 충족되지 않는 한 아예 협상에 임하지 말라는 뜻이 아닌가? 대표단이 북으로 출발하기 전날 밤 대통령으로부터 직접 지시를 받았건만 방금 들어온 전문 내용은 완전히 대통령의 명령을 뒤집어 버리는 내용 아닌가? 이런 내용이라면 대통령의 재가 없이는 도저히 이루어질 수 없는 내용 아닌가! 그러나 어쩌랴! 대표단으로서는 본국에서 온 훈령을 따를 수밖에 없지 않는가? 이날 회담에서 남측 대표단은 이 훈령에 따라 북측의 끈질긴 간청을 물리치고 협상을 결렬시키느라 무척이나 곤혹스러운 처지에 놓여 있었다. 그런 와중에서 또 하룻밤을 평양에서 묵게 된 우리 대표단들은 가시 방석 위에 앉아 있는 꼴이 되고 말았다.

그날 밤 교류 협력분과 대표인 임동원 통일원 차관은 다시 한 번 곤혹을 치르게 된다. 밤 2시경 북측 대표인 김정우와 김령성 대표 두 사람이 임동원 대표의 침실로 찾아왔다. 그리고는 다시 한 번 회담을 성사시키자고 간곡히 애원을 하였다. 임동원 대표로서는 난감한 심정을 드러내 보였다.

회담을 마치고 서울로 돌아온 임동원 통일원 차관은 남북 협상을 총괄 지휘한 최영철 부총리 겸 통일원 장관으로부터 '대통령의 특명 사항이었음에도 불구하고 이산가족 문제에 아무런 성과도 거두지 못한 이유가 무엇이냐?'고 추궁을 당하였다. 그리고 '반드시 이산가족 문제를 합의하여 발표하고 오라고 재차 전문까지 보냈는데 아무런 회신도 없고 회담 성사도 시키지 못하고 돌아왔으니 반드시 징계를 받아야 한다.'라는 것이었다.

임동원은 어이가 없었다.

"그럴 리가요! 저는 협상이 잘 되어 중간보고 겸 훈령을 요청했습니다.

그런데 서울로부터 「세 개의 조건이 동시에 충족되지 못할 경우 협상하지 말라」는 훈령을 받았습니다. 그 훈령 때문에 북측의 간절한 간청을 뿌리치고 협상을 깨고 돌아올 수밖에 없었습니다."

그 말을 들은 최 부총리는 '그런 청훈을 받은 바도 없고, 지시한 사실도 없다.'며 놀라움을 금하지 못하는 표정으로 말하였다.

"그간 서울·평양을 오고 간 전문을 모두 조사하여 보고하라."

이때 임동원은 청와대로부터 온 전화를 받았다. '대통령 특명 사항이었던 이산가족 문제를 해결하지 못하였으니 실제 책임자인 당신이 해명서를 제출하라.'라는 것이었다. 임동원은 즉시 서울-평양 간 발, 수신된 모든 전문을 안기부에 요청하였으나 거절을 당하였다. 즉각 임동원은 이 사실을 최 부총리에게 보고 하였고, 최 부총리는 '전문 발, 수신 책임자인 회담 대표가 전문 사본을 제공받지 못할 이유가 무엇이냐?'며 호통을 치고 난후에야 임동원은 전문 사본을 제출받을 수가 있었다.

일련번호가 표시된 9월 17일 평양 발신 전문 4건과 서울 발신 전문 3건등 총 7건의 3급 비밀 전문의 사본이 입수되었다. 제1호 전문은 회담 타결 직후 정원식 수석대표의 지시로 임동원 대표 자신이 보낸 전문으로 '모든 회담이 순조롭게 진행되고 있음. 내일 대표 서명 예정임. 최종 지시 바람'이라는 내용으로 0시 30분에 발송된 청훈 전문이었다.

그런데 같은 시간에 평양에서 발신된 제2호 전문이 있었다. 302(이동복)가 202(엄삼탁:안기부 기조실장)에게 보낸 이 전문의 내용을 본 임동원은 깜짝 놀라 그 자리에서 쓰러질 뻔하였다. 이 전문의 내용은 놀랍게도 '청훈전문을 묵살하고 「이인모 건에 관하여 3개의 조건이 모두 충족되지 않는 한 협의하지 말라.」는 내용으로 회신을 보내 달라'는 것이었다. 또한 이 전문에는 '전문을 보고난 후 파기할 것'이라는 내용도 포함되어 있었다. 이에 따라 제3호 전문이 7시 15분에 서울에서 평양으로 발신이 되었는데 문제의 '3개 조건이 충족되지 못하면 협의하지 말라.'라는 내용이었다. 그런데 임동원이 자세히 보니 이 전문은 공식 전문이 아니라 202가 302에게 보낸 SVC(서비스)가 표시된 일종의 사신(私信)이었다.

그러나 정 총리와 임동원 대표가 평양에서 본 전문에는 202, 302가 SVC 표시가 삭제된 정식 훈령으로 감쪽같이 속였던 것이었다. 이날 오후 4시 15분에는 서울에서 정원식 총리 앞으로 또 하나의 전문(제7호)이 발신되었다. 이 훈령은 이미 정해진 협상 전략대로 '2개 조건만 관철되면 즉각 합의하여 발표하고 돌아오라.'는 내용이었다. 이 전문이야말로 노태후 대통령의 정식 허락을 받은 정식 훈령이었지만 수석대표인 정원식 총리는 물론 차석 대표인 임동원 자신에게도 전혀 전달되지 않았던 것이다.

임동원은 즉시 이 사실을 최영철 부총리와 수석대표였던 정원식 총리에게 보고하였다. 그러면서 임동원은 이해할 수 없는 많은 의문들을 제기하였다. 최 부총리는 임동원에게 좀 더 상세히 내용을 조사해 보라고 명령했지만 임동원은 난관에 부딪치고 말았다. 통일원 차관의 신분으로 안기부를 조사한다는 것은 거의 불가능한 일이었기 때문이었다.

정원식 국무총리, 그는 한나라의 국무총리이자 상대국과의 회담 때 수석대표로 간 자신이 그것도 대통령으로부터 직접 명령을 단호하게 받은 내용들을 아무것도 성사시키지 못한 자신의 무능함에 속으로 회의감을 느끼면서도 상세한 진상조차 밝힐 수도 없는 자신이 처량하기까지 느껴졌다. 그리고 그는 마침내 큰 결심을 하였다.

9월 23일, 정원식 총리는 총리 주재로 고위 전략 회의를 소집하였다. 평양에서 돌아온 지 5일이 지난 후였다. 의제는 '이산가족 방문단 및 이인모 문제'와 '남포 공단 실무 조사단 파견 문제'였고, 장소는 궁정동 안가였다.

이 자리에는 최영철 통일부총리, 이상연 안기부장, 정해창 청와대 비서실장, 임동원 통일원차관, 이동복 안기부장 특보 등 7명이 참석을 하였다. 먼저 회의 주관자인 정 총리가 입을 열었다.

"지난 남·북 고위급 회담 때는 대통령께서 직접 지시한 이산가족 방문 문제와 판문점 면회소 설치 문제를 우리 대표단이 하나도 성사를 시키지 못하였습니다. 그러나 대통령께서는 아직까지도 이 두 가지 문제를 해결하고자 하는 의지를 갖고 계십니다. 오늘 우리는 이 문제 해결을 위하여 의논하고자 이곳에 모였습니다. 여기에 대한 여러분들의 의견을 듣고 싶습니다."

정 총리의 말이 끝나자마자 이동복 안기부장 특보가 말을 꺼냈다.

"이 두 가지 문제 해결을 위해서 회담 대변인인 제가 북측 대변인을 만나 남북 대변인 접촉을 통하여 해결하도록 하겠습니다."

이 말을 들은 임동원은 '평양에서는 훈령을 고의로 조작하여 협상을 파탄시켜 버리더니 이제 와서는 교류 협력분과 소관 사항을 대변인 자격으로 나서서 협상을 하겠다니 실로 어이가 없구나!'하는 생각과 함께 즉시 이의를 제기했다.

"이 문제는 분명 교류 협력분과 소관 사항입니다. 또한 이 두 가지 문제는 지난 남·북 고위급 회담 때 우리 대표단과 북측 대표단 사이에 완전 합의된 사항들입니다. 그리고 그 내용을 대통령 안보 특보, 통일원 부총리, 안기부장 앞으로 전문을 보내면서 본국의 명을 기다린다는「청훈 전문」을 분명히 보냈습니다. 그런데 그에 대한 답장은「세 가지 사항의 합의가 이루어지지 않으면 절대로 합의하지 말라.」라는 것이었습니다. 그래서 우리 대표단은 어렵게 북측과 합의하여 이루어낸 합의를 어쩔 수 없이 파기할 수밖에 없었습니다. 그런데 제가 서울에 돌아와서 전문을 확인해 본 결과 또 다른 훈령, 즉「전문 7호 훈령」이 있음을 발견하였습니다. 저는 이 청훈 훈령 등의 문제가 완전히 밝혀지지 않는 한 어떤 회의도 더 이상 필요 없다고 생각합니다."

임동원의 말이 끝나자마자 즉각 최 부총리가 말을 이었다.

"이처럼 중요한 문제를 주무장관이 소외된 채 대변인끼리 회담을 한다는 것 자체가 말도 안 되는 이야기일뿐더러 더구나 나는 방금 이야기 한「청훈 전문」이 있었다는 것조차 또 알지 못했소. 내 분명히 이야기하지만 만약 임차관의 얘기가 정말이라면 이것은 대단히 중요한 문제로 진상을 철저하게 조사하여야 된다고 생각합니다." 그러자 임동원 차관은,

"내가 이 자리에서 쓰러지는 한이 있더라도 결단코 이 사건을 확실하게 규명하고야 말겠소."

라고 비장한 얼굴로 말하면서 진짜 훈령인 제7호 훈령 전문 복사본을 펼쳐내 보이면서 정원식 총리에게 물었다.

"총리께서는 진짜 훈령인 이 훈령을 평양에서 받아보신 적이 있습니까?"

그러자 정 총리는 미간을 심하게 찌푸리면서,

"금시초문이요. 나는 이 훈령을 평양에서뿐만이 아니라 서울에서도 지금 이 순간까지도 모르고 있었소."

임동원 차관은 다시 평양에서 서울로 0시 30분에 보낸 '청훈 전문 제1호'를 보여주면서 이상연 안기부장에게 물었다.

"안기부장님께서는 저희들이 회담 성사 완료 후인 0시 30분 평양에서 보낸 이 청훈 전문을 보고 받으셨습니까? 만약 그랬다면 언제 보고 받으셨으며 보고를 받은 후에는 어떤 조치를 취하셨는지 이 자리에서 분명하게 말씀해 주셨으면 합니다. 또한 안기부 상황실에서 「3개 조건이 충족되지 않으면 절대로 협상하지 말라.」하는 이 전문을 7시 30분에 보냈는데 이 훈령을 안기부장님께서 직접 지시하신 것입니까?"

그러자 안기부장은 극히 당황한 표정을 지으며 대답했다.

"이 협상 중지 전문이 안기부 상황실에서 발송되었다는 것은 나도 믿기지가 않는다. 나도 이 전문은 지금 처음 본다. 그리고 청훈 전문에 대해 보고받은 것도 오전 10시 30분쯤 구두로 짤막하게 보고만 받았을 뿐이지 그것이 청훈 전문이라는 것도 지금 알았소. 그리고 약 4시간 후인 오후 2시 조금 넘어서 김종휘 수석으로부터 「잘되고 있다」라는 전문이 왔다는 보고

만 받았을 뿐이요."

그러니까 오후 4시 15분에 안기부 어느 누군가에 의해 제7호 전문이 평양으로 발송되어졌던 것이다. 그러나 이 전문은 임동원이 평양에서 보낸 시각, 즉 0시 30분 후 무려 16시간이 지난 후였고, 이때 평양에서는 이미 회담이 끝나버린 시간이었다. 그나마도 이 훈령은 이동복 안기부 특보에 의해 파기되어 정 수석대표도, 임동원 대표도 받아볼 수조차 없게 되어 버렸던 것이었다.

이러한 사실이 회의 도중 낱낱이 파헤쳐지자 회의를 주관한 정원식 국무총리는 비참한 표정을 지으면서 자리에서 일어나더니 '이 모든 것이 본인의 부덕의 소치입니다.'라고 한마디 내뱉고는 자리를 뜨고 말았다. 정원식 국무총리는 회의장 밖으로 나오면서 이렇게 혼자 중얼거렸다. '아! 남북 대화보다 남남 대화가 더 어렵구나! 이 땅에는 남북문제를 남남 간 정치 문제로 악용하고자 하는 무리들이 너무나 많이 포진해 있어!'

그리고 이 사건은 다시 그해 10월 말 국회 정기 감사에서 집중 추궁되면서 그 일부가 언론 매체를 통해 세상에 알려지기 시작했고, 한겨레 신문을 비롯한 일부 언론들이 '이동복 대변인 정부 훈령 묵살'제하의 기사를 통해 '대북 강경파인 이 특보가 청와대 훈령을 수석대표에게 보고하지 않고 묵살해 버림으로서 이산가족 방문단 교환 협상을 결렬시켜 버렸다.'고 폭로했다. 이것이 바로 '훈령 조작 사건', '훈령 묵살 사건'이었다.

그러면 이동복 안기부 특보, 엄삼탁 안기부 기조 실장 라인으로 이어진 이 사건은 왜 발생하였을까? 왜 이동복은 대통령의 특명을 받고도 이런 엄청난 짓을 하였을까? 만약 남북 회담이 잘 성사가 되면 곧 있을 대통령 선거, 즉 김영삼과 김대중 양 김 씨가 벌이는 경쟁에서 어느 한 쪽에 이익이 되고, 반대로 어느 한 쪽은 불이익을 받게 되는 결과가 되니, 현 대통령이 아닌 누군가가 뒤에서 이들을 조종했던 것일까? 아니면 단순히 대통령의 임기 말에 발생하는 '레임덕'현상 때문이었을까? 그러나 이런 중차대한 사건을 단순히 '레임덕'때문이라고 말하기는 너무 이상하지 않은가? 얼마 후, 그 해답은 명백히 세상에 노출되었다.

그해 12월 29일, 대통령 선거가 끝난 그 다음해 이 두 사람은 새 정부(문민정부)에서 큰 감투를 쓴다. 만약 이때 이런 사건이 없이 노태우 대통령의 소망대로 제8차 남·북 고위급 회담이 순조롭게 마무리되었다면 지금 이 시각 남북 관계는 어떻게 진전이 되었을까? 모르긴 몰라도 아마 지금보다는 훨씬 더 개선이 되었을 것이고, 어쩌면 통일을 위한 디딤돌이 몇 개는 더 놓아졌을 것이다. 그러나 어쩌랴! 제8차 남·북 고위급 회담을 끝으로 남북 관계는 다시금 깊은 수렁으로 빠져 들어가기 시작하였다. 그리고 적어도 2000년 6월 13일까지는 그 끝이 보이지 않았던 것이었다. 이것도 우리 민족이 안고 가야할 운명이더란 말인가?

그런데 꼭 16년 후 2008년 12월초 어느 날 이동복이라는 자가 느닷없이 반공 교육을 한답시고 어느 고등학교에 나타나서 아이들에게 반공 교육을 하는 모습이 TV를 통해 보도되었다. 만약 그의 강연을 들은 고등학생들이 그의 이런 과거를 알았다면 어떤 반응을 보였을까?

'반공주의자는 그렇게 비겁해도 되는 겁니까? 왜 정정당당하게 자기 뜻을 나타내지 못하고 대통령 몰래 감추고 거짓말을 했지요?'

실패한 북·남 정상 회담

············

1994년 평양 김일성 주석궁. 김일성은 분노하고 있었다. 물론 그 가장 큰 원인은 그가 그토록 그의 자존심까지 손상을 입으면서도 남북 관계를 정상화하여 북조선을 가난으로부터 건져내 보려고 애썼지만 결국 남측 대표 단들에게, 아니 정확히 말한다면 남측 안전 기획부 몇 명에게 놀림만 당하는 것으로 끝나버렸기 때문이었다. 김일성은 밤마다 악몽에 시달리고 있었다. 6·25 전쟁으로 인하여 죽어간 원혼들이 그를 끊임없이 괴롭혔다. 숙청당한 많은 원혼들도 가세하였다.

그로부터 세월은 흘러 2년여가 지난 1994년 어느 날, 이날도 김일성의 번뇌는 계속되었다. 그는 깊은 고민에 빠져 있었다. 도선 대사의 답기를 수백 번은 더 읽어 보았다. 그러나 그 답기를 읽어보면 볼수록 번뇌는 더욱 깊어만 갔다. 그리고 그의 머릿속에는 어느 덧 '태조 왕건'을 떠올리고 있었다.

태조 왕건! 김일성의 목표는 그 스스로가 태조 왕건과 같은 역할을 하는 인물이 되는 것 아니었던가? 그래서 태조 왕건은 김일성의 우상이 아니었던가? 따라서 태조 왕건이 이룩한 고려 왕국을 사모하였고, 그가 지배하고 있는 북조선 땅이 바로 그 옛날 고려 왕국이 아니었던가? 그런데 도선 대사가 누구인가? 바로 왕건을 후삼국의 어지러운 그 시대를 평정하고 장차 통일의 업을 이룩할 것이라는 예언을 한 예언가가 아니었던가?

그런데 그 예언을 한 도선대사가 친필로 쓴 도선답기(道詵踏記)를 그가 지금 손에 들고 있지 않은가? 이 땅이 해방되고 난 직후 남과 북이 나누어졌을 때 이 도선답기를 처음 리을설로부터 받아 손에 쥐었을 때 그는 얼마나 큰 전율(戰慄)을 느꼈던가? 온몸의 피가 거꾸로 흐르지 않았던가? 이것이야말로 하늘이 내게 무언가 거룩한 계시를 내렸다는 흥분에 휩싸이지 않았던가? 그런데 지금은 어떻게 되어 있나? 아무리 봐도 그 주인공은 될 수가 없지 않는가? 나라는 점점 곤궁하여지고 인민들은 굶주리고 있고 심지어는 먹지 못하고 굶주려서 죽어가는 인민들도 생기고 굶주림에 지쳐 이 나라를 탈출하는 인민들까지 생겨나지 않는가?

석유가 없어 공장 가동은 중단되었고, 전기가 생산되지 않아 밤에는 불빛 하나 없는 암흑천지로 변했고, 겨울이면 추위로 인하여 얼어 죽는 인민들까지 생기고 급기야 우방국이었던 러시아·중국으로부터도 외면을 당하고 있고 마지막으로 기대하였던 남조선과의 경제 협력도 산산이 부서져 버린 지금, 이제는 지칠 대로 지쳐 스스로 머리카락을 쥐어뜯고 있는 처지가 아닌가? 통일이라는 명목으로 일으킨 전쟁으로 인하여 수없이 많은 민족을 죽게 하고 아름다운 이 산하를 온통 포성과 붉은 피로 멍들게 하지 않았던가?

그리고 지금은 그 원혼들로 인하여 밤마다 고통을 당하고 있지 않는가! 전쟁으로 인하여 수많은 사람들에게 큰 고통을 안겨준 것이 과연 옳은 일이란 말인가! 김일성이라는 이름 석 자가 전쟁을 일으켜 수많은 생명을 죽게 한 인물로 후대에 전하여지는 것이 과연 옳은 일이었단 말인가! 그 모든 일들이 옳게 되려면 도선 대사가 말하는 그곳이 눈앞에 훤히 보여져야 할 것 아닌가! 그런데 날이 가면 갈수록 그 일은 자꾸만 멀어져만 가고 있지 않은가! 아니 영원 멀어질 것만 같은 느낌이 자꾸만 들지 않는가! 이게 벌써 몇 년 째인가! 오늘은 혹시나 내일은 혹시나 하고 기다리는 것이 벌써 20년이 지나지 않았던가!

또한 세계는 어떻게 변하고 있는가? 동서로 나누어졌던 독일이 통일이 된 지도 오래 되었고, 베트남도 결국 남북이 통일이 되었고 체코슬로바키아·유고슬로바키아·폴란드·루마니아·중국·소련마저도 다 민주주의로 변해 버리지 않았나! 이 세상에 공산주의 체제로 고립되어 있는 나라는 오직 북조선 밖에 없지 않은가! 과연 북조선이 세계와 고립이 된 상태에서 얼마나 더 버틸 수 있단 말인가? 이제 무엇을 어떻게 해야 할 것인가? 언제까지 인민들을 속일 수 있단 말인가? 지금 와서 무엇을 어떻게 해야 한단 말인가? 어떻게 해야 전쟁으로 목숨을 잃은 수많은 영혼들을 달랠 수 있으며 어떻게 해야 용서를 구할 수가 있단 말인가? 지금 어떻게 해야 굶어 죽어가는 수많은 저 인민들을 살려낼 수 있단 말인가?

김일성은 다시 한 번 두 손으로 머리카락을 움켜지며 괴로움에 떨고 있었다. 그리고 그 순간 김일성은 다시 한 번 스스로 마음 다짐을 하였다.

'그래, 바로 그거야! 내가 직접 남조선 대통령을 한 번 만나봐야겠어. 인민을 위해서라면 내가 무슨 일인들 못하겠어. 지난번 남·북 고위급 회담 때는 남측 애들에게 수모를 당하긴 했어도 이번에 내가 직접 나선다면 그런 실수는 일어나지 않을 거야. 아니 다시 그런 수모를 당한다 하더라도 우리 인민들을 이 굶주림 속에서 건져낼 수 있고 우리 인민들을 저 혹독한 추위에 떨지 않게 할 수만 있다면 그깟 수모쯤이야 충분히 견뎌낼 수 있어. 암! 견뎌낼 수가 있고말고! 열 번이라도 견딜 수가 있지!'

그리고 그는 무언가를 굳게 결심한 듯 비장한 표정을 지었다.

이튿날 아침 김일성은 리을설을 불렀다. 리을설이 김일성의 집무실로 들어서는 순간 그는 무겁고도 묘한 분위기를 감지할 수 있었다. 우선 김일성의 표정에서부터, 그리고 입을 꽉 다문 채 무언가를 뚫어지게 응시하고 있는 비장한 눈동자로부터 심상치 않은 분위기를 충분히 읽을 수 있었다.

김일성은 엄숙한 표정으로 천천히 입을 열었다.

"이보게, 리을설 동무. 내가 아무래도 남조선 대통령을 직접 한 번 만나

249
인간 영욕의 한계

봐야 할 것 같아!"

실로 청천벽력과 같은 소리였다. 리을설은 김일성의 입에서 이런 이야기가 나올 줄은 전혀 예상하지 못하였다. 다만 '지난번에 시행하려다가 남조선 아이들의 장난질 때문에 중단된 남북 고위급 회담을 다시 한 번 시행하여야겠다.'라는 정도의 예측은 하고 있었다.

사실 1992년 9월, 제8차 남·북 고위급 회담을 끝으로 회담이 결렬된 직후 북조선에서는 김일성의 은근한 후원을 등에 업고 남북 대화를 주도적으로 이끌며 북조선의 주도권을 이끌어가던 경제 각료들, 소위 말하는 온건파들은 거의 대부분 리을설이 이끌고 있는 강성 군부들에게로 확실하고도 완전하게 되돌아 왔고, 리을설의 입지는 더욱 굳어져 버리는 계기가 되었다. 그리고 그 이후 북남 대화를 재개해야 한다는 목소리가 간간히 들려오긴 하였으나 리을설에 의해 묵살당했다.

그런데 오늘 김일성 수령은 리을설의 예상을 완전히 뒤엎어 버리는 폭탄과 같은 말을 하지 않는가? 당연히 리을설은 김일성의 그런 태도에 완강하게 반대하였다. 리을설은 냉정하고도 침착하게 말했다. "수령님께서 왜 직접 남조선 대통령을 만나려고 하십니까?"

"이보게, 리을설 동무. 아무래도 내가 직접 남조선 대통령을 만나 보아야겠어. 물론 어려움에 처한 우리 북조선 경제 사정을 이야기하고 우리 북조선이 남조선과 경제 협력을 함으로써 북과 남이 다 같이 발전할 수 있는 방안을 협의해야겠고, 두 번째로 지난번 북·남 고위급 회담 때 확정되었던 상호 비방 금지, 상호 체제 인정 등의 문제를 다시 한 번 확인하고, 셋째로 북남 이산가족의 상봉 문제를 아주 구체적으로 협의하고, 그리고 한 가지 더 아주 중요한 문제를 비공식적으로 남한 대통령과 직접 협의하고 싶네."

김일성은 말끝을 흐리더니 옆에 있던 물 컵을 들어 쭉 들이켠 다음 말을 계속하였다.

"그것이 무엇이냐 하면 나는 이 「서시비기 도선답기」를 남조선 대통령에게 직접 보여주고 싶어. 그리고 휴전선의 비무장 지대를 북남이 공동적으로 조사하고 개발하고 싶어. 또 그동안 이 「도선답기」 때문에 일어난 일들을 솔직하게 다 말하고 싶어."

실로 청천 벽력같은 소리였다. 그 때까지 냉정을 지키며 듣고 있던 리을설은 갑자기 두어 걸음 김일성 앞으로 다가서면서 부르짖는 소리로 외쳤다.

"안됩니다, 수령 동지. 어떤 일이 있어도 절대 그런 일을 하시면 안 됩니다. 지난번 북·남 고위급 회담이 결렬된 이유가 무엇입니까? 바로 남조선 안전 기획부 아이들의 소행 때문 아닙니까? 그런데 그 아이들 배후에 누가 있었습니까? 바로 그들 아니겠습니까? 그런데도 그 자들을 믿으시겠단 말씀입니까? 만약 그 말을 들은 그들이 말로만 '알겠소' 혹은 '앞으로 잘 협의해봅시다.'라는 정도로 끝났을 때 그 이후에 과연 그 사람들이 진실로 이 문제를 우리와 다시 협의할 것으로 생각하십니까?"

리을설은 김일성에게 단호하게 말하였다.

그 말을 들은 김일성은 긴장감이 풀리는 듯한 표정으로,

"물론 리을설 동무의 말이 맞기는 하지만 그렇다고 언제까지 이렇게 있어야 하겠나? 알다시피 근 20년이 넘게 땅을 파헤치고 뒤졌지만 이 북조선 땅에서는 더 이상 동굴을 찾을 수가 없지 않은가? 그렇다면 어떤 획기적인 무언가를 시도해봐야 하지 않은가? 인민들의 살림은 하루하루가 힘들어지고 있는데 언제까지 이렇게 기약 없이 땅만 파고 있어야 한단 말인가? 어디 땅 파는 일 외에 다른 획기적인 방도가 있다면 한 번 말을 해보게."

리을설은 지금까지 그가 줄곧 생각하여 왔던 바다 밑 침투 작전을 입 밖으로 꺼내려 하다가 입을 닫아버렸다. 그는 김일성의 속내를 읽고 있었던

것 같았다. 즉 김일성이 어떤 방법으로든 이 일을 남조선과 협의할 뜻을 이미 확고하게 굳힌 것 같은 느낌을 받았기 때문이었다.

김일성의 집무실을 나서는 리을설의 머릿속은 복잡해지기 시작하였다. 김일성 수령의 뜻을 혼자 몸으로 막아야 할지. 아니면 김일성이 정말 남조선 대통령을 만난다면 그 후가 어떻게 될 지를 깊이 생각하기 시작하였다.

제3부
해가 기울면 어둠이 내린다

리을설과 이사(李斯)
....

1994년 6월 초 평양 리을설 자택. 리을설은 깊고 깊은 생각에 잠겨 있었다.

'이제 이 북조선은 어떻게 될 것인가? 김일성 수령께서는 이미 남조선과 어떤 제휴를 하고자 하는 의도가 분명해 보인다. 그리고 동굴 굴착 작업은 중지된 상태이다. 물론 그동안 남쪽과 제휴는 안 된다는 말을 몇 번이고 하였건만 이미 김일성 수령의 마음을 바꿀 수는 없는 듯하다. 그리고 동굴 굴착 작업이 중단된 이후 김일성 수령께서는 국정에 관한 어떤 의견이나 지시가 이 리을설과는 전혀 없지 않은가?

물론 아직까지는 당·정·군 모든 부처에 이 리을설의 사람이 포진해 있다고 하지만 만약 어느 날 갑자기 수령께서 그 모든 것을 바꾸어 버리면 지금까지 내가 쌓아 놓은 모든 것이 하루아침에 물거품으로 변해버릴 수밖에 없지 않은가? 또한 김일성 수령께서 남조선과 제휴를 한다면 제일 먼저 우리 공화국의 군부가 연약해질 수밖에 없지 않은가? 우리 공화국의 군부가 약해지면 북조선 전체의 기반이 약해질 것이다. 지금까지 인민을 통제하고 이 북조선을 지탱해 온 것이 바로 군부 아닌가? 그리고 사실상 군부를 통제해 온 것은 호위 사령관 리을설이 아닌가? 그런데 만약 수령께서 나를 이동시킨다면 어떻게 될 것인가?

그런데 이것은 이 리을설 한 사람의 문제가 아니라 남조선의 자본주의

<북한 호위 사령관 리을설>

물결이 조금씩 밀려들어 온다면 이 북조선의 사상 기반 전체가 뿌리째 흔들릴 것 아닌가? 그런데 수령님의 말대로 도선답기에 대한 이야기를 남조선 대통령에게 해버린다면 어떻게 될 것인가? 그것보다 더 두려운 것은 이 이야기를 북조선 내의 누구한테 발설한다면 나는 어떻게 될 것인가? 지금까지 이 일을 알고 있는 사람은 오직 수령님과 이 리을설 두 사람 뿐인데 만약 다른 사람이 알게 된다면 그 소문은 순식간에 퍼져 나갈 것이다. 그렇게 되면 전 국토 요새화를 명목으로 지금까지 숨겨왔던 비밀이 백일하에 드러날 것이 아닌가? 전 인민을 속이고 전 인민군을 속인 것이 되지 않는가? 이 모든 것을 계획하고 진행한 것은 바로 내가 아닌가? 그동안 나는 이 일에 방해되는 자는 누구라도 숙청을 시키고 심지어는 군 고위 장성 간부들에게까지 으름장을 놓으며 다그쳤는데 앞으로 어떻게 될 것인가? 그런데 지금 김일성 수령은 어떠한가? 마치 모든 것을 체념하고 아예 남조선과 무엇이든 제휴할 준비를 하고 있지 않은가?

만약 그렇게 된다면 이 몸 리을설과 인민군 군부, 호위 사령부는 완전히 한쪽으로 물러서야 하는 것 아닌가? 게다가 도선답기의 비밀이 세상에 알려지게 된다면 오직 이 리을설만 웃음거리가 되고 말 것이며, 지금까지 이 리을설에게 눌려 있던 다른 세력들이 나를 완전히 짓밟으려고 하지 않겠는가? 결국 김일성 수령께서 모든 것을 펼쳐 놓고 개방 형식으로 이 북조선을 이끌어 간다면 적어도 땅굴에 대한 책임만큼은 이 리을설이 다 뒤집어써야 하고, 그리되면 지금까지 나에게 밀려나고 학대받던 이들로부터 오히려 내가 그 꼴을 당할 수밖에 없지 않은가? 최악의 경우에는 6.25 전쟁의 책임에서부터 1968년 1월 21일에 감행한 남조선 청와대 기습 사건, 남조선 영부인 피살 사건, 1968년 10월 30일 감행한 울진 삼척 기습 작전, 남조선에 발각된 땅굴에 대한 책임 등을 이 리을설 혼자서 다 뒤집어써야 하는 것 아닌가?

물론 김일성 수령이 최종 책임자라고 하나 현 상황에서 누가 감히 김일성 수령에게 그 책임을 묻겠는가? 결국 그 모든 책임을 이 리을설 혼자서 다 뒤집어써야 된다는 이야기 아닌가? 만약 사태가 그렇게 된다면 이 리을설이 가야될 곳은 어디인가? 함경도 아오지로 가야 된단 말인가? 안 되지, 결코 그런 일이 일어나서는 안 돼! 정말 안 돼!

그렇다면 첫째 김일성 수령과 남조선 대통령이 만나는 일이 일어나서는 안 돼! 어쨌거나 그 일만큼은 꼭 막아야 돼! 사실 말이야 바른 말이지, 저 서시비기 도선답기의 주인이 누구인가? 그 고문서의 중요성을 깨닫고 처음으로 손에 쥔 자가 누구이던가? 바로 이 리을설이 아니던가! 물론 그 당시에는 모든 주위 상황 때문에 그 문서를 김일성 수령에게 바쳤지만 지금 수령님은 어떠한가? 아예 그 고문서 내용을 남조선 대통령에게 공개하겠다는 이야기 아닌가. 안 되지 안 돼! 암! 안 돼고 말고! 그 고문서의 주인은 바로 나란 말이야!'

이런 생각에 리을설이 잠을 못 이루고 있는데 갑자기 전화벨이 울렸다. 시계를 보니 벌써 새벽 3시였다. '이 밤중에 웬 전화지?' 약간 불안한 마음으로 리을설은 전화를 받았다. 인민 무력부 보위국장으로 있는 오금철 상장으로부터의 전화였다. 그의 목소리는 아주 다급하고 부르르 떨리는 목소리였다.

"사령관 동지, 큰일 났습니다. 방금 한 시간 전에 김일성 수령님께서 비밀리에 국가 안전 보위부에 오셔서 김정일 국가 안전 보위 부장에게 밀명을 내리셨는데 앞으로 이틀 안에 국가 안전 보위부에서 밀사 한 사람을 뽑아 남조선 대통령에게 비밀 특사로 보내라는 지시가 있었습니다. 그런데 그 비밀 특사에게 내려질 밀명의 내용이 너무나 충격적이어서 사령관 동지에게 이렇게 연락을 합니다. 제가 곧 사령관 동지 댁으로 가겠습니다."

'철커덕!' 전화는 리을설의 대답을 듣지도 않고 끊어졌다. 그만큼 다급한 일인 모양이다. 리을설은 그나마 조금 올 듯했던 잠마저 확 깨어버렸다.

이 밤중에 김일성 수령께서 왜 국가 안전 보위부 김정일 부장을 만났을까?

그것도 직접 국가 안전 보위부로 가서까지 말이다. 그리고 김정일 국가 안전 보위 부장도 이 시간까지 국가 안전 보위부에 있었다면 서로 이미 만나기로 약속을 하였다는 이야기가 아니겠는가? 김일성 수령께서 이 리을설과 대화가 뚝 끊긴 지가 벌써 한 달이 지났지 않는가? 그런데 이 밤중에 김정일 국가 안전 보위 부장과 직접 대면이라. 물론 부자지간에 오랜만에 할 이야기도 있겠지. 그런데 왜 남의 눈을 피해 밤 한 시 경에 만나는 것일까? 리을설의 마음속에는 심상치 않은 거대한 파도가 밀려오고 있음을 느꼈다. '오금철이 올 때가 다 되었는데 왜 이렇게 늦지?' 이렇게 혼자 중얼거리고 있을 때 마침 오금철이 얼굴이 붉게 상기된 채 들어왔다.

오금철? 이자는 누구인가? 바로 이 리을설의 가장 친한 친구이자 빨치산 동지이며 노동 적위대 대장이었던 오백룡의 아들이 아닌가? 이 녀석이 태어날 때부터 나 리을설과 오백룡은 친구 이상의 친형제처럼 지내지 않았던가? 그런 인연으로 이 녀석이야 말로 내가 가장 믿을 수 있는 자요, 또 나를 친아버지 이상으로 섬기고 있지 않는가? 오금철이 숨이 헐떡이며 말을 꺼내기 시작하였다.

"사령관 동지! 제가 직접 도청한 내용에 따르면 김일성 수령님께서 김정일 국가 안전 보위 부장님께 지시한 내용이 정말 너무나 엄청난 일이어서 온몸에 소름이 오싹 끼쳐요."

그러면서 숨을 한 번 가다듬더니 조금 차분하고 낮은 목소리로 속삭이듯 말을 이어 나갔다.

"어젯밤 10시경 국가 안전 보위부에 있는 원웅희 상장으로부터 '밤늦게 김일성 수령님께서 국가 안전 보위부에 들르실 것 같다.'라는 짤막한 전화를 받았어요. 그때부터 제가 직접 인민 무력부 보위국에서 김정일 국가 안전 보위 부장의 집무실 도청 장치를 가동했지요. 김일성 수령님께서 지시하신 내용은 김정일 국가 안전 보위 부장이 가장 믿는 사람, 한 사람을 밀사로 선발하여 남조선 대통령을 극비리에 만나게 하되 판문점을 통하지 말고 북경을 통해서 보내라고 명을 내렸습니다."

그의 목소리는 한층 차분해졌고, 그의 말을 듣고 있는 리을설의 표정은 더욱 굳어지고 있었다.

"그런데 그 밀사에게 전하라는 명령의 내용이 너무나 두려웠습니다. 그 지령이 뭐냐 하면 미국의 전 대통령이었던 지미 카터가 6월 10일부터 6월 14일까지 남조선 서울을 방문하여 남조선 대통령을 만나게 되어 있는데 이때 남조선 대통령이 지미 카터에게 '북한을 방문하고 싶다는 뜻을 언론에 발표해 보라.'라고 부탁을 하면 그에 따라 지미 카터의 뜻이 언론에 발표되고 북조선에는 즉시 중앙 방송을 통해 이를 허용하면 지미 카터가 북조선에 들어와 3일 정도 머문 후 다시 남조선으로 가게 되고, 그 즉시 남조선 대통령이 또다시 남쪽 언론을 통해 남조선과 북조선의 정상 회담을 제의하면 김일성 수령께서는 못이기는 척하며 그 제의를 수용하여 적어도 7월말 이전까지는 북·남 정상 회담이 이루어지도록 하라.'라는 내용이었습니다."

실로 엄청난 내용이었다. 우리 북조선의 영원한 원수인 미국의 전 대통령을 불러들이고 그 미국 전 대통령 지미 카터가 마치 북조선 김일성 수령과 남조선 대통령과의 만남을 권고하는 것처럼 분위기를 조성하면 김일성 수령은 못이기는 체하며 그 제의를 받아들이고, 그래서 7월말 이전에 북·남 정상 회담을 한다. 그리고······

　리을설로서는 김일성 수령에게 완전히 뒤통수를 얻어맞은 셈이었다. 김일성 수령이 남조선 대통령과 조만간 만날 가능성이 있는 것으로 예상은 하고 있었지만 이렇게 전직 미국 대통령까지 북조선으로 끌어들일 줄을 리을설은 전혀 예상하지 못하였던 것이었기에 그 충격은 더욱 클 수밖에 없었다. 더구나 이런 큰 문제를 결정하는 데 리을설 자신과 일언반구의 의논도 없이 김정일에게 직접 비밀스레 지시했다는 것은 조만간 어떤 큰일이 리을설 자신에게 닥쳐오리라는 것을 쉽게 짐작하고도 남는 일이었다. 지금까지 김일성 수령님 앞에 닥친 그 숱한 난관들을 헤쳐 나갈 수 있도록 온 몸으로 헤쳐 준 사람이 누구인데, 도대체 그 보답이 이것이란 말인가?

　오금철의 말은 계속 이어졌다.

　"한 가지 더 보고드릴 것은 7월 중순경에 대규모 인사이동이 있을 것이고, 그 작업 주체가 국가 안전 보위부 김정일 부장의 손에서 이루어질 것이라고 합니다. 제 생각으로는 그렇게 되기 이전에 사령관님께서 뭔가 손을 쓰지 않으면 안 될 것이라고 생각합니다."

　이 말을 마치고 오금철은 재빨리 자기 근무지로 되돌아갔다.

　리을설은 또다시 새로운 차원의 깊고 깊은 생각에 빠지기 시작하였다.

　'드디어 올 것이 왔구나. 만약 미국 전 대통령이 북조선을 방문하게 되고 연이어 남조선 대통령이 북조선을 방문하여 김일성 수령과 정상 회담을 하고 나면 곧이어 장관급, 차관급, 실무자급이 계속 북·남을 오가게 되고 그러면서 남조선의 자본주의 물결이 북조선으로 밀려오게 되면 북조선의 사상이 기반부터 뿌리째 통째로 흔들리게 될 것은 너무나 뻔한 일이 아닌가? 어쩌면 김일성 수령은 사태가 그렇게 되기를 바라고 있지 않는가? 그리고 최후에는 독일처럼 자연스럽게 통일을 한다는 계산인가? 그렇게 되면 이 리을설은 어떻게 되나. 호위 사령부와 북조선 군부는 하루아침에 길거리로 쫓겨나는 거지 신세가 되고 말 것 아닌가? 그리되면 군부가 가만히 보고만 있을까? 아무리 내가 군부를 장악하고 있다고는 하지만 최전방 중대장, 대대장, 연대장들의 돌출 행위까지는 통제할 수 없는 것 아닌가? 자칫 잘못하면 우리 북조선 내에서 같은 군부끼리 무력 충돌이 일어날 수 있는 상황이 벌어지지나 않을까?

이런저런 복잡한 생각을 하던 중 조금 전 오금철 상장의 말이 생각이 났다. '7월 중순 인사이동이 있기 전까지 사령관님께서 뭔가 손을 쓰지 않으면 안 됩니다.'

리을설은 비장한 표정을 지었다.

여기서 한 가지 주목할 사실은 김일성 수령의 아들이요, 장차 김일성의 뒤를 이어 북조선을 이끌어 갈 국가 안전 보위 부장 김정일조차 일거수일투족 하나하나가 리을설에게 속속들이 보고되고 있다는 사실이었다.

사실이 그랬다. 그동안 리을설은 호위 사령부라는 막강한 조직과 군부, 그와 연계된 방대한 조직 전 부분에 이르러 자신이 신임하고 있는 측근들을 주요 보직에 심어 두었다. 그만큼 북조선 내에서 리을설의 위치는 실질적으로 김일성 수령 다음으로 가는 세력이었다.

아울러 북조선 내에서 일어나고 있는 중요 사건들은 김일성 수령보다 리을설에게 먼저 보고 되고 있는 실정이었고, 호위 사령부·인민 무력성·보위 사령부·군사 검찰국 등을 통하여 거미줄처럼 얽혀 있는 감청 계통은 이중

삼중으로 상호 감시 체제를 구축하고 있었으며, 그 모든 중심에는 거의 리을설 측근들이 포진하고 있었다. 물론 리을설이 북조선 내에서 이처럼 탄탄한 기반을 마련하기까지는 같은 권력층 간의 갈등이나 마찰도 많이 있었던 것은 사실이었다. 그러나 그때마다 그 모든 것들을 하나하나 제거 하였으며, 그 힘의 원천은 역시 김일성 수령의 두터운 신임이 있었기에 가능하였고, 특히 도선답기에 관한 건에서는 오직 김일성 수령과 리을설만이 알고 있는 사항이었기에 더욱더 두터운 신임을 얻을 수가 있었던 것이다.

그런 그가 지금은 최대의 위기를 맞이하게 된 것이었다. 아니 어떻게 표현하면 최대의 위기가 아니라 종말을 맞이하게 되었다고 표현하는 것이 오히려 더 맞는 표현일 것이다. 리을설, 그는 마치 진시황제 밑에 있던 이사(李斯)와 너무 흡사하지 않은가. 이제 리을설은 자기 앞에 닥친 최대의 난관을 어떻게 헤쳐 나갈 것인가?

봉화 진료소

....

평야에는 장관급 이상만 사용할 수 있는 병원이 있다. 바로 평양 보통강 근교에 있는 봉화 진료소이다. 병원 부지만 100만 평이 넘고 의사의 수도 300여 명이 있으며, 총 근무인원도 2,000명이 넘는 방대한 의료 시설이다. 그런데 이 병원을 관리 감독하는 기관이 호위 사령부이고, 호위 사령부 사령관이 바로 리을설이다.

물론 호위 사령부는 김일성, 김정일을 비롯한 정부·당·군의 중요 간부들의 호위를 총괄하는 부서이다. 김일성 수령이 승용차로 외출을 할 경우 그 호위는 4중으로 이루어진다. 제일 바깥쪽은 사회 안전부, 그 안쪽은 정치 보위부, 그 다음 안쪽은 행사 안전국 요원이 배치되고 최 근접 밀착 경호는 호위 사령부 제1호위부 소속 요원들이 맡는다. 이 모든 것을 호위 사령부가 주관하고 있으며, 호위 사령부 제1호위부가 김일성 밀착 경호를 맡고 있으며, 봉화 진료소는 제3호위부 소속이다

　김일성이 한번 움직이면 주치의도 3명이 항상 따라다닌다. 김일성은 치아가 아주 좋지 않았고, 담배도 많이 피워서 목도 별로 좋지 않았다. 그래서 내과 전문의 1명, 치과 전문의 1명, 이비인후과 전문의 1명 이렇게 3명의 의사가 항상 함께 따라다닌다. 또 이 의사 세 명의 무술 실력은 모두 보통이 넘는 실력의 보유자이고 항상 권총을 소지하고 다닌다. 만약 긴급 사태가 발생하였을 경우에는 의사이기 이전에 경호원으로서의 임무도 동시에 수행할 수 있도록 하고 있는 것이다. 그리고 김일성 주석의 행차 때 맨 뒤끝의 리무진에는 이들 의사 세 명과 비상약이 항상 준비되어 있다. 우선 40~50명을 동시에 치료할 수 있는 외상 치료용 의약품 외에 이 세상에서 만들어지는 고급 치료약이라는 약은 모두 한 종류씩 다 비치가 되어 있다.

　그 내용을 보면 소화제, 멀미약 같은 기초 의약품에서부터 심장병 약, 혈압 치료용 약 등등 심지어는 방제용 소독약까지 준비가 되어 있고 산소병 링겔은 물론이거니와 전기 충격기까지 준비가 되어 있어 가히 조그만 병원이 따라 다닌다고 생각해도 과언은 아닐 것이다. 게다가 항상 신선한 A형 혈액도 보관되어 있었다.

비 밀 회 의

....

1994년 6월말 평양 모 처. 리을설은 비밀리에 측근 핵심들을 소집하였다.

그 사람들은 108기계화 군단장, 사회 안전성 부부장, 제6 군단장, 인민 무력부 작전 국장, 제5군단장, 총참모부 작전 국장, 인민 무력부 부부장, 공군 사령관, 평양 방어 사령관, 제4군단장, 해군 사령관, 호위 사령부 부국장, 국가 안전 보위부 부부장, 인민 무력성 정찰국 부국장, 인민군 포병 사령관 등 북조선 인민군의 중요 보직에 있는 자들이 거의 다 집결되었다고 보아도 과언은 아니었다.

리을설 사령관에서부터 소집된 모두의 표정은 굳어 있다 못해 비장한 각오까지 되어 있었다. 리을설이 비밀리에 소집한 비상 회의는 짧은 시간 안에 끝이 났고, 참석했던 모두는 각자 근무처로 바삐 돌아갔다.

함 정 (陷穽)

....

1994년 7월 2일, 김일성은 기분이 아주 상쾌하였다. 모든 것이 자신의 뜻대로 되어가고 있었다. 지미 카터 전 미국 대통령이 북조선을 방문해 주었고, 그리고 오늘은 남조선 대통령과의 정상 회담을 온 세상에 발표하지 않았는가? 이제 7월 25일부터 7월 28일까지 남조선 대통령과의 회담이 끝나고 나면 본격적으로 나라를 개방하여 남북 간 교역이 이루어지면 인민들의 삶은 한층 나아질 것임을 확신하고 있었다. 실로 오랜만에 김일성은 깊은 잠에 푹 빠졌다.

 바로 이 시간 리을설은 김정일 국방위원장을 만나고 있었다. 그 자리에는 오진우 인민 무력 부장, 최광 인민 무력부 총참모장, 김광진 인민 무력부 제1부부장이 함께 자리하고 있었다. 평소 극히 술을 먹지 않던 리을설도 이 날은 상당히 취해 있었다. 그 자리의 주된 화제는 당연히 김일성 주석과 남조선 대통령과의 정상 회담에 대한 일이었다. 물론 이야기를 주도하고 있는 사람은 리을설이었다. 화제가 북·남 정상 회담 이후에 남측의 자본주의 물결이 북으로 흘러들어 오면 군부의 위상이 어떻게 될 것인가 하는 문답이었다. 김정일을 제외한 모두가 군부의 위상에 대하여 부정적이고도 근심스러운 이야기가 자연스럽게 흘러 나왔다.

 이윽고 리을설이 결론적인 의견을 제시하였다.

 "우리가 김일성 주석님의 뜻을 거스를 수는 없소. 그러나 북·남 정상 회담을 다시 한 번 재고하심이 어떻겠냐고 건의를 해볼 수는 있지 않겠소. 그래야만 후일 어떤 잘못된 사태가 발생했을 경우 우리 군부 측에서는 그래도 북·남 정상 회담을 재고해 보라고 건의는 했다고 할 수 있을 것이오."

 리을설의 말을 들은 간부들이 곰곰이 생각해보니 일리가 있는 말이었다. 김일성 주석의 뜻에 정면으로 반대를 하자는 것도 아니고 군부의 책임자들로서 재고해보심이 어떨까하는 가벼운 건의 정도는 충분히 할 수 있는 일이고, 또 별로 손해 볼 것 같지도 않는 것이기도 하였다.

 김정일 역시 마찬가지 입장이었다. 물론 아버지 김일성 주석의 명을 받아 남쪽으로 밀사를 파견하기는 하였지만, 그것은 김일성 주석의 일방적인 명령이었고 또 그 사실을 알고 있는 사람도 없지 않는가? 그러면 오늘 리을설 사령관이 제안하는 뜻을 혼자서 거절할 이유는 없었다. 또 어떤 면에서는 리을설 사령관의 말이 맞는 부분도 있는 것 같았다. 북조선 내 군부끼리의 내전 가능성이라든가, 군부의 위상 약화 등등은 충분히 고려해볼 소지가 있는 것 같은 느낌도 들었다. 그러나 이날 밤 리을설의 제의가 훗날 김정일이나 오진우, 최광, 김광진 등에 있어서는 참으로 무서운 공포의 씨앗임을 아무도 눈치 채지 못하였다.

강 석 주 대 표

....

1994년 7월 6일, 스위스 제네바에 제3차 북·미 고위급 회담 북측 대표로 참석하고자 온 북조선 대표 강석주 제1외무차관의 심정은 복잡하기만 하였다. 평양을 출발하기 전 분명 김일성 주석으로부터는 꼭 화력 발전소 2기를 요구하라는 지시를 엄하게 받았으나, 또 한편 리을설 사령관으로부터는 모든 책임은 자기가 질 것이니 경수로 핵발전소 2기를 요구하라는 것이었다. '모든 책임을 자기가 진다?' 이것이 과연 무엇을 의미하고 있는 것일까?

강석주는 몹시 혼란스러웠다. 아무리 자신이 리을설의 심복이라고는 하지만 그래도 감히 김일성 주석의 명령을 거역할 수가 있단 말인가? 이런 생각과 함께 또 한편으로는 아무리 리을설이 북조선 내에 최고의 권력자 중의 한 사람이라고는 하지만 감히 김일성 주석의 명령을 거역하고 자기가 어떻게 책임을 지겠다는 말인가? 이런 저런 생각으로 강석주는 갈팡질팡하고 있었다. 그 때 본국으로부터 한 장의 전문이 날아왔다.

내용은 '필히 화력 발전소 2기를 요구할 것'이었다. 강석주는 화력 발전소를 요구하기로 결심하였다. 그리고 7월 8일 아침에 일어나서 북·미 회담 회의장으로 출발 준비를 서두르고 있을 때 다시 한 장의 전문을 받아본 강석주는 그 자리에서 쓰러질 뻔하였다.

"김일성 주석 사망."

얼마 후 정신을 차린 그는 대충 사태를 짐작하고 결국 경수로 핵원자력 발전소 2기를 요구하였다.

암 살(暗殺)

....

1994년 7월 7일 오후 5시, 묘향산 김일성의 별장에서 김일성은 혼자 조용히 곧 있을 남조선 대통령과의 회담 때 논의할 의제들을 정리하고 있었다. 그때 김일성 주석과 저녁 식사를 약속한 군부 지도자들을 태운 고급 외제 승용차들이 속속 도착하였다.

그리고 저녁 7시 무렵 김일성 주석과 군부 지도자들의 식사가 시작되었다. 당연히 식탁에는 고급 양주와 맛깔스러운 안주도 준비되어 있었다. 참석자는 김정일을 비롯하여 리을설 호위 사령부 사령관, 오진우 인민 무력 부장, 최광 인민 무력부 총참모장, 조명록 공군 사령관, 김일철 해군 사령관, 김광진 인민 무력부 제1부부장, 김정각 인민 무력부 부부장, 국방위원회 김봉율 차수 등등 소위 북조선 인민국의 지도자들이 모두 모인 자리였다.

밤 8시 30분이 조금 지났을 무렵, 김일성 주석은 남조선 대통령과 정상 회담의 불가피성을 역설하였다. 물론 참석한 대부분의 사람들은 벌써 주기가 올라 있었다. 그러나 참석한 모두는 누구나 말을 못하고 조용히 김일성 주석의 말을 듣고 있었다. 김일성의 설명을 끝까지 듣고 있던 리을설은 설명이 끝나자 아주 조용하고도 침착한 어조로 질문을 하였다.

"수령님의 말씀대로 남조선과 교류를 하면 틀림없이 우리 북조선이 처해 있는 어려움을 해소하는데 큰 도움이 되는 것은 사실일 것입니다. 그런데 문제는 남조선의 자본주의 물결이 우리 공화국으로 밀려오고, 그리되면 우리 인민들은 남조선에서는 대통령을 위시한 정치 지도자 모두를 주민 스스로가 공정한 선거를 통해 선출한다는 사실들을 알게 될 텐데, 그렇게 되면 우리 북조선 인민들이 동요를 일으킬 것은 불을 보듯 뻔한 사실이고, 자칫하며 우리 공화국의 기반이 송두리째 흔들릴 수도 있을 터인데 그것을 어떻게 감당하시겠습니까?"

리을설의 말에 김일성은 무척 당황해 하는 모습이 역력해 보였다. 순간 주위는 찬물을 끼얹은 듯한 공포감이 감돌고 있었다. 김일성 주석은 여전히 당황하는 모습을 보이면서 입을 열었다.

"그런 사태가 일어나지 않도록 해야지. 그러니까 남조선과 교역은 하되 남조선 인민과 우리 인민이 직접 접촉할 수는 없도록 해야 돼!" 김일성이 겉으로는 그렇게 말을 하고 있었지만 어쩐지 그 말 속에는 자신감이 없어 보였다. 김일성은 약간 언성을 높여 다시 입을 열었다.

"뭐! 인민이 난동을 일으킨다고? 만약 그런 사태가 발생한다면 중국 천안문 사태에서처럼 탱크로 확 밀어버리면 된다고! 우리 인민군 탱크는 그럴 때 쓰는 거야!"

김일성의 흥분된 말에 리을설은 얼굴색 하나 변하지 않고 아주 침착하고 또렷하게 다시 말을 이었다.

"수령 동지. 만약 우리 군대가 개방을 해야 한다는 파와 절대 개방은 안 된다는 파로 나뉘어서 서로 다투게 된다면 그 때는 어떤 조치를 취해야 하겠습니까?"

순간 김일성은 자기 앞에 놓여 있는 큼직한 그릇을 리을설 얼굴로 집어

던지면서 소리쳤다.

"뭐야! 이 새끼! 우리 인민군끼리 싸운다고! 이 새끼가 어디서 함부로 막 말을 하고 있어!"

리을설의 이마에선 붉은 핏방울이 뚝뚝 떨어지고 있었다. 저녁 만찬은 이렇게 끝나버렸고 김정일, 리을설, 오진우 일행은 두려운 분위기를 피해 타고 왔던 차량으로 평양으로 되돌아가버렸다.

확실히 그날 밤 묘향산 별장의 분위기는 이상하였다. 경계병·호위병·경호원 등도 별로 눈에 띄지 않았다. 그러나 이런 분위기를 유심히 쳐다보는 사람은 아무도 없었다.

한편, 저녁 만찬이 처음 시작될 그 시간, 묘향산 별장 내실에서는 김일성 주치의 세 명 그러니까 내과 전문의, 이비인후과 전문의, 치과 전문의 이 세 사람 역시 식사를 하고 있었다. 그런데 왠지 분위기가 영 어색해 보였다. 내과 의사와 이비인후과 의사 두 명이 잔뜩 긴장을 하고 식사를 하는 둥 마는 둥 하고 있을 때 치과 의사가 껄껄 웃으면서 분위기를 바꾸었다

"이보, 동무들 왜들 그래, 자! 술이나 한 잔씩 하자고."

그제야 두 사람이 웃으면서 술을 한 잔씩 쭉 들었다. 그런데 내과 의사, 이비인후과 두 의사가 서로 약속이나 한 듯이 돌아가며 치과 의사에게 집중적으로 술을 권하기 시작하였다. 물론 자기들도 가끔 한 잔씩 하면서, 그리고 10시 30분경 치과 의사는 과음을 한 탓으로 눈꺼풀에 힘이 없어 보였다. 그때 내과 의사가 치과 의사를 보고는 말했다.

"이보게 동무, 눈 한숨 붙이게. 설마 저녁에 수령 동지께서 이빨 아플 일이야 없겠지. 저렇게 군관 동무들과 술을 드시고 계시니 배나 목이 아픈 일은 있을지 몰라도 이빨 아플 일은 없겠지."

그 말이 끝나자 이비인후과 의사도 옆에서,

"그래, 치과 동무가 먼저 자라구. 수령님은 우리가 지킬 테니까 말이야."

하고 거들었다. 그러자 치과 의사는,

"그래, 그럼 그렇게 하지 뭐. 대신 내일 아침은 내가 일찍 일어날게."

그러고는 비틀거리며 자리에서 일어났다.

다시 김일성의 거실.

김일성은 여전히 흥분돼 있었다. 사실 리을설의 돌출 발언은 고의로 김일성 주석의 화를 돋우고자 작심한 듯 보였다.

"리을설! 이 새끼를 내가 너무 키웠어. 뭐라구! 인민군끼리 서로 싸우면 어떡하겠느냐고? 이 자식이 말을 너무 막 했단 말이야. 더구나 군 간부 모두가 있는 앞에서 나에게 감히 그런 이야기를 하다니…… 밥사발을 던질 것이 아니라 총으로 쏘아버렸어야 했어! 도선답기니 뭐니 하는 것 때문에 내가 보호해줬더니 간덩이가 너무 컸어. 안 돼, 이대로 그냥 놔둘 수 없어.

당장 내일이라도 처형을 해버려야 돼. 아니 아오지 탄광으로 보내버려야 해! 그리고 두고두고 괴롭혀야 돼!"

그리고는 독한 양주를 글라스에 잔뜩 따른 뒤 한 입에 꿀꺽 삼키고는 계속 씩씩거리고 있는 데 내과 의사가 들어와 말했다.

"수령님! 밤도 늦었는데 한숨 푹 주무시지요. 그래야 내일 또 업무를 보실 수 있지 않겠습니까? 제가 신경 안정제 주사를 한 대 놓아드릴께요."

그렇게 해서 김일성은 내과 의사가 놓아주는 신경 안정제 주사를 맞고는 곧 깊고 깊은 잠에 빠져 들었다. 이미 술도 몇 잔 들이 킨 몸이 아니었던가?

그리고 밤 12시경, 내과 의사와 이비인후과 의사 두 사람은 또 다른 바늘을 깊이 잠들어 있는 김일성의 팔에 깊숙이 찔러 넣었다.

얼마 후, 일찌감치 잠이 들었던 치과 의사는 심한 갈증을 느껴 잠이 깼다.

순간 옆방에서 인기척이 들려왔다. 이상한 낌새를 느낀 치과 의사는 청진기를 꺼내어 옆방으로 통하는 문에 대어 보았다. 그러자 두 사람이 주고 받는 이야기 소리가 청진기를 통해 또렷이 들려왔다.

"이봐 동무! 빨리빨리 해. 혈액 봉지를 좀 더 낮추고! 수령 동지의 호주머 니에 있는 문서도 잘 챙기라고."

사태의 심각성을 깨달은 치과 의사는 조용히 권총을 뽑아 실탄을 장착하 고는 방아쇠의 안전핀을 풀었다. 바깥은 빗소리로 요란스러웠고, 가끔은 천둥소리도 크게 들리면서 번쩍번쩍하는 섬광을 내뿜었다. 하늘도 이 엄청 난 사태를 지켜보고 있는 것일까? 치과 의사가 문을 활짝 열면서 소리쳤다.

"무엇하는 거야, 이 새끼들아! 수령님의 몸에서 손 떼고 바닥에 엎드려. 안 그러면 쏘아버리겠어."

두 손으로 꽉 쥔 권총이 부르르 떨렸다. 내과 의사가 휙 뒤로 돌아서며 저항하려하자 순간 총성이 울렸다. 그리고 연이어 권총에 남아 있는 실탄 이 다 떨어질 때까지 두 사람을 향해 총을 쏘아 대었다. 천둥 번개 소리는 더욱 공포스럽게 울려 왔다. 총소리를 듣고 또 다른 옆방에 있던 군관이 총 을 든 채 뛰어 들어와서는 끔찍한 상황을 보고 아연실색을 하였다. 이내 치 과 의사로부터 사태를 파악하고는 곧장 봉화 진료소로 긴급히 전화를 하 였고, 그 사이 치과 의사는 김일성의 팔에 꽂힌 바늘을 뽑아냈다.

봉화진료소에서 전화를 받은 사람은 인민 무력부 오금철 중장이었다. 그 러나 전화를 하는 군관은 그런 일에는 신경을 쓸 겨를이 없었다. 그래서 그 냥 전화에 대고 외쳤다.

"큰일 났습니다. 수령님께서 위독하십니다. 급히 헬리콥터를 보내 주셔 야 되겠습니다."

"뭐야? 어떻게 위독한데? 옆에 의사는 무어해? 빨리 의사를 바꿔 봐!"

이윽고 오금철 중장과 치과 의사의 전화 통화가 시작되었다.

"수령님의 상태는 어떤가? 그리고 자네는 누군가? 어떻게 된 상황인가?"

"네, 저는 수령님의 치과 주치의입니다. 내과 의사와 이비인후과 의사가 수령님의 혈액을 뽑는 것을 보고 제가 사살하였습니다. 수령님을 지금이라도 진료소로 후송하여 혈액을 공급하면 살아날 수 있을 것 같습니다. 빨리 헬리콥터를 보내주십시오."

"알았네. 급히 보내도록 하겠네. 그동안 최선을 다해 수령님을 치료하도록 하게."

오금철은 즉시 리을설 사령관에게 전화를 걸어 군관이 전한 상황을 상세히 설명하였다.

리을설의 머리는 신속하게 회전하였다. 그리고 결정도 빨랐다. 리을설은 즉시 오금철에게 대처 방안을 지시하였다. 즉각 헬리콥터 한 대가 봉화 진료소에서 출발을 하였다.

한편 치과의사는 재빨리 혈액과 전기 충격기를 찾으러 바깥으로 나갔다. 그런데 항상 수령님을 따라다니던 혈액을 실은 리무진이 보이지 않았다. '리무진만 있어도 그 속에 있는 혈액과 전기 충격기만 있어도 수령님을 살릴 수 있을 텐데.'라고 생각하면서 아무리 뛰어 봐도 리무진은 보이지 않았다.

이번에는 헬리콥터를 찾았다. 평소 김일성이 이곳에 머물 때면 항상 헬리콥터 3대가 비상 대기하고 있었다. 김일성의 전용 헬리콥터는 총 12대였다. 김일성이 공식적으로 헬기를 타고 움직일 때는 똑같은 헬리콥터 6대가 동시에 움직였다. 그러나 평소에는 3대가 움직이도록 되어 있다. 모두가 다 소련제 대형 헬리콥터인데 아무리 악천후라 할지라도 능히 뚫고 나갈 수 있고, 웬만한 미사일 공격도 자동으로 비껴가게 할 수 있는 유인 발열탄 발사 장치까지 부착되어 있었다. 그런데 그날 밤에는 보이지 않았다. 물론 봉화 진료소에 헬리콥터를 보내라고 연락은 하였지만 이곳에 있는 헬리콥터를 이용하면 훨씬 빠를 것 아닌가? 그런데 그 헬기가 1대도 보이질 않으니 이것이 어찌된 일인가?

그때 멀리서 헬기 한 대가 오는 것이 보였다. 치과 의사는 다시금 김일성 수령이 있는 곳으로 뛰어 갔다. 헬기에서 세 사람이 뛰어 내려 뛰어오고 있는 모습이 보였다. 치과 의사와 김일성을 지켜보고 있던 군관이 그들을 보고 빨리 오라고 손짓을 하였다. 그런데 헬기에서 내려 제일 앞장서서 뛰어오던 군관이 이 두 사람을 향해 권총을 발사하였다. 지극히 짧게 몇 발의 총성이 울리고, 두 사람은 그 자리에서 즉사하고 말았다. 곧이어 뒤따라온 군관들이 치과 의사, 군관, 내과 의사, 이비인후과 의사 이 네 사람의 시신을 헬기에 실었다. 그리고 헬기는 곧바로 남쪽으로 비바람을 헤치며 날아갔다. 그리고 2~3분 후 지상 어딘가에서 발사된 로켓포 한 발이 헬기에 명중을 하였고, 헬기는 숲속으로 떨어지더니 큰 불꽃을 뿜으며 폭발하고 말았다. 그렇게 해서 내과 의사 주머니에 있던 고문서도 불타고 말았다.

10여 분 후, 김일성 주석의 전용 헬기 2대가 별장에 착륙하였다. 이 때 남한의 오산 레이더 기지에서는 실제로 3대의 헬기가 움직이는 것이 모두 감지되었다.

도착한 헬기에는 세 명의 의사와 간호사가 타고 있었다. 그들은 숨을 헐떡거리고 있는 김일성 주석을 싣고는 봉화 진료소로 향하였다. 그리고 미리 대기하고 있던 사람들에 의해 즉시 비상조치를 받았으나 김일성은 이내 사망하고 말았다. 그때가 1994년 7월 8일 새벽 2시였다. 비상 응급조치를 하던 의사가 중얼거렸다.

'10분 정도만 빨리 도착하였어도 수령님을 살릴 수 있었을 텐데……'

그날 오전 10시, 김정일 국방위원장을 비롯한 전 내각 각료와 군 고위 간부들, 당 고위 간부들에게 김일성 수령의 시신이 공개되었다. 시신은 아주 깨끗하였다. 총상이나 타박상 같은 외상은 전혀 없었다. 독극물에 의한 피부 반점 같은 증상도 전혀 없었다. 담당 의사의 설명으로는 튜브를 통하여 위 잔여물이나 대장의 잔여물을 채취하여 검사한 결과, 독극물 같은 외부 요인적인 점은 전혀 발견할 수 없고, 혈액도 검사해보았으나 아직까지는 그 어떤 외부 요인은 발견할 수 없다고 하였다. 그리고 얼마 후 사인을 밝히는 '의학적 결론서'가 TV에 보도되었다.

"김일성 주석 동지의 질병과 사망 원인에 대한 의학적 결론서"

경애하는 수령 김일성 동지께서는 심장 혈관의 동맥경화증으로 치료를 받아 왔다. 거듭된 정신적 과로로 1994년 7월 7일 심한 심근경색이 발생하여 심장 쇼크를 일으켰다. 즉시 모든 치료를 하였음에도 불구하고 쇼크가 악화하여 1994년 7월 8일 새벽 2시에 사망하셨다.

장 례 식

....

정말 조용하였다. 평양의 거리는 이상할 정도로 조용하였다. 김일성 주석의 장례는 엄숙하고도 조용한 가운데 치러졌다. 그의 죽음에 이상한 의문을 품은 사람은 아무도 없는듯하였다. 17일 후면 남북 분단 이후 처음으로 남·북 정상 회담이 이루어지게 되어 있었으나 김일성 주석의 급작스러운 사망으로 그 일은 물거품이 되어 버렸다. 그의 장례는 조용히 치러졌다
한 가지 이상한 점이 있다면 장례 위원회 명단에 리을설의 이름이 보이

지 않았다. 서열 1위는 당연히 김정일이었다. 그리고 그 뒤를 이어 오진우, 강성산, 이종옥, 박성철, 김영주…… 9위 최광, 21위 연형묵, 26위 황장엽, 29위 김용순, 30위 김환, 35위 공진태, 39위 유미영, 40위 현준극. 당시 리을설의 위치를 본다면 적어도 서열 6위 내지 7위는 되어야할 것인데, 왜 리을설의 이름이 빠졌을까?

참고로 1998년 7월 8일 김일성 주석 4주기 추모식에서 리을설은 서열 7위, 1998년 9월 5일 제10기 최고 인민 회의 때는 서열 8위, 2000년 2월 25일 김정일 58회 생일 중앙 보고 때는 서열 4위로 오른 리을설이 왜 김일성 주석 사망 시 장례 위원회 명단에서는 아예 그 이름이 빠져 있었을까?

빌 클 린 턴

비록 김일성 주석은 사망하였으나 1994년 7월 8일, 즉 김일성 주석이 사망한 그 날, 스위스 제네바에서는 예정대로 제3차 북·미 고위급 회담이 진행이 되고 있었다. 우여곡절 끝에 북한 대표 강석주 제1외무차관은 경수로 핵발전소 2기와 중유를 요구하는 안을 내놓았다.

그리고 그해 10월 21일, 드디어 최종 합의에 도달하였다. 미국은 북한의 모든 요구를 들어줬다. 즉 1기에 거의 25억 달러나 소요되는 경수로 원자력 발전소 2기를 10년에 걸쳐 공사를 완료하는 것과 그 공사가 완료될 때까지 연간 50만 톤의 중유를 제공하기로 약속하였다. 그런데 이 당시 결정되었던 합의서에는 이해가 가지 않는 부분이 너무나 많다는 것을 조금만 관심 있게 지켜 본 사람이라면 쉽게 발견할 수 있었다.

첫째, 미·북 간에 체결된 것은 국가 간의 '조약'이 아니고 단지 '합의서'였다. 핵무기 개발이라는 문제와 천문학적인 자금이 소요되고 10년이라는 긴 시간을 요구하는 이런 중요한 문제를 왜 단순한 '합의'로 하였을까? 여기에서 한 가지 짚고 넘어갈 사항은 대부분의 나라에서는 '조약'은 국회의 동의를 얻어야만 가능한 사항이다. 그런데 당시 미국의 클린턴 행정부는 공화당이 장악하고 있는 의회에서 통과시킬 자신이 없었다.

그래서 '조약' 대신 '합의'라는 일종의 편법을 썼던 것이다. 그러나 조약과 합의의 차이는 엄청난 것이다.

국가 간에 '조약'이 지켜지지 않을 때는 자칫 전쟁으로 연결될 수도 있다. 그러나 '합의'라는 것은 한 쪽이 지키지 않으면 다른 한 쪽도 지키지 않으면 그만이다. 그것으로 끝나버리는 것이다. 결국 이 일은 2002년 10월, 북한이 핵무기 개발을 재개하고 있다고 판명이 되면서 결국 핵발전소 공사도, 중유 공급도 중단되어 버렸다.

또 하나의 사실은 부시 행정부는 북한의 핵 불장난을 아주 무시해 버렸다. 쉽게 말해서 북한이 핵탄두를 갖고 있느니 없느니 혹은 핵무기를 탑재할 미사일을 개발하느니 마느니 하여도 관심을 두지 않았다. 철저히 무시해 버렸던 것이다.

그런데 클린턴 행정부는 왜 그런 북한의 요구 조건을 아주 성실히 승낙하였을까? 그리고 북한은 이런 엄청난 대가를 받으면서 그들이 해야 할 의무 사항은 무엇이었나? 그것은 오직 한 가지 '흑연 감속형 원자로 동결 이것 하나뿐이었다. 그것도 가동만 중지할 뿐이었다. 그리고 경수로 핵발전소가 완전히 가동이 되면 폐기하기로 되어 있었다.

폐연료봉은 봉인하여 북한 밖으로 반출하기로 되어 있으나 그에 따른 반출 시기, 반출 방법, 반출 국가 등에 대한 구체적인 사항은 전혀 언급되지도 않았다. 또한 가장 중요한 내용, 즉 '핵폭탄 제조 금지'라는 문구는 눈을 씻고 보아도 없었다. 한 마디로 허점투성이의 합의였던 것이다. 실제로 북한은 이 합의서의 허점을 최대한 활용하여 제2차 핵 위기가 연출된 2002년 10월까지 비밀리에 핵 개발을 강행하였던 것이다.

1994년 7월 8일 제3차 제네바 협상 이후 그해, 즉 1994년 10월 12일 미 클린턴 행정부는 대북한 문제에 대하여 어떤 결정을 내리지 않으면 안 될 시점에 이르렀다. 참으로 어려운 결단을 내려야 할 때가 온 것이다. 1994년 6월17일 미국 동부 시간으로 AM 10시 30분 백악관 지하실 이스트 룸. 클린턴 대통령이 굳은 표정으로 회의장 안으로 들어왔다. 회의장에는 앨 고어 부통령, 크리스토퍼 국무장관, 페리 국방장관, 샤리카 쉬우빌 통합참모 본부의장, 울지 CIA국장, 칼루치 한반도 문제 담당 대사가 이미 대기하고 있었다. 그리고 오랜 시간 동안 논쟁이 벌어졌다. 전쟁이라도 할 것인가? 아니면 북한을 달래서 조용히 마무리를 지을 것인가? 그렇다면 북한의 요구 조건을 어디까지 들어줄 것인가? 등등의 현안들이 쏟아져 나왔다. 샤리카 쉬우빌 통합참모 본부의장은 전쟁 가능성에 대한 여러 가지 경우를 설명하였다. 북한의 핵 제조 지역만 선별하여 정밀 폭격을 가하는 방안, 북한과의 전면전이 발발할 경우 등등의 상황을 설명하였다. 그리고 그 결과로 자칫 세계 3차 대전을 유발할 수도 있다는 의견도 제시되었다.

그러나 어느 하나 신통한 의견은 없는 듯하였다. 이때 칼루치 한반도 담당 대사가 입을 열었다.

"대통령 각하! 북한의 모든 의견을 아예 철저히 무시해 버립시다. 마치 부시 대통령 때처럼 아예 북한 자체를 무시해 버려야 합니다."

하긴 그 자리에 참석해 있는 사람들 중 북한이라는 곳, 그리고 그곳의 분위기 등을 가장 잘 파악하고 있는 사람은 칼루치 대사뿐이었다.

그는 이미 미국 협상단 대표로서 수없이 많은 북한 대표들과 접촉을 한 사람 아닌가? 그의 말은 계속 이어졌다.

"지금 북한은 김일성이라는 큰 기둥이 없어져 버렸습니다. 소련과 중국의 지원이 대부분 끊긴 북한은 정신적인 지도자도 사라져 버렸고 식량 부족으로 굶어죽는 사람이 수없이 생겨나고 있고 고통을 참지 못하는 일부는 중국으로 탈북을 하고 있고, 민심은 흉흉할 대로 흉흉해져 있습니다. 제가 보기에는 저대로 가만히 놔두면 얼마 있지 않아 북한은 틀림없이 붕괴되고 말 것입니다. 물론 김일성 후계자로 그 아들인 김정일이가 있다고는 하나 지도자로서의 영향력은 김일성의 십분의 일도 못되는 실정입니다. 가만히 놔두면 저절로 붕괴해버리고 말 그런 나라에 왜 우리가 신경을 써야 하고, 엄청난 돈을 쏟아 부어야 합니까? 그렇다고 그들이 붕괴하기 전에 핵을 사용할 수 있느냐 하면 절대로 그러지 못합니다. 그들은 설령 핵을 가지고 있다고 하더라도 그것을 사용할 명분이 없습니다. 그것은 틀림없는 사실입니다."

칼루치의 진지한 그 말에 참석해 있던 모든 사람들이 고개를 끄덕이며 동의하는 듯하였다.

처음부터 끝까지 침묵을 지키며 의견을 청취하고 있던 클린턴 대통령이 칼루치를 쳐다보며 조용히 입을 열었다.

"이봐요, 칼루치 대사. 당신 말대로 북한이 붕괴하고 나면 그 다음에는 어떤 일이 일어날 것 같소?"

"당연히 북한은 한국에 흡수되고 한반도는 통일이 되겠지요."

칼루치는 당연한 듯이 대답하였다. 그 말을 들은 클린턴 대통령은 조심스럽게 아주 조심스럽게 다시 입을 열었다.

"여러분, 내가 미합중국 대통령이오. 대통령인 내가 왜 그런 생각까지 해 보지 않았겠소. 나 역시 그것까지도 충분히 생각을 해 보았소. 그러나 내 생각과 대사와의 생각에는 큰 차이가 있는 것 같소. 대사는 그들이 붕괴하면 곧 남한에 흡수 통일이 될 것이라고 생각하고 있지만 그것은 큰 오산이요. 일이 그렇게 쉽게 끝나기만 한다면 얼마나 좋겠어요. 그러나 한반도나 북한이 그렇게 단순한 곳이 아니에요. 다 알다시피 북한이라는 곳에는 세상에서 둘째가라면 서러워할 정도로 재래식 무기가 많은 곳이에요.

자! 폭동이 일어났다고 합시다. 당연히 그들을 진압하고자 군대가 출동할 것이고, 많은 사상자가 발생할 것입니다. 그리고 일부는 해외로 탈출을 시도 할 것입니다. 휴전선에는 이미 수없이 많은 군인들이 지키고 있으니 탈출은 불가능해요. 제일 가능한 곳은 역시 중국입니다. 내 생각으로는 이백만 명 이상이 압록강을 건너 중국으로 탈출을 꾀할 것입니다. 다음이 바다로 나가는 것인데 많은 사람들이 작은 어선을 타고 동해를 건너 일본으로 향할 것입니다. 이 때 북한 함정은 이들을 막으려고 할 것입니다. 그러면 일본 군함은 이런 사실을 보고 구경만 하고 있을까요? 천만에요. 그들은 난민을 보호한다는 명목으로 결국 북한 군함과 충돌을 할 것입니다. 만약 이 과정에서 만에 하나라도 북한 해군과 일본 해군 사이에 충돌이 발생한다면 그를 빌미로 일본은 대규모 해군 작전을 펼칠 것이고, 나아가 일본 자위대가 어쩌면 북한에 상륙할지도 모릅니다. 일본이라는 나라는 충분히 그런 도발을 할 가능성이 있는 나라입니다. 아니 어쩌면 일본은 사태가 그렇게 되도록 기다리고 있는지도 모릅니다.

그러면 중국이라고 가만히 있겠습니까? 압록강 너머 난민을 구한다는 명목으로 분명 군인을 출동시킬 것이며, 서해에서 역시 동해 바다와 똑같은 사태가 일어날 것입니다. 러시아 역시 이런 사태를 가만히 지켜보고 있지만은 않을 것입니다. 이 와중에 휴전선에 있는 북한군 역시 자기들끼리 싸움을 벌일 소지가 충분히 있습니다. 그러다가 어느 누군가 남쪽을 향하여 총부리를 돌렸다고 합시다. 아마 휴전선 155마일은 순식간에 전쟁터로 변하고 말 것이며, 휴전선에 있는 무수히 많은 포대와 미사일이 일순간에 불을 내뿜을 것입니다. 서울은 곧 아수라장(阿修羅場:Asyra)이 되고 말 것 이며, 우리 주한 미군도 어쩔 수 없이 북쪽을 향하여 공격을 하지 않을 수가 없을 것입니다. 사태가 이 지경으로 이른다면 차라리 단순히 남북 간에 전쟁이 일어나는 것보다 사태가 훨씬 더 심각해진다는 거예요. 단지 북한군과 남한군, 미군의 싸움이 아니라 일본, 중국, 러시아까지 개입되는 상황이 벌어질 것이라는 거예요. 이것은 무엇을 의미합니까? 바로 제3차 대전이 일어날 수도 있다는 이야기 아니겠어요. 설령 더 이상 전쟁이 확산되지 않고 북한 난민들이 무사히 중국, 일본에 안착을 하고 북한은 남한에 흡수 통일이 되었다고 봅시다.

그 후에 또 다른 문제가 있어요. 바로 중국·일본에 안착한 북한 난민들 문제예요. 그 난민들이 바로 중국·일본에 계속 있으리라고 생각해요? 아니면 그들이 대한민국으로 갈 것이라고 생각해요? 아니에요. 결국 그들의 최종 목적지는 바로 우리 미국이에요. 그러면 우리 미국은 그들을 거절할 수 있을 것 같습니까? 천만에요. 소위 말하는 인도적 차원에서 그들을 거절하지 못하고 이백만 명이 넘는 난민을 고스란히 떠안아야 한단 말이에요.

베트남 전쟁이 끝난 후 그 수많은 베트남 난민들이 다 어디로 갔습니까? 바로 우리 아메리카로 오지 않았습니까? 우리 아메리카는 그 난민들로 인해 얼마나 많은 비용이 들었습니까? 그리고 그 난민들 때문에 우리 미국 시민들이 얼마나 많은 일자리를 잃어버렸습니까? 그런데 베트남 난민과 북한 난민은 질적인 면에 있어서 근본적으로 틀려요. 북한 난민들은 무술로 잘 훈련된 반 군인이란 말이죠. 그런 그들이 떼거지로 우리 아메리카에 몰려 왔을 때를 상상해 봅시다. 그들이 우리 사회에서 무슨 일을 벌일지 몰라요. 어쩌면 잘 조직된 갱단으로 변해버릴지도 모른다는 이야기입니다."

클린턴의 이 말이 끝나자 분위기가 일순간에 숙연해졌다. 얼마의 시간이 흐른 후 다시 클린턴 대통령이 입을 열었다.

"결론적으로 나의 이야기는 북한이라는 나라에서 전쟁이 일어나서도 안 되겠지만 그렇다고 북한 스스로 붕괴되도록 못 본 체하고 놔두어도 안 된다는 이야기에요. 다시 말해서 그냥 이 상태로 지금 이 상태를 유지할 수 있도록 하는 것이 최 상책이라는 말이요. 그러려면 우리가 약간 바보스럽게 속아 주는 척하고 그들의 요구를 들어주어 북한의 체제가 최소한 유지될 수 있도록 해주는 것이 가장 최선의 방법일 것이요. 만약 우리가 이 시점에서 저들을 모른 체 해버린다면 결국에는 지금 우리가 그들을 조금 도와주는 비용의 백 배, 천 배를 손해 볼 것이란 말이오."

그리고 며칠 후 1994년 10월21일, 미합중국 클린턴 대통령은 '조선민주주의 인민공화국 김정일 각하 귀하'라고 시작된 서한에서 '본인 책임 하에 결정된 「합의」는 반드시 이행한다.'라는 보증을 하였다. 그러나 이 소중한 북·미 간의 합의는 2001년 부시 대통령과 네오콘들의 출현으로 한 장의 휴지 조각으로 변해버리고 만다.

네오콘들은 이 미·북 간의 합의를 굴욕 합의, 혹은 굴욕적인 외교라고 폄하해버리는 이른바 ABC마인드(Anything But Clinton)로 몰아붙여 「합의」에 따른 경수로 핵발전소 공사, 중유 제공 등의 약속을 취소하여 버린다. 물론 이러한 조치의 주된 명분은 전혀 확인도 되지 않고 증거도 없는 「고농축 우라늄 계획」이었으며, '북한이 먼저 「고농축 우라늄 생산」으로 제네바 합의를 깨트렸으니 우리도 합의를 깨트리겠다. 따라서 경수로 원자로니 중유 제공, 경제 협력 등은 없던 것으로 하자.' 하는 것이었다.

여기서 우리가 주목해야 하는 단어가 있다. 바로 「고농축 우라늄 계획(HEUP)」이라는 단어이다. 이 말을 처음 쓴 사람은 네오콘의 선발대인 존 볼튼 미국무부 국제 안보 담당 차관(후에 주 UN 미 대사)이었다. 그는 어느 누구의 초청도 없이 2002년 8월 29일 한국에 와서 느닷없이 '북한이 1997년부터 추진해 온 고농축 우라늄(HEU)개발이 우려할 만한 수준에 이르렀다.'라고 말하면서 이 단어가 처음 사용되었고, 이 밑도 끝도 없는 한 마디가 지금 네오콘들이 미·북 간에 맺어진「제네바 합의」를 깨어버리는 명분이 된 것이다. 고농축 우라늄을 만들기 위해서는 첫째, 천연 우라늄이 있어야 되고(북한에는 상당량의 천연 우라늄이 매장되어 있는 것으로 추측됨),둘째로는 정련 시설이 있어야 되고, 셋째로는 바로 우리가 매스컴을 통해 너무나 많이 들어온 '원심 분리기'라는 설비가 있어야 하는데, 이 원심 분리기의 회전 속도가 발전소 터빈의 회전 속도와 비슷한 분당 약 2만 회이기 때문에 이 회전축을 지탱해주는 베어링이 아주 특별한 베어링이어야 하고, 회전축과 베어링의 틈새가 천분의 1밀리미터를 유지하는 아주 고도의 기술이 있어야 하고 넷째로는 몸통을 이루고 있는 알미늄 파이프가 있어야 한다. 그런데 이 베어링과 알루미늄 파이프는 북한 내에서는 생산할 기술도 없고 생산할 자재 및 공장도 없는 상태이다. 즉 전량 수입에 의존할 수밖에 없는 부품들이다.

참고로 일본 히로시마에 투하된 것과 같은 원자 폭탄 1개를 만들려면 약 30kg의 고농축 우라늄이 필요한데, 이를 위해서는 원심 분리기 1,000대를 1년간 1초도 쉬지 않고 풀가동해야 가능하다.

어쨌거나 지금 네오콘들이 주장하고 있는 북한의 '고 우라늄 농축 개발(HEUP)'이라는 단어는 몇 년 후 슬그머니 단순한 '우라늄 농축 개발(EUP)' 바뀌어 진다. 즉 순도 90%이상의 '고농축 우라늄(HEU)'이 어느 날 순도 3~4% '농축 우라늄(EU)'으로 바뀐 것이다. 이런 사실은 어찌 보면 별것 아닌 것 같지만 사실 아주 중요한 문제이다. 다시 말해 네오콘들의 비열함을 표현해 주는 것이다.

– 똥물도시 2권으로 계속

끝맺음 말

....

지금 우리나라 주위를 둘러싸고 있는 동북아시아의 세계정세를 보면 참으로 걱정스러울 때가 많이 있습니다. 우리 주변의 강대국들 다시 말해 중국, 일본, 러시아, 미국 이 네 나라의 힘겨루기 강도가 하루하루 더해지는 것 같습니다. 그리고 그 한가운데 우리 한반도가 위치하고 있습니다. 만약 이 동북아시아에서 어떤 급박한 사태가 발생한다면 이는 중동이나 아프리카처럼 국지전으로 끝날 것 같지는 않습니다. 어쩌면 3차 세계 대전으로 확산될지도 모릅니다. 그런데 만약 우리나라가 남북이 통일이 되어 안정된 나라로 정착된 상태에서라면 우리 주위에서 어떤 급박한 사태가 일어나더라도 우리는 이를 잘 이겨낼 수 있으리라 생각합니다. 왜냐하면 우리 한민족은 우리가 생각하는 것 보다 훨씬 강하고 끈기 있고 총명한 민족이기 때문입니다. 그런데 만약 지금처럼 우리나라가 남북으로 분단이 된 상태에서 어떤 급박한 상태가 발생한다면 이는 구한말보다 더 불행한 사태로 이어질 것입니다. 그런데 한 가지 크게 염려스러운 것은 현재 우리나라의 많은 사람들, 특히 젊은이들이 평양이니 신의주, 나주, 청진, 혜산 등을 이야기 하면 이런 이야기가 우리나라 이야기가 아니라 먼 남의 나라 이야기인 것처럼 여기는 사람들이 많이 있다는 사실입니다. 그것은 무엇을 의미하는 것일까요. 바로 우리 한민족이 현재의 분단국가 상태가 점점 더 고착화되어 간다는 뜻 아니겠습니까? 어떻게 보면 참으로 안타까운 일이 아닐 수 없습니다. 그래서 저는 우리 민족이 하루 빨리 통일이 이루어져야 할 텐데 하는 심정으로 이 책을 썼습니다. 하루빨리 그날이 오기를 고대합니다.

이번 브라질 리우에서 열린 올림픽 경기의 성적표를 한번 볼까요?

우리 대한민국이 획득한 메달 수를 보면 금 9개, 은 3개, 동 9개로 종합 8위였고 북한이 금 2개, 은 3개, 동 2개로 종합 34위였습니다. 이제 남북이 획득한 메달을 합쳐보니 금 11개, 은 6개, 동 11개이지요 그렇게 되면 종합 순위가 올라 7위가 되지요. 체력은 국력이라는 말이 있습니다.

남북이 이렇게 합친다면 우리 한민족의 국력은 정말 우리가 상상하는 것 이상으로 상승할 것입니다. 그때는 7위가 아니라 어쩌면 3위까지도 가능할 것입니다. 우리 모두가 그날을 꿈꾸어 봅시다.

소설책을 한 권 쓴다는 것이 참으로 어려운 일인 줄 이 책을 쓰면서 느꼈습니다. 사실 저는 문학을 전공한 사람도 아닙니다. 그렇다고 다른 책(예를 들어 수필, 산문, 시 등등)을 써본 경험도 전혀 없는 사람입니다. 그럼에도 불구하고 이 소설을 완성할 수 있었던 것은 몇 가지 나름대로 저만의 비결이 있었습니다. 그것이 무엇이냐 하면 첫째로는 "메모"였습니다. 저는 어떤 아이디어가 생각날 때마다 손바닥만한 조그만 수첩에 바로 메모를 하는 버릇이 있습니다. 잠잘 때 어떤 생각이 떠오르면 바로 벽에다가 낙서처럼 메모를 합니다. 어느 누가 말했듯이 「아이디어는 잠깐이요 메모는 영원하다」는 말이 있듯이 이 작은 메모들이 저에게는 큰 재산이었습니다. 둘째로 저는 세계 지도를 참으로 열심히 보는 습관이 있습니다.

이 책 첫머리 말에서도 잠시 언급했듯이 저는 세계 지도를 가만히 보고 있을 때는 마치 어린아이처럼 상상의 세계로 빠져버린 듯한 느낌을 받습니다. 셋째로 저는 자연스럽게 세계사 서적을 아주 흥미롭게 읽는 습관이 있습니다. 그런데 저는 세계사 서적을 읽을 때는 사건 중심보다는 인물 중심으로 역사를 이해하려고 애쓰고 있습니다. 예를 들어보면 BC 34년 지중해에서 '악티움 해전'이라는 전쟁이 있었습니다. 바로 로마의 장군 옥타비아누스가 클레오파트라와 안토니우스의 연합 함대를 격파하는 전쟁이었지요. 여기서 저는 단순히 역사 사실을 해석하기보다는 내 스스로가 옥타비아누스의 입장에서 보기도 하고 또 클레오파트라 입장에서 또 안토니우스의 입장에서 보기도 한답니다. 이왕 클레오파트라 이야기가 나왔으니 한 가지 하고 싶은 이야기가 있네요. 흔히들 "클레오파트라의 코가 1센티만 높았어도 세계의 역사가 바뀌었을 것이다"라는 말이 있습니다. 이것이 무엇을 의미하는 말일까요? '클레오파트라가 좀 더 예뻤더라면'일까요 아니면 '클레오파트라가 좀 못생겼더라면'일까요? 그리고 클레오파트라의 코가 정말 1센티만 높았더라면 세계 역사는 어떻게 바뀌었을까요? 참으로 흥미로운 이야기지요. 잠시 이야기가 본질을 벗어났군요. 다시금 돌아와서 네 번째로는 저는 신문을 아주 열심히 읽습니다. 신문이라는 것 자체가 아주 훌륭한 책이며 소설이고 또 정보의 근원입니다. 그래서 저는 신문을 읽다가 유익한 내용이라고 생각되면 바로 그 부분만 찢어서 호주머니에 집어넣습니다. 처음에는 스크랩을 하기도 했는데 워낙 양이 많다보니까 스크랩으로 보관하기에는 어림도 없고 해서 그냥 40Kg짜리 누런 마대자루에 꾹꾹 눌러 보관하고 있습니다. 그게 자루로 몇 자루나 되냐구요. 언제 한번 정리를 해 보니까 다섯 자루나 되더라구요. 그것 역시 제게는 소중한 재산임에 틀림이 없는 것 같습니다. 어쨌거나 이런 것들이 원동력이 되어 한 권의 소설이 만들어 졌다는 것을 독자 여러분께 말씀드리고 싶습니다. 그런데 이 책을 쓰면서 가장 어려웠던 것이 무엇이냐 하면 바로 시간이었습니다. 늘 시간이 부족했어요. 왜냐하면 저 역시 생업을 위한 직업이 따로 있었기에 늘 시간에 쫓기는 생활이었고 때로는 지치고 짜증날 때도 많이 있었습니다.

 이런 어려운 와중에서도 제게 늘 힘이 되어 주는 사람은 역시 제 아내였습니다. 제 아내는 참으로 재주가 많은 사람이에요. 그리고 눈치도 아주 빠르다구요. 제가 글을 쓰다가 힘들어한다 싶을 때면 제 아내는 어김없이 하늘나라에 주렁주렁 달려 있는 천도복숭아 하나를 살며시 따서는 그것을 아무도 몰래 훔쳐 와서 생글생글 웃으면서 제게 갖다 주곤 한답니다. 그러면 저는 그것을 덥석 받아먹지요. 그리고는 새로운 힘이 솟아나서 다시금 글을 쓰곤 한답니다. 만약 제가 쓴 이 책으로 인하여 얻을 수 있는 영광이 있다면 저는 그 모든 것을 제 아내에게 바치고자 합니다. 갑자기 어느 시인의 시 한 구절이 생각나네요. 오늘도 저는 큰 트럭을 운전하고 있습니다.

그리움이여.

그리움이여.

그리움이여.

그리움이여…….

제가 운전하는 이 트럭은 아주 큰 타이어가 10개나 달려 있고 길이만도 거의 13미터나 된답니다. 그래서 겉으로 보기에는 아주 투박하고 우직해 보입니다. 하지만 막상 직접 운전을 해보면 어느 가녀린 여인의 가슴보다 더 부드럽고 파가니니의 바이올린 협주곡 2번「라캄파넬라」보다 더 섬세하답니다. 어쩌다 라디오에서 상상스의 피아노 콘스트 44번이라도 울려나올 때면 저는 머리끝부터 발끝까지 짜릿한 전율(戰慄)을 느끼며 나도 모르게 오른쪽 발끝에 힘이 꽉 들어갑니다. 그러면 380마리의 말(馬)들이 까만 아스팔트 바닥을 힘(力)차게 두들겨 대는 말발굽 소리와 함께 이 우직한 녀석은 아무리 가파른 고갯길도 단숨에 훌쩍 넘어 버린답니다.

다시 한 번 가만히 귀를 기울여 봅니다. 상상스 44번에서의 피아노 건반 두들기는 소리와 까만 아스팔트 바닥을 두들겨 대는 말발굽 소리가 어찌 그리도 닮았는지요. 갑자기 굵은 빗방울이 후드득거리며 널찍한 유리창을 마구 두들겨 댑니다.「토스카」가 말하는「오묘한 조화」가 바로 이런 것이겠지요.

이제 제 나이도 어느덧 환갑, 진갑을 훌쩍 뛰어넘은 나이가 되었습니다. 지난 저의 육십오 년을 회상해보면 초록색 그라운드 위로 데구루루 구르는 이차원적인 안타 하나 제대로 때리지 못한 삶을 살아왔습니다. 그런데 이 책의 원고를 다 끝내고 보니 답답하고 우중충한 잿빛 색깔의 저 높은 담장을 훌쩍 넘기는 3차원적인 장외 홈런 하나를 치고 난 것처럼 후련한 생각이 듭니다.

우리 인간이 풀지 못한 큰 수수께끼 중 하나가 바로 외계인의 존재 여부일 것입니다.

저 거대한 이집트의 피라미드를 과연 지금부터 4500년 전에 인간에 의해 만들어졌을까?

비행기를 타야만 볼 수 있는 페루의 거대한 나스카라인. 거미, 나비, 벌새 이런 거대한 그림을 과연 그 당시 인간의 기술로 그렸을까? 이스트 섬의 거대한 거인 석상은 과연 누가 왜 만들었을까? 미국 네바다 주의 황량한 사막 한가운데 있는 51구역 안에는 과연 무엇이 있으며 그곳에서는 진정 어떤 일이 벌어지고 있는 것인가요?

이 거대한 우주 속에서 인간과 같은 지적 존재가 살아가고 있는 곳이 과연 지구뿐일까? 얼마 전 NASA에서 발표하기를 이 우주에서 지구처럼 생명체가 살아갈 수 있는 조건을 갖춘 일명 골디락스 존(goldilocks zone)이 수천억 개가 존재한다고 발표했는데 그것이 사실이라면 이 우주 어느 한곳에는 인간과 같은, 아니 인간보다 훨씬 더 과학이 발달한 인간 비슷한 존재가 있지는 않을까? 그렇다면 기독교에서 말하는 「예수」라는 존재는 과연 누구일까? 혹 우주에서 온 외계인은 아닐까?

저 역시 이런 무수한 의문을 안은 채 이 소설을 쓴 것이 사실입니다. 그러나 한 가지 확실한 것은 이 광대한 우주를 창조하신 분이 바로 하나님이시고 그 하나님은 우리 눈으로 볼 수 있는 육신의 모습이 아니고 바로 육신의 껍질을 벗은 영(靈)의 존재라는 것입니다. 이 영의 존재는 우주의 중력의 법칙에 따르는 것이 아니고 중력을 벗어난 영의 법칙에 의해 존재한다는 것입니다. 따라서 예수님 역시 외계인도 아니고 우주 중력의 법칙에 의한 존재도 아닌 우주 영의 법칙에 의한 존재이기 때문에 3차원의 세계와 4차원, 5차원을 넘어 영의 세계를 자유롭게 오갈 수 있는 하나님 영의 일부이라는 것을 저는 확실하게 믿습니다. 그리고 이 영 역시 아인슈타인이 주장한 광입자설과 마찬가지로 저 역시 영입자설(靈立子設: 靈 역시 작은 알갱이의 집합체)을 주장하고 싶네요. 이 책은 비록 겨자씨보다 적은 믿음이지만 기독교적인 신앙을 바탕으로 쓰여 졌다는 말씀을 드리고 싶습니다.

그리고 비록 겨자씨보다 적은 기독교적 믿음이지만 이 믿음 갖게 해준 안행래 목사님께 감사를 드리며 늘 제 아내를 아껴주시고 사랑해주셨던 이순애 장로님께도 감사를 드립니다.

아주 오래전, 아주 아주 오래전 그러니까 제가 초등학교 삼사 학년쯤 되었을 때라고 기억이 됩니다. 어느 라디오 방송 연속극 주제가가 생각이 납니다. 물론 제가 그 연속극을 들은 것은 아니고 저의 어머님이 하루도 빠지지 않고 듣다보니 자연히 제가 그 주제가를 익히게 된 것입니다. 그리고 아직까지도 잊지 않고 있습니다.

-아들 낳고 딸 낳고 둥글둥글 둥글게. 서로 돕고 위하는 우리우리 집 자랑 사노라면 흐린 날도 갠 날도 있지요. 그렇지만 우리 집은 웃음꽃 피네. 아들 낳고 딸 낳고 정다운 집에 웃음꽃이 너울지네. 즐거운 하루-

제게는 손녀 윤이가 있습니다. 손자 율이도 있습니다. 그리고 며칠 전 외손녀도 태어났습니다. 이름을 아인으로 지었다네요. 정아인입니다.

세상 살아가면서 이보다 더 즐거운 일이 어디 있겠습니까?

우리 모두 아들 낳고 딸 낳고 둥글둥글 둥글게 살아갑시다.

아참! 그리고 부양가족 두 녀석이 또 있네요. 바로 개구쟁이 강아지 통통이와 새침데기 고양이 냥냥이랍니다. 이 두 녀석은 때로는 싸우기도 하고 때로는 어울려 뒹굴면서 잘 놀기도 한답니다. 지금 이 두 녀석 어디 있을까요? 아-저기 있네요.

아마 뒹굴며 뛰놀다 지쳤나 봅니다. 쉿! 모두들 좀 조용히 해주세요. 우리 애기들 방금 잠들었어요.

이 책을 끝까지 읽어주신 모든 분들께 깊은 감사를 드립니다.

부디 하나님의 은혜가 늘 함께 하시기를 기원합니다. -아멘-